汉译世界文学名著丛书

战争与和平

第二卷

［俄］列夫·托尔斯泰 著

张捷 译

第二卷

第一部

一

一八〇六年初,尼古拉·罗斯托夫回家休假。杰尼索夫也要回沃罗涅日老家,于是罗斯托夫邀请他和自己一起到莫斯科来,在他家里住几天。在快到目的地的前一站,杰尼索夫遇见了一个同事,两人一起喝了三瓶酒,因此在快到莫斯科时,虽然道路坑洼不平,他一直躺在驿用雪橇里罗斯托夫的身旁沉睡不醒,而罗斯托夫随着莫斯科的临近,变得愈来愈急不可耐。

"快到了吧?快到了吧?唉,这些讨厌的街道、小店铺、面包房、路灯、出租马车!"在城门口办了休假登记的手续后,罗斯托夫想道。

"杰尼索夫,我们到了!——还在睡。"他说,整个身子朝前倾,仿佛希望用这种姿势来加快雪橇的速度似的。杰尼索夫没有答应。

"你看,那就是车夫扎哈尔常停车的十字路口的拐角;瞧那就是扎哈尔,还是那匹马!那就是过去常去买蜜糖饼干的小铺。不是快到了吗？往前走！"

"去哪一座房子？"车夫问。

"去大街尽头的那座大房子，你怎么没有看见！这是我们家的房子，"罗斯托夫说，"你看，这就是我们的家！"

"杰尼索夫！杰尼索夫！我们马上就要到了。"

杰尼索夫抬起头，清了清嗓子，什么也没有回答。

"德米特里，"罗斯托夫对坐在驭座上的仆人说，"那不就是咱们家的灯光吗？"

"是的，老爷书房里的灯也还亮着。"

"还没有睡吧，啊？你说呢？"

"当心，不要忘了，到时候马上把那件新的骑兵制服取出来给我。"罗斯托夫摸摸新留的小胡子加了一句。"快点走吧。"他朝车夫嚷道。"你醒醒吧，瓦夏。"他对又垂下头的杰尼索夫说。"快点走，赏你三个卢布酒钱，快点！"当雪橇到了离大门口只有三座房子时，罗斯托夫喊道。他总觉得马没有在走动。最后雪橇终于向右拐向大门口；罗斯托夫看见头顶上他熟悉的灰泥剥落的飞檐、台阶和人行道礅柱。他不等雪橇停住就跳下来，跑进了门廊。房子还是那样一动不动，毫不热情，仿佛谁进来都与它无关。门廊里一个人也没有。"我的上帝！是不是一切都平安无事？"罗斯托夫想道，他心里非常紧张地站了一会儿，马上又沿着门廊和熟悉的歪歪斜斜的阶梯往前跑了。仍然还是那个门把手，记得伯爵夫人曾因为它没有擦干净而生过气，现在还是那样一拧就轻轻地开了。在前厅里点着一支蜡烛。

米哈依洛老头睡在大木柜上。那个力大无比、能抓住马车的尾部把车抬起来的跟班普罗科菲,正坐在那里用布条编鞋子。他朝打开的门看了一眼,原来的那种淡漠的、睡意蒙眬的样子突然变了,出现了又惊又喜的表情。

"我的老天爷!少爷!"他认出小主人后喊了一声,"这是怎么啦?我的亲爱的!"激动得浑身哆嗦的普罗科菲朝客厅的门奔去,大概是想去禀报,看来他又改变了主意,跑回来俯在小主人的肩膀上。

"身体都好吗?"罗斯托夫问,把一只胳膊从他那里抽出来。

"谢天谢地!全都很好!现在刚吃完晚饭!让我好好瞧瞧您,少爷!"

"一切全都平安无事吗?"

"谢天谢地,谢天谢地!"

罗斯托夫把杰尼索夫全都忘了,他不愿意让任何人赶在自己前面,马上脱掉皮大衣,踮着脚朝昏暗的大厅跑去。一切还是老样子——还是那些铺绿呢面的牌桌,还是那个带罩的枝形吊灯;可是有人已经看见了他,他还没有来得及跑到客厅,就有一个人像一阵暴风一样从旁门飞奔出来,搂住他,开始吻他。又有第二个、第三个这样的人从第二扇、第三扇门跑出来;又是拥抱,又是接吻,还有大声的喊叫和欢乐的眼泪。他分不清东南西北,分不清哪个是爸爸,哪个是娜塔莎,哪个是彼佳,所有的人都同时叫喊着,说着话,吻着他。只有母亲不在他们当中——他记得这一点。

"而我,不知道……尼科卢什卡……我的朋友,科利亚!"

"这就是他……我们的……变了样了!不!点上蜡烛!拿茶来!"

"你亲亲我吧！"

"宝贝……亲亲我。"

索尼娅、娜塔莎、彼佳、安娜·米哈依洛夫娜、薇拉、老伯爵都过来拥抱他；男女仆人把房间挤得满满的，一边说，一边叹息。

彼佳抱住哥哥的大腿。

"还有我呢！"他喊道。

娜塔莎把哥哥的头扳向自己，吻遍了他的整个脸，放开了他，抓住他的骑兵制服的衣襟，像山羊一样一直在原地蹦跳着，发出尖声的喊叫。

四周到处都可看到闪烁着快乐的泪花的饱含深情的眼睛，到处都有希望能亲一亲他的嘴唇。

索尼娅脸红得像一块红布，也抓住他的一只手，她容光焕发，幸福的目光注视着他的眼睛，等待着他回眸。索尼娅已经满十六岁了，她出落得很漂亮，尤其是在这幸福和喜悦的时刻，更显得妩媚动人。她目不转睛地望着他，微笑着，屏着气。他感激地看了她一眼，但是一直还在等待着和寻找着什么人。老伯爵夫人还没有出来。这时从门口传来了脚步声。走路的步子非常快，说明进来的不可能是他的母亲。

但是这正是她，她身上穿着一件他没有见过的、大概是在他走后缝制的新衣服。大家放开了他，他便朝母亲跑过去。当他们到了一起时，她倒在儿子怀里号啕大哭。她无力抬起头来，只管把脸紧贴在儿子制服的冰冷的绦带上。谁也没有注意杰尼索夫，他进了房间后站在那里，望着他们，擦着眼睛。

"瓦西里·杰尼索夫，您的儿子的朋友。"他对用疑问的目光看着他的伯爵自我介绍说。

"欢迎光临。我知道,我知道。"伯爵吻着和拥抱着杰尼索夫说,"尼科卢什卡信里说起过……娜塔莎,薇拉,这就是杰尼索夫。"

那些幸福的、喜气洋洋的脸朝头发蓬松的留着黑胡子的杰尼索夫转过来,大家把他团团围住。

"亲爱的,杰尼索夫!"娜塔莎尖叫了一声,她兴奋得忘乎所以,跳到他跟前,抱住他吻了一下。大家都为娜塔莎的这个举动感到不好意思。杰尼索夫也弄得满脸通红,但是笑了笑,抓起娜塔莎的一只手,吻了吻。

杰尼索夫被领到为他准备的房间里去了,而罗斯托夫一家人仍然待在休息室里尼科卢什卡的身边。

老伯爵夫人与他并排坐着,一直抓住他的一只手不断地吻着;其余的人聚集在他们两人周围,不放过他的每个动作、每句话和每道目光,两眼一直兴奋地和深情地盯住他。弟弟和妹妹争吵着,相互之间争夺着离他较近的座位,抢着给他端茶、取手绢和烟斗,甚至为此而吵架。

罗斯托夫看见大家这样爱他,感到非常幸福;但是见面的最初时刻是那样的美好,使他觉得现在幸福显得有些不足了,于是他还期待着某种东西,一直这样期待着。

第二天两个远道来的人一直睡到上午九点多钟。

在外屋里乱放着马刀、挎包、皮囊、打开的手提箱、肮脏的靴子。擦干净的两双带马刺的靴子刚才放到了墙边。仆人们端来了脸盆、刮胡子用的热水,拿来了刷干净的衣服。房间里散发着烟草和男人的气味。

"喂，格里什卡，把烟斗拿来！"嗓音嘶哑的瓦西卡·杰尼索夫喊道，"罗斯托夫，起床！"

罗斯托夫揉了揉黏住的眼睛，从睡热了的枕头上抬起头发蓬乱的脑袋。

"怎么，晚了吗？"

"晚了，九点多了。"娜塔莎回答说，这时从隔壁的房间里传来了浆洗过的衣服的窸窣声，姑娘们的低语声和笑声，在稍稍打开的门缝里闪过某种天蓝色的东西、缎带、黑头发和快活的脸。这是娜塔莎、索尼娅和彼佳，他们是来看他起来没有的。

"尼科连卡，起床！"门口又传来了娜塔莎说话的声音。

"这就起来！"

这时彼佳在外屋看见了马刀，便抓起了它，就像孩子看见威武的兄长时那样兴奋，居然忘记了不能让姐姐们看见光着身子的男人，一下子打开了门。

"这是你的马刀吗？"他喊道。姑娘们急忙闪避开了。杰尼索夫吃惊地睁大眼睛，把他长满寒毛的腿藏进被子里，回头看着同伴，向他求援。彼佳进来后门又关上了。可以听见门外的笑声。

"尼科连卡，穿着睡衣出来。"娜塔莎说。

"这是你的马刀吗？"彼佳问道，"要不这是您的？"他用结巴和尊敬的语气又问皮肤黝黑的留小胡子的杰尼索夫。

罗斯托夫急忙穿好鞋，披上睡衣出来了。娜塔莎已穿上了一只带马刺的靴子，把脚伸进了另一只。索尼娅转着圈，在罗斯托夫出来时，刚想鼓起连衣裙往下蹲。两人都穿着同样的天蓝色的新连衣裙——她们全都精神饱满，脸色红润，神情快活。索尼娅跑了,而娜塔莎挽起哥哥的胳膊,把他往休息室带,兄妹俩便交谈起来。他们见面后还没来得及相互询问和回答只有他们两人感兴趣的几千件小事。娜塔莎在他和她自己说每句话时都笑,这不是因为他们说的话可笑,而是因为她心里高兴,忍不住要用笑来表示自己快乐的心情。

"啊,这是多么好呀,好极了!"无论谈到什么,她都这样说一句。罗斯托夫感觉到,在娜塔莎的这种火热的爱的影响下,他心中和脸上一年半以来第一次露出了孩子般的纯洁的微笑,他自从离家后一次也没有这样笑过。

"不,你听我说,"娜塔莎说,"你现在是否完全成为一个男子汉了?你是我的哥哥,我非常高兴。"她摸了摸他的小胡子,"我想要知道你们男人是什么样的。是和我们一样的吗?"

"不。索尼娅为什么跑了?"罗斯托夫问。

"是啊。这说起来话长!你将怎样和索尼娅说话——称呼'你'还是称呼'您'?"

"这要看情况如何。"罗斯托夫说。

"请你称呼她'您',我以后再告诉你为什么。"

"究竟是为什么?"

"好吧,我现在就说。你知道,索尼娅是我的朋友,非常要好,我可以为了她烧烫自己的手臂。你瞧。"她卷起细纱的袖子,露出细长娇嫩的小胳膊,在肩膀下面,比肘部要高许多的地方(这地方舞衣通常能遮住)有一个红斑。

"这是我为了向她表示我爱她才烫的。只不过是把铁尺在火上烧红,往上一按罢了。"

罗斯托夫坐在自己过去学习的房间里扶手上铺着软垫的沙发上,望着娜塔莎的那双非常富有表情的眼睛,感到自己又进入了家里的那个儿童世界,这个世界只对他有意义,对别的人都没有任何意义,它给予他一些生活中的最大的乐趣;他觉得用烧红的铁尺烫手臂表示感情的做法并不是胡闹:他很理解,对此不感到奇怪。

"那是为什么呢?"他只这样问。

"嘿,我们可要好了,可要好了!这算什么,用铁尺烫手臂当然是蠢事;但是我们永远是朋友。她要是爱上谁,就爱一辈子。我不理解这一点。我马上就会忘了。"

"那又是为什么呢?"

"就是说,她这样爱我和爱你。"娜塔莎突然脸红了,"你记得吗,在你走之前……她这样说,叫你把这一切都忘了……她说:我将永远爱他,而他将是自由的。真的,这很好,好极了,很高尚!是吧,是吧?很高尚?是吧?"娜塔莎问得非常认真和激动,可以看出,她现在说的话,在这之前她曾含着眼泪说过。罗斯托夫沉思起来。

"我无论如何也不收回我的诺言,"他说,"再说,索尼娅是那么可爱,有哪个傻瓜会不要这样的幸福?"

"不,不。"娜塔莎喊叫起来,"这一点我已和她说过了。我们知道你是会这样说的。但是这样不行,因为你要明白,如果你这样说,你就认为自己受诺言的束缚,结果她的话好像是有意说给你听的。结果你仍然是被迫娶她,这就完全是另一回事了。"

罗斯托夫发现,这一切是她们经过慎重考虑想出来的。他昨天见到索尼娅就为她的美貌感到吃惊。今天匆匆地看了她一眼,觉得更美了。她是一个十六岁的可爱的少女,显然热烈地爱着他(这一点他未曾有过片刻的怀疑)。他为什么不爱她和不娶她呢,罗斯托夫想,但不是现在就娶。现在还有多少其他的欢乐和要做的事啊!

"是的,她们这一点想得很好,"他想道,"应当保持自由。"

"这很好,"他说,"我们以后再谈。啊,我见到你真高兴!"他补充了一句。"你怎么样,对鲍里斯没有变心吧?"哥哥问。

"那是胡闹!"娜塔莎笑着喊了一声,"无论是他还是别的任何人我都不想,也不愿意知道。"

"原来如此!那么你想怎么样呢?"

"我?"娜塔莎反问道,脸上露出幸福的微笑,使得她容光焕发,"你见过迪波尔①吗?"

"没有。"

"大名鼎鼎的舞蹈家迪波尔你没有见过?那你就不能理解了。我就是要这样。"说着娜塔莎像人们跳舞那样把手臂弯成圆形,提起裙子,跑了几步,转过身来,身体腾空跃起,两脚互相拍击,落地时踮着脚尖,走了几步。"我不是站住了吗?你看!"她说;但是脚尖没有能支撑住。"这么说来,我就要这样!我永远不嫁人,要去当一个舞蹈演员。不过你不要对任何人说。"

罗斯托夫大声地和快乐地哈哈大笑起来,使得房间里的杰尼索夫听了也觉得羡慕,而娜塔莎也没有能忍住,和哥哥一起笑了。

---

① 迪波尔(一七八五至一八五三年),法国巴黎的著名舞蹈家和芭蕾舞剧导演。曾于一八〇八年和法国女演员韦默一起到俄国进行访问演出。小说中所写的访问时间(一八〇六年)与实际情况有出入。

"不,这不是很好吗?"她一直这样说。

"很好。你已经不愿意嫁给鲍里斯了?"

娜塔莎涨红了脸。

"我不愿意嫁任何人。我见到他时也要这样说。"

"原来如此!"罗斯托夫说。

"不错,这一切都是小事,"娜塔莎继续絮絮叨叨地说,"怎么,杰尼索夫这个人好吗?"她问。

"很好。"

"好吧,再见了,去穿衣服吧。这个杰尼索夫可怕吗?"

"为什么可怕?"尼古拉问,"不,瓦西卡是个很好的人。"

"你叫他瓦西卡?……奇怪。怎么,他真的很好吗?"

"很好。"

"好吧,快点来喝茶。大家一起喝。"

于是娜塔莎踮起脚像舞蹈演员那样从房间里出去,脸上挂着幸福的、十五岁姑娘才有的微笑。罗斯托夫在客厅里碰见索尼娅时脸红了,他不知道怎样对待她。昨天刚见面时的欢乐时刻他们接过吻,但是今天他觉得不能这样做了;他发现所有的人,包括母亲和姐妹们,都用疑问的目光看着他,想知道他对索尼娅采取什么样的态度。他吻了吻她的手,称呼她**"您"**——**"索尼娅"**。但是他们的目光一接触,就相互称呼"你",并且温情脉脉地接了吻。她用目光请求他原谅,因为她竟然派娜塔莎向他提醒他所做的诺言,对他仍旧爱她表示感激。而他也用目光感谢她提出让他保持自由的建议,说不管怎么样,他永远不会不爱她,因为不爱她是不可能的。

"然而很奇怪,"薇拉趁大家都不说话时说道,"索尼娅和尼科连卡现在见面时像外人一样称呼'您'。"薇拉的这个意见像她的所有意见一样,也是对的;但是大家也像听了她的大部分意见一样,都觉得不好意思,不仅是索尼娅、尼古拉和娜塔莎,而且担心儿子对索尼娅的爱情会使他丧失与名门攀亲机会的老伯爵夫人,也都像小姑娘一样脸红了。使罗斯托夫感到惊奇的是,杰尼索夫穿着新制服,头发抹了油,身上洒了香水来到了客厅,他像平常参加战斗时那样穿得很整齐,他对待女士们殷勤而有礼貌,这是罗斯托夫怎么也没有想到的。

二

尼古拉·罗斯托夫从部队回到莫斯科后,家里的人把他当作好儿子和英雄来接待,称他最亲爱的尼科卢什卡;亲友们把他看作可爱的、令人愉快的和恭敬有礼的年轻人;熟人们把他看作漂亮的骠骑兵中尉、跳舞的好手和莫斯科人们心目中的最好的择婿对象之一。

罗斯托夫一家在全莫斯科都有熟人;今年老伯爵手头很宽裕,因为所有庄园全都抵押出去了,因此尼科卢什卡置备了自己的走马和最时髦的马裤,这种特殊的马裤在莫斯科还没有任何人穿过,靴子也是最时髦的,它的头很尖,带有小小的银马刺,就这样,他的日子过得很快活。他回家后,对旧的生活条件经过了一段时间的适应,已有一种愉快的感觉。他觉得他已完全长大成人了。

过去曾因神学考试不及格而产生过绝望情绪,向加夫里拉借过雇马车的钱,和索尼娅偷偷接过吻——这些事回想起来就像是离他已经很远的孩子气的举动。现在他是一个披着镶银丝边的披肩、佩戴着士兵的圣格奥尔吉勋章的骠骑兵中尉,正在与年纪大和受人尊敬的著名骑手们训练走马。他认识一个住在林荫道上的女人,晚上常到她那里去。他在阿尔哈罗夫家的舞会上指挥马祖尔卡舞曲的演奏,与卡缅斯基元帅谈论战争,常到英国俱乐部①去,同杰尼索夫介绍的一个四十岁的上校**称兄道弟**。

在莫斯科,他对皇上的热情有所降低,因为在这段时间里没有见过。但是他仍然经常对别人讲到皇上,讲自己对皇上的爱,让人觉得他还没有把一切都讲出来,在他对皇上的感情中还有某种不是所有的人都能理解的东西;同时他也完全具有当时莫斯科普遍存在的崇拜亚历山大·帕夫洛维奇皇帝的感情,那时在莫斯科大家称皇上为"天使的化身"。

罗斯托夫回部队前在莫斯科短暂逗留期间,没有与索尼娅更加接近起来,相反,却疏远了。她很漂亮和可爱,显然热烈地爱上了他;但是他正处于刚开始生活的青春时期,觉得有许多事情要做,**无暇**顾及这些,这个年轻人害怕受到束缚,他珍视自己的自由,因为这是他干其他许多事情所必需的。在这段时间里有时也想到索尼娅,这时他便对自己说:"哎!这样的姑娘在别的地方还会有很多很多,我现在还不认识她们。当我想要谈情说爱时,

---

① 英国俱乐部是俄国最古老的上流社会俱乐部之一,成立于叶卡捷琳娜二世时代,其性质相当于英国贵族俱乐部,是莫斯科上层人士聚会的地方。

还来得及，而现在没有工夫。"此外，他觉得同女人在一起，有失堂堂男子汉的体面。他去参加舞会和妇女的聚会时，装出这是不得已才去的。赛马、去英国俱乐部、和杰尼索夫一起狂饮、到**那里去**——这是另一回事。因为这合乎年轻骠骑兵的身份。

三月初，老伯爵伊里亚·安德烈耶维奇·罗斯托夫为在英国俱乐部宴请巴格拉季翁公爵而奔忙。

伯爵穿着睡衣在大厅里来回走着，给俱乐部的管事和厨师长、著名的费奥克季斯特下指示，叫他们为宴请巴格拉季翁公爵准备龙须菜、新鲜黄瓜、草莓、小牛肉和鲜鱼。伯爵从俱乐部成立之日起就是它的成员和董事。俱乐部委托他策划欢迎巴格拉季翁一事，因为很少有人能这样阔绰地和慷慨大方地操办宴席，尤其是因为很少有人在办宴席需要用钱时能够和愿意拿出自己的钱来。俱乐部的厨师长和管事脸上带着快乐的表情听伯爵吩咐，因为他们知道，替任何人办花费几千卢布的宴席，也不能像替他办那样有利可图。

"请注意，甲鱼汤里不要忘了放扇贝，知道吧！"

"这么说，冷菜要三道？……"厨师问。

伯爵想了想。

"不能再少，三道……第一道沙拉油凉拌菜。"他扳着指头说……

"请问，是否可以要几条大鲟鱼？"管事问。

"有什么办法呢，人家不让价也得买。对了，我的老天爷，我差一点给忘了。还需要上第一道正菜。唉，我的老天爷！"他抱住了脑袋。"谁给我送花来？米坚卡！喂，米坚卡！你快去莫斯科郊外，米坚卡，"他对听见他的喊声进屋来的管家说，"你快到莫斯科郊外去，马上盼咐花匠马克西姆卡给老爷办事去。叫他把所有暖房里的花用毡子裹着运到这里来。要求在星期五以前把二百盆花送到我这里。"

他在下了一道又一道命令后，想要到伯爵夫人房里休息一会儿，但是又想起了一些要办的事，自己回来了，并且把厨师和管事叫回来，再一次开始做指示。从门口传来了男人轻快的脚步声和马刺的叮当声，小伯爵进来了，他面貌英俊，脸色红润，留着发黑的小胡子，显然莫斯科平静的生活使他得到很好的休息和保养。

"唉，我的好儿子！忙得我晕头转向。"老人说，好像不好意思似的对儿子笑笑，"你哪怕帮我一把也好！要知道还应当有歌手才行。乐队我有，是不是叫一些茨冈人来？你们军人都喜欢这个。"

"真是的，爸爸，我想，巴格拉季翁在做申格拉本战役的准备时，还没有你现在这样忙呢。"儿子微笑着说。

老伯爵假装生气了。

"你只会空口说白话，你来试试！"

于是伯爵转过头来和厨师说话，这时厨师脸上正带着明白事理而恭敬的表情观察着和亲切地望着父子俩。

"你说，费奥克季斯特，现在的青年成什么样子？"他说，"居然嘲笑起我们老头子来了。"

"有什么办法呢，伯爵大人，他们只知道要吃好的，至于一切怎么准备和怎么摆上桌，就不是他们的事了。"

"对，对！"伯爵快活地抓住儿子的双手喊叫起来，"你听我说，这回你可被我抓住了！你马上就坐着双驾雪橇到别祖霍夫那里去，对他说，伊里亚·安德烈依奇伯爵派人来向他要新鲜的草莓和菠萝。这些东西在别的任何人那里都是弄不到的。他本人不在的话，你就进去对公爵小姐们说，而从那里出来后，你就去拉兹古利亚依——车夫伊帕特卡知道这地方——要在那里找到茨冈人伊柳特卡①，就是在奥尔洛夫伯爵家跳过舞的那个人，记得吗，当时他身穿白色的卡萨金②，你把他拉到这里来见我。"

"要把他同茨冈女人一起带到这里来吗？"尼古拉笑着问。

"得啦，得啦！……"

这时安娜·米哈依洛夫娜悄悄地进了房间，她脸上带着一种从未消失过的操心忧虑的和基督徒的温顺的神情。尽管安娜·米哈依洛夫娜每天都碰见伯爵穿着睡衣，但是伯爵在见到她时总是感到不好意思，并且每一次都请她原谅他衣衫不整。现在他也这样做了。

"没有什么，伯爵，亲爱的。"她温顺地闭上眼睛说，"别祖霍夫那里就让我去一趟。"她说，"小别祖霍夫回来了，伯爵，现在一切都可以从他的暖房里弄到。我正好要见他。他给我捎来了一封鲍里斯的信。谢天谢地，现在鲍里斯调到司令部了。"

伯爵看到安娜·米哈依洛夫娜主动承担了他的一部分任务，心里非常高兴，便吩咐给她套一辆小四轮轿式马车。

"您对别祖霍夫说，请他来赴宴。我这就把他的名字列入宾客名单里。他怎么，是和妻子一起来的吗？"他问道。

---

① 即伊里亚·奥西波维奇·索科洛夫（？至一八四八年），著名歌手，茨冈合唱队队长。

② 卡萨金是一种后身打褶立领的男式上衣。

安娜·米哈依洛夫娜两眼向上翻，脸上出现十分悲痛的神色……

"唉，我的朋友，他非常不幸，"她说，"如果我们听到的情况属实，那真可怕。当初我们为他的幸福而高兴时，能想得到吗！这个年轻的别祖霍夫是一个多么高尚的、纯洁的人！是的，我从内心里可怜他，我将尽一切努力给他以安慰。"

"这是怎么回事？"罗斯托夫父子问道。

安娜·米哈依洛夫娜深深地叹了一口气。

"多洛霍夫，玛丽亚·伊万诺夫娜的儿子，"她用神秘的语气低声说，"听人说，完全败坏了她的名声。别祖霍夫帮他离开部队，请他住到彼得堡自己的家里，后来……她也到这里来了，而那个亡命徒跟着她。"安娜·米哈依洛夫娜说，她想要表达对皮埃尔的同情，但是她情不自禁的语气和似笑非笑的样子却显示出，她是同情被她称为亡命徒的多洛霍夫的，"听说，皮埃尔本人为这事感到非常痛苦。"

"好吧，不管怎么样您还是告诉他，让他来俱乐部，一切都会成为过去的。宴席将非常丰盛。"

第二天，即三月三日，下午一点多钟，英国俱乐部的二百五十六名成员和五十位客人等待着贵客、奥地利战争的英雄巴格拉季翁公爵赴宴。在得知奥斯特利茨战役的消息后，开头莫斯科人感到困惑不解。那时，俄罗斯人都习惯于听胜利的捷报，而当吃败仗的消息传来时，一些人就是不相信，另一些人找出某些不寻常的原因来解释这个奇怪的事件。在那些得到确实消息的有威望的显贵聚会的英国俱乐部里，在消息已开始不断传来的十二月份，人们都闭口不谈战争和最近的战役，这好像是大家事先商量好似的。引导谈话的人是：拉斯托普钦伯爵、尤里·弗拉基米罗维奇·多尔戈鲁基公爵、瓦卢耶夫、马尔科夫伯爵、维亚泽姆斯基公爵①，他们不在俱乐部里露面，而是在各自的家里、在至亲密友的圈子里聚会，而那些只会跟着别人说的莫斯科人（伊里亚·安德烈依奇·罗斯托夫伯爵也属这一类人）在一个短时间内对战事没有固定的看法，也没有人指导他们。莫斯科人感觉到事情有些不妙，而讨论这些坏消息又很困难，因此不如保持沉默。但是过了一些时候，如同陪审员走出议事室一样，给俱乐部的人提供看法的重要人物重新出场了，于是大家的说法就变得清楚和明确起来。俄国人被打败这一不可思议的、闻所未闻的和绝不可能的事发生的原因找到了，一切都清楚了，这时莫斯科的各个角落都开始说同样的话。这些原因是：奥地利人背信弃义，部队粮食供应太差，波兰人普尔热贝舍夫斯基和法国人朗热隆叛变，库图佐夫无能，以及（人们悄悄地说）皇上年轻和缺乏经验，信赖了坏人和微不足道的小人。但是大家都说，军队，俄国军队是很了不起的，创造了英勇战斗的奇迹。士兵们、军官们和将军们都是英雄。但是英雄中的英雄是巴格拉季翁公爵，他因指挥申格拉本战役和带领部队从奥斯特利茨顺利撤退而闻名遐迩，撤退时他的纵队秩序井然，在一整天里不断打退有两倍兵力的敌人。莫斯

---

① 以上列举的人物历史上确有其人。拉斯托普钦，即罗斯托普钦（一七六三至一八二六年），一八一二至一八一四年任莫斯科总督。多尔戈鲁基（一七四〇至一八三〇年），俄罗斯将军，保罗一世在位时曾任莫斯科总司令。瓦卢耶夫（一七四三至一八一四年），莫斯科兵器陈列馆馆长。马尔科夫（一七五三至一八二八年），叶卡捷琳娜时代的将军。维亚泽姆斯基（一七五〇至一八〇七年），参政员。

科人选择巴格拉季翁作为英雄还有另一个原因,即他在莫斯科没有各种关系,完全是一个外人。对他表示尊重,也就是尊重没有任何错综复杂的关系的普通的、坚定勇敢的俄国士兵,同时还能使人回想起与苏沃洛夫的名字联系在一起的意大利远征。此外,给他以这样的荣誉,也是表示对库图佐夫没有好感和不以为然的最好办法。

"假如没有巴格拉季翁,应当创造出一个来。"爱说笑话的申升学着伏尔泰的话说。[①]谁也没有谈到库图佐夫,有的人低声骂他,称他为宫廷的风向标和老色鬼。

整个莫斯科都在重复多尔戈鲁基公爵说的"给人抹泥,自己会沾满一身"这句话,在遭到失败时通过回忆昔日的胜利来进行自我安慰。同时重复着拉斯托普钦以下的话:法国士兵应当用辞藻华丽的漂亮话激励他们投入战斗;对德国兵要给他们讲道理,使他们相信逃跑比前进更危险;但是对俄国士兵只需要劝阻他们,请求他们"慢一点!"。到处都可以听到关于我们的士兵和军官们在奥斯特利茨的英勇事迹的新的故事。说有人抢救了军旗,有人打死了五个法国人,有人一个人给五门大炮装炮弹。人们也讲到贝格,这些人并不认识他,说他右手受伤后,用左手握马刀,继续向前冲。关于鲍尔康斯基谁也没有说什么,只有那些熟识他的人为他这么早就死了而深感惋惜,说他撇下怀孕的妻子,把她留在脾气古怪的父亲那里。

---

① 伏尔泰(一六九四至一七七八年),法国作家。他曾说过:"假如没有上帝,应当创造出一个来。"

三

三月三日，在英国俱乐部的各个房间里可以听见一片乱哄哄的谈话声，俱乐部的成员和客人们像春天飞来飞去的蜜蜂似的来回走动，他们坐的坐，站的站，不断地分分合合，有的人穿着制服，有的人则穿燕尾服，还有一些人头发上扑了粉，身穿俄罗斯长衫。头发上也扑了粉、脚穿长统袜和半高勒皮鞋的仆人站在每扇门的门口，紧张地观察着，竭力不放过俱乐部成员和客人们的每一个动作，以便及时提供服务。到场的大多数人都年高望重，他们宽阔的脸上带着自信的表情，手指粗大，动作稳重，说话明确。这一类客人和成员坐在通常坐的地方，习以为常地聚在一起。在场的小部分人是一些不常来的客人——主要是年轻人，其中包括杰尼索夫、罗斯托夫和重新成为谢苗诺夫团军官的多洛霍夫。年轻人，特别是年轻军人的脸上露出对老年人轻蔑而又尊敬的表情，仿佛在对老一代说："我们愿意尊重和敬爱你们，但是记住，未来毕竟是属于我们的。"

涅斯维茨基作为俱乐部的老成员，也在这里。遵照妻子的命令留起了长发、摘掉了眼镜、穿上了时髦服装的皮埃尔，神情忧郁和沮丧地在各个大厅走来走去。他在这里，也像在别的任何地方一样，被一些非常看重他的财产的人所包围，而他以惯常的居高临下和漫不经心而鄙视的态度对待他们。

根据年龄，他应当同年轻人在一起，而就财产和关系来说，他是属于年高望重的俱乐部成员的圈子的，因此他不断从一个圈子走到另一个圈子。最有威望的老人构成了一些圈子的中心，就连那些不相识的人也都恭恭敬敬地凑过来听名人说话。较大的圈子出现在拉斯托普钦、瓦卢耶夫和纳雷什金①身旁。拉斯托普钦正在讲俄罗斯人遭到逃跑的奥地利人的冲击，只好用刺刀从逃跑者当中杀开一条血路。

瓦卢耶夫神秘兮兮地透露说，彼得堡派乌瓦罗夫来了解莫斯科人对奥斯特利茨战役的看法。

在第三个圈子里，纳雷什金在讲奥地利军事会议的情况，说当时苏沃洛夫像好斗的公鸡一样喊叫起来，回答奥地利将军们的蠢话。站在这里的申升想要开个玩笑，说库图佐夫看来没有能从苏沃洛夫那里学到像公鸡一样喊叫这一并不复杂的技巧；但是老人们用严厉的目光朝这开玩笑的人看了一眼，让他感觉到，在这里今天谈论库图佐夫是不合适的。

伊里亚·安德烈依奇·罗斯托夫伯爵脚穿软皮靴，面带忧虑的表情，迈着特殊的步子，急急忙忙地从餐厅走到客厅，匆匆地用完全相同的方式与他认识的重要的和不重要的人打招呼，不时用眼睛寻找自己的身材匀称、英姿勃勃的儿子，高兴地把目光停留在他身上，对他眨眨眼睛。小罗斯托夫和多洛霍夫一起站在窗口，他是不久前认识多洛霍夫的，并且对他们的相识非常看重。老伯爵走到他们跟前，握了握多洛霍夫的手。

"请光临寒舍，你已与小儿认识了……曾经一起在那里，一起

---

① 纳雷什金（一七六〇至一八二六年），皇家剧院院长，甚得亚历山大一世宠信。

英勇作战……啊!瓦西里·伊格纳季奇……你好,老伙计。"他对身旁经过的小老头说,但是还没有来得及说完问候的话,屋里就骚动起来了,跑过来的仆人神色慌张地报告道:"贵客驾到!"

响起了铃声;董事们奔向前去;分散在各个房间的客人们好像铲子里扬起的黑麦似的,挤成一团,站在大客厅的门口。

巴格拉季翁在前厅门口出现了,他没有戴帽子和佩剑,根据俱乐部的规矩,这两样东西都留在看门人那里了。他没有像罗斯托夫在奥斯特利茨战役前夜看到的那样头戴羔皮帽和肩上搭着短皮鞭,现在身上穿着一套紧身的新制服,左边胸前挂着各种俄国的和外国的勋章以及格奥尔吉星章。看来他在赴宴前理了发和修剪过连鬓胡子,这样反而使他的仪表变得不大好了。他脸上流露出某种天真的和高兴的神色,这与他的刚强英武的面容结合在一起,使他的脸甚至带有某种滑稽的表情。与他同来的别克列绍夫和费多尔·彼得罗维奇·乌瓦罗夫在门口站住了,要让他这位主客走在前面。巴格拉季翁犹豫起来,他不愿意接受他们的礼让;于是大家在门口停住了,最后巴格拉季翁还是在前面走了。他腼腆而笨拙地走在接待室的镶木地板上,不知道把两手往哪里放:他觉得冒着枪林弹雨在犁过的田地上行走,像他在申格拉本时在库尔斯克团面前行走那样,要习惯些和轻松些。董事们在第一道门的门口迎接他,对他说了几句见到贵客非常高兴的话,不等他回答,好像要把他控制起来似的,把他围住,领他进客厅。俱乐部成员和客人们都聚集在客厅门口,相互挤压着,相互之间竭力想越过对方的肩膀像看稀有动物似的看清楚巴格拉季翁,因此弄得人都无法进去。伊里亚·安德烈依奇笑得比所有的人都来劲儿,嘴里说着:"让开,亲爱的,让开,让他们进去!"他推开人群,把客人们领进客厅,让他们坐在中间的沙发上。重要人物们,俱乐部里最德高望重的成员们重新把刚到的贵宾围住。伊里亚·安德烈依奇伯爵又挤过人群,出了客厅,过了一会儿后,和另一位董事一起手里捧着一个大银盘回来了,他把银盘捧到巴格拉季翁公爵面前。银盘上放着印好的献给这位英雄的诗。巴格拉季翁一见银盘,惊恐地回头看了一眼,仿佛在找人帮忙似的。但是所有人的目光都要求他顺应民意。巴格拉季翁感觉到他们的意志不可违,便断然地用双手把银盘接过来,同时生气地用责备的目光看了看给他献银盘的伯爵。有人巴结地把银盘从巴格拉季翁的手里拿过来(不然的话他似乎会一直到晚上都端着盘子,而且这样去入席),并请他注意上面的诗。"那么我就读吧,"巴格拉季翁似乎这样说道,他用疲倦的眼睛看着诗稿,全神贯注地和神情严肃地读了起来。这时诗的作者把诗拿了过去,开始朗读。巴格拉季翁公爵低下头听着。

> 你为亚历山大时代增光,
> 你为我们保卫着泰特斯①,
> 你既是威严的统帅,又是善良的人,
> 是国家的奥尔甫斯②,战场上的恺撒。
> 拿破仑运气很好,

---

① 泰特斯(三九至八一年),古罗马皇帝,此处指亚历山大一世。
② 奥尔甫斯,曾译俄耳普斯,希腊神话中的英雄,有超人的音乐天赋。

有机会领教巴格拉季翁的高招，

从此不敢再把俄罗斯的阿尔喀得斯①打扰……

  他还没有把诗朗诵完，就听得大嗓门的管事宣布道："宴席摆好了！"这时门敞开了，从餐厅里传出了波兰波洛涅兹舞曲："胜利的雷声响起来吧，欢乐吧，勇敢的罗斯人。"②伊里亚·安德烈依奇伯爵生气地看了看仍在继续朗诵诗的作者，朝巴格拉季翁鞠了一躬。大家站了起来，都感觉到宴会比诗歌重要，于是巴格拉季翁又走在大家的前头，前去入席。他被安排到首席上，在两位亚历山大（别克列绍夫和纳雷什金）之间，这也是有用意的，因为这两人与皇上同名；三百个人按照官衔和地位在餐厅里就座，谁的地位高些，就坐得离贵宾近些，如同地势愈低，水愈往深处流一样。

  在宴会即将开始前，伊里亚·安德烈依奇伯爵向公爵介绍了自己的儿子。巴格拉季翁认出了罗斯托夫，说了几句不连贯的和不甚得体的话，这一天他说的话都是这样。伊里亚·安德烈依奇伯爵在巴格拉季翁和他的儿子说话时，得意地和自豪地环视着大家。

  尼古拉·罗斯托夫与杰尼索夫和新认识的多洛霍夫一起几乎坐在桌子的中央。坐在他们对面的是皮埃尔和他身旁的涅斯维茨基。伊里亚·安德烈依奇伯爵与其他的董事们一起坐在巴格拉季翁对面，负责招待这位公爵，在他身上体现了莫斯科的殷勤好客。

  他的努力没有白费。荤素菜肴都很精美，但是到宴会结束前

---

① 阿尔喀得斯即赫拉克勒斯，希腊神话中的英雄。

② 这首波兰舞曲由俄国作曲家科兹洛夫斯基（一七五七至一八三一年）作曲，用于乐队演奏和合唱（杰尔查文作词）。

他仍然一直没有完全放下心来。他朝餐厅管事使使眼色,低声对仆人们吩咐什么,不无激动地等待着上他熟悉的每道菜。一切都很好。第二道菜是特大的鲟鱼(伊里亚·安德烈依奇一见它,兴奋和羞怯得脸都红了),在上这道菜时仆人们开始噼噼啪啪地开瓶塞,给大家倒香槟酒。在这道给人们留下某种印象的鲟鱼后,伊里亚·安德烈依奇伯爵和别的董事们交换了一下眼色。"要干许多次杯,该开始了!"他低声说了一句,端起酒杯,站了起来。大家都不作声了,等着他说什么。

"祝皇上身体健康!"他喊了一声,他的那双和善的眼睛因高兴和激动而热泪盈眶了。这时奏起了《胜利的雷声响起来吧》。大家都从自己的座位上站起来,高呼"乌拉"。巴格拉季翁也像在申格拉本战场上那样喊起了"乌拉"。在所有三百人的呼喊中,可以听得出年轻的罗斯托夫兴高采烈的喊声。他差一点哭了。

"祝皇上身体健康。"他喊道,"乌拉!"他一口喝干杯里的酒,把杯子往地上一摔。许多人也跟着这样做。高声的喊叫持续了很久。喊声停止后,仆人们捡走了摔碎的酒杯,于是大家坐下来,想起刚才的叫喊不禁露出了微笑,彼此交谈起来。伊里亚·安德烈依奇伯爵又站了起来,朝放在他的盘子旁的纸条看了一眼,举杯祝我们最近一次战役的英雄彼得·伊万诺维奇·巴格拉季翁公爵身体健康,说着伯爵的那双蓝眼睛又被泪水湿润了。"乌拉!"三百位客人又呼喊起来,这时没有奏乐,只听见歌手唱起了帕维尔·伊万诺维奇·库图佐夫[①]作的颂歌:

[①] 帕维尔·伊万诺维奇·戈列尼谢夫-库图佐夫(一七六七至一八二九年),参政员,曾任莫斯科大学督学,许多颂歌的作者。

> 任何障碍都阻挡不住罗斯人,
> 勇敢是一切胜利的保证,
> 我们有了巴格拉季翁们,
> 所有敌人都将跪在脚下归顺……

歌手们刚唱完,接着又是一次又一次的干杯,伊里亚·安德烈依奇伯爵愈来愈动了感情,酒杯摔得更多,喊声变得更大。大家为别克列绍夫、纳雷什金、乌瓦罗夫、多尔戈鲁科夫、阿普拉克辛①、瓦卢耶夫的健康干杯,为各位董事的健康干杯,为主持人的健康,为俱乐部所有成员和所有客人的健康干杯,最后单独地为宴会的操办者伊里亚·安德烈依奇伯爵的健康干杯。在干这杯酒时,伯爵掏出手绢,用它捂住脸,放声大哭起来。

四

皮埃尔坐在多洛霍夫和尼古拉·罗斯托夫对面。他像平常一样,胃口很好,吃得和喝得都很多。但是跟他熟识的人看到,今天他身上发生了巨大的变化。他在宴会的整个时间里一言不发,眯起眼睛和皱起眉头瞧着自己的周围,或者什么也不看,显出完全心不在焉的样子,用手指摸摸鼻梁。他的脸色是沮丧和阴沉的。他似乎没有看见和没有听见他周围发生的一切,心里只想着某一

---

① 阿普拉克辛(一七五六至一八二七年),俄国骑兵上将。

件使他苦恼的和没有解决的事。

这个没有解决的、折磨着他的问题，是住在莫斯科的公爵小姐向他暗示多洛霍夫与他的妻子关系暧昧，而且今天早上他接到了一封匿名信，信中用所有匿名信惯用的下流的开玩笑的口气说，他戴着眼镜却什么也看不清，他的妻子同多洛霍夫的关系只对他一个人来说才是秘密。皮埃尔无论是对公爵小姐的暗示还是对匿名信都完全不相信，但是他现在很怕朝坐在他面前的多洛霍夫看。每当他的目光无意中与多洛霍夫漂亮的眼睛的傲慢无礼的目光相遇时，他都感觉到他心里正在产生着某种可怕的、不好的念头，于是赶紧转过头去。皮埃尔情不自禁地回想着妻子过去的事和她同多洛霍夫的关系，清楚地看到，匿名信里所说的话，如果涉及的不是**他的妻子**，那就可能是真的，至少看起来像是真的。他还不由得回想起，多洛霍夫那次战役后恢复了军职和一切，回到了彼得堡，前来找他。多洛霍夫利用过去与皮埃尔的酒肉朋友的关系，直接到他家里来，而皮埃尔把他收留下来，还借钱给他花。皮埃尔又想起，当时埃莱娜曾微笑着对多洛霍夫住在他们家里表示不快，而多洛霍夫则厚颜无耻地对他夸奖他的妻子的美貌，从那时起到前来莫斯科之前，一刻也没有离开过他们。

"是的，他长得很英俊，"皮埃尔想道，"我了解他的为人。他觉得败坏我的名誉和嘲笑我有一种特别的乐趣，这是因为我为他奔走过，救济过他，帮过他。我知道，我明白，如果这是真的，那么在他看来这会给他的恩将仇报的行为增添很大的兴味。是的，如果这是真的；但是我不相信，我没有理由相信，而且也不能相信。"他回想起了多洛霍夫在干残酷的事情时，例如他在把警察分局长与狗熊捆在一起扔进水里时,或者在他无缘无故地向一个人提出决斗时,或者在用手枪打死车夫的马时,脸上出现的表情。他发现多洛霍夫看着他时,脸上经常也有这样的表情。"是的,他是一个爱好决斗的寻衅闹事者,"皮埃尔想,"他打死一个人不算一回事,他想必是觉得大家都怕他,这一定使他感到很高兴。他必定认为我也怕他。确实,我是怕他的。"想到这些,皮埃尔又感觉到他心里正在产生某些可怕的和不好的念头。多洛霍夫、杰尼索夫和罗斯托夫现在坐在皮埃尔对面,看起来像是很高兴的样子。在罗斯托夫的这两位朋友当中,一位是勇猛的骠骑兵,另一位是有名的爱好决斗的寻衅闹事者和浪子,他快活地同他们交谈着,时而用嘲笑的目光看看皮埃尔,因为皮埃尔在宴会上的那种心事重重、心不在焉的样子和硕大的身躯使人感到惊讶。罗斯托夫之所以用不友好的目光看着皮埃尔:第一,是因为皮埃尔在他这个骠骑兵的眼里,是一个非军人的富翁和美人的丈夫,总的说来是个懦夫;第二,是因为皮埃尔心事重重和心不在焉,没有认出他罗斯托夫来,没有给他回礼。当大家开始为皇上的健康干杯时,想着心事的皮埃尔没有站起来,也没有举起酒杯。

"您怎么啦?"罗斯托夫冲着他喊叫起来,用兴奋而又愤怒的目光看着他,"难道您没有听见大家正为皇上的健康干杯吗!"皮埃尔叹了口气,顺从地站了起来,喝干了杯子里的酒,等大家都坐下后,带着和善的微笑对罗斯托夫说起话来。

"我没有认出您来。"他说。但是罗斯托夫顾不上说话,他正在高喊"乌拉"呢。

"你怎么不恢复旧交呢?"多洛霍夫对罗斯托夫说。

"随他去吧,这傻瓜。"罗斯托夫说。

"应当笼络漂亮女人的丈夫。"杰尼索夫说。

皮埃尔没有听见他们说什么,但是知道他们在说他。他涨红了脸,转过身去。

"好吧,现在为漂亮女人的健康干杯。"多洛霍夫带着严肃的表情,但嘴角上挂着微笑,端着酒杯对皮埃尔说,"为漂亮的女人,彼得鲁沙,还有她们的情夫们的健康干杯。"他说。

皮埃尔垂下眼睛,只顾喝自己杯里的酒,没有瞧多洛霍夫,也没有回答他的话。分发库图佐夫写的颂歌的仆人,因皮埃尔是一位较有身份的贵客,给他放了一份。他把它拿了起来,这时多洛霍夫探过身子,从他手里一把夺了过去,开始读起来。皮埃尔朝多洛霍夫看了一眼,又垂下了眼睛:那种在整个宴会过程中弄得他坐立不安的可怕的和不好的念头又出现了,并且开始支配他的身心。他把整个肥胖的身体探过桌子来。

"不许拿走!"他喊了一声。

涅斯维茨基和右面的邻座听见这喊声和看见是朝谁喊的,急忙惊恐地劝说别祖霍夫。

"算了,算了,您怎么啦?"两人惊慌失措地低声说。多洛霍夫用他那明亮快活而又凶恶的眼睛看了皮埃尔一眼,仍然微笑着,仿佛是说:"我就喜欢这样。"

"不给。"他明确地说。

皮埃尔脸色苍白,嘴唇颤抖着,一把抢回那张纸。

"您……您……坏蛋!……我要和您决斗。"他说完推开椅子,从桌旁站了起来。皮埃尔在这样做和说这句话的一瞬间,觉得最近几昼夜一直折磨着他的关于妻子行为不端的问题确实无疑的了。他恨她,思想上已同她永远决裂了。尽管杰尼索夫劝罗斯托夫不要干预这件事,罗斯托夫还是同意当多洛霍夫的助手,并在宴席散了后同别祖霍夫的助手涅斯维茨基就决斗条件进行了谈判。皮埃尔回家去了,而罗斯托夫与多洛霍夫和杰尼索夫一起坐在俱乐部里听茨冈人和歌手们唱歌,直到晚上很晚的时候。

"您心里平静吗?"罗斯托夫问。

多洛霍夫停住脚步。

"你知道,我可以用三言两语说出决斗的全部秘密。如果你去决斗前写遗嘱和给父母写充满温情的话,如果你想到你可能被打死,那么你就是一个傻瓜,而且一定会完蛋;而如果你拿定主意要尽可能快地和尽可能有把握地把对方打死,那么就像一位科斯特罗马的猎熊手常对我说的那样,一切都会很圆满。他说,怎么不怕熊呢?可是一看见它,恐惧心理就消失了,心里只想不要让它跑了!我就是这样。明天见,亲爱的!"

第二天早晨八点钟,皮埃尔和涅斯维茨基一起来到索科尔尼基树林,发现多洛霍夫、杰尼索夫和罗斯托夫已在那里。看皮埃尔的样子,好像他正在思考与眼前的事毫无关系的问题似的。他的消瘦的脸有些发黄。显然昨夜没有睡。他心不在焉地看看自己周围,仿佛怕见明亮的阳光似的皱起眉头。他心里只想着两件事:一是在经过不眠之夜后他已丝毫也不怀疑妻子行为不端了,二是多洛霍夫并无过错,他没有任何理由来维护一个与他没有关系的外人的名誉。"也许,我处在他的位置上同样也会这样做。"皮埃尔想道,"甚至我一定会这样做。那么干吗要进行这场决斗,要杀人呢？不是我打死他，就是他打中我的头部，我的胳膊肘，我的膝盖。离开这里吧，逃走吧，到什么地方隐居起来。"他脑子里出现这样的想法。但是正是在出现这样的想法的时候，他摆出了一副能使人看了肃然起敬的平静的和心不在焉的样子问道："快了吧，准备好了吗？"

当一切准备停当，雪地里插好了马刀作为设定双方距离的界线，手枪也装上了子弹时，涅斯维茨基走到皮埃尔跟前。

"如果我在这重要的、非常重要的时刻不对您完全说实话，"他怯生生地说，"那么我就是没有尽到自己的责任，辜负了您让我当您的助手所给予的信任和荣誉。我以为这事没有足够的理由，不值得为它而流血……您做得不对，您发了火……"

"唉，是的，非常愚蠢……"皮埃尔说。

"那么我是否去转达您的歉意，我相信，我们的对手们是会接受您的道歉的。"涅斯维茨基说（他像这件事的别的参与者和在这种情况下的所有人一样，还不相信事情已达到真正非决斗不可的地步），"您知道，伯爵，认识自己的错误要比把事情弄到无法补救的地步高尚得多。无论哪一方都没有受辱。让我去谈一谈……"

"不，有什么可谈的，"皮埃尔说，"反正都一样……准备好了吗？"他补充说，"您只要告诉我：朝哪里和怎么走，枪朝哪里打。"他带着不自然的温和的微笑说。他拿起了手枪，开始详细询问开枪的方法，因为他至今一直没有拿过手枪，不过他愿意承认这一点。"啊，对了，就是这样，我只是忘了。"他说。

"没有什么可道歉的，绝对不道歉。"多洛霍夫回答也试图进行调解的杰尼索夫说，他也走到了规定的地点。

决斗的地点选在离停雪橇的大路大约八十步的地方，那是松林中的一个不大的林间空地，上面覆盖着最近几天解冻后已开始融化的雪。决斗的人分别站在林间空地的边上彼此相距四十步的地方。助手们数着步子，从两人站着的地方，直到作为界线相距十步插着涅斯维茨基和杰尼索夫的马刀的地方，在很深的潮湿的积雪上踩出了一行脚印。解冻还在继续，大雾还笼罩着；四十步开外彼此都看不清。过了大约三分钟一切都已准备好了，可是仍然迟迟没有动手。大家都沉默着。

五

"好吧，开始吧！"多洛霍夫说。

"行。"皮埃尔仍然那样微笑着说。

情况变得令人惶恐不安起来。显而易见，如此轻易地开了头的事情已经无法阻止了，它将不以人们的意志为转移地自然发展下去，一直到结束为止。杰尼索夫第一个走到界线那里，宣布说：

"由于决斗双方拒绝和解，那么是否现在就开始：拿好手枪，听到我数'三'就开始朝前走。"

"一——一！二！三！"杰尼索夫生气地喊道，随即退到一旁。两人沿着踩出的小道朝前走，愈来愈靠近，雾中已能彼此看清了。决斗双方在走到界线时，只要愿意就有权开枪。多洛霍夫走得很慢，他没有举起手枪，用他的那双明亮的、闪闪发光的蓝眼睛注视着对方的脸。他的嘴像平常一样，似笑非笑。

皮埃尔在听到喊"三"后,快步朝前走去,离开了踩出的小道,走在没有踩过的雪地上。他朝前伸出握着手枪的右手,看来好像担心这把手枪会把自己打死似的。他竭力把左手往后放,因为他想用它来支撑右手,然而他知道,这是不许可的。走了五六步离开小道到了雪地上后,皮埃尔看了看脚下,又很快瞥了一眼多洛霍夫,像别人教他的那样用指头勾了一下扳机,打了一枪。皮埃尔完全没有料到枪声会这么响,他听见后浑身哆嗦了一下,然后他为自己这样的感受笑了笑,便站住了。雾中硝烟显得格外地浓,使他在最初一瞬间什么也看不见;他等待着对方射击,但是枪声没有接踵而来。只听见多洛霍夫的急促的脚步声,他的身影透过硝烟露了出来。他用一只手捂着左边的腰部,另一只手紧握着下垂的手枪。他的脸色苍白。罗斯托夫跑过去,对他说了些什么。

"不⋯⋯不,"多洛霍夫咬着牙说,"不,事情还没有完,"他又跌跌撞撞、一瘸一拐地走了几步,到了插着的马刀那里,倒在马刀旁边的雪地上。他的左手全都是血,他用制服擦擦手,用它支撑着身子。他的脸色苍白,眉头紧皱,双颊颤抖着。

"请⋯⋯"他开口说道,但是未能一下子把话说出来⋯⋯"请吧。"他终于吃力地把这个话说完。皮埃尔差一点放声大哭起来,他朝多洛霍夫跑去,已想要越过两道界线之间的地段,这时多洛霍夫喊道:"回到界线那里去!"皮埃尔明白是怎么回事后,便在马刀旁站住了。他们两人之间只相隔十步。多洛霍夫把头垂到雪地上,贪婪地吞了一口雪,又抬起头,变了一下姿势,盘起腿,坐下了,寻找着牢靠的重心。他吞着冰凉的雪,吮吸着它;他的嘴唇颤抖着，但是他一直微笑着；他的眼睛闪闪发亮，说明他在努力集中最后的力量，并且心里充满着愤恨。他举起手枪，开始瞄准。

"侧过身子，用手枪遮掩住自己！"涅斯维茨基说。

"遮掩住自己！"就连杰尼索夫也忍不住对自己的对手喊了一声。

皮埃尔带着抱歉和悔恨，温和地微笑着，不知所措地叉开双腿和张开两臂，挺起宽阔的胸膛直对着多洛霍夫站着，忧伤地望着他。杰尼索夫、罗斯托夫和涅斯维茨基眯缝起了眼睛。他们同时听到枪声和多洛霍夫恶狠狠的喊声。

"没有打中！"多洛霍夫喊了一声，脸朝下无力地倒在雪地上。皮埃尔抱住脑袋向后转，朝树林走去，他已完全走在雪地上，嘴里大声地说着谁也不明白的话。

"愚蠢……愚蠢……！死亡……谎言……"他皱着眉头反复地说。涅斯维茨基拦住他，把他送回家去。

罗斯托夫和杰尼索夫则设法把受伤的多洛霍夫送走。

多洛霍夫闭上眼睛，默默地躺在雪橇上，别人问他，他一句话也没有回答；但是进入莫斯科市区后，他突然醒过来了，吃力地抬起头，抓住坐在他身旁的罗斯托夫的一只手。罗斯托夫看见多洛霍夫脸上的表情突然变得兴奋和亲切起来，感到很惊讶。

"喂，什么？你觉得身体怎么样？"罗斯托夫问。

"很不好！但是问题不在这里。我的朋友，"多洛霍夫断断续续地说，"现在我们在哪里？我知道，我们在莫斯科。我没有什么，但是我把她害苦了，害苦了……这件事她一定经受不住。她一定经受不住……"

"你说的是谁?"罗斯托夫问。

"我的母亲。我的母亲,我的天使,我的受人崇拜的天使,母亲。"多洛霍夫握住罗斯托夫的手哭了起来。他稍稍平静下来后,便对罗斯托夫说,他同母亲住在一起,如果母亲看见他快要死了,她是一定会经受不住的。他恳求罗斯托夫到她那里去做点工作,让她思想上好有个准备。

罗斯托夫为了完成这个委托,先走了,使他大为惊讶的是,多洛霍夫这个捣乱分子,这个爱好决斗的寻衅闹事者在莫斯科同老母亲和驼背的姐姐住在一起,并且是一个最讲孝悌之道的儿子和弟弟。

六

皮埃尔近来很少同妻子单独见面。无论是在彼得堡还是在莫斯科,他们家里经常是宾朋满座。他在决斗后的那天夜里,如同平常那样,没有到卧室去,而留在父亲的大书房里,也就是在老伯爵别祖霍夫去世的那间屋里。不管昨天的那个不眠之夜内心有多么痛苦,相形之下,现在心里开始感到更加难受。

他在沙发上躺下,想要入睡,以便忘掉他所经历的一切,但是他做不到这一点。各种感觉、思想和回忆像暴风雨一样袭击他的心灵,不仅使他无法睡觉,而且使他连坐也坐不住了,他只好从沙发上起来,在房间里快步来回走动。在他眼前浮现出了刚结婚时的她，当时她袒胸露肩，目光慵困而充满情欲；马上在她身边又浮现出了多洛霍夫在宴会上的那张俊秀、蛮横、果断和带着讥笑的脸，还有他转过身去倒在雪地上时的那张抽搐着的和带着痛苦表情的苍白的脸。

"发生了什么事？"他问自己，"我打死了**情夫**，是的，打死了我的妻子的情夫。是的，是这么回事。因为什么？我是怎么走到这一步的？"他内心里有个声音回答道："因为你娶了她。"

"那么我错在哪里呢？"他问道。"错在你并不爱她而娶了她，错在你既欺骗了自己，也欺骗了她。"于是他面前又历历在目地出现了瓦西里公爵家里晚宴后的情景，那时他言不由衷地说了一句"我爱您"。"一切都由此而来！我当时就感觉到，"他想道，"我确实感觉到这不是那么回事，我没有权利这样做。结果出了这种事。"他想起了他们的蜜月，一想起来他就脸红。他特别清楚地想起了一件事，心里感到受了侮辱和羞耻，他记得有一次，在他结婚后不久，在中午十一点多，他穿着丝绸睡衣从卧室到了书房里，在那里碰上了总管，总管恭恭敬敬地鞠了一躬，瞧了瞧皮埃尔的脸和他的睡衣，微微一笑，似乎想用这笑容恭恭敬敬地表达对自己的主人的幸福的赞许。

"我曾有多少次为她而自豪，"他想道，"为她的雍容美丽，为她在交际场所的风度而自豪；为自己的那幢她用来接待全彼得堡贵客的房子而自豪，为她的高不可攀和美貌而自豪。那么我感到自豪的究竟是什么呢？！我当时曾经想过，我不了解她。我在想到她的性格时经常对自己说，我不了解她，不了解这种永远心安理得、感到满足、没有任何激情和愿望的现象，只能怪我自己，而整个谜底就是她是一个荡妇这样一句可怕的话,这句可怕的话一说出来,一切就清楚了!

"阿纳托利经常来向她借钱,吻她袒露的肩膀。她没有借钱给他,却让他吻自己。父亲用开玩笑的口气,想引起她的醋意;她平静地微笑着说,她不会愚蠢到去吃醋,说他爱干什么就干什么好了,她这说的是我。有一次我问她有没有感觉到怀孕的征兆。她轻蔑地笑了起来,说她不是傻瓜,不会要孩子,并且说她是不会给**我**生孩子的。"

接着他回想起了她的言谈举止,她虽然是在上层贵族的圈子里长大的,但是思想简单粗浅,言语庸俗。"我不是什么傻瓜……你自己去试试……滚开。"她常常这样说。皮埃尔看到她很受男女老少的欢迎,常常不能理解,他为什么不爱她。"我从来没有爱过她。"皮埃尔对自己说。"我知道她是一个荡妇,"他反复地自言自语道,"但是没有勇气承认这一点。"

"而现在多洛霍夫坐在雪地上,勉强地微笑着,眼看快要死了,也许他是在装出好汉的样子回答我的悔悟!"

从外表看来,皮埃尔似乎性格软弱,但是他不是一个爱找别人诉说自己的痛苦的人。他独自一个人忍受着痛苦的折磨。

"一切的一切都是她一个人的错。"他自言自语地说,"但是这有什么用呢?我干吗要把自己和她捆在一起,干吗要对她说'我爱您'呢?要知道这是假话,甚至比假话更坏。"他继续自言自语道。"我有错,应当受到……但是受到什么呢?最后弄得名誉扫地,生活不幸吗?唉,这都是胡扯,"他想道,"荣与辱都是相对的,一切都不是由我决定的。"

"人们处死了路易十六,**他们**说,他可耻和有罪(皮埃尔忽然想到他),他们根据自己的观点认为说得不错,而那些为他遭到惨死、把他看作圣徒的人也是对的。后来罗伯斯比尔①被处死,因为他是暴君。谁是对的,谁是错的?谁也说不清。活着——那就活下去吧,明天就有可能死去,就像我一个钟头以前可能被打死那样。与永恒相比,一个人的生命只是一刹那,值得折磨自己吗?"但是当他自认为自己由于有了这些想法心境已恢复平静时,他又突然想到了**她**,想到了他向她热烈地表白虚假的爱情的时刻,他觉得血全往心里涌,他只好又站起来来回走动,随手摔着和撕着碰到的东西。"我干吗要对她说'我爱您'?"他一直自言自语地重复说。在把这个问题重复了十次后,他想起了莫里哀的一出喜剧里"他怎么会上这条船的呢?"②这句话,不禁自己嘲笑起自己来了。

夜里他把仆人叫来,吩咐收拾行装,准备到彼得堡去。他不能和她住在一起。他无法想象现在怎样和她说话。他决定明天就走,给她留下一封信,向她宣布他将永远同她分手。

早晨仆人端着咖啡进书房时,看到皮埃尔躺在土耳其式沙发上手里拿着一本打开的书睡着了。

他醒来后,惊恐地朝四周环视了好久,弄不清他在哪里。

"伯爵夫人叫人来问,老爷是否在家。"仆人说。

---

① 罗伯斯比尔(一七五八至一七九四年),法国革命家,雅各宾派革命政府的领导人。一七九四年七月二十八日被处死。

② 这句话出自法国剧作家莫里哀的喜剧《斯卡潘的诡计》(一六七一年),它已成为谚语,意为"他怎么会同这伙人混在一起呢"。

但是皮埃尔还没有来得及决定怎样回答,身穿白色镶银边的缎子睡衣、没有裹头巾(两条大辫子在她美丽的头上绕了两圈,盘成冠冕形)的伯爵夫人本人镇静地和高傲地进了书房;只在稍微突出的大理石般的前额上有一道愤怒的皱纹。她一直保持着镇静,在仆人面前没有开口说话。她知道他进行了决斗,她就是前来和他谈这件事的。她等着仆人放好咖啡后出去。皮埃尔胆怯地透过眼镜朝她看了一眼,像一只被猎狗围住后抿着耳朵继续在它的面前卧着的兔子一样,试着继续看他的书;但是他感觉到这样做是不行的和毫无意义的,便又胆怯地看了她一眼。她没有坐下,带着轻蔑的微笑望着他,等待仆人出去。

"这又怎么啦?我问您,您干了什么好事?"她严厉地问道。

"我?……怎么啦?我……"皮埃尔说。

"好一个勇士!您回答,这决斗是怎么回事?您想通过决斗证明什么?证明什么?我在问您呢。"皮埃尔在沙发上笨重地转过身,张开嘴,但是不知如何回答。

"如果您不回答,那么我就告诉您……"埃莱娜接着说,"您相信人家对您说的一切。有人对您说……"埃莱娜笑了起来,"多洛霍夫是我的情夫,"她用法语说,像说任何别的词一样,粗野而明确地说出"情夫"一词,"于是您就相信了!但是您这样做证明了什么呢?您进行这次决斗证明了什么呢?您是一个傻瓜,que vous êtes un sot;这是大家都知道的。这会有什么结果?结果会使我成为全莫斯科的笑柄;任何人都会说,您喝醉了酒,忘乎所以,提出要和一个您毫无根据地吃他的醋的人决斗,"埃莱娜的嗓门愈来愈高,愈来愈起劲,"而这个人在各个方面都比您强。……"

"哼……哼。"皮埃尔发出含混的声音,皱着眉头,没有瞧她,四肢一动不动。

"您为什么能相信他是我的情夫呢?……为什么?因为我喜欢同他在一起吗?如果您聪明些和有趣些,我倒更愿意和您在一起。"

"不要同我说话……我恳求您。"皮埃尔声音嘶哑地低声说。

"为什么我不能说话!我能说话,而且敢于大胆地说,跟像您这样的丈夫一起生活的妻子,很少有不给自己找情夫(des amants)的,而我没有这样做。"她说。皮埃尔想要说什么,用她没有理解的奇怪的目光看了她一眼,又躺下了。在这时刻他肉体上感到很痛苦:胸口发闷,喘不过气来。他知道他需要做点什么事,好使自己不再感到痛苦,但是他想做的事太可怕了。

"我们最好分开。"他断断续续地说。

"要分开也行,不过您得给我一份财产,"埃莱娜说……"分开,用这个来吓唬我!"

皮埃尔从沙发上跳了起来,摇摇晃晃地朝她扑过去。

"我打死您!"他喊叫起来,他自己也不知道有这么大的力气,从桌子上抓起一块大理石石板,朝她跨出一步,抢起来就要砸她。

埃莱娜的脸色变得很可怕;她尖叫了一声,躲开了他。父亲的个性在他身上表现了出来。皮埃尔体验到了狂怒的乐趣和美妙之处。他扔了石板,把它摔得粉碎,张开双臂朝埃莱娜逼过去,喊道:"滚开!"这喊声非常可怕,整座房子里的人听到后全都吓坏了。在这时刻如果埃莱娜不赶紧跑出房间,天知道皮埃尔会做出什么样的事情来。

一个星期后,皮埃尔给了妻子一份委托书,让她管理占他全部财产一大半的位于大俄罗斯各地的所有庄园，自己一个人到彼得堡去了。

七

自从奥斯特利茨战役和安德烈公爵阵亡的消息传到童山后，两个月过去了。虽然曾经写信通过外交使团去查询，虽然进行了多方寻找，他的尸体还是没有找到，他也不在被俘人员的名单里。最使亲人们感到难受的是，仍然可以希望他在战场上得到当地居民的救助，现在他也许一个人在陌生人中间养伤或者处于死亡的边缘，而不能给家里通个消息。老公爵是从报纸上第一次得知奥斯特利茨战役失败的消息的，这些报纸像平常一样，只是非常简短地和含糊地写道，俄国人在打了几个漂亮仗之后，需要撤退，而且撤退时秩序井然。老公爵从这个官方的报道中明白了，我军被打败了。在报纸发表关于奥斯特利茨战役的消息后的两个星期，收到了库图佐夫的信，信中告诉了老公爵他的儿子遭到的厄运。

"我亲眼看见您的儿子手里举着军旗跑在团队前面，"库图佐夫写道，"他像英雄一样倒下了，不愧为自己的父亲和祖国的好儿子。至今还不知道他是否还活着，这使我和全军将士深感遗憾。可以使您和我抱有希望而感到自慰的是，您的儿子可能还活着，不然的话，在军使呈交给我的在战场上找到的军官的名单里一定会有他的名字。"

老公爵是在夜晚一个人待在书房里时接到这个消息的，他没有对任何人说。第二天他像平常一样早晨出去散步；不过他在看见管家、花匠和建筑师时寡言少语，虽然他看起来像是在生气，但是没有对任何人说一句话。

当玛丽亚公爵小姐在规定时间走进他的书房时，他正站在车床旁干活，像平常一样，没有回过头来看她。

"啊！玛丽亚公爵小姐！"他突然不自然地说，扔下了凿子。（轮子由于冲力的作用还在转动着。玛丽亚公爵小姐很长时间都记得这轮子快要停转时的咯吱声，她觉得这声音同接着发生的事融合在一起。）

玛丽亚公爵小姐朝他走过去，看见了他的脸色，觉得心突然往下沉。她的眼睛变得模糊起来了。父亲脸上露出的不是悲伤，不是忧郁，而是恼怒的和不自然地克制自己的表情，她从他的脸上看出，她已大祸临头，一种可怕的不幸，她还没有经受过的生活中最大的不幸，一种无法挽回的和不可思议的不幸将使她悲痛万分，这不幸就是亲爱的人的死亡。

"爸爸——是安德烈吗？"体形不美、动作笨拙的公爵小姐说，她在说话时流露出了一种无法形容的悲伤和忘我的美好感情，以至于父亲经受不住她的目光，抽泣了一声，转过身去。

"得到了消息。在被俘的人当中没有他，在阵亡的人当中也没有他。库图佐夫信中这样说，"他尖声喊叫了一声，仿佛想用这喊声把公爵小姐赶走似的，"被打死了！"

公爵小姐没有倒下，也没有晕过去。她脸色苍白，在听到这些话时，她的脸色变了，她那双美丽的炯炯有神的眼睛闪现出亮光。仿佛有一种欢乐，一种不以尘世的悲欢为转移的至高无上的欢乐淹没了她心里曾经有过的强烈的悲伤。她忘掉了对父亲的畏惧，走到他跟前，抓住他的一只手，把他拉过来，搂住他那干瘦的、青筋显露的脖子。

"爸爸，"她喊道，"不要转过去避开我，我们一起哭吧。"

"这些混蛋！下流坯！"老人喊叫起来，脸躲开了她，"毁了军队，毁了许多人！为了什么？你去，你去告诉丽莎。"

公爵小姐无力地倒在父亲身旁的圈椅里，失声痛哭起来。现在她仿佛看见哥哥正在带着温柔而又高傲的神情与她和丽莎告别，仿佛看见他正在亲切而又含着讥笑地戴那小圣像。"他信不信？他是否为自己不信神而感到后悔？他现在是否在那里？是否在那个永远宁静的和幸福的地方？"她想。

"爸爸，告诉我，事情是怎么发生的？"她含着眼泪问道。

"去吧，去吧；在一场让最优秀的俄国人去送死、断送了俄国的荣誉的战斗中被打死了。去吧，玛丽亚公爵小姐。你去告诉丽莎。我等一会儿就来。"

玛丽亚公爵小姐从父亲那里回来时，小公爵夫人正坐在那里刺绣，她目光里带着只有怀孕女人才有的内心幸福安详的特殊表情，朝玛丽亚公爵小姐看了一眼。显然她的眼睛没有看见玛丽亚公爵小姐，而是在朝自己里面看——看她身体内部正在形成的某种幸福的和神秘的东西。

"玛丽，"她说，离开了绣架，身体朝后仰，"你把手伸过来。"她抓住公爵小姐的手，把它按在自己的肚子上。

她的眼睛微笑着，长着绒毛的小嘴唇翘了起来，一直像孩子那样幸福地翘着。

玛丽亚公爵小姐在她面前跪下来，把脸贴到嫂子的衣褶里。

"你听，你听——听见了吗？我觉得很奇怪。你知道，玛丽，我将非常喜欢他。"丽莎说，她那闪闪发光的幸福的眼睛望着小姑子。玛丽亚公爵小姐不能抬起头来，因为她在哭。

"你怎么啦，玛莎？"

"没有什么……我思念起……思念起安德烈来了。"她说，在嫂子的膝盖上擦擦眼泪。在整个早晨玛丽亚公爵小姐几次想开口对嫂子说，让她思想有个准备，但是每一次都哭了起来。小公爵夫人不明白小姑子流泪的原因，但是不管她如何不善于观察，这些眼泪还是使她不安起来。她什么也没有说，只是不安地环顾四周，寻找着什么。午餐前，她一向很怕的老公爵进了她的房间，这次她只见公公神色特别不安，一脸怒气，一句话也没有说就出去了。她朝玛丽亚公爵小姐看了一眼，然后沉思起来，从她眼睛的表情可以看出，她像怀孕的女人常有的那样注视着自己身体内部，突然哭了起来。

"接到安德烈的什么消息了吗？"她问。

"没有，你知道，还不可能有消息，但是爸爸很不安，我也有些提心吊胆。"

"那么说，没有什么事儿？"

"没有什么事儿。"玛丽亚公爵小姐说，她的一双闪闪发光的眼睛紧盯着嫂子。她决定不把接到可怕消息的事告诉她，并且劝父亲在嫂子分娩之前也瞒着她，因为她最近几天就要分娩了。玛丽亚公爵小姐和老公爵各人用不同方式忍受着和隐瞒着他们的悲痛。老公爵不想再抱什么希望，他认定安德烈公爵已经被打死了，尽管他派一名官员去奥地利寻找儿子的踪迹,可是他在莫斯科定做了一个纪念碑,准备把它立在自己的花园里,并且对大家说,他的儿子阵亡了。他竭力不加改变地保持原先的生活习惯,但是已感到力不从心:他走动得少了,吃得和睡得都少了,身体一天天变得虚弱起来。而玛丽亚公爵小姐还抱着希望。她像为活人祈祷那样为哥哥祈祷,每时每刻都在等待着他归来的消息。

八

"我的好朋友。"小公爵夫人在三月十九日早餐后说,她的长着绒毛的小嘴唇照老习惯翘了起来;但是在这个家里,自从接到可怕的消息后,不仅在所有人的笑容里,而且在说话的声音里,甚至在走路的脚步声里都流露出悲伤,小公爵夫人虽然不知道原因,她也受这种共同的情绪的影响,现在她的笑容也是这样,这更加使人想起共同的悲伤。

"我的好朋友,我担心吃了今天的早点(厨师福卡把它称为早点)会使我感到不舒服。"

"你怎么啦,亲爱的?你脸色苍白。啊,你的脸色苍白极了。"玛丽亚公爵小姐惊恐地说,她迈着沉重和从容的步子朝嫂子跑过来。

"公爵小姐,要不要派人去叫玛丽亚·鲍格达诺夫娜来?"在场的一个女仆问道。(玛丽亚·鲍格达诺夫娜是县城的接生婆,她已在童山住了一个多星期了。)

"可不,"玛丽亚公爵小姐接过来说,"也许正好到时候了。我这就去。不要怕,我的天使!"她吻了吻丽莎,就想从房间里出去。

"唉,不要走,不要走!"小公爵夫人的脸除了非常苍白外,还有一种因害怕肉体遭受不可避免的痛苦而产生的孩子般的恐惧。

"不,这是胃……你就说,玛丽,这是胃……"于是小公爵夫人哭了起来,她像孩子一样痛苦地、任性甚至有点做作地哭着,搓着自己的小手。公爵小姐从房间里跑出去叫玛丽亚·鲍格达诺夫娜去了。

"唉!我的上帝!我的上帝!"她听见自己背后在这样喊叫。

这时接生婆正搓着白胖的小手,脸上带着深沉镇静的表情朝她迎面走来。

"玛丽亚·鲍格达诺夫娜!好像开始了。"玛丽亚公爵小姐惊恐地睁大眼睛看着产婆说。

"是吗,谢天谢地,公爵小姐。"玛丽亚·鲍格达诺夫娜说,没有加快脚步,"你们姑娘家不应该知道这种事。"

"大夫怎么还没有从莫斯科来?"公爵小姐问。(按照丽莎和安德烈公爵的意思,在快到产期时应派人到莫斯科去请一位产科医生来,现在每时每刻都在等着他。)

"没有什么,公爵小姐,请放心,"玛丽亚·鲍格达诺夫娜说,"大夫不来,一切也都会平安无事的。"

五分钟后,公爵小姐在自己的房间里听到,有人在抬什么重东西。她探出头去,看见侍仆正在把原先放在安德烈公爵书房里的皮沙发抬进卧室去,不知道做什么用。在抬沙发的人脸上露出一种洋洋得意的和稳重平和的神情。

玛丽亚公爵小姐独自一个人坐在自己的房间里倾听着整座房

子里的动静,当有人经过时,便打开房门,注视着走廊里发生的事。几个女人脚步很轻地走过来走过去,打量着公爵小姐,又转过脸去避开她。她不敢问,关上门,回到自己房里,时而在圈椅里坐下,时而拿起祷告书,时而在神龛前跪下。使她感到懊丧和惊讶的是,祈祷并没有使她平静些。突然她的房间的门轻轻地打开了,门口出现了裹着头巾的老保姆普拉斯科维亚·萨维什娜,由于老公爵有禁令,这位老保姆从来没有到她的房间来过。

"玛申卡,我来陪你坐一会儿,"保姆说,"我拿来了公爵的结婚蜡烛,想把它点在圣徒面前,我的天使。"她叹了一口气说。

"啊,奶妈,你来了我很高兴。"

"上帝是仁慈的,亲爱的。"保姆在神龛前点着了涂金的蜡烛,手里拿着袜子在门口坐下了。玛丽亚公爵小姐拿起一本书读了起来。只有在听到脚步声或说话声时,公爵小姐才惊恐地用疑问的目光看看保姆,保姆也看看她,让她安心。在整座房子的各个角落里,大家都有坐在自己房间里的玛丽亚公爵小姐的那种感觉。根据传说,知道产妇的痛苦的人愈少,她受的痛苦也就愈少,因此大家都竭力装出不知道的样子;谁也不谈这件事,但是在所有的人身上,除了公爵家中通常有的庄重和恭敬的好风度外,可以发现某种共同的忧虑和软心肠,可以看出,他们都意识到此时此刻正在发生一件伟大的、不可理解的事情。

在女仆住的大房间里听不见笑声。在等候室里所有的人默默坐在那里,做好了某种准备。在家奴的住处点着松明和蜡烛,人们都没有睡。老公爵脚后跟着地在书房里来回走着,派吉洪去问玛丽亚·鲍格达诺夫娜怎么样了。

"你只说公爵派人来问怎么样了。你回来告诉我她是怎么说的。"

"你报告公爵,分娩开始了。"玛丽亚·鲍格达诺夫娜深沉地朝派来的人看了一眼说。吉洪回来后报告了老公爵。

"很好。"老公爵说,随手关上了门,吉洪再也没有听见书房里的一点声音。过了一会儿,吉洪进了书房,装作去照看蜡烛的样子。他看见老公爵躺在沙发上,便朝他,朝他惶恐不安的脸看了一眼,摇摇头,默默地走到他跟前,吻了吻他的肩膀就出来了,没有剪烛花,也没有说干什么来了。世界上最庄严和最神秘的事在继续进行着。黄昏过去了,已到了深夜。对不可理解的事的期待和心肠变软的感觉没有减弱,反而增强了。谁也没有睡觉。

这是三月的一个夜晚,冬天似乎还想显示自己的威力,恶狠狠地撒着最后剩下的雪,掀起了暴风雪。人们每时每刻都在等候德国大夫从莫斯科来,已经派了备用马匹到大路拐弯的路口去迎接,还派了几个骑马的人打着灯笼去给他带路,好让他顺利通过坑洼不平的和积满雪水的小路。

玛丽亚公爵小姐早就把书放下了,她默默地坐着,一双闪闪发光的眼睛注视着保姆的那张布满皱纹的、每一个细小的特点都非常熟悉的脸:望着从头巾下面露出的一绺白发,望着下巴底下嘟噜着的松弛的皮肉。

保姆萨维什娜手里织着袜子,低声地叙说着,自己听不见和不明白自己说的话,这事她已说过几百遍,说的是已故的老公爵夫人在基什尼奥夫生玛丽亚公爵小姐的情况,当时接生的不是产婆,而是一个摩尔达维亚农妇。

"有上帝保佑，不需要什么大夫。"她说。突然一阵风刮进房间里卸掉的窗户框里（根据公爵的要求，每当云雀飞来时，每个房间都要卸掉一个窗户框），刮掉了拴得不牢的窗栓，拍打着花缎窗帘，顿时寒气袭人，飘进了雪花，吹灭了蜡烛。玛丽亚公爵小姐颤抖了一下；保姆放下袜子，走到窗前，探出身子，去抓刮开的窗框。冷风拍打着头巾的末梢和露出的一绺绺白发。

"公爵小姐，我的妈呀，大路上有人来了！"她说，手扶着窗户框，没有把它关上，"打着灯笼；一定是大夫……"

"唉，我的上帝！谢天谢地！"玛丽亚公爵小姐说，"应当去接他：他不懂俄语。"

玛丽亚公爵小姐披上围巾，跑去迎接坐车来的人。当她经过前厅时，她从窗户里看到门口停着一辆车，站着打灯笼的人。她到了楼梯上。在楼梯栏杆的柱子上点着一支蜡烛，风吹得它淌着油。侍仆菲利普脸色惊惶，手里拿着一支蜡烛站在下面第一个楼梯台上。再往下在拐弯处，听见有人穿着暖靴上楼来。玛丽亚公爵小姐觉得有一个熟悉的声音说了些什么。

"谢天谢地！"那个声音说，"爸爸呢？"

"躺下安歇了。"已到下面的管家杰米扬回答道。

接着那个声音还说了些什么，杰米扬做了回答，于是穿暖靴的人开始加快脚步沿着看不见的楼梯拐弯处走过来。"这是安德烈！"玛丽亚公爵小姐想道，"不，这不可能，这太不寻常了。"她又想道，而当她在这样想时，在侍仆拿着蜡烛站着的楼梯台上出现了安德烈公爵的脸和身影，他身穿皮大衣，领子上落满了雪花。不错，这是他，可是他的脸色苍白，人瘦了，脸上的表情变了，显得令人奇怪地温和，然而惊慌不安。他上了楼梯，拥抱了妹妹。

"你们没有收到我的信吗？"他问，他不等回答，其实他也不可能得到回答，因为公爵小姐一时说不出话来，就这样他转回去，带着跟着他上来的产科医生（他们是在最后一站相遇的）又快步上了楼梯，再一次拥抱了妹妹。

"命运真是变化莫测！"他说，"玛莎，亲爱的！"他脱下皮大衣和靴子，到小公爵夫人的房间里去了。

九

小公爵夫人躺在靠垫上，头戴白色发帽（阵痛刚刚过去），一绺绺黑色的鬈发落在她那发烧出汗的双颊上；上唇长着黑色绒毛的红润好看的小嘴张开着，脸上露出愉快的笑容。安德烈公爵进了房间，脸冲着她在她躺着的沙发的那一头站住了。她的那双一直像孩子一样惊恐和激动地看着的眼睛，现在开始盯着他，没有改变表情。"我爱你们大家，我没有对任何人做过坏事，我为什么要受这个罪呢？帮帮我吧。"她的表情似乎在这样说。她看见了丈夫，但是不明白现在他出现在她面前是什么意思。安德烈公爵绕过沙发，吻了吻她的前额。

"我的心肝宝贝！"他说了一句从来没有对她说过的话，"上帝是仁慈的……"她用疑问的、像孩子一样责备的目光看了他一眼。

"我曾等待你的帮助，可是什么也等不到，什么也等不到，你也帮不了忙!"她的目光似乎在这样说。她看见他来了,并不感到惊讶;她并不明白他来了。他的到来与她的痛苦和痛苦的减轻之间毫无关系。阵痛又开始了,于是玛丽亚·鲍格达诺夫娜请安德烈公爵从房间里出去。

产科医生进了房间。安德烈公爵出去后碰到了玛丽亚公爵小姐,又走到她跟前。他俩开始小声说话,但是谈话随即都停了下来。他们等待着,注意地听着。

"去吧,我的朋友。"玛丽亚公爵小姐说。安德烈又上妻子那里去,在隔壁房间里坐下来等着。一个女人带着惊恐的神情从她的房间里出来,看见安德烈公爵后有些发窘。安德烈公爵用双手捂住脸,就这样坐了几分钟。从门里传出可怜的、软弱无力的、出于本能的呻吟声。安德烈公爵站起身来,走到门边,想要把门打开。但是有人顶住门不让进去。

"不行!不行!"门里一个惊恐声音说道。他便开始在屋里来回走。喊叫声停止了,又过了几秒钟。突然从隔壁房间传来了可怕的叫喊声——这不是她的声音,她已不能这样叫喊了。安德烈公爵跑到她的房间的门边;喊声停止了,但响起了另一种喊声,婴儿的啼哭声。

"干吗把孩子弄到那里去?"安德烈在最初一瞬间这样想道,"孩子?什么样的孩子?……为什么那里有孩子?要么是生了一个孩子?"

当他突然明白这啼哭声是一件喜事时,泪水夺眶而出,一时喘不过气来,他把两个胳膊肘支在窗台上,像孩子一样抽抽搭搭地哭了起来。门开了。医生从房间里出来,他没有穿常礼服,衬衣的袖子向上卷起，脸色苍白，下巴颤抖着。安德烈公爵朝他转过身来，但是医生不知所措地看了他一眼，一句话没有说就过去了。一个女人从房里跑出来，看见安德烈公爵后，犹豫不决地在门口站住了。安德烈公爵进了妻子的房间。她已经死了，像五分钟前他看见她时那样躺着，她的眼珠已经不动了，两颊变得煞白，可是在她那张孩子般羞怯的可爱的小脸和长着黑色绒毛的小嘴唇还是那样一种表情。

"我爱你们大家，没有对任何人做过不好的事，你们怎么这样对待我呀？唉，你们怎么这样对待我呀？"她的好看的、可怜的、僵死的脸似乎在这样说。在房间的一角，在玛丽亚·鲍格达诺夫娜的白净的颤抖着的手里有一个红红的小东西在啼哭和尖叫。

在这之后过了两个小时，安德烈公爵轻手轻脚地进了父亲的书房。老人已经什么都知道了。他正站在门边，门一打开，他就伸出老年人的像钳子一样粗硬的手臂，默默地搂住儿子的脖子，像孩子一样放声大哭起来。

三天后，举行了小公爵夫人的葬礼，安德烈公爵上了停放棺材处的台阶与她告别。棺材里的人虽然闭着眼睛，但脸上还是那种表情。"唉，你们怎么这样对待我呀？"这张脸似乎仍然在这样说，这时安德烈公爵感到心都要碎了，觉得自己有一种无法挽回的和不能忘记的过错。他欲哭无泪。老人也上去吻了吻她的一只蜡黄的小手。这只手静静地和高高地放在另一只手上，她的脸似乎在对他说："唉，您怎么这样对待我呀，究竟因为什么？"老人看见这张脸，生气地转过身去。

又过了五天，给刚出世的小公爵尼古拉·安德烈依奇举行了洗礼。神父用鹅毛抹孩子红色发皱的小手掌和小脚板①,这时奶妈用下巴颏压着包布。

作为教父的祖父颤巍巍地抱着婴儿,生怕抱不住,他绕着布满瘪印的白铁圣水盘走了一圈,然后把孩子交给教母玛丽亚公爵小姐。安德烈公爵担心孩子被淹死②,紧张得屏住气,坐在另一个房间里等待仪式结束。当奶妈把孩子抱出来见他时,他高兴地看了孩子一眼,当奶妈告诉他扔进圣水盘的卷着孩子头发的蜡片没有下沉,而是浮了起来时③,他赞许地点点头。

十

罗斯托夫参加多洛霍夫与别祖霍夫之间的决斗的事,通过老伯爵的努力暗中了结了,他不但没有像他所预料的那样被降职,反而当上了莫斯科总督的副官。由于这个原因,他就不能同全家一起到乡下去,整个夏天都留在莫斯科担任新职。多洛霍夫已恢复健康,在他逐渐康复的这段时间里,罗斯托夫与他特别要好起来。养伤时,多洛霍夫住在热爱他和对他体贴入微的母亲那里。玛丽亚·伊万诺夫娜老太婆因为罗斯托夫是费佳④的朋友,也很喜欢他,经常对他讲自己儿子的事。

---

① 这里说的是婴儿领洗时的抹膏油仪式。
② 婴儿在领洗时,要三次将其放入圣水盘里的水中。
③ 根据俄国民间迷信说法,如果蜡片不往下沉,就预示着婴儿将有好福气。
④ 费佳是多洛霍夫的名字费多尔的爱称。

"是的，伯爵，对当今我们的这个腐化堕落的上流社会来说，"她不止一次地说，"他太高尚和心地太纯洁了。谁也不喜欢高尚的品德，人人看了都觉得不舒服。请您说说，伯爵，这件事别祖霍夫做得对吗？做得正当吗？费佳由于品德高尚，曾经敬爱他，现在仍然不说他一句坏话。在彼得堡跟警察分局长胡闹，开玩笑，那不是他们一起干的吗？最后怎么样，别祖霍夫一点事也没有，而费佳却承担了一切！要知道他承担了多大的责任啊！就算是他复了职，可是怎么能不复职呢？我想，像他这样的勇士和祖国的好儿子，当时在那里并不多。好吧，现在说一说这场决斗。这些人有没有人的感情，有没有荣誉良心！明明知道他是独子，还要求同他进行决斗，而且直接对准他开枪！好在上帝保佑了我们。为什么要这样做？您说，现在谁没有不正当关系？既然他的醋劲儿这么大——这一点我理解——他就应该早提醒人们，可是这事延续了一年之久。也许他在提出挑战时认为费佳不会应战，因为欠他的钱。多么下流！多么卑鄙！我知道，我的亲爱的伯爵，您理解费佳，因此我从心底里喜欢您，请相信我的话。很少有人理解他。这是一个非常高尚和非常纯洁的人……"

多洛霍夫本人在养伤期间也经常对罗斯托夫说一些使人完全意想不到的话。

"我知道，人们认为我是一个凶恶的人，"他常常说，"随他们的便。除了那些我喜爱的人外，我谁也不愿意认识；但是我为我所喜爱的人可以献出生命，而其余的人，如果他们挡我的道儿，我就要把他们全都压扁。我有一个我崇拜的、非常可贵的母亲，还有两三个朋友,其中包括您,而对其余的人,要看他们有益或有害的程度,才加以注意。所有的人几乎都是有害的,尤其是女人。是的,我的亲爱的,"他接着往下说,"我见过仁爱的、品德高尚的、思想境界高的男人;但是除了出卖灵魂的淫妇——无论是伯爵夫人还是厨娘,全都一样——外,没有见过别的女人。我还没有遇见过我在女人身上寻找的那种天使般的纯洁和忠诚。假如我找到了这样一个女人,我就会为她献出生命。而这些娘儿们……"他做了一个轻蔑的手势,"不知你是否相信我的话,如果说我还珍惜生命的话,那么只是因为还希望能碰到一个能使我获得再生,使我净化和变得高尚起来的纯洁的女人。不过你不理解这一点。"

"不,我非常理解。"为新朋友的这番话所打动的罗斯托夫这样回答道。

秋天,罗斯托夫一家回到了莫斯科。到了初冬,杰尼索夫也回来了,落脚在罗斯托夫家里。尼古拉·罗斯托夫在莫斯科度过的一八〇六年初冬的日子,对他和他的全家来说,是最幸福和最快乐的时光之一。尼古拉带许多年轻人到父母的家里来。薇拉已是二十岁的漂亮姑娘;十六岁的索尼娅像一朵开放的鲜花显得艳丽多姿;娜塔莎还一半是大小姐,一半是小姑娘,时而像孩子般可笑,时而又像姑娘那样迷人。

在罗斯托夫家,这个时期形成了一种谈情说爱的特殊气氛,通常在那些非常可爱和非常年轻的姑娘的家里都有这种情况发生。任何一个来到罗斯托夫家的年轻人,见到这些姑娘们年轻的、多愁善感的、总是对什么东西(大概是自己的幸福)微笑着的脸,观看着她们热闹的奔忙，听着这些年轻妇女不连贯的、但对谁都很亲切的、对一切都做出反应和充满希望的闲言碎语，听到她们断断续续的歌声和琴声，就会像罗斯托夫家里的年轻人一样，体验到一种对爱情的渴望和对幸福的期待。

在罗斯托夫带来的年轻人当中，多洛霍夫是第一批里面的一个，家里的所有人，除娜塔莎外，都喜欢他。为了多洛霍夫，她差一点和哥哥吵了起来。她坚持认为多洛霍夫是一个凶恶的人，在与别祖霍夫的决斗中皮埃尔是对的，而多洛霍夫有过错，他令人讨厌，装腔作势。

"我没有什么可了解的！"娜塔莎任性地固执己见，大声喊道，"他凶恶而没有感情。可是我喜欢你的杰尼索夫，他虽是一个酒鬼，总是那样，我仍然喜欢他，也就是说，我是了解的。我不知怎么对你说；多洛霍夫的一切都是事先确定好了的。我不喜欢这样。而杰尼索夫……"

"杰尼索夫就是另一回事了。"尼古拉回答说，他想使对方感觉到，与多洛霍夫相比，就连杰尼索夫也算不了什么，"应当了解这个多洛霍夫内心深处怎么样，应当看到他对待母亲的态度，他的心可真好！"

"这个我不知道，不过和他在一起我觉得不舒服。你可知道他已爱上索尼娅了？"

"全是一派胡言！"

"我深信这一点，到时候你会看到的。"

娜塔莎的预言应验了。不喜欢同女性交往的多洛霍夫开始常到罗斯托夫家来，关于他是为谁而来的问题，很快（虽然谁也没有谈论这一点）就有了答案：他是来找索尼娅的。索尼娅虽然永远不敢说出这一点，但是她心里明白，因此每当多洛霍夫露面时，她的脸红得像一块红布一样。

多洛霍夫经常在罗斯托夫家吃饭，从来不放过一场有罗斯托夫一家人出席观看的演出，并且常常参加他们一家人也参加的约格尔那里的青少年舞会。他的注意力主要集中在索尼娅身上，一双眼睛总是盯住她，不仅使得她在这目光的注视下脸上泛起红潮，而且使得老伯爵夫人和娜塔莎发现这目光后也涨红了脸。

可以看出，这个坚强而古怪的男人受到这个皮肤发黑、婀娜多姿的姑娘的无法抗拒的吸引，而她却爱着另一个男人。

罗斯托夫发现多洛霍夫和索尼娅之间有一种新的关系；但是他没有能确定这是一种什么样的新关系。"她们俩总是爱上某个人。"他这样想索尼娅和娜塔莎。但是他对索尼娅和多洛霍夫的态度已不像以前那么自然了，他待在家里的时间也少了。

从一八〇六年秋天起，人们又谈论起同拿破仑打仗的事，谈得比去年还热烈。不仅规定千人抽十的办法征集新兵，而且还规定从千人中征集九名民兵。到处都在诅咒波拿巴，整个莫斯科谈论的都是即将爆发的战争。对罗斯托夫一家人来说，这些备战活动与他们有利害关系的只有一件事，即尼科卢什卡怎么也不同意留在莫斯科，只等待着杰尼索夫的假期结束，好和他一起在过节后回团队去。即将到来的离家远行，不仅不妨碍他寻欢作乐，而且使他的劲头变得更大。大部分时间他都不是在家里，而是在宴会、晚会和舞会上度过的。

十 一

在圣诞节的第三天,尼古拉在家吃饭,这是最近一段时间内少有的事。这是正式的饯行宴会,因为他和杰尼索夫在主显节①后就要回团队了。出席宴会的大约有二十人,其中包括多洛霍夫和杰尼索夫。

在罗斯托夫家里,从来没有像在这些过节的日子里使人如此强烈地感觉到爱情的空气和谈情说爱的气氛。"抓住幸福的时刻,让自己去爱,去爱上什么人吧!只有这个才是世界上真正的东西,其余的一切都是微不足道的。我们在这里所做的只是这件事。"这种气氛似乎在这样说。

尼古拉像平常一样,把四匹拉车的马折腾得筋疲力尽,还没有来得及跑遍他应去的和人家请他去的所有地方,直到午宴快要开始时才回到家里。他一进门,就发现和感觉到家里的浓厚的谈情说爱的气氛,除此之外,他还发现参加午宴的某些人处于一种奇怪的局促不安状态。索尼娅、多洛霍夫、老伯爵夫人显得特别激动,娜塔莎也有一点不安。尼古拉明白了午宴前在索尼娅和多洛霍夫之间想必发生了什么事,他天生有一颗关心别人的心,在午宴的过程中对这两个人非常亲切和小心。在过节的第三天晚上,在约格尔(舞蹈教师)那里有一个舞会,每逢节日,他常给自己

---

① 主显节或称耶稣受洗节,在圣诞节后的第十二天。

的所有男女学生举办这样的舞会。

"尼科连卡,你到约格尔那里去吗?你就去吧,"娜塔莎对他说,"他特别邀请你去,瓦西里·德米特里奇(这说的是杰尼索夫)也去。"

"有伯爵小姐的命令,我怎么能不去呢!"杰尼索夫说,他在罗斯托夫家里开玩笑似的充当娜塔莎的骑士,"我准备跳披巾舞①。"

"如果来得及的话!我答应了阿尔哈罗夫,他们家里有晚会。"尼古拉说。

"你呢?……"他问多洛霍夫。问完后他就发现,不应当这样问。

"我也许去……"多洛霍夫冷冷地和生气地回答道,他朝索尼娅看了一眼,皱起了眉头,用在英国俱乐部宴会上看皮埃尔的目光,又看了尼古拉一眼。

"看来发生了什么事。"尼古拉想道,他看见多洛霍夫在午宴后马上就走了,更加确信这个推测是对的,于是叫来了娜塔莎,问她是怎么回事。

"我找过你,"娜塔莎跑到他跟前说道,"我对你说过,而你一直不愿意相信,"她得意洋洋地说,"他向索尼娅求了婚。"

不管在这段时间里尼古拉如何不把索尼娅放在心上,可是当他听到这句话时,觉得心中仿佛有什么东西断裂了。对没有陪嫁的孤儿索尼娅来说,多洛霍夫不失为合适的、在某些方面很出色的对象。从老伯爵夫人和上流社会的观点来看,不能拒绝他的求婚。因此尼古拉在听到这个消息后,他首先产生的是对索尼娅的

---

① 披巾舞是当时一种时髦的舞蹈。

愤恨。他准备这样说:"好极了,当然应当忘记小时候的诺言,接受人家的求婚。"但是他没有来得及把这个意思说出来……

"你能想象得到吗!她拒绝了,完全拒绝了!"娜塔莎说了起来。"她说她爱另一个人。"她沉默了一会儿后补充了一句。

"是啊,我的索尼娅不可能有另一种做法!"尼古拉想道。

"不管妈妈怎样劝她,她都拒绝了,我知道,她只要说了,是不会变的……"

"妈妈怎么还劝她!"尼古拉用责备的语气说。

"是的。"娜塔莎说,"听我说,尼科连卡,不要生气;但是我知道你是不会娶她的。天知道为什么,我确实知道你不会娶她。"

"好吧,这一点你是怎么也不会知道的,"尼古拉说,"不过我应当和她谈一谈。这个索尼娅是多么可爱啊!"他微笑着加了一句。

"她确实可爱!我叫她到你这里来。"娜塔莎吻了吻哥哥,跑了。

过了一会儿,索尼娅进来了,她显出一副惊恐、慌张和心里有愧的样子。尼古拉走到她跟前,吻了吻她的手。这是尼古拉回家后他们第一次面对面地单独说话,而且谈的是爱情。

"索菲①,"他说,开头他有些胆怯,后来愈来愈大胆了,"如果您想要拒绝一门不仅是出色的,而且是有利的婚事;而他是一个很好的、高尚的人……他是我的朋友……"

索尼娅打断了他的话。

"我已经拒绝了。"她急忙说。

"如果您是为了我拒绝的,那么我担心,我……"

---

① 索菲是索尼娅(索菲娅)的法文名字。

索尼娅又打断了他的话。她用恳求的和惊恐的目光看了他一眼。

"尼古拉,不要对我说这个。"她说。

"不,我应当说。也许这是我的自负,但是最好还是都说了。如果您是为了我而拒绝的话,那么我应当告诉您全部心里话。我爱您,我想,胜过所有的人。"

"对我来说也就足够了。"索尼娅涨红了脸说。

"不,我过去爱过人,将来还会爱一千次,不过我对任何人都没有过像对您那样的友谊、信任和爱慕的感情。再说我还年轻。妈妈不赞成这件事。简单地说,我不做任何许诺。我请求您考虑一下多洛霍夫的求婚。"他说,好容易才说出自己的朋友的姓氏。

"不要对我说这个。我什么也不要。我爱您像爱哥哥一样,并且将永远爱您,别的我什么也不要。"

"您是天使,我配不上您,但是我担心我会使您失望。"尼古拉再一次吻了吻她的手。

十 二

约格尔举行的舞会是莫斯科最快乐的舞会。说这话的有那些看着自己的未成年女儿跳着刚学会的舞步的母亲们;说这话的也有跳舞累得快要趴下的青少年男女;说这话的还有成年的姑娘和小伙子们,他们带着降格以就的想法来参加这些舞会,却在其中找到了最大的乐趣。这一年,通过这些舞会办成了两件婚事。戈尔恰科夫家的两位漂亮的公爵小姐找到了对象出嫁了,这就使得这些舞会更加出名了。这些舞会的特点是没有男女主人，只有和蔼可亲、按照艺人的规矩频频行礼的约格尔，他像一根羽毛一样飘来飘去，向所有的客人收取入场券；还有一个特点是，参加这些舞会的只是那些像第一次穿上舞裙的十三四岁的小姑娘那样，想来跳跳舞和玩玩的人。所有的人，除了少数例外，都很漂亮或看起来很漂亮，因为一个个都兴奋地微笑着，一双双小眼睛都闪闪发光。有时优秀的女学生甚至跳起了披巾舞，她们当中跳得最好的是娜塔莎，她的舞姿异常优美；但是在这最近的一次舞会上跳的只是苏格兰舞、英格兰舞和刚刚流行起来的马祖尔卡舞①。约格尔借用别祖霍夫家的大厅作为舞厅，大家都说舞会办得很成功。来了许多漂亮的姑娘，而罗斯托夫家的两位小姐是其中最好的。她俩这天晚上感到特别幸福和快乐。索尼娅由于多洛霍夫求婚和自己拒绝了他，还由于同尼古拉谈了话，心里感到很自豪，还在家里时就高兴得跳起舞来，使得女仆无法把她的辫子梳好，而现在更是容光焕发，喜形于色。

娜塔莎因她第一次穿上长舞裙和参加真正的舞会而感到同样的自豪，现在她更觉得幸福。她俩都身穿白色细纱长裙，系着粉红色的缎带。

娜塔莎自从进入舞厅的那一刻起，就变得充满了爱。她没有专门爱上某一个人，但是她爱上了大家。她在两眼看着时看见什么人，就爱上了什么人。

"啊，多么好啊！"她总是这样说，不时跑到索尼娅跟前来。

---

① 马祖尔卡舞是一种波兰舞。

尼古拉和杰尼索夫在各个大厅里走来走去,用亲切的和鼓励的目光望着跳舞的人。

"她真可爱,将会成为一个美人。"杰尼索夫说。

"谁?"

"娜塔莎伯爵小姐。"杰尼索夫回答道。

"她跳得真好,姿势多么优美!"他停了一会儿后又说道。

"你说的是谁?"

"说的是你的妹妹。"杰尼索夫生气地大声说。罗斯托夫笑了笑。

"亲爱的伯爵,您是我最好的学生之一。您应当跳个舞。"矮小的约格尔走到尼古拉跟前说道,"这里有多少漂亮的姑娘!"他也对杰尼索夫提出同样的请求,因为杰尼索夫也是他的老学生。

"不,亲爱的,我最好还是站在一边看看,"杰尼索夫说,"难道您不记得您上课时我学得很糟吗?……"

"不!"约格尔急忙安慰他说,"您当时只是学得不用心,而您是有才能的,是的,您是有才能的。"

乐队奏起了新引进的马祖尔卡舞曲。尼古拉不好拒绝约格尔的请求,便邀请索尼娅一起跳。杰尼索夫坐到老太太们旁边,胳膊肘支着马刀,脚打着拍子,快活地讲着什么,逗老太太们发笑,不时看看跳舞的年轻人。约格尔同他引以为骄傲的最好的学生娜塔莎跳第一对。他用穿着半高勒皮鞋的小脚做着轻柔的动作,带着有些胆怯但用心跳着舞步的娜塔莎第一个飞过大厅。杰尼索夫目不转睛地看着娜塔莎,用马刀打着拍子,他的样子清楚地说明,他自己不跳只是因为不愿意跳,而不是因为不会跳。在这段舞跳到一半时,他把从他身旁经过的罗斯托夫叫到跟前。

"这完全不是那么回事，"他说，"难道这是波兰的马祖尔卡舞吗？可是她跳得好极了。"

尼古拉知道，杰尼索夫在波兰时也以跳波兰的马祖尔卡舞的高超技巧而闻名，他便跑到娜塔莎跟前。

"快去请杰尼索夫跳舞。他跳得真好！简直令人惊奇！"他说。

在再一次轮到娜塔莎跳时，她站起身来，迅速挪动着她那穿着带花结的半高勒皮靴的小脚，一个人怯生生地跑过整个大厅，到杰尼索夫坐的角落去。她看见大家都瞧着她，都在等着。尼古拉则看见杰尼索夫和娜塔莎正在微笑着进行争论，杰尼索夫在推辞，但是高兴地笑着。他便跑了过来。

"请吧，瓦西里·德米特里奇，"娜塔莎说，"请您和我一起跳。"

"您怎么啦。免了吧，伯爵小姐。"杰尼索夫说。

"行了，别再推辞了，瓦夏。"尼古拉说。

"就像是在劝猫儿瓦西卡似的。"杰尼索夫开玩笑说。

"我将为您唱一个晚上。"娜塔莎说。

"这个小魔法师，她对我什么都做得出来！"杰尼索夫说，摘下了马刀。他从椅子后面出来，紧紧抓住舞伴的手，稍稍抬起头，伸出一只脚，等待着节拍。只有在马背上和跳马祖尔卡舞的时候看不出杰尼索夫身材矮小，他显得像是一个英俊魁梧的青年，他觉得自己就是这样的人。他等待到节拍后，得意洋洋地和诙谐地从侧面看了舞伴一眼，突然一只脚磕打了一下，全身像一个球一样从地板上弹了起来，带着舞伴沿着圆圈飞去。他用一只脚跳着，无声地飞过半个大厅，好像没有看见放在他面前的椅子似的，径直朝它们过去；但是突然碰了一下马刺，叉开双腿，用脚跟站住，这样站了一秒钟后,两脚敲打着一个地方,碰得马刺叮当响,快速地转了几圈,左脚碰击着右脚,又沿着圆圈飞去。娜塔莎根据感觉猜到他想要做什么,自己也不知道为什么,跟着他,听任他的支配。杰尼索夫时而拉住她的右手让她转,时而拉住她的左手让她转,时而跪下来,拉着她绕着自己转,然后又跳起来,飞速向前奔跑,仿佛他想要一口气跑遍所有房间似的;时而突然又停下来,又做了一个新的和出人意料的舞姿。当他用干净利落的动作把舞伴送到她的位置前,碰了一下马刺,朝她鞠了一躬时,娜塔莎甚至没有行屈膝礼还礼。她含着微笑两眼困惑不解地盯着他,仿佛没有认出他似的。

"这跳的是什么?"她问道。

尽管约格尔不认为这是真正的马祖尔卡舞,但是大家都赞赏杰尼索夫的技巧,开始不断有人找他跳舞,而老人们带着微笑谈起波兰来,谈论昔日美好的时光。杰尼索夫跳马祖尔卡舞跳得满脸通红,用手绢擦擦脸,在娜塔莎身边坐下,整个晚上没有离开她。

十 三

在这之后,罗斯托夫一连两天没有在自己家里看见多洛霍夫,到他家去找,也没有碰见他;第三天他接到了他的一个便条。

"由于你知道的原因我不想再到府上去,而我现在即将回部队,特通知你:今晚将设便宴与友人话别,请到英国饭店一聚。"罗斯托夫陪家里人和杰尼索夫看完戏后,于这一天的九点多钟来到了英国饭店。他马上被领到多洛霍夫那天晚上在饭店里包的一个最好的房间。

二十来个人聚集在桌旁，多洛霍夫坐在桌前两支蜡烛之间。桌上堆放着金币和钞票，多洛霍夫在坐庄。自从他向索尼娅求婚和遭到拒绝后，尼古拉还没有见过他，一想到他们将如何见面，心里不免有些慌张。

罗斯托夫刚到门口，多洛霍夫就用明亮而冷淡的目光迎接他，仿佛早就在等待他似的。

"好久不见了，"他说，"谢谢你来参加。打完这副牌，伊柳什卡就带着合唱队来。"

"我上你家里去过。"罗斯托夫红着脸说。

多洛霍夫没有搭理他。

"可以下注了。"他说。

这时罗斯托夫回想起有一次同多洛霍夫的奇怪的谈话。"只有傻瓜玩牌才会靠运气。"当时多洛霍夫这样说。

"莫非你害怕和我玩牌？"现在多洛霍夫说，他仿佛猜出了罗斯托夫的想法，微微一笑。罗斯托夫从他的微笑中看出了他的一种情绪，这种情绪他在英国俱乐部宴会上出现过，而且一般出现在他对日常生活感到厌烦，觉得需要采取某种古怪的、大多是残忍的行动来摆脱它的时候。

罗斯托夫感到有些尴尬；他脑子里寻找着俏皮话回敬多洛霍夫，可是一时没有找到。但是在他找到之前多洛霍夫直视他的脸，慢吞吞地、一字一句地对他说，让大家都能听见。

"记得吗，我和你讲过玩牌的事……想靠运气玩牌的是傻瓜；

要确实有把握地玩，我想要试一试。"

"试一试运气还是试一试确实有把握地玩？"罗斯托夫想。

"你最好别玩。"他加了一句，把一副新打开的牌啪的一声往桌上一扔，说道，"我分牌了，诸位！"

多洛霍夫把钱往前一推，做好分牌的准备。罗斯托夫在他身旁坐下，开头没有参加。多洛霍夫不时地朝他看看。

"你怎么不玩？"多洛霍夫问。说起来奇怪，罗斯托夫觉得有必要去拿牌，下一个小注，开始玩了起来。

"我身边没有带钱。"罗斯托夫说。

"我信得过，你可以先记账！"

罗斯托夫下了五个卢布的注，输了，又下了五个卢布，又输了。多洛霍夫把它吃了，就是说，一连赢了罗斯托夫十个卢布。

"诸位，"他在分了一会儿牌后说，"请用现钱下注，不然我可能记错账。"

一个赌客说，他希望能让他用记账的方法玩。

"记账是可以的，但我担心算错账；请用现钱下注。"多洛霍夫回答道。"你不要不好意思，我和你算得清。"他对罗斯托夫说了一句。

赌博继续进行。仆人不停地给大家送香槟酒。

罗斯托夫的牌全给吃了，他的账上输的钱已达到八百卢布。他在一张牌上本来已下了八百卢布的注，但是这时正好仆人给他端来香槟酒，他改变了主意，改为下一般的赌注，即二十卢布。

"别改了，"多洛霍夫说，虽然他似乎并没有看罗斯托夫，"这样会快点捞回来。我输给别人，却老是赢你的。莫非你怕我？"

他又一次说。

罗斯托夫听从了他的话，保持原来写上的八百卢布，把一张他从地上捡起来的折了角的红桃七放在桌上。后来他清楚记得这张牌。他放下这张牌，把注下在它上面，用粉笔头端正地写了"八百"这个数目字；喝了一口端上来的烫过的香槟酒，想起多洛霍夫的话笑了笑，开始看着多洛霍夫握着牌的手，屏住气等待红桃七出现。这张红桃七上的输赢，对罗斯托夫来说事关重大。上星期伊里亚·安德烈依奇伯爵给了儿子两千卢布，他从来不喜欢提到自己手头拮据，这次却对儿子说，这些钱是五月之前的最后一笔进账，因此他要儿子节省点。尼古拉当时说，这笔钱对他来说已经是够多的了，他保证在春天之前不再向父亲要钱。现在这些钱只剩下一千二百卢布。这么说来，这张红桃七被吃不仅意味着输掉一千六百卢布，而且还意味他必然会违背自己的诺言。他屏住气看着多洛霍夫的手，心里想道："快分给我这张牌，这样我就可以拿起帽子，回家去和杰尼索夫、娜塔莎、索尼娅一起吃晚饭，今后我的手一定不会再去碰牌了。"这时他的家庭生活的画面——与彼佳逗乐，与索尼娅谈话，与娜塔莎唱二重唱，与父亲玩皮克牌①，甚至在波瓦尔街的家里安静地睡觉——非常清晰地和极富诱惑力地浮现在他眼前，仿佛这一切是早就过去的、已经丧失的和无比宝贵的幸福。他不能设想，这种愚蠢的偶然性会使红桃七放在右边而不是放在左边②，会使他失去他新理解到的和新弄

---

① 皮克牌是一种通常由两人用三十二张牌对玩的纸牌游戏。
② 开牌后，输家的牌放在右边，赢家的牌放在左边。

清楚的全部幸福,从而掉进还没有体验过的和含糊不清的不幸的无底深渊。这不可能,但是他仍然屏住气,眼巴巴地看多洛霍夫的手的动作。这两只从衬衣袖口露出的、长满寒毛和有些发红的大手把整副牌放下,接过递给他的杯子和烟斗。

"这么说你真不怕跟我玩牌?"多洛霍夫又说了一次,仿佛是为了讲一个快乐的故事,他放下牌,往椅背上一靠,带着微笑慢吞吞地讲了起来:

"是的,诸位,我听说在莫斯科散布了一种流言,说我似乎是一个赌棍,因此我劝你们对我要当心点。"

"喂,分牌吧!"罗斯托夫说。

"唉,这些莫斯科的三姑六婆们!"多洛霍夫说,笑着拿起牌。

"啊——啊!"罗斯托夫几乎喊了一声,举起两手去抓头发。他所需要的那一张红桃七已经出现在上面,是这副牌的第一张。他输掉的钱超过了他的支付能力。

"不过你不要输红了眼不顾一切地乱来。"多洛霍夫说,他瞥了罗斯托夫一眼,继续分他的牌。

十 四

一个半小时后,大多数赌客已经不大认真地玩自己的牌了。

整场赌博集中在罗斯托夫一人身上。记在他账上的已不是一千六百卢布,而是一长串数目字,他原来估计约有上万卢布,而现在根据他大致的计算,已经达到一万五千卢布。实际上,记在账上的已超过两万卢布。多洛霍夫已经不再听人说话和不讲故事了；他注视着罗斯托夫的手的每一个动作，偶尔匆匆地看一眼他记的账。他决定继续赌下去，直到这欠账达到四万三千卢布为止。他之所以选择这个数目，是因为这是他和索尼娅的年龄总和四十三的一千倍。罗斯托夫两手支撑着脑袋，坐在写满数目字、洒满酒迹、乱放着纸牌的桌子前面。他头脑里一直有一个痛苦的想法：这双从衬衣袖口里露出来的、长满寒毛和有些发红的大手，这双他又爱又恨的手现在控制了他。

"六百卢布，爱司，折角，九……赢回来是不可能了！……在家里该是多么快活啊……杰克双倍下注……这不可能！……他干吗要这样对待我？……"罗斯托夫想着和回忆着。有时他下一个大注；但是多洛霍夫不同意，由他确定一个赌注。尼古拉依从他，时而向上帝祷告，就像他打仗时在阿姆施泰因桥上做祷告一样；时而猜想他从桌子底下一堆窝坏的牌中摸到的第一张牌能够救他；时而计算他的制服上衣有几条绦带，想要在点数与绦带的条数相同的牌上下一个数量与全部输掉的钱相等的赌注；时而瞧瞧其他的赌客，请求他们的帮助；时而注视着多洛霍夫的那张现在变得很冷漠的脸，竭力想要猜透他心里在想些什么。

"可是他知道，"他自言自语地说，"输掉这么多钱对我来说意味着什么。他总不能希望我毁灭吧？要知道他曾是我的朋友。要知道我曾爱过他……但是也不能怪他；他手气好，这又有什么办法呢？我也没有错。"他就这样自言自语地说着，"我没有做过任何坏事。难道我杀过人，欺负过人，有过害人之心吗？为什么遭到这可怕的不幸？这是从什么时候开始的？在不很长的时间之前，当我怀着赢一百卢布给妈妈过命名日买一个首饰匣,然后回家的想法走到这张桌子前面时,我还是多么的幸福,多么的自由和快活啊!我当时并不理解我是多么幸福!这是在什么时候结束的?这个新的、可怕的处境是什么时候开始的?这个变化的标志是什么?我一直这样坐在这个地方,坐在这张桌子旁边,一直这样选牌和出牌,看着这双灵活的大手。这是什么时候发生的?我健康,有力,还是原来的样子,一直在同一个地方。不,这不可能!大概这一切最后不会有什么结果。"

他满脸通红,浑身冒汗,虽然房间里并不热。他的脸色既可怕又可怜,尤其是因为他想要装出镇静的样子,就更显得难看。

记的赌账已达到四万三千这个预定的数目。罗斯托夫准备了一张牌,折了角,在它上面下数额相当于刚才输的三千卢布的赌注,这时多洛霍夫把一副牌啪的一声摔在桌上,推到一边,拿起粉笔,开始用他那清晰有力的笔迹,迅速使劲写出罗斯托夫所欠赌账的总数。

"吃晚饭,该吃晚饭了!你们瞧,茨冈人来了!"确实,这时一些黑皮肤的男人和女人正从外面进来,带着茨冈口音说着什么。尼古拉知道一切都结束了;但是他用冷淡的语气说:

"怎么,不再玩了?我准备了一张很好的牌。"听他口气,仿佛最吸引他的是玩牌本身的乐趣。

"一切都结束了,我完了!"他想,"现在只有一条路——对准脑门打一枪。"可是与此同时他仍然快乐地说道:

"来,再玩一张牌。"

"好,"多洛霍夫算完账后回答道,"很好!下二十一卢布的注。"他指着四万三千后面的尾数二十一说,说着拿起一副牌,准备分牌。罗斯托夫顺从地展平折起的角,没有写准备要写的六千,认认真真地写上了二十一。

"这对我来说反正都一样,"他说,"我只是很想知道,你将吃掉这张十,还是给我。"

多洛霍夫一本正经地分牌。啊,这时罗斯托夫是多么恨多洛霍夫的那双从衬衣的袖口里露出来的皮肤有些发红、手指很短、长满寒毛的手,那双控制着他的手啊……十这张牌赢了。

"你总共欠四万三千卢布,伯爵。"多洛霍夫伸着懒腰说,他从桌旁站起身来。"坐这么久,人都坐累了。"他说。

"是的,我也累了。"罗斯托夫说。

多洛霍夫仿佛想要提醒他,让他知道开玩笑是不合适的,打断他的话说:

"您什么时候给钱,伯爵?"

罗斯托夫的脸唰地一下红了,他把多洛霍夫叫到另一个房间。

"我不能一下子付清,你可以拿到期票。"他说。

"听我说,罗斯托夫,"多洛霍夫说,爽朗地微笑着,注视着尼古拉的眼睛,"你知道有这样一句俗话:'情场上运气好,牌桌上倒霉。'你的表妹爱上了你。我知道。"

"啊,受这个人控制,真觉得可怕!"罗斯托夫想道。他知道,输钱的消息对父母来说将是一个多么巨大的打击;他知道,如能摆脱所有这一切,是多么大的幸福,并且知道多洛霍夫认为自己能使他免受这种羞辱和痛苦,现在还想和他玩捉老鼠的游戏。

"你的表妹……"多洛霍夫想要往下说,但是尼古拉打断了他的话。

"我的表妹与此无关,关于她没有什么好说的!"他狂怒地喊叫道。

"那么什么时候给钱?"多洛霍夫问。

"明天。"罗斯托夫说,随即走出了房间。

十 五

说一声"明天"和保持体面的风度并不难,但是一个人回家,看见弟弟妹妹和父母,承认错误,在下了保证后又违背诺言去伸手要钱,这想起来就觉得可怕。

家里的人还没有睡。罗斯托夫家的年轻人看戏回家后,吃了晚饭,坐在古钢琴旁。尼古拉一进大厅,就觉得有一种充满诗意的爱的气氛包围了他,在他们家里整个冬天都笼罩着这种气氛,而现在,在多洛霍夫求婚和参加约格尔那里的舞会后,索尼娅和娜塔莎身上的这种气氛,像雷雨前的空气一样,似乎变得更浓了。索尼娅和娜塔莎身上穿着看戏时穿的天蓝色的衣裙,显得很漂亮,她们自己也知道这一点,这时含着幸福的微笑在古钢琴旁边站着。薇拉和申升在客厅里下棋。老伯爵夫人在等着儿子和丈夫回家,这时她正在和一个住在他们家里的贵族老太婆玩纸牌戏。杰尼索夫两眼闪闪发光,头发蓬乱,一条腿往后伸,坐在古钢琴旁,用他短短的手指按着琴键,弹奏着和弦,转动起眼睛,用他有点沙哑、然而是准确的声音小声唱起他自己写的诗《女魔法师》,试图

为它配上音乐:

> 女魔法师,告诉我,是什么力量
> 使我重新拨动已告别的琴弦;
> 你把什么样的火种播在我的心田,
> 注入我手指的又是什么样的灵感!

他热情奔放地唱着,一双又黑又亮的眼睛闪闪发光,看着惊恐而又幸福的娜塔莎。

"很好!好极了!"娜塔莎喊道,"再来一段。"她说,没有发现尼古拉。

"他们还是那样。"尼古拉想道,他朝客厅看了看,看见薇拉、母亲和老太婆在那里。

"啊!尼科连卡回来了!"娜塔莎跑到了他跟前。

"爸爸在家吗?"他问。

"你回来了,我真高兴!"娜塔莎说,没有回答他的话,"我们快活极了!瓦西里·德米特里奇为了我再留一天,你知道吗?"

"不,爸爸还没有回来。"索尼娅说。

"科科①,你回来了,上我这儿来,孩子。"伯爵夫人从客厅里喊他。尼古拉走到母亲跟前,吻了吻她的手,默默地在她的桌子旁坐下,开始观看她的那双摆牌的手。从大厅里仍然不断传来笑声和劝说娜塔莎的快乐的说话声。

---

① 科科是尼古拉的小名。

"好了,好了,"杰尼索夫喊了起来,"现在没有什么可说的了,您该唱威尼斯船歌了,恳求您。"

伯爵夫人回头朝沉默不语的儿子看了一眼。

"你怎么啦?"母亲问尼古拉。

"咳,没有什么。"他说,仿佛对老提这同一个问题已感到厌烦似的,"爸爸快要回来了吧?"

"我想快回来了。"

"他们还是那样。他们什么也不知道!我上哪里去才好呢?"尼古拉想道,他又到放着古钢琴的大厅里去。

索尼娅坐在古钢琴旁,弹奏着杰尼索夫非常喜欢的威尼斯船歌里的前奏曲。娜塔莎准备要唱。杰尼索夫用充满激情的目光看着她。

尼古拉开始在房间里走来走去。

"何必一定要她唱呢!她能唱什么?这里没有任何可乐的地方。"尼古拉想。

索尼娅弹了前奏曲的第一个和弦。

"我的上帝,我是一个可耻的、堕落的人。对准脑门打一枪——只有这条路,而不是唱什么歌。"他想道,"要不要躲开?但是上哪里去呢?反正都一样,就让他们唱吧!"

尼古拉脸色阴沉,继续在房间里来回走,不时看看杰尼索夫和姑娘们,同时避开他们的目光。

"尼科连卡,您怎么啦?"索尼娅注视着他,她的目光好像在这样问。她一下子就看出他发生了什么事。

尼古拉扭过头去,避开她的目光。机灵的娜塔莎也立刻看出了哥哥的精神状态不正常。她虽然看出了，但是这时她非常快活，根本想不到会有痛苦和悲伤，会责备她（年轻人经常是这样）有意欺骗自己。"不，我现在太快活了，不能因为同情别人的痛苦而破坏自己的情绪，"她这样觉得，并对自己说，"不，我大概看错了，他应当像我一样快活。"

"喂，索尼娅。"她说，朝大厅的正中央走去，照她的看法，那里应是聚音最好的地方。娜塔莎像女舞蹈演员一样稍稍抬起头，两手自然下垂，用力踮起脚尖，走到了房间中央，站住了。

"瞧，这就是我！"她仿佛在这样说，回答着注视她的杰尼索夫的充满激情的目光。

"她高兴什么呢！"尼古拉瞧着妹妹这样想，"她怎么不感觉到无聊和害羞呢！"娜塔莎唱出了第一个音符，她的嗓子放开了，胸脯挺起来了，眼睛显出严肃的表情。在这时刻她没有想谁和想什么，从她挂着笑容的嘴里吐出一连串声音，这些声音任何人在同一段时间里和同样的音程里都能吐出来，但是您听了它一千次可能无动于衷，而第一千零一次会受到震撼而热泪盈眶。

在这个冬天，娜塔莎第一次开始认真地唱歌，她这样做，特别是因为杰尼索夫赞赏她的歌喉。她现在已不像孩子那样唱了，在她的歌声里已没有过去曾经有过的那种滑稽的、孩子气的使劲的叫喊；但是她像听过她唱歌的行家所说的那样，唱得还不好。"没有经过训练，但嗓子很好，应当进行训练才行。"大家都这样说。然而人们通常在她唱完后过了很久才这样说。而当她用没有经过训练的嗓子唱歌、送气方法不正确和连接不自然时，就连行家们也没有说什么,他们只顾欣赏着这未经训练的嗓子唱的歌,希望再一次听到它。在她的嗓音中有一种处子的纯贞,一种未意识到自身力量的天真,一种未经加工的柔和,这些特点与歌唱技巧的缺点紧密结合在一起,使人觉得这嗓音不能做任何改变,否则就会毁了它。

"这是怎么回事?"尼古拉听到她的歌声,睁大眼睛想道。"她怎么啦?今天她怎么唱得这么好?"他想。突然他觉得整个世界都在聚精会神地等待下一个音符,下一句歌词,世界上的一切都分为三个节拍:"啊,我的残酷的爱情[①]……一,二,三……一,二……三……一……啊,我的残酷的爱情……一,二,三……一。唉,我们的生活荒谬可笑!"尼古拉想。"所有这一切,什么不幸,什么金钱,什么多洛霍夫,还有愤恨和名誉——这一切都是胡扯……而这才是真正的东西……啊,娜塔莎,啊,亲爱的!啊,好妹妹!……现在听她怎样唱这个 si……唱出来了吧?谢天谢地!"他自己也没有发现他也在唱,为了加强这个 si,唱出第二声部高三度音。"我的上帝!多么好啊!难道这是我唱的?多么幸福!"他想。

啊,这三度音颤动了起来,罗斯托夫心中的某种美好的东西受到了触动。这某种美好的东西与世上的一切无关,高于世上的一切。输钱,像多洛霍夫这样的人,还有所下的保证,又算得了什么!……都是胡扯!可以杀人、偷盗,然而仍然还可以是幸福的……

---

① 原文为意大利文。

十　六

罗斯托夫好久没有像这一天那样感受到音乐的乐趣了。但是娜塔莎刚唱完威尼斯船歌，现实又浮上了他的心头。他一句话也没有说就走了，到下面自己的房间里去。过了一刻钟，老伯爵高高兴兴地和非常满意地从俱乐部回来了。尼古拉听到父亲回来后，便去找他。

"怎么，玩得很快活吧？"伊里亚·安德烈依奇问，乐呵呵地和自豪地朝自己的儿子微笑着。尼古拉想要说一声"是的"，但是说不出口，他几乎号啕大哭起来。伯爵在点烟斗，没有注意到儿子的心情。

"唉，躲是躲不过去了！"尼古拉第一次，也是最后一次这样想。突然他用漫不经心的、自己也觉得讨厌的语气，好像向父亲要一辆马车进城似的对他说：

"爸爸，我有事来找您。我几乎给忘了。我需要钱用。"

"原来是这样。"心情特别愉快的父亲说，"我对你说过，手头比较紧。要很多吗？"

"很多。"尼古拉红着脸说，露出愚蠢的、漫不经心的微笑，为了这微笑，后来他好久都不能原谅自己，"我输了一些钱，说得确切些，输了不少，甚至可以说输了很多，一共四万三千卢布。"

"什么？输给谁？……开什么玩笑！"伯爵喊道，他的脖子和后脑勺像老年人中风一样涨得通红。

"我答应明天给人家。"尼古拉说。

"是吗!……"老伯爵说,他摊开双手,无力地倒在沙发上。

"有什么办法呢!谁没有发生过这种事。"儿子用大胆放肆的语气说,而在心里他认为自己是一个用整个生命也无法补偿自己的罪过的坏蛋和下流坯。他想要吻父亲的手,跪着请求他原谅,而嘴里却用漫不经心甚至粗鲁的语气说,任何人都会发生这样的事。

伊里亚·安德烈依奇伯爵听见儿子的这些话垂下眼睛,开始急急忙忙地寻找什么东西。

"是啊,是啊,"他说,"我担心很难弄到钱……谁都有这样的事!是的,谁都有这样的事……"伯爵匆匆看了一下儿子的脸,就从房间里往外走……尼古拉做了遭到拒绝的准备,怎么也没有料到会这样。

"爸爸!爸——爸!"他在父亲背后哭着喊道,"原谅我!"他抓住父亲的一只手,嘴唇贴到它上面,哭了起来。

在父子两人谈话的时候,母女两人之间也在进行一场同样重要的谈话。娜塔莎激动地跑到母亲那里。

"妈妈!……妈妈!……他向我……"

"向你什么?"

"向我,向我求婚。妈妈!妈妈!"娜塔莎喊道。

伯爵夫人简直不相信自己的耳朵。杰尼索夫求婚。向谁求婚?向这个小姑娘娜塔莎求婚,要知道不久前她还在玩布娃娃,如今还在学习。

"娜塔莎,够了,全是胡诌!"她说,还希望这是开玩笑。

"瞧您说的，不是什么胡诌！我对您说的是正经事。"娜塔莎生气地说，"我是来问您怎么办的，而您却说'胡诌'……"

伯爵夫人耸了耸肩。

"如果杰尼索夫**先生**真的向你求婚，当然这很可笑，你就对他说，他是一个大傻瓜，这就行了。"

"不，他不是傻瓜。"娜塔莎委屈地和严肃地说。

"那么你想怎么样呢？你们现在全都在谈恋爱。既然爱上了，那就嫁人吧，"伯爵夫人生气地笑着说，"愿上帝保佑！"

"不，妈妈，我没有爱上他，大概没有爱上他。"

"那么你就这样对他说。"

"妈妈，您生气了？您不要生气，亲爱的，您说，我有什么错？"

"不，我的孩子，有什么好生气的？要不要我去对他说。"伯爵夫人微笑着说。

"不，我自己去，只是您得教会我怎么说。您干什么都是很容易的。"她针对母亲的微笑加了一句，"您要是看见他说这件事时的样子，就不会这样了！因为我知道他本来是不愿意说的；他是一不小心才说出来的。"

"不过还是应当拒绝他。"

"不，不能这样做。我很可怜他！他是那样的可爱。"

"那么你就接受他的求婚吧。再说，也该出嫁了。"母亲生气地用讥讽的语气说。

"不，妈妈，我很可怜他。我不知道该怎么说。"

"你没有什么好说的，我亲自去说。"伯爵夫人说，她对有人胆敢把她的小娜塔莎当作大人看待感到愤慨。

"不,绝对不行,我自己说,您到门口听着好了。"说着娜塔莎穿过客厅朝大厅跑去,这时杰尼索夫在那里两手捂着脸,还坐在古钢琴旁的那把椅子上。他听见娜塔莎轻轻的脚步声,很快站了起来。

"娜塔利①,"他说,快步朝她走过来,"请您决定我的命运吧。它掌握在您的手里!"

"瓦西里·德米特里奇,我很同情您!……不,您是一个好人……但是不要……这样……就这样我也会永远爱您的。"

杰尼索夫朝她的一只手弯下身来,于是她听见了一种奇里古怪的声音。她吻了吻他那长着蓬乱拳曲的黑发的头。这时传来了急忙进来的伯爵夫人的衣衫的窸窣声。她走到了他们两人跟前。

"瓦西里·德米特里奇,多蒙垂青,不胜感激,"伯爵夫人窘困地说,但是杰尼索夫觉得她语气严厉,"不过我的女儿年纪还很小,我曾想过,您是我儿子的朋友,会先对我说。这样您就不会使我不得不出面来表示谢绝了。"

"伯爵夫人……"杰尼索夫垂着眼睛面有愧色地说,他还想说点什么,可是结结巴巴地没有说出来。

娜塔莎无法平静地看着他的这种可怜的样子。她开始大声地抽泣起来。

"伯爵夫人,我对不起您,"杰尼索夫接着断断续续地说,"但是您要知道,我非常崇敬您的女儿和你们全家,为了你们我可以献出两次生命……"他朝伯爵夫人看了一眼,发现她神情严

---

① 娜塔利是娜塔莎(娜塔莉娅)的法文名。

峻……"再见了,伯爵夫人。"他吻了吻她的手说,没有朝娜塔莎看一眼,就毫不犹豫地快步走出了房间。

第二天,罗斯托夫送走了杰尼索夫,因为杰尼索夫在莫斯科连一天也不愿意多待了。他的莫斯科的朋友们在茨冈人那里为他饯行,他不记得人们是怎样把他安置到雪橇上的,也不记得是怎样走过头三站的。

杰尼索夫走后,罗斯托夫为了等钱还在莫斯科住了两个星期,因为老伯爵无法一下子把这笔筹齐,他不出家门,大部分时间待在姑娘们房里。

索尼娅对他比以前更忠诚和更体贴了。看来她想对他表明,她认为输钱是英勇行为,因此现在她更爱他了;但是尼古拉现在认为自己配不上她。

他在姑娘们的纪念册里写满了他写的诗和曲子,没有去和任何熟人告别,最后在还清了四万三千卢布的赌债和收到多洛霍夫的收据后,于十一月底出发,追赶已到达波兰的团队去了。

第二部

一

皮埃尔和妻子进行了那场不欢而散的谈话后,便动身到彼得堡去了。到托尔若克时,驿站上没有马匹,也许是驿站长不愿意给。皮埃尔只好等待。他和衣躺在圆桌前的皮沙发上,把两只穿着暖靴的大脚搁在桌子上,陷入了沉思。

"要不要把皮箱拿进来?要不要铺床和喝点茶?"仆人问道。

皮埃尔没有回答,因为什么也没有听见,什么也没有看见。他从前一站起就开始沉思,一直想着同一个问题——一个非常重要的问题,因此丝毫也没有注意他周围发生的事。他不仅不关心他到达彼得堡的时间的早晚,也不关心在这个驿站上有没有他休息的地方,而且觉得与他现在正在考虑的事相比,在这个驿站上待几个钟头或待一辈子全都是一样的小事。

驿站长、驿站长的妻子、仆人、卖托尔若克刺绣的女人都进房间来问这问那。皮埃尔没有改变跷着两脚的姿势,透过眼镜看着他们,不知道他们可能会有什么需要,不明白他们在他现在考虑的问题解决前怎么能够生活。而他考虑的还是那些老问题,自从他进行决斗后从索科尔尼基回家,度过了一个痛苦的不眠之夜以来,这些问题一直萦绕在他的脑际;不过现在,在一个人单独旅行时,这些问题就考虑得特别多。不管他开始想什么,他总是回到这些他无力解决同时又不停地对自己提出的问题上来。仿佛在他的头脑里一颗支撑着他的整个生命的主要的螺丝钉**拧坏**了。这颗螺丝钉不继续往里进,也取不出来,什么也没有挂住,老在一个刻槽里转动着,而且还不能使它停住不转。

驿站长进来了,低声下气地请伯爵大人只等两个钟头,答应两个钟头后就给大人(管它三七二十一)套上信使专用的驿马。显然驿站长是在撒谎,他只不过想要向过路的旅客多要几个钱罢了。"这样做是坏还是好?"皮埃尔问自己。"对我来说很好,对另一位旅客来说就是坏,而驿站长本人非这样做不可,因为他吃不饱肚子:他说一个军官因此鞭打过他。而这个军官之所以打他,是因为他需要快点赶路。而我开枪打多洛霍夫是因为我认为自己受了侮辱。路易十六被处死是因为人们认为他是罪犯,而一年后处死了那些处死他的人,也是由于某种原因。什么是坏?什么是好?应当爱什么和恨什么?应当为了什么而活着,我是什么样的人?什么是生,什么是死?什么样的力量支配着一切?"他问自己。这些问题当中任何一个问题都没有得到解答,只有一个不合逻辑的、完全不是回答这些问题的答案。这个答案是:"人死了,一切也就结束了。死了,一切也都明白了,或者不会再问了。"但是死是很可怕的。

托尔若克的女商贩尖声喊叫着,推销她的货物,尤其是山羊皮鞋。"我有几百卢布没处花,而她却穿着破大衣站在那里,怯生生地看着我。"皮埃尔想,"她要这些钱干什么呢?这些钱真能给她增添一丝幸福和安宁吗?难道世界上真有什么东西能够使她和我少受恶的伤害和免遭死亡吗?能把一切了结的死亡今天或明天就要来到——这跟永恒相比,只是一刹那的事。"于是他又拧什么也挂不住的螺丝钉,而螺丝钉仍然在同一个地方转动着。

他的仆人递给他一本已裁开一半的苏扎夫人①的书信体小说。他读了起来,小说写的是一个名叫阿梅利·曼斯费尔德的女人的痛苦和她维护贞操的斗争。"既然她爱那个引诱她的人,"他想道,"那么为什么还要进行反抗呢?上帝是不会把违背他的意志的渴望注入她的灵魂的。我以前的妻子没有反抗,也许她是对的。什么也没有找到。"皮埃尔又自言自语地说,"什么也没有想出来。我们能够知道的只是我们什么也不知道这一点。这是人类的最高智慧。"

他觉得自己内心的和他周围的一切都是混乱的、毫无意义的和令人厌恶的。但是皮埃尔在这种对周围的一切的厌恶当中找到了某种富有刺激性的乐趣。

"我斗胆请求大人稍稍挪一挪,给这位大人腾点地方。"驿站长说,他走进房间,带来了另一位缺乏马匹只好停留在这里的过路旅客。这位旅客是一个身体敦实、骨骼宽大、肤色发黄、满脸皱纹的老头,他的一双闪闪发亮的似灰非灰的眼睛上方垂挂着两撇灰白色的长眉毛。

---

① 苏扎夫人(一七六一至一八三六年),法国女作家,她的小说在十九世纪初在俄国甚为流行。

皮埃尔把脚从桌子上拿下来，站起身，躺到为他准备的床铺上，不时地瞧瞧进来的人，那人神色阴沉，面带倦容，没有看皮埃尔，在仆人的帮助下费劲地脱他的衣服。最后他身上只穿一件土布面的破皮袄，瘦瘦的、皮包骨的脚上穿一双毡靴，随即在沙发上坐下，把头发剪得很短、脑门很宽的大脑袋靠在沙发背上，朝别祖霍夫看了一眼。他那严厉的、聪明的和锐利的目光使皮埃尔感到惊讶。他想要同这位旅客攀谈，但是当他准备向他询问路上的情况时，那人已闭上了眼睛，交叠起两只布满皱纹的手，可以看到在一只手的一根手指上戴着一枚生铁的大戒指，戒指上刻着一个骷髅，他一动不动地坐着，皮埃尔觉得他好像在休息，又好像在深沉地和平静地思考着什么。那旅客的仆人也是一个满面皱纹、皮肤发黄的小老头，没有胡子，看起来胡子不是剃掉的，而是从来没有长过。动作灵活的老仆打开旅行食品箱，在桌子上摆好茶具，端来一个烧开了的茶炊。当一切都准备好了时，那旅客睁开眼睛，靠近桌子，给自己倒了一杯茶，也给没有胡子的小老头倒了一杯，递给了他。皮埃尔开始感到不安，觉得需要同这个旅客攀谈，甚至觉得必然会这样做。

仆人把他的空杯子底朝上端回来，并拿回没吃完的方糖①，问主人还需要什么。

"什么也不需要。把书给我。"那旅客说。仆人把书递给他，皮埃尔觉得这是一本宗教书，见他埋头读了起来。皮埃尔看着他。突然那旅客把书放到一边，夹上书签，把它合上，又闭上眼睛，

---

① 俄国人的习俗，把空杯子底朝上端回，表示不再要茶了；而方糖不溶在茶里，而是就着茶吃的。

胳膊肘靠着沙发背,又照原来的姿势坐好。皮埃尔看着他,刚要转过头,那老头就睁开了眼睛,用坚定的和严厉的目光直愣愣地盯住皮埃尔的脸。

皮埃尔感到很窘,想避开这目光,但是老头的那双闪闪发亮的眼睛不可抗拒地吸引着他。

二

"如果我没有认错人的话,那么我这是荣幸地在和别祖霍夫伯爵说话。"那位旅客不慌不忙地和大声地说。皮埃尔默默地透过眼镜用疑问的目光看着对方。

"我听说过您,"那位旅客接着说,"听说过您,先生,遭到的不幸。"他强调最后一个词,仿佛是说:"是的,是不幸,不管您叫它什么,我知道您在莫斯科发生的事是一种不幸。"他又说:"先生,我为这件事对您深表同情。"

皮埃尔涨红了脸,急忙把腿从床铺上放下来,朝老头弯下身去,不自然地和胆怯地微笑着。

"我不是出于好奇对您提这件事,先生,而是由于更加重要的原因。"他停了停,继续注视着皮埃尔,在沙发上挪动了一下,示意让皮埃尔坐到他身边来。皮埃尔不大高兴同这个老头谈话,但是不由自主地顺从了他,走过去,在他身边坐下。

"您很不幸,先生。"他继续说,"您年轻,我老了。我愿意尽我的力量帮助您。"

"唉,是的。"皮埃尔带着不自然的微笑说,"我非常感谢您……请问您是从哪里来的?"那位旅客的脸色并不和蔼可亲,甚至显得冷淡和严厉,尽管如此,这位新认识的人的话语和神情对皮埃尔产生了一种不可抗拒的吸引力。

"如果由于某种原因您不乐意和我交谈,"老人说,"那么您就直说好了,先生。"突然他像父亲一样慈祥地笑了笑。

"不,完全不是这样,恰恰相反,和您认识,我很高兴。"皮埃尔说,再一次朝这个新认识的人的手看了看,凑过去仔细察看那戒指。他看到上面的骷髅——这是共济会的标志。

"请问,您是共济会员吗?"

"是的,我属于自由石匠协会①。"那位旅客用愈来愈深沉的目光注视着皮埃尔的眼睛,"我代表自己和代表他们向您伸出友爱的手。"

"我担心,"皮埃尔微笑着说,这个共济会员博得了他的信任,可是他又有嘲笑他们的信仰的习惯,因此他还在踌躇,"我担心我完全不能理解,怎么说好呢,我担心我对整个宇宙的思维方法与你们相反,恐怕我们不能相互理解。"

"我了解您的思维方法,"这个共济会员说,"您所说的您的思维方法,您觉得是您的思维劳动的产物,其实是大多数人的思维方法,是骄傲、懒惰和无知产生的同一结果。请原谅,先生,如果我不了解它,我也就不会和您说了。您的思维方法是一种可悲的迷误。"

---

① 共济会起源于中世纪石匠和教堂建筑工匠的行会,"自由石匠协会"的名称由此而来。

"这正如我设想您也处于迷误之中一样。"皮埃尔微微一笑说。

"我从来不敢说我知道真理。"这个共济会员,他说话明确,语气坚决,皮埃尔对此愈来愈感到惊讶。"任何一个人都不能单独得到真理;只是在从始祖亚当到今天为止千百万代人的参与下,一块石头一块石头地堆砌着,才建造成可供伟大的上帝居住的殿堂。"他说,说完闭上了眼睛。

"我应当对您说,我不相信,不……相信上帝。"皮埃尔遗憾而又勉强地说,他觉得有必要讲真话。

这个共济会员注意地看了皮埃尔一眼,笑了笑,看他的神气,仿佛是一个手里掌握几百万财富的富翁在笑一个穷人似的,这个穷人对富翁说,只要有五个卢布就能使他得到幸福,可是他没有。

"您不知道上帝,先生,"他说,"您不可能知道他。您不知道他,因此您才不幸。"

"是的,是的,我很不幸,"皮埃尔肯定说,"那么我怎么办呢?"

"您不知道上帝,先生,因此您很不幸。您不知道他,而他在这里,在我心中,他在我的话里,他在你的心中,甚至在你现在讲的亵渎上帝的话里。"共济会员用颤抖的声音严厉地说。

他停了一会儿,叹了一口气,看来竭力想平静下来。

"假如上帝是不存在的,"他低声说,"你我就不会谈论他,先生。我们谈的是什么,谈的是谁?你否定的是谁?"他突然用兴奋严厉和不容辩驳的语气说,"如果他不存在,是谁把他臆想出来的呢?为什么你设想有这样一个不可理解的造物主呢?为什么你和全世界的人都设想有这样一个无法理解的造物主,这样一个具有万能的、永恒的和无限的特性的造物主存在呢?……"他停住不说了，沉默了很久。

皮埃尔不能而且也不想打破这沉默。

"他是存在的，但是要理解他很困难。"共济会员又说起来，他没有看皮埃尔，而是看着前面，翻动着书页，他的那双老年人的手由于内心激动而无法静止不动。"假如你怀疑其存在的是一个人，我就会把这个人带到你这里来，就会拉住他的手让你看。但是我这样一个微不足道的人怎么能把万能的、永恒的、仁慈的上帝带给瞎了眼睛的人看，带给闭上眼睛，不愿看见和理解他，不愿看见和理解自己的全部卑劣行为和恶习的人看呢？"他沉默了一会儿，"你是谁？你是什么？你幻想自己是一个智者。因为你能够讲出这些亵渎上帝的话，"他面带阴沉的和轻蔑的微笑说，"而你比小孩还要愚蠢和不明智，小孩在玩弄精致的钟表零件时敢于说，由于他不懂得这钟表的用途，他不相信做钟表的工匠。认识上帝是困难的。自从始祖亚当到今天，我们世世代代为认识他而努力，现在离达到这个目的还无限地遥远；但是在对他的不理解之中，我们看到的只是我们的软弱无能和他的伟大……"

皮埃尔用闪闪发亮的眼睛看着共济会员的脸，屏息静听着他的话，没有插话，也没有发问，全身心地相信这个陌生人对他讲的话。不知他是相信共济会员说话时提出的合理论据呢，还是像小孩一样，相信共济会员说话的语调、坚定的信念和亲热的态度以及有时几乎使他说不下去的那种颤动的嗓音呢？要么是相信这位老者的那双由于有坚定信念而变得衰老的闪闪发亮的眼睛，或者是相信从共济会员整个人身上显露出来的那种沉着镇定、坚忍不拔和知道自己使命的品格，这与皮埃尔的颓丧和绝望大不相同，因而使他特别感到惊讶——总之，他全心全意地希望能够相信，并且也相信了，结果体验到一种宽慰、新生和回到生活的愉快感觉。

"上帝不能用智力来理解，而要用生命来理解。"共济会员说。

"我不明白。"皮埃尔说，恐惧地感觉到自己心中产生了怀疑。他担心对方提出的论据不够清楚和有力，担心自己不相信他。"我不明白，"他说，"人的智力怎么不能理解您所说的知识。"

共济会员像长者一样，温和地笑了笑。

"最高的智慧和真理如同我们想要吸入的最纯净的甘露，"他说，"我能用不干净的器皿装这纯净的甘露而来谈论它的纯净度吗？只有净化自己的内心，我才能使吸入的甘露达到一定的纯净度。"

"是的，是的，是这样。"皮埃尔高兴地说。

"最高的智慧并不只建立在理智上，也不建立在分为物理、历史、化学等世俗科学的知识上。最高智慧只有一个。最高智慧只有一门科学——这是包罗一切的科学，它说明整个宇宙和人在其中所占的地位。为了使自己能装下这门科学，应当净化和更新自己内心的人，因此在进行认识前，需要有信仰和自我完善。为了达到这些目的，我们的心中注入了被称为良心的上帝之光。"

"是的，是的。"皮埃尔认为说得对。

"用精神的眼睛看看自己这个内心的人，问问自己，你对自己是否满意。你单靠智力的指导得到了什么？你是什么样的人？先生，您年轻，您富有，您聪明，受过教育。您用所有这些赐予您的东西做了些什么？您对自己和对自己的生活满意吗？"

"不，我恨我的生活。"皮埃尔皱着眉头说。

"一般说来，你要是恨，那么就改变它，净化自己，随着净化你将会获得智慧。先生，您就看一看您的生活吧。您是怎样过生活的？纵酒狂饮，声色犬马，从社会得到一切，却没有回报社会任何东西。您获得了财富。您是怎样使用它的？您为他人做了些什么？您想过您的几万名奴隶，在物质上和精神上帮助过他们吗？没有。您利用他们的劳动，以便过荒淫无耻的生活。这就是您做的事。您找了一个可为别人带来好处的差事没有？没有。您过着游手好闲的生活。再说，先生，您结了婚，负起了指导年轻妻子的责任，您做了些什么呢？您没有帮助她找到真理的道路，先生，却把她引入了谎言和不幸的深渊。有人侮辱了您，您就要打死他，您还说您不知道上帝和恨您的生活。这里没有任何难以理解的地方，先生！"

共济会员在说了这些话后，似乎因为说得太长而有点累了，他又用胳膊肘靠着沙发的后背，闭上了眼睛。皮埃尔望着老人的这张严厉的、一动不动的、几乎是死人的脸，无声地动了动嘴唇。他想要说：是的，过的是令人厌恶的、游手好闲的、荒淫无耻的生活，可是不敢打破沉默。

共济会员嘶哑地、老态龙钟地咳嗽了几声，叫来了仆人。

"马怎么样了？"他问，眼睛没有看皮埃尔。

"替换的马来了，"仆人回答道，"您不休息了？"

"不，吩咐套车。"

"难道他没有把话说完，没有答应帮助我，就丢下我一个人走了？"皮埃尔想道，他站起身来，低下头，不时看看那共济会员，开始在房间里走来走去。"是的，我没有想过这一点，但是我过的是卑鄙的、荒淫无耻的生活，不过我并不喜欢这种生活，也不想这样做,"皮埃尔想,"而这个人知道真理,如果他愿意的话,他可以向我揭示它。"皮埃尔想要对共济会员说这些话,可是又不敢。只见他用老年人熟练的手收拾好东西,正在扣皮袄的扣子。做完这些事后,他朝皮埃尔转过身来,用冷淡和客气的语气对皮埃尔说:

"请问您现在到哪里去,先生?"

"我?……我去彼得堡。"皮埃尔像小孩一样犹豫不决地回答。"我感谢您。我完全同意您的看法。但是您不要把我想得那么坏。我全心全意地希望成为您想要我成为的人;但是我从来没有得到过任何人的帮助……不过,这一切首先应该怪我自己。帮帮我吧,教会我吧,也许我将……"皮埃尔说不下去了;他鼻子里开始接连发出呼哧声,便转过身去。

共济会员沉默了很久,看来是在思考着什么。

"帮助只能由上帝来给,"他说,"但是,先生,我们的团体会给您力所能及的帮助。您到彼得堡,把这个转交给维拉尔斯基伯爵(他掏出纸夹子,在一张叠成四折的大纸上写了几个字)。请听我给您的一个劝告。到首都后,先过一段离群索居的生活,考虑考虑自己该怎么办,不要走上以前的生活道路。现在祝您一路平安,先生,"他看见他的仆人进了房间,便这样说,"并祝您成功……"

皮埃尔从驿站长的登记簿里了解到,这位旅客名叫奥西普·阿列克谢耶维奇·巴兹杰耶夫[①]。他早在诺维科夫[②]时期就是最著名的

---

① 根据某些研究者的考证,巴兹杰耶夫的原型是著名共济会员奥西普·阿列克谢耶维奇·波兹杰耶夫。

② 诺维科夫(一七四四至一八一八年),俄国启蒙学者、讽刺作家、记者和出版家。

共济会员和马丁主义者①之一。在他走后,皮埃尔没有躺下睡觉,也没有去问有没有马匹,在驿站的房间里来回走了很久,回忆着自己放荡的过去,怀着新生的喜悦想象着自己幸福的、完美无缺的和合乎道德的未来,他认为这是很容易得到的。他觉得他过去之所以是一个有恶习的人,是因为不知为什么偶然忘记了做一个有道德的人有多么好。他心里已没有一点以前的怀疑。他坚信,在行善的道路上为了相互支持而联合起来的人能够实现博爱,在他看来,共济会就是这样的。

三

皮埃尔到彼得堡后,没有告诉任何人他回来了,也没有到任何地方去,开始整天读托马斯(肯普滕的)的书②,这本书不知是谁给他送来的。皮埃尔在读这本书时明白了一点,也只是这一点;他明白了,相信奥西普·阿列克谢耶维奇的话,认识到人有达到完善和人们之间有积极实现博爱的可能性,是一种他未曾体验过的乐趣。在他到达后一个星期的晚上,在彼得堡社交界曾有过泛泛之交的年轻波兰伯爵维尔斯基进了他的房间,此人像多洛霍夫的决斗助手进屋时一样,脸上带着矜持的和郑重其事的表情,随手带上门,确信房间里除皮埃尔外别无他人时,才开始和皮埃

---

① 马丁主义者是共济会的一个分会的成员,因追随马丁·帕斯卡利斯而得名。
② 托马斯(肯普滕的)(一三八〇至一四七一年),德意志修士。皮埃尔读的大概是他的《效法基督》。

尔说话。

"我是带着一项建议和委托到您这里来的,伯爵,"他没有坐下就说道,"我们团体里的一个地位很高的人物提出要提前接受您入会,建议我充当您的保证人。我认为实现这个人的意志是神圣的义务。您是否愿意在我的保证下加入共济会?"

过去皮埃尔看见此人在舞会上脸上几乎总是挂着亲切的微笑,常和最出色的女士们在一起,现在说话的声调冷淡而严厉,这使皮埃尔感到很惊讶。

"是的,我愿意。"皮埃尔说。

维拉尔斯基低下了头。

"还有一个问题,伯爵,"他说,"请您不是作为一个未来的共济会员,而是作为一个正直的人(galant homme)坦率地回答我:您放弃了原先的信念没有,您相信上帝吗?"

皮埃尔沉思起来。

"是的……是的,我相信上帝。"他说。

"既然如此……"维拉尔斯基刚要开口,但是皮埃尔打断了他的话。

"是的,我相信上帝。"他又说了一遍。

"既然如此,咱们就走吧,"维拉尔斯基说,"您可以坐我的马车。"

一路上维拉尔斯基没有说话。皮埃尔问他需要做些什么,应当如何回答,维拉尔斯基只是说,声望比他高的师兄要考考皮埃尔,皮埃尔只要说实话就行了。

他们进了分会所在的一座大楼的大门,上了黑黢黢的楼梯,进了点着灯的不大的外厅,在那里在没有仆人的帮助下脱了皮大衣。他们从外厅到了另一个房间。门口出现了一个穿着古怪服装的人。维拉尔斯基朝他迎面走去，用法语小声对他说了些什么，走到了一个不大的柜子跟前，皮埃尔看见那里面放着他没有见过的各种不同的服装。维拉尔斯基从柜子里拿出一块手绢，用它蒙住皮埃尔的眼睛，在脑后打了一个结，把头发打进了结子里，弄得他很痛。然后把皮埃尔拉过来，吻了吻，拉住手把他带到一个地方去。皮埃尔觉得结子扯得头发很痛，皱着眉头，不知为什么羞愧地微笑着。他挪动着高大的身躯，垂着双手，皱眉蹙额，面带微笑，跟在维拉尔斯基后面迈着不稳的和胆怯的步子走着。

维拉尔斯基拉着他的手领他十来步后，停住了。

"不管您发生了什么事，"他说，"您应当有勇气忍受一切，如果您下定决心要加入我们的团体的话。（皮埃尔点头做了肯定的回答。）当您听见敲门声时，您就解开蒙住眼睛的手绢，"维拉尔斯基加了一句，"祝您勇敢和成功。"他握了握皮埃尔的手，出去了。

皮埃尔一个人留了下来，他继续那样微笑着。有两三次他耸了耸肩，把手举到手绢上，似乎想要解它，可是把手放了下来。他被蒙住眼睛待了五分钟，他觉得好像过了一个小时。他的两手麻木了，双腿发软；他感到累了。这时产生了一些最复杂多样的感觉。他既害怕自己会发生什么事，更害怕露出恐惧的样子来。他很想要知道他会发生什么事，会受到什么启示；但是使他最高兴的是，走上新生和积极行善的道路的时刻终于即将到来，自从他与奥西普·阿列克谢耶维奇见面以来，就一直幻想过这样的生活。这时听见有人在使劲敲门。皮埃尔解开了手绢，朝自己周围看了一下。房间里漆黑一团：只有在一个地方的一件白色的东西里点着一盏长明灯。皮埃尔走了过去,看见长明灯放在黑色的桌子上,桌上还放了一本打开的书。这是《福音书》;点着长明灯的白色东西是人的头骨,上面有窟窿眼和牙齿。皮埃尔读了《福音书》的头两句话"太初有道,道与上帝同在"①后,绕过桌子,看见一个装着什么东西的、开着盖的大盒子。这是一口装着尸骨的棺材。他看到的东西一点也没有使他感到惊奇。由于他希望过完全新的、与从前的生活截然不同的生活,他预料会看到所有不寻常的东西,看到比他看到的更不寻常的东西。人的头骨、棺材、《福音书》——他觉得这一切都是他意料之中的,他还预料会看到更奇特的东西。他竭力想在自己心中唤起那种受感动的感觉,便朝自己周围看着。"上帝,死亡,爱情,人们的友爱。"他对自己说,把对某些事物的模糊的、然而是令人高兴的观念与这些词联系起来。这时门打开了,进来了一个人。

灯光微弱,然而皮埃尔已经看清进来的是一个身材不高的人。看来,这个人从亮处进入暗处后,一下子站住了;然后他迈着小心翼翼的步子朝桌子走去,把戴着皮手套的双手放到桌子上。

这个身材不高的人围着白色皮围裙,这围裙遮住了他的胸部和双腿的一部分,脖子上挂着一串类似项链的东西,这东西下面露出高高的白领,衬托着从下方照亮的长脸。

"您到这里来干什么?"进来的人听见皮埃尔弄出的沙沙声,朝他的方向问,"您既然不相信光的真实性和看不见光,您到这里来干什么,您想从我们这里得到什么?智慧,美德,教导?"

---

① 这是《圣经·新约》中的《约翰福音》的头两句话。

在门打开和那个陌生人进来时,皮埃尔有一种又害怕又敬重的感觉,这种感觉与他童年时代忏悔时的感觉相似,现在他感觉到自己与一个就生活条件来说完全不同的、而就人们相互友爱的观点来看非常亲近的人单独在一起。皮埃尔的心剧烈跳动着,几乎喘不过气来,他挪动身子朝导师(在共济会里这样称呼指导**寻求**入会的人的师兄)走过去。他走近后,认出这导师是一个熟人,姓斯莫利亚尼诺夫,但是他想到进来的是一个熟人时不免觉得有些扫兴,因为此人只是一位师兄和有德行的指导者,他好久说不出话来,因此导师只好把问题再重复一遍。

"是的,我……我……想要获得新生。"皮埃尔吃力地说。

"很好,"斯莫利亚尼诺夫说,他马上又接着说,"您是否知道我们的圣会将要用什么方法来帮助您达到您的目的?"导师语气平静,说得很快。

"我……希望……指导……帮助……新生。"皮埃尔由于激动和不习惯用俄语说抽象的东西,说话时声音发抖,话说得很费劲。

"您对共济会的观点有什么了解?"

"我认为共济会是人们以行善为目的实行博爱和平等的团体。"皮埃尔回答说,他一边说,一边因自己的话与当时庄严的气氛不相称而感到不好意思,"我认为……"

"很好。"导师急忙说,看来他对这个回答非常满意,"您在宗教里面寻找实现自己目的的方法吗?"

"不,我认为宗教是不对的,没有遵循过它。"皮埃尔说话声音很小,导师没有听清他的话,问他说的是什么。"我曾经是一个无神论者。"皮埃尔回答说。

"您寻求真理是为了在生活中遵循它的法则；因此您在寻求智慧和德行，是这样吗？"导师在沉默一会儿后问。

"是的，是的。"皮埃尔做了肯定的回答。

导师清了清嗓子，把戴手套的双手交叉放在胸前，开始说了起来。

"现在我应当向您说明本会的主要目标，"他说，"如果这个目标与您的目标相符，那么您入会才有益处。本会第一个最主要的目标以及赖以建立的和任何人力都不能推翻的基础，是保存和传给后代某种重要的秘密……这秘密从远古时代，甚至从第一个人一直传到我们这里，也许人类的命运就由它来决定。但是这秘密有这样的特性，如果不通过长期地和勤奋地净化自己做好必要的准备，任何人都不可能知道它和利用它，不是任何人都有望能很快得到它。因此我们就有第二个目标，这个目标是用那些不辞劳苦探索这个秘密的人传给我们的方法，尽可能地设法使我们的会员做好上述准备，改造他们的心灵，净化和启发他们的理智，从而使他们具有领悟这个秘密的能力。"

"第三，通过净化和改造我们的会员，我们力图改造整个人类，让人类把我们的会员作为虔诚和高尚品德的榜样来学习，以这种方式竭尽全力同统治世界的邪恶进行斗争。请您考虑一下这一点，回头我还要再来找您。"说完他就从房间里出去了。

"同统治世界的邪恶进行斗争……"皮埃尔重复了一句，想到了他自己将来在这方面的活动。在他的想象中出现了像两个星期前他本人那样的人，心中对他们进行着教诲。他想象出一些有恶习的和不幸的人，并用自己的言语和行动帮助他们；想象出一些压迫者，他设法拯救受他们迫害的人。在导师讲的三个目标中，最后的一个改造人类的目标皮埃尔觉得特别亲切。导师提到的某种重要的秘密，虽然也引起他的好奇，但他认为并不那么重要；而第二个目标，即净化和改造自己，他并不感到多大兴趣，因为此时此刻他高兴地感觉到自己已经完全改掉了以前的恶习，一心只想做好事了。

半个小时后，导师回来了，向要求入会者宣讲了与所罗门神殿七级台阶的数目相当的七条美德，每一个共济会员都应当在自己身上培养它们。这七条美德是：（一）**谦虚**，保守本会的秘密，（二）**服从**本会头衔高的人，（三）品行端正，（四）爱人类，（五）勇敢，（六）慷慨，（七）爱死亡。

"**第七条，**"导师说，"经常想想死亡，最后使得您不再觉得它是可怕的敌人，而是朋友……这个朋友能使因努力行善而疲惫不堪的灵魂摆脱充满灾难的生活，把它引入能受到奖赏和得到安宁的地方。"

"是的，这想必是那样。"皮埃尔想，导师说完这些话后又离开了他，让他独自一个人进行思考。"这想必是那样，但是我还很软弱，仍迷恋我的生活，这生活的目的现在我才刚刚了解了一点。"其余的五条美德皮埃尔扳着指头一一回想了起来，他觉得这些美德自己心里已经有了：**勇敢、慷慨、品行端正、爱人类**这四条都已具备，特别是**服从**这一条，他甚至不认为是美德，而是一种幸福。（现在他对他能摆脱自己的任性，使自己的意志服从知道无可怀疑的真理的人们，感到非常高兴。）第七条美德皮埃尔忘记了，怎么也回想不起来。

导师第三次回来得比较快，问皮埃尔是否完全打定了主意，是否决心按照要求他的一切去做。

"我已做好一切准备。"皮埃尔说。

"还应当告诉您,"导师说,"本会不只是用言语传授自己的学说,而且用另一些方法,这些方法对真正寻求智慧和美德的人来说,也许能比言语的讲解起更大的作用。您所看见的这个房间的陈设,已应当能比言语向您的心灵说明更多的道理,如果您是诚心诚意的话;您将会看到,今后让您接受什么时,也许将用类似的讲解方法。本会仿效古代的团体,用象形文字来揭示自己的学说。象形文字,"导师说,"是某种感觉不到的事物的名称,这种事物包含着类似这个图形的性质。"

皮埃尔清楚地知道象形文字是什么,但是不敢说。他默默地听导师说话,根据各种迹象感觉到,考验马上就要开始了。

"如果您下定了决心,那么我就应当开始引导您入会了。"导师说着朝皮埃尔走过来,"请您为了表示慷慨,把所有贵重物品交给我。"

"我身边什么东西也没有。"皮埃尔说,他以为是要他交出他拥有的一切。

"就给您身上有的:手表、钱、戒指……"

皮埃尔急忙掏出钱包和钱,好久没有能取下胖胖的手指上的结婚戒指。当这些事做完后,共济会的导师说:

"请您为了表示服从,脱去衣服。"皮埃尔根据导师的命令,脱下燕尾服、背心和左脚上的靴子。共济会的导师扯开他左胸上的衬衣,弯下腰,把他左腿上的裤腿提到膝盖以上。皮埃尔急忙想要把右靴也脱下来,并且卷起裤腿,以免麻烦这个他不大熟悉的人,但是导师对他说不需要这样做,递给他一只左脚穿的鞋。皮埃尔脸上不由自主地露出害羞、怀疑和嘲笑自己的孩子气的微笑,他垂下双手和叉开两腿,站在师兄兼导师的面前,等着他下新的命令。

"最后,为了表示胸襟坦白,请您对我讲您的主要嗜好。"导师说。

"我的嗜好!我曾经有过很多。"皮埃尔说。

"就说您的那种最能使您在行善的道路上发生动摇的嗜好。"共济会的导师说。

皮埃尔沉默了一会儿,考虑着。

"酗酒?贪吃?游手好闲?懒惰?急躁?愤恨?女人?"他历数自己的恶习,心里掂量着,不知道哪个恶习是主要的。

"女人。"最后他用很低的、勉强能听见的声音说。导师听了这个回答后一动不动,很久没有说话。最后他走到皮埃尔身边,拿起放在桌子上的手绢,又蒙上了他的眼睛。

"我最后一次对您说:请您把全部注意力集中在自己身上,好好约束自己的感情,不要在情欲中,而要在自己心中寻求幸福……幸福的源泉不在外面,而是在我们内心……"

皮埃尔已经在自己内心感觉到了这个使人振奋的幸福的源泉,它使他心里充满了喜悦和深受感动的感觉。

四

在这之后不久,来暗室见皮埃尔的已不是刚才的那位导师,

而是保证人维拉尔斯基,皮埃尔根据说话的声音就听出来了。维拉尔斯基又问下定了决心没有,皮埃尔回答道:

"是的,是的,我同意。"他脸上洋溢着天真的微笑,敞着肥胖的胸部,一只脚穿着便鞋,一只脚穿着靴子,手里扶着维拉尔斯基举在他袒露的胸膛面前的剑,迈着不稳的步子胆怯地向前走。他被领出了房间沿着走廊走去,前转后拐,最后被领到了分会会堂的门口。维拉尔斯基咳嗽了一声,回答他的是共济会约定的锤子敲击声,门在他们面前敞开了。只听得一个低沉的声音(皮埃尔的眼睛仍被蒙着)向他提出姓甚名谁、何时何地出生等问题。然后他又被领到一个地方去,仍没有解开他的眼睛,在走动的过程中,有人给他讲关于云游四方的艰辛、神圣的友谊、永恒的创世主以及他在经受一切艰难困苦和危险时应有的勇敢精神的寓言故事。在各处走动时皮埃尔听到,他时而被称为**求道者**,时而被称为**受难者**,时而被称为**求助者**,并用不同的方法敲击着锤子和剑。在把他往一件东西跟前领时,他觉察到在他的指导者之间出现了混乱和骚动。他听见周围的人低声争论起来,有一个人坚持要领他从某一块地毯上走。在这之后有人抓起他的右手,把它放在什么东西上面,吩咐他用左手把一个圆规按在左胸上,叫他跟着另一个人念忠于会规的誓词。在这之后蜡烛吹灭了,皮埃尔根据气味闻出点起了酒精,听见有人说,他将看见微光。这时蒙住他眼睛的手绢被取了下来,于是皮埃尔像做梦一样,在酒精燃烧的微光中看见几个人,他们都像导师一样围着围裙,站在他对面,手里的剑对准他的胸膛。在他们之间站着一个穿着血迹斑斑的衬衣的人。皮埃尔看见这种情景,挺起胸迎着剑向前走去,希望这些剑刺穿他。但是这些剑挪开了,他马上又被蒙上了眼睛。

"现在你已看见了微光。"有人对他说。然后又点起了蜡烛,说他应当看到全光,说着又取下了手绢,于是十多个人突然说道:尘世的荣华就这样过去。①

皮埃尔开始逐渐清醒过来,他环视着他所在的房间和待在房间里的人。在一张铺着黑布的长桌子周围坐着十二三个人,他们的服装都和在这之前他见过的人一样。有几个人皮埃尔在彼得堡社交界曾经见过。在主席的位置上坐着一个陌生的年轻人,此人脖子上挂着一个特殊的十字架。在他的右首坐着两年前他在安娜·帕夫洛夫娜家的晚会上见过的那位意大利神父。还有一个地位很高的大官和一个过去在库拉金家当过家庭教师的瑞士人。大家神情庄重,默默地听着手里拿着锤子的主席的话。墙上嵌着点燃着的星形的灯;桌子的一边铺着一块有各种图形的小毯子,另一边放着类似祭坛的东西以及《福音书》和头骨。桌子的四周有七个像教堂的烛台那样的大烛台。两位师兄把皮埃尔带到祭坛前,把他的双腿摆成直角形,叫他躺下,说他这是拜倒在圣殿门口。

"他首先应该领到一把铲子。"一个师兄小声说。

"唉!算了,别说了。"另一个说。

皮埃尔没有动,他用惊慌的近视眼看了一下四周,突然产生了怀疑:"我在什么地方?我在干什么?他们是在嘲笑我吧?以后回想起这些来,我会不会感到羞耻?"但是这种怀疑只延续了一刹那。皮埃尔看了看他周围的人的严肃的脸,回想起了已做过的

---

① 原文为拉丁文。

一切，知道不能半途而废。他对自己的怀疑感到可怕，竭力想在自己心中唤起在这之前的那种深受感动的感觉，于是拜倒在圣殿的门口。果然，他心中的那种深受感动的感觉比以前更强烈了。他躺了一些时间后，叫他站起来，给他围上了像别人身上一样的白色皮围裙，把一把铲子和三双手套放在他手里，这时大师傅①转向他，对他说，他应努力做到不玷污这代表坚强和白璧无瑕的白围裙；然后大师傅说到未说明用途的铲子，要他用这把铲子铲除自己内心的恶习，并以宽厚体谅的态度抚慰他人的心。接着讲到第一副男式手套，说他不可能知道它的作用，但是要好好保存它；在讲另一副男式手套时说，他应该在开会时戴上它；最后讲到第三副手套，那是一副女式手套，这时大师傅说：

"亲爱的兄弟，这副女式手套也是给您的。请您把它给您最尊重的女人。您可用这件礼物向您将要选定的好伴侣证明您心灵的纯洁，"大师傅停了一会儿后，补充说，"但是你要注意，亲爱的兄弟，不要让这副手套去装点肮脏的手。"在大师傅说这最后的话时，皮埃尔仿佛觉得他有点发窘。而皮埃尔自己更觉得难为情，他像孩子一样，脸涨得通红，差一点掉眼泪，开始不安地环顾四周，场上出现了难堪的沉默。

这沉默被一位师兄弟打破了，他把皮埃尔带到毯子旁，开始照着一个笔记本给他念毯子上各种图形的说明：太阳、月亮、锤子、铅锤、铲子、岩石和四方的石块、柱子、三扇窗户等等。然后给皮埃尔指定了座位，给他看了分会的会标，告诉他进门的暗

---

① 大多数共济会分会把会员分为三个主要等级：学徒、师兄弟和师傅。

语，最后让他坐下。大师傅开始读会章。会章很长，皮埃尔由于高兴、激动和害羞没有能听明白所读的内容。他只听到了章程最后的几句话，并且记住了。

"在我们的殿堂里，"大师傅念道，"除了处于美德和恶习之间的差别之外，没有其他等级。要防止制造能够破坏平等的任何差别。要飞速前去帮助兄弟，不管他是什么人，要开导误入迷途的人，扶起跌倒的人，不要怀恨和敌视自己的兄弟。待人要亲热和殷勤。要在所有人的心里激发起行善的热情。要和你的邻人分享幸福，永远不要让嫉妒搅乱这纯正的乐趣。

"要宽恕你的敌人，不要向他报复，只给他做好事。这样实行最高的信条，你将找到从古代传下来的、已被你丢失的伟大气魄的痕迹。"他说完后，站起身来，拥抱和亲吻了皮埃尔。

皮埃尔眼睛里饱含喜悦的眼泪朝自己周围看着，不知道说些什么来回答周围的人的祝贺和重新相识的人的问候。他不认为是什么熟人；他认为所有这些人都是兄弟，急不可耐地要和他们一起开始行动。

大师傅用锤子敲了一下，大家各就各位坐下了，于是一个人读了关于必须做到顺从的训诫。

大师傅提议履行最后的一项义务，于是担任募捐人的大官开始走到各位兄弟面前去。皮埃尔想要在捐款单写上他所有的钱，但是他害怕这样会显得高人一头，便只写了和别人一样的数目。

会议结束了，皮埃尔在回家后觉得，他仿佛从长达几十年的长途旅行归来，人完全变了，已改掉了以前的生活方式和生活习惯了。

五

在加入共济会分会后的第二天,皮埃尔坐在家里读书,力图弄清一个方块图形的意义,这个方块的一边画着上帝,另一边表示精神,第三边画着肉体,第四边则画着一种混合物。他不时放下书和这方块图形,脑子里考虑着新的生活计划。昨天在分会会堂里人们对他说,关于决斗的消息已传到皇上那里,皮埃尔还是离开彼得堡较为明智。他打算到他南方的庄园去,关心一下那里的农民的事。正当他高兴地考虑这新生活时,瓦西里公爵突然进了他的房间。

"亲爱的,你在莫斯科干了些什么呀?你为什么同廖莉娅吵架,亲爱的?你发了昏了。"瓦西里公爵进屋时说,"我什么都知道了,我可以确实地告诉你,埃莱娜没有对不起你的地方,就像基督没有对不起犹太人的地方一样。"

皮埃尔想要回答,但是瓦西里公爵没有让他说。

"你干吗不把我当作你的朋友,直截了当地找我谈?我什么都知道,什么都明白,"他说,"不错,你的行为合乎一个珍视自己名誉的人的身份;也许,你太着急了,但是这一点我们现在不谈了。不过有一点你要明白,你这样做,在整个上流社会,甚至在宫廷面前,把她和我置于何地?"他压低声音补充说。"她住在莫斯科,而你在这里。算了吧,亲爱的,"他把他的一只手臂往下拽,"这里有一个误会;我想你自己也会感觉到。你马上和我一起写一封信去，她会到这里来，一切都会说清楚的，所有这些流言蜚语就会停止，不然的话，我告诉你，你就很容易遭到损害，亲爱的。"

瓦西里公爵威严地看了皮埃尔一眼。

"我从可靠方面获悉，皇太后对此事很关心。你知道，她很宠爱埃莱娜。"

皮埃尔几次想要说话，但是一方面，瓦西里公爵急忙打断他的话头，不让他说；另一方面，皮埃尔自己担心说话不够坚决，用的不是断然拒绝和不同意的语气，可是他已下定决心要这样回答他的岳父。除此之外，他想起了共济会章程里的话："待人要亲热和殷勤"。他皱着眉头，红着脸，站起来又坐下去，考虑着如何处理他认为生活中最难办的事——对人当面说不愉快的话，说不是这个人所期待的话，不管这个人是谁。他已非常习惯于听从瓦西里公爵，听惯了他用这种不大客气的和自以为是的语气说话，即使现在也感到无力进行反抗；但是他觉得自己现在说的话将要决定他自己今后的整个命运：他是沿着从前的老路走呢，还是走共济会员们富有吸引力地向他指出的新路？而他坚决相信，走后一条道路，他能开始过新的生活。

"听我说，亲爱的，"瓦西里公爵用开玩笑的口气说，"你只要对我说一声'是'，我就用你的名义给她写信，这样我们就要宰一头肥牛犊了①。"但是瓦西里公爵没有来得及说完他的俏皮话，皮

---

① 典出《圣经·新约》中的《路加福音》，其中说浪子回家，父亲宰肥牛犊欢迎他。

埃尔像他父亲一样脸上露出了狂怒的神色,他不看对方的脸,低声说:

"公爵,我没有请您来,您走吧,请您走吧!"他一跃而起,给公爵打开门。"走吧。"他又说了一句,自己也不相信会这样做,看见瓦西里公爵脸上出现的窘困和恐惧的表情,心里很高兴。

"你怎么啦?你病了?"

"走吧!"皮埃尔用恐吓的声音又说了一遍。于是瓦西里公爵没有得到任何解释,只好走了。

过了一个星期,皮埃尔与共济会的新朋友告了别,留给他们一大笔捐款,到自己的庄园去了。他新认识的师兄弟们交给他几封给基辅和敖德萨的共济会的介绍信,同时答应给他写信和指导他的新的活动。

六

皮埃尔和多洛霍夫决斗一事了结了,虽然当时皇上对决斗者处理很严,但是两位对手和他们的助手们都没有受到处罚。然而皮埃尔与妻子关系的破裂,证明决斗确有其事,于是这件事就在社交界传开了。在皮埃尔还是一个私生子时,人们对他抱着宽厚和庇护的态度;当他成为俄罗斯帝国人们心目中择婿的最佳对象后,他受到了大家的宠爱和赞扬;而在他结婚后,因为那些待字闺中的姑娘们和她们的母亲们从他那里已等待不到什么,尤其是因为他本人不善于和不愿意巴结社交界,因此他在社交界的身价就大大降低了。现在人们把发生的事都归罪于他一个人，说他是一个昏头昏脑的醋罐子，像他的父亲一样，那股疯狂劲儿发作起来非常残忍。皮埃尔走后，埃莱娜回到了彼得堡，她的所有熟人不仅亲热地，而且带着几分敬意接待她，以表示对她的不幸的同情。在谈到她的丈夫时，埃莱娜露出很得体的表情，虽然她并不了解这种表情的意义，但是由于她天生有一种分寸感，因此能熟练地做出这种表情来。这表情似乎在说，她决定毫无怨言地忍受不幸，她的丈夫是上帝赐给她的十字架。瓦西里公爵比较坦率地说出了自己的意见。在谈到皮埃尔时，他耸耸肩膀，指着前额说：

"头脑有点失常——我一直这样说。"

"我事先说过，"安娜·帕夫洛夫娜提起皮埃尔这样说，"当时我就说，说得比谁都早（她坚持自己的发明权），说这是一个被时代的腐化思想毁了的狂妄的年轻人。在他刚从国外回来时，记得吗，有一天晚上在我家里装得像马拉①一样，大家都赞赏他，我就说过这样的话。结果怎么样呢？我当时就不赞成这门婚事，并且预言了将会发生的一切。"

安娜·帕夫洛夫娜在空闲的日子里仍然在自己家里举行以前那样的晚会，这样的晚会只有她有本事能够举办，在这些晚会上，首先像她自己所说的那样，聚集了上流社会真正的优秀人物，彼得堡知识界的精华。除了精心挑选参加者外，安娜·帕夫洛夫娜的晚会还有一个特点，即她在每一次晚会上都要给大家介绍一位新的、有意思的人物，而且任何地方也不能像在这些晚会上那样，

---

① 马拉（一七四三至一七九三年），法国资产阶级革命家，雅各宾派的领袖之一。

政治温度表的度数显示得那么清楚和可靠,从中可以看出接近彼得堡宫廷的正统派人士的情绪。

一八〇六年底,当拿破仑在耶拿和奥尔施泰特附近消灭了普鲁士军队以及大部分普鲁士要塞陷落的坏消息已经传来,我国军队进入了普鲁士,开始了同拿破仑的第二次战争时,安娜·帕夫洛夫娜在家里举行了一次晚会。参加晚会的上流社会真正的优秀人物有被丈夫抛弃的迷人的和不幸的埃莱娜,有莫特马尔,有刚从维也纳回来的富有魅力的伊波利特公爵,有两位外交官,有姑妈,有一个在客厅里简单地被称为*有很多优点的人*的年轻人以及一个新受封的女官和她的母亲,还有其他几个不很有名的人物。

安娜·帕夫洛夫娜在这个晚会上用来款待客人的新人是鲍里斯·德鲁别茨科依,他在驻扎于普鲁士的军队里担任一个非常重要的人物的副官,作为信使刚从那里回来。

在这个晚会上政治温度表指示给人们的温度是这样的:不管所有欧洲的国王和统帅们为了给**我**、也是给**我们**制造这些麻烦和不快如何纵容波拿巴,我们对波拿巴的看法不可能改变。我们不会停止就此发表我们真诚的想法,对普鲁士国王和其他的人只能说:"那样对你们来说更坏。你这是自作自受,乔治·当丹①。这就是我们能说的一切。"安娜·帕夫洛夫娜的晚会上政治温度表指的就是这个。当鲍里斯这个预定要用来款待客人的新人走进客厅时,所有的人几乎已到齐了,他们在安娜·帕夫洛夫娜引导下谈的是我国同奥地利的外交关系以及与它结盟的希望。

---

① 语出法国剧作家莫里哀的喜剧《乔治·当丹》(或《受气丈夫》)。

鲍里斯长得很壮实，精神焕发，面色红润，身穿考究的副官制服，潇洒地进了客厅，按照规矩，先去问候姑妈，然后回到客人中间来。

安娜·帕夫洛夫娜伸出一只干瘦的手让他亲吻，把他介绍给几个他不认识的人，低声地告诉他每个人的情况。

"这是伊波利特·库拉金公爵，一个可爱的年轻人。这是克鲁格先生，丹麦使馆的代办，一个博学多才的人。"或者简单地说："希托夫先生，一个有很多优点的人。"这说的是那个人们这样称呼他的人。

鲍里斯在这一段服役的时间里，由于母亲安娜·米哈依洛夫娜的关照，也靠自己的兴趣和稳重的性格，已使自己在仕途上处于很有利的地位。他担任一位非常重要的人物的副官，到普鲁士去执行一项重要任务，刚从那里回来。他完全领会了在奥尔米茨就很喜欢的那种不成文的从属关系，根据这种从属关系，一个准尉可以比一个将军高得多，为了在职务上得到升迁，需要的不是努力，不是操劳，不是勇敢，不是恒心，需要的只是善于迎合那些颁发奖赏的人的本领——他经常对自己迅速取得成功感到惊讶，也对别人居然会不理解这一点感到奇怪。由于这个发现，他的整个生活方式，他同以前的熟人的全部关系，他对未来的所有计划都变了。他并不富有，但是把最后的钱都花在衣着上，以便穿得比谁都好；他宁可放弃许多娱乐，然而决不坐蹩脚的马车或者穿着旧衣服在彼得堡的街头露面。他接近的和希望结识的只是那些地位比他高因而可能会对他有用的人。他喜欢彼得堡，瞧不起莫斯科。他回想起罗斯托夫家和他对娜塔莎的孩子气的爱情就感到不愉快，自从离开那里到部队以来，一次也没有去过罗斯托夫家。他认为进了安娜·帕夫洛夫娜的客厅，表明自己的地位大大提高了，同时立刻明白了要他扮演的角色，于是便听任安娜·帕夫洛夫娜放手利用他身上人们感兴趣的东西，注意观察着每一张脸，估量着自己去接近他们之中的每一个人可能带来什么样的好处和机会。他在美丽的埃莱娜身旁的指定位置坐下，倾听起大家的谈话来。

"'维也纳认为拟议中的条约的基础很不现实，这基础只有在获得一系列辉煌胜利后才有可能建立；维也纳对能使我们取得胜利的方法有所怀疑。'这是维也纳内阁的原话。"丹麦代办说。

"这是令人高兴的怀疑。"有很多优点的人含蓄地微笑着说道。

"应当把维也纳内阁和奥地利皇帝区分开来。"莫特马尔说，"奥地利决不会这样想，只有内阁才这样说。"

"唉，亲爱的子爵，"安娜·帕夫洛夫娜插了进来，"欧洲（她不知道为什么把欧洲说成 l'Urope①，她在同法国人说话时竟然把这作为特别讲究法语发音的表现）永远不会成为我们真诚的朋友。"

在这之后，安娜·帕夫洛夫娜把话题引到普鲁士国王的勇敢和坚定上，为的是好让鲍里斯参加进来。

鲍里斯注意地听别人说话，等待着机会，但是与此同时，他已几次转过头来看自己身旁美丽的埃莱娜，而带着微笑的埃莱娜的目光也几次与这个年轻漂亮的副官的目光相遇。

在谈到普鲁士的情况时，安娜·帕夫洛夫娜十分自然地请鲍

---

① 照规范的法语，应为 l'Europe。

里斯讲一讲他的格洛高①之行和他看到的普鲁士的情况。鲍里斯用纯正的法语不慌不忙讲了关于部队、关于宫廷的许多有意思的细节,在叙说的整个时间里努力避免对他所说的事实发表个人的看法。在一段时间内鲍里斯吸引住了大家的注意力,于是安娜·帕夫洛夫娜感觉到,她用来款待客人的这个新人被所有客人高兴地接受了。比所有的人都注意地听鲍里斯讲述的是埃莱娜。她几次向鲍里斯询问他的旅行的某些细节,看来好像对普鲁士军队的情况很感兴趣似的。他刚讲完,她就带着通常的微笑朝他转过身来。

"您一定要来看我。"她说,听她的语气,仿佛根据某些他无法知道的考虑,她认为这样做是完全必要的,"最好在星期二八点和九点之间。您会使我非常高兴的。"

鲍里斯答应满足她的要求,想要和她交谈,这时安娜·帕夫洛夫娜借口姑妈想听他说一说,把他叫走了。

"您不是认识她的丈夫吗?"安娜·帕夫洛夫娜闭上眼睛,忧伤地指着埃莱娜说,"唉,她是一个不幸的漂亮女人!请您在她面前不要提到她丈夫。她太痛苦了!"

七

当鲍里斯和安娜·帕夫洛夫娜回到大伙儿这里来时,伊波利特公爵已在谈话中占有主导地位。他坐在圈椅上,身体朝前倾,说道:

---

① 格洛高,即今波兰的格沃古夫。

"普鲁士国王!"他说完笑了起来。大家都朝他转过脸来。"是普鲁士国王吗?"他问道,又笑了起来,重新平静地和严肃地把身体埋进圈椅里。安娜·帕夫洛夫娜等了他一会儿,但是由于伊波利特看来根本不愿再说什么,她便说起卑鄙无耻的波拿巴如何在波茨坦盗窃了腓特烈大帝①的宝剑。

"这是腓特烈大帝的宝剑,我……"她开口说,但是伊波利特打断了她的话。

"普鲁士国王……"他说,可是当他看见别人朝他转过脸来时,又表示了一下歉意,不作声了。安娜·帕夫洛夫娜皱起了眉头。伊波利特的朋友莫特马尔毫不犹豫地问他:

"您说的普鲁士国王怎么样啦?"

伊波利特笑了起来,仿佛他为这样笑感到害羞似的。

"不,没有什么,我只是想说……(他想要讲一个在维也纳听到的笑话,整个晚上都想讲它。)我只是想说,我们白白地为普鲁士国王打仗②。"

鲍里斯谨慎地微微一笑,他的微笑既可以看作是对这笑话的嘲笑,也可以看作是赞同,主要看它如何被接受而定。大家都笑了。

"您的双关语不大好,虽很风趣,但说得不对。"安娜·帕夫洛夫娜用满是皱纹的手指做着吓唬的手势说。"我们不是为普鲁士国王打仗,而是为正义而战。唉,这个伊波利特公爵多么刻毒呀!"她说。

---

① 腓特烈大帝(一七一二至一七八六年),普鲁士第三代国王。

② 这是一句双关语,法文"pour le Roi de Prusse"还有"替人家白做""为人做嫁衣裳"的意思。

整个晚上谈话都没有停过，谈的主要是政治新闻。晚会快要结束时，谈起了皇上的赏赐，于是谈得更热烈了。

"可是去年 NN 就得过一个带有皇上肖像的鼻烟壶，"那个有很多优点的人说，"为什么 SS 不能获得这样的赏赐呢？"

"对不起，带有皇上肖像的鼻烟壶是恩赐，而不是奖赏；更确切地说是礼物。"

"有这样的先例，譬如说对施瓦岑贝格的嘉奖。"

"这是不可能的。"另一个表示异议。

"可以打赌。绶带则是另一回事……"

当大家站起身来要走时，整个晚上很少说话的埃莱娜再一次邀请鲍里斯，亲切和郑重其事地用命令的语气叫他星期二到她家去。

"我非常需要您这样做。"她微笑着说，回头看看安娜·帕夫洛夫娜，而安娜·帕夫洛夫娜像在讲到她的保护人皇太后时那样面带忧伤的微笑支持了埃莱娜的要求。在这天晚上，埃莱娜仿佛从鲍里斯在谈到普鲁士军队时所说的某些话里突然发现自己有见他的必要。她似乎答应他，在星期二他去的时候将向他说明这个必要性。

鲍里斯星期二晚上来到了埃莱娜的富丽堂皇的客厅，没有得到他为什么必须来的明确解释。当时有一些别的客人，埃莱娜很少和他说话，在鲍里斯吻她的手向她告别时，她奇怪地面无笑容，突然低声对他说：

"明天来吃饭……晚上。您一定要来……您就来吧。"

鲍里斯这次来彼得堡办事期间，成了别祖霍夫伯爵夫人家的密友。

八

战争愈来愈激烈，战场正在逐渐接近俄国边境。到处可以听到对人类的敌人波拿巴的诅咒；农村里正在征集民兵和新兵，从战场上传来各种自相矛盾的消息，这些消息常常是不确实的，因而弄得众说纷纭，莫衷一是。

从一八〇五年以来，鲍尔康斯基老公爵、安德烈公爵和玛丽亚公爵小姐的生活在很多方面发生了变化。

一八〇六年，老公爵被任命为全俄八个民兵总司令之一。他本来就已年老体弱，尤其是在他认为儿子已经牺牲的那段时间更是明显地见老了，但是他不顾这些，觉得自己无权拒绝皇上亲自委派的职务，于是在他面前重新展现了开展活动的前景，这使他精神振奋起来，健康也增进了。他经常到他负责的三个省去视察；他履行职责一丝不苟，对下属严格到不近情理的程度，连最微小的细节都要亲自过问。玛丽亚公爵小姐已不再跟父亲学数学，老公爵在家时，她只在早晨由抱着小尼古拉公爵（祖父这样叫他）的奶妈陪着到父亲的书房去请安。还在吃奶的小尼古拉公爵以及奶妈和保姆萨维什娜住在已故的小公爵夫人住过的那部分房间里，玛丽亚公爵小姐一天的大部分时间都是在儿童室里度过的，努力代替嫂子担当起孩子的母亲的责任。布里安娜小姐看来也非常疼爱这孩子，因而玛丽亚公爵小姐经常只好做出牺牲，把照看**小天使**（她这样称呼侄儿）和同他玩耍的乐趣让给自己的女友。

在童山教堂的祭坛旁，在小公爵夫人的坟墓的上方，耸立着一座小礼拜堂，里面立着一个从意大利运来的大理石石碑，石碑上雕刻着一个张开双翼准备要飞上天的天使。天使的上唇微翘起，仿佛像要微笑一样，有一次安德烈公爵和玛丽亚公爵小姐出小礼拜堂时都惊奇地承认，他们觉得这个天使的脸很像小公爵夫人的脸。但是有一点更令人惊奇，这一点安德烈公爵没有对妹妹说，他从艺术家无意之中雕出的天使的脸上看出了与亡妻温和的责备相同的表情，这张脸仿佛也在说："唉，你们为什么这样对待我呀？……"

在安德烈公爵回家后不久，老公爵让儿子分出去过，把离童山四十俄里的鲍古恰罗沃大庄园给了他。安德烈公爵部分地是为了冲淡与童山相联系的沉痛的回忆，部分地是因为他觉得自己不是任何时候都能心平气和地忍受父亲的脾气，部分地是因为需要找一个僻静的地方住一段时间，因此就利用起鲍古恰罗沃这个庄园来，给自己修盖房舍，大部分时间都消磨在那里。

在奥斯特利茨战役后，安德烈公爵决心永远不再服军役；而当战争开始后所有的人都应去服役时，他为了避免服现役，便在父亲下面担任一个负责征集民兵的职务。在一八○五年的战役后，父亲和儿子好像互换了角色。老公爵精神振奋，期待现在这次战役一切顺利；安德烈公爵则相反，虽然他心灵深处仍为自己没有参加战争而感到遗憾，但是看到的只是坏的一面。

一八○七年二月二十六日，老公爵前往管区视察。安德烈公爵像父亲外出时的多数场合一样，留在童山。小尼科卢什卡[①]生病

[①] 尼科卢什卡是尼古拉的爱称。

已经第四天了。送老公爵走的车夫从城里回来了,带来了给安德烈公爵的公文和信件。

仆人拿着信没有在书房里找到安德烈公爵,便到了玛丽亚公爵小姐住的那部分房间里;但是他也不在那里。人们对仆人说,安德烈公爵到儿童室去了。

"报告大人,彼得鲁什卡带公文回来了。"一个帮保姆干活儿的女仆对安德烈公爵说,当时他坐在一把孩子坐的小椅子上,皱着眉头,双手颤抖着,正在把药水从玻璃瓶里往盛着半杯水的杯子里倒。

"什么事?"他生气地说,一不小心手抖动了一下,从玻璃瓶里多倒了一些药水在杯子里。他把已倒进杯子里的药水往地上一泼,吩咐再拿水来。女仆递给了他。

房间里放着一张孩子睡的床、两只木箱、两把圈椅、一张普通桌子、一张儿童桌和一把小椅子,安德烈公爵就坐在这把小椅子上。窗帘是拉上了的,桌子上点的蜡烛用一本装订好的乐谱挡着,不让烛光照到小床上。

"亲爱的,"站在小床旁的玛丽亚公爵小姐对哥哥说,"最好等一等……以后……"

"唉,别说了,你尽说蠢话,你本来就一直在等——现在成了这种样子。"安德烈公爵恼怒地低声说,看来是想刺刺妹妹。

"亲爱的,说实话,最好不要叫醒他,他睡着了。"公爵小姐用恳求的语气说。

安德烈公爵站起身,拿着杯子踮起脚走到了小床边。

"也许确实如此,你认为最好不叫醒他?"他迟疑地说。

"就听你的——确实……我认为……就听你的。"玛丽亚公爵小姐说,由于她的意见占了上风,看来她反而有些胆怯和不好意思。她向哥哥用手指了指低声喊他的女仆。

兄妹俩为了照顾发高烧的孩子,已经两夜没有合眼了。在这两昼夜里,他们没有把护理工作托付给家庭医生,派人到城里去请医生,在等待医生时,有时采用这种方法,有时采用那种方法进行治疗。彻夜不眠和担惊受怕,弄得他们筋疲力尽,他们在受尽折磨之后便相互埋怨,相互责备,争吵不休。

"彼得鲁什卡带来了老爷的公文。"女仆低声说。安德烈公爵出去了。

"有什么大事!"他生气地说,在听了转达给他的父亲口头指示、接过递给他的公文和父亲的信后,回到了儿童室。

"怎么样了?"安德烈公爵问。

"还是那样,看在上帝分上,再等一等。卡尔·伊万内奇经常说,睡觉比什么都重要。"玛丽亚公爵小姐叹着气低声说。安德烈公爵走到孩子跟前,摸了摸。孩子还在发烧。

"让你们和你们的卡尔·伊万内奇全都见鬼去吧!"他拿起装着药水的杯子,又走到小床前。

"安德烈,不要这样!"玛丽亚公爵小姐说。

但是他恼怒地,同时又痛苦地对着她皱起眉头,朝孩子俯下身去。

"我想这样做。"他说,"请求你,给他喂药。"

玛丽亚公爵小姐耸了耸肩,顺从地接过杯子,叫来保姆,开始喂药。孩子哭喊起来,嗓子都哑了。安德烈公爵皱起眉头,抱住头,出了房间,在隔壁房间里的沙发上坐了下来。

信件一直拿在他手里。他机械地把它们拆开,读了起来。老公爵在一张蓝色的信纸上用他粗长的字体,有的地方还用略语符号,这样写道:

> 现通过信使得到了令人十分高兴的消息。如果不是无稽之谈,那么本尼格森①似乎在普列西什-埃劳取得了对波拿巴的全胜。彼得堡万众欢腾,奖赏源源不断地送往军队。本尼格森虽是德国人,我也表示祝贺。科尔切瓦的长官,一个叫汉德里科夫的人,不知在做些什么:至今尚未把补充人员和粮食送来。你马上去对他说,如一周内不把一切备齐,我就要他的脑袋。我还接到彼坚卡的信,其中也讲到普列西什-埃劳的战役,他参加了——一切完全属实。只要不应干预的人不横加干涉,德国人也能打败波拿巴。听说,波拿巴逃跑时溃不成军。记住,赶快到科尔切瓦去,把事情办妥!

安德烈公爵叹了一口气,拆开另一封信。这是比利宾的来信,他在两张信纸上写满了密密麻麻的小字。安德烈公爵没有读就把它放起来,又把父亲的那封以"赶快到科尔切瓦去,把事情办妥!"这句话结尾的信读了一遍。

"不,对不起,在孩子的病没有好以前我不去。"他想道,走

---

① 本尼格森(一七四五至一八二六年),德国人,后在俄军服役,一八〇二年升为骑兵上将。

到门口，朝儿童室看了一眼。玛丽亚公爵小姐仍然站在床边，轻轻地摇着孩子。

"他还写了什么令人不愉快的话？"安德烈公爵回忆着父亲的信的内容，"是的，我们正好在我不服役的时候打败了波拿巴。是的，他总是戏弄我……好吧，就让他尽情戏弄吧……"他开始读比利宾用法文写的信。他读的时候有一半没有明白，因为他读信只是为了哪怕有一分钟的时间不去想很久以来他一直痛苦地思索着的事情。

九

比利宾现在以外交官员的身份，待在部队的总部，虽然他的信是用法文写的，包含着法国式的俏皮话和用语，但是以纯粹俄国式的自责和自嘲的勇气描写了整个战役。比利宾写道，外交官应有的谨慎使他苦恼，幸好能和安德烈公爵这样一个忠实可靠的朋友通信，可以倾吐他在看到部队里发生的事时郁积在心中的愤怒。这封信还是在普列西什-埃劳战役前写的，内容已不那么新鲜了。

> 自从我军在奥斯特利茨取得辉煌胜利以来，您知道，亲爱的公爵，我就再也没有离开过总部。我明显地对战争发生了兴趣，并对此感到很满意；在这三个月里我的所见所闻，简直是难以置信的。

让我**从头**①说起。您所知道的**人类的敌人**对普鲁士人发动了进攻。普鲁士人是我们的忠实盟友,他们在三年内只欺骗过我们三次。我们支援他们。但是**人类的敌人**不理睬我们漂亮的空话,用他无礼貌的和粗野的方式扑向普鲁士人,不给他们以结束已开始的检阅的时间,把他们打得落花流水,进驻了波茨坦的王宫。

"我非常希望,"普鲁士国王写信给波拿巴说,"以您最感愉快的方式在我的王宫里接待陛下,为此我特别关切地做了在目前条件下我能做到的一切安排。啊,但愿我能达到目的!"普鲁士的将军们在法国人面前炫耀自己很有礼貌,人家一提出要求马上就投降。格洛高的驻军司令有一万人马,居然问普鲁士国王该怎么办。这一切都是完全确实可信的。总之,我们本想在军事上摆出一副姿态吓唬他们,结果我们卷入了战争,而且仗打到我们的边境上,主要的是**为普鲁士国王**打仗,同时这仗又是和他一起打的。我们什么都具备,只缺一件小东西,缺的就是总司令。因为人们发现,如果奥斯特利茨战役中总司令不那么年轻,那么战果就会更具有决定性,于是就对八十岁的将军们进行评选,在普罗佐罗夫斯基②和卡缅斯基两人中间挑选了后者。卡缅斯基像苏沃洛夫那样坐着带篷马车来到我们这里,人们高声欢呼,隆重地接待他。

四月,从彼得堡来了第一个信使。把许多皮箱搬进了事

---

① "从头"二字原文为拉丁文。
② 普罗佐罗夫斯基(一七三二至一八〇九年),俄国陆军元帅。

必躬亲的元帅的办公室里。我被叫去帮助挑拣信件，把给我们的信挑出来。元帅在把这件工作交给我们的同时，看着我们，等着写给他的信。我们找来找去，但是没有找到给他的信。元帅开始着急了，便亲自动手来找，找到了皇上给T.伯爵、B.公爵和别的人的信。他大发雷霆，失去了自制力，拿起信，把它们拆开，读起这些给别人的信来。"啊，居然这样对待我。不信任我！安排人监视我，好吧；去你的！"于是给本尼格森将军下了那道著名的命令。

"我负了伤，不能骑马，因而也就无法指挥军队。您把您的那个吃了败仗的军带到了普乌图斯克：这里没有遮掩，没有木柴，没有粮草，因此需设法解决这些问题，由于昨天您自己已报告布克斯格夫登伯爵，认为应当退往我国边境，那么今天就执行吧。"

"由于来往于各部队之间，"他在给皇上的信里说，"臣被马鞍擦伤，加上旧伤未愈，已使臣完全无法骑马和指挥如此庞大之部队，因此臣拟将指挥权交予除臣之外军衔较高之本尼格森伯爵，并移交整个日常办事机构及其所属的一切，建议他们如粮食接应不上，即往普鲁士内地撤退，因所剩粮食仅够一日之需，而某些团队，如同师长奥斯特尔曼和谢德莫列茨基报告所言，业已断粮，而农民之粮食也已告罄；臣在治伤期间，将留在奥斯特罗文卡之军医院。谨将此报告呈上，并奏明皇上，若部队在如今之宿营地再驻扎十五天，到开春时将无一健康之士兵矣。

"臣有辱使命，羞愧难言，已无力完成赋予臣的伟大光荣的任务,恭请陛下准老臣解甲归田。臣将在此地军医院恭候陛下之裁断,以免在军中充当**文书**而非**司令**之角色。臣之去职,如同盲人离开军队,不会引起任何波动。似臣之辈,在俄国何止千万。"

元帅生皇上的气,惩罚我们所有的人,这完全是合乎逻辑的。

这是喜剧的第一幕。以后的几幕自然就更有意思和更滑稽可笑了。在元帅离开后发现,我们就在敌人的视野内,不可避免地要打一仗。布克斯格夫登根据资历应是总司令,但是本尼格森并不这样认为,尤其是因为他的军就在敌人眼前,很想利用机会打一仗。他就这样做了。这就是普乌图斯克战役,有人认为它取得了伟大胜利,可是在我看来,完全不是这样。您知道,我们文职人员在说明战斗胜负问题方面有一个很坏的习惯。认为战斗结束后撤退的一方输了,于是我们就说,根据这一点,我们在普乌图斯克战役中吃了败仗。简而言之,战役结束后我们撤退了,但是却派信使送胜利的喜讯到彼得堡去,本尼格森将军不把军队的指挥权让给布克斯格夫登将军,希望彼得堡会委派他为总司令,以表彰他取得的胜利。在这群龙无首时,我们开始采取一系列独特的和很有意思的军事行动。我们的作战计划不再像应有的那样,为了避开或攻打敌人,而是为了避开根据资历应当成为我们的长官的布克斯格夫登将军。我们努力实现这个目标,甚至在过一条没有能涉水而过的浅滩的河时,我们把桥烧掉,为的是叫敌人追不上我们,现在这个敌人不是波拿巴,而是布克斯格夫登。布克斯格夫登将军由于我们采取避开他的行动，差一点遭到敌人优势兵力的攻击，险些被俘。布克斯格夫登追我们，我们就逃跑。他刚过河到我们这一边，我们就又到了另一边。最后我们的敌人布克斯格夫登追上了我们，发动了进攻。于是双方开始进行解释。两位将军都很生气，结果弄得这两位总司令几乎要进行决斗。幸好在这紧急关头那个送普乌图斯克大捷的消息到彼得堡去的信使回来了，给我们带来了任命总司令的命令，于是第一个敌人布克斯格夫登失败了。本来我们现在可以考虑如何对付第二个敌人波拿巴了。但是发现，在我们面前出现了第三个敌人——**东正教军队**，他们大喊大叫要求发给粮食、牛肉、面包、干草、燕麦——什么都要！仓库空空如也，道路无法通行。东正教军队开始抢劫，抢得很凶，就连最近的这场战斗也没有这样厉害。一半团队的军人成群结队，胡作非为，走遍各个地方，进行烧杀抢掠。居民被洗劫一空，医院里住满了病人，到处都闹饥荒。有两次那些抢劫者甚至围攻总部，总司令不得不调来一个营的士兵来把他们轰走。在这样的一次围攻中，我的一只空箱子和一件睡衣被他们拿走。皇上想要赋予所有师长以枪决抢劫者的权力，但是我非常担心，觉得这样做会使得一半军队去枪杀另一半军队。

安德烈公爵读信时开头只是大致看看，没有多想，但是后来信的内容（虽然他知道比利宾的话的可信程度）开始愈来愈吸引他。读到上面这个地方，他把信揉成一团，扔掉了。并不是信里读到的事使他生气，他生气是因为那里陌生的生活竟然能使他激动不已。他闭上眼睛，用手擦擦前额，仿佛是在驱除对他读到的事的任何关心似的，倾听起儿童室里的动静来。突然他觉得从门里传来一种奇怪的声音。顿时他感到非常害怕；他担心在他读信时孩子出了什么事。于是便踮起脚走到儿童室门口，打开了门。

在他进门的时候，他看见保姆惊恐地把什么东西藏了起来，这时玛丽亚公爵小姐已不在小床旁边。

"亲爱的。"从他背后传来了玛丽亚公爵小姐的低语声，他觉得这声音充满着绝望。如同在长时间没有睡觉和处于不安状态时经常发生的那样，他产生了一种无缘无故的恐惧：他想一定是孩子死了。他觉得他看见和听见的一切，都证实了他的恐惧是有根据的。

"一切都完了。"他想，脑门上冒出了冷汗。他惘然若失地走到小床前，相信小床已是空的，保姆把死孩子藏起来了。他撩起了帐子，他的那双惊恐的、目光不集中的眼睛很久未能看见孩子。最后终于看到了他：孩子面色红润，伸开四肢横躺在小床里，头垂到枕头下，在睡梦里翕动着小嘴唇，咂着嘴，均匀地呼吸着。

安德烈公爵看见了孩子，好像失而复得一样，高兴极了。他俯下身去，按照妹妹教他的方法，用嘴唇去试试孩子还发不发烧。孩子娇嫩的前额是湿的，他用手摸了一下脑袋，——就连头发也是湿漉漉的，可见孩子出了一身大汗。孩子不仅没有死，而且现在可以看出，他已脱离了危险，恢复健康了。安德烈公爵想要把这软弱无力的小东西抱起来，紧紧地搂在怀里；但是他不敢这样做。他站在他面前，看着他的脑袋以及盖着被子的小胳膊和小腿。

在他身旁响起了沙沙声,他觉得有一个影子投在小床的帐子下面。他没有回头,仍看着孩子的脸,听着他均匀的呼吸声。这个黑影是玛丽亚公爵小姐,她迈着无声的步子走到小床前,撩起帐子,进帐后把它往自己身后一放。安德烈公爵没有回头看就知道是她,朝她伸出了一只手。她紧握住他的手。

"他出汗了。"安德烈公爵说。

"我是来告诉您这事的。"

孩子在梦中动了动身子,微笑了一下,前额在枕头上蹭了蹭。

安德烈公爵朝妹妹看了一眼。玛丽亚公爵小姐的那双闪闪发光的眼睛由于含着幸福的泪水,在半明半暗的帐子里显得比平常更加明亮了。她朝哥哥探过身去,吻了吻他,稍稍扯动了一下小床的帐子。他们相互做了个要小心的手势,在半明半暗的帐子里还站了一会儿,好像不愿意离开他们三个人的这个与世隔绝的小天地似的。安德烈公爵第一个离开了小床,头接触到纱帐,被弄乱了头发。"是的,现在给我留下的只有这个了。"他叹着气说。

十

皮埃尔在加入共济会后不久,带着他为自己拟订的一份规定他在自己的庄园里应做些什么的行动指南,前去基辅省,他的大部分农民都在那里。

到基辅后,皮埃尔把所有管家叫到总管理处,对他们讲了自己的意图和愿望。他对他们说,马上就要采取措施使农民完全摆脱农奴的依附地位，而在这之前不应增加农民的劳役，不应派妇女和儿童去干此类工作，应当给农民以帮助，进行惩罚时应采取劝导的方法，不应使用体罚，每个庄园应设立医院、孤儿院、养老院和学校。一些管家（这里有的人是半文盲）惊恐不安地听着，认为年轻的伯爵这样说是因为对他们的管理不善和贪污钱财表示不满；另一些人开头也感到害怕，后来觉得皮埃尔发音不清的讲话和他们从未听过的新词滑稽可笑；还有一些人感到听主人讲话简直是一种乐趣；第四种人是最聪明的，其中包括总管，从这些话里明白了为达到自己的目的应该怎样对付主人。

总管对皮埃尔的意图表示完全赞同；但是他说，除了这些改革之外，一般来说需要抓一下目前情况很糟的事情。

尽管别祖霍夫伯爵有巨额财产，但是自从皮埃尔继承了它并像人们所说的那样得到五十万卢布的年收入以来，他觉得自己并不比在已故老伯爵每年给他一万卢布时宽裕。他模糊地记得大致的收支情况是这样的。要为所有庄园向监护委员会①缴纳大约八万卢布；用于莫斯科近郊别墅和莫斯科市内住宅的开销以及三位公爵小姐的生活费约一万五千卢布；一万五千卢布用于发放养老金，同样数目的钱资助慈善机关；付给伯爵夫人的生活费十五万卢布；债务的利息约七万卢布；这两年用于已开始兴建的教堂约一万卢布；其余的十万卢布也都花掉了——他自己也不知道是怎么花的，几乎每年都要借债。除此之外，总管每年都写信来，有

---

① 监护委员会是在皇室支持下建立的机构，负责管理儿童收容所、孤儿院、养老院以及盲人和聋哑人收容所等。部分经费来自捐款。

时报告发生了火灾，有时报告年成不好，有时则说要修建工厂和作坊。这样一来，皮埃尔首先需要做的是他最不会干和最不感兴趣的事——处理各种实际事务。

皮埃尔每天都和总管一起**进行研究**。但是他感到自己这样做并没有把事情推进一步。他觉得他的工作实际上与要解决的问题无关，没有和它挂上钩，因而也没有能推动它的解决。一方面，总管把情况说得一塌糊涂，告诉皮埃尔需要偿还债务和利用农奴的劳动力进行新的建筑过程，皮埃尔对此表示不能同意；另一方面，皮埃尔要求着手做解放农奴的工作，而总管则提出，需要先支付监护委员会的欠款，因此不可能很快去做这件事。

总管没有说这完全不可能；为了达到这个目的，他建议出售科斯特罗马省的树林以及大河下游的土地和克里木的庄园。但是照总管的说法，所有这些事都与请求解除禁令、申请许可等等的复杂过程联系在一起，皮埃尔听了不知所措，只好对总管说："好的，好的，就这样做吧。"

皮埃尔没有那种直接抓实际工作的很强的能力，因此他不喜欢这样做，只是在总管面前装出在抓工作的样子。总管也努力在伯爵面前装模作样，似乎他认为办好这些事对主人极为有利，而对他来说则有些为难。

皮埃尔在大城市里碰到了一些熟人；不认识他的人急于和他结交，热情地欢迎这位新来的富翁和全省最大的地主。针对皮埃尔在加入共济会时承认的主要弱点的诱惑非常强烈，使得他无力克制自己。皮埃尔的生活又像在彼得堡一样，他整天、整星期和整月都忙忙碌碌，在晚会、午宴、早餐、舞会之间度过，没有时间冷静地想一想。他没有能过他所希望的新生活,过的还是以前的那种生活,只不过换了一个环境罢了。

皮埃尔对照共济会的三个宗旨认识到,他没有做到每个会员必须是过合乎道德的生活的模范这一条,在七条美德当中,他完全缺少两条:品行端正和爱死亡。他聊以自慰的是,他实行了另一个宗旨即改造人类,具有另外的美德——爱邻人,尤其是慷慨。

一八○七年春,皮埃尔决定回彼得堡。在归途中他打算巡视自己所有的庄园,亲自了解一下他吩咐下去的事做了哪些,上帝托付给他的和他力图施以恩惠的老百姓现在的情况如何。

总管认为年轻的伯爵的想法几乎是发疯,对自己、对他本人和对农民都没有好处,不过他还是做出了让步。他虽然继续认为解放农奴一事是不可能的,但是下令在所有庄园修建学校、医院和孤儿院的大楼;为迎接主人的到来,各地都做了准备,他知道皮埃尔不喜欢摆阔气讲排场,便搞宗教感恩式的迎接,献圣像以及面包和盐,根据他的了解,这种做法定能感动伯爵和蒙骗他。

时值南方的春天,坐着维也纳马车安安静静地在各地奔跑,一路上十分幽静,这一切使得皮埃尔心情非常愉快。他还没有到过的庄园,景色一个比一个美丽;他觉得各地的农民过着平安幸福的生活,对为他们做的好事感激不尽。到处都举行欢迎会,这虽然使皮埃尔感到有些不好意思,但是他内心深处还是很高兴的。在一个地方农夫们给他献面包和盐以及彼得和保罗的圣像,请求允许他们用自己的钱在教堂里建一个侧祭坛以供奉天使彼得和保罗,并表示对他的爱戴和他为他们所做善事的感激。在另一个地方妇女们抱着吃奶的孩子迎接他,感谢他给她们免除了沉重的劳动。在第三个庄园里,一个神父拿着十字架,在孩子们的簇拥下迎接他,这个神父根据伯爵的关照,正在教孩子们识字和学教义。在所有的庄园里,皮埃尔亲眼看到了根据统一图纸正在建造的和已建成的砖石结构的房子,这是医院、学校和养老院,这些建筑物不久就要交付使用。皮埃尔到处都看到管家们关于农民服劳役已比以前减少的报告,听到穿着蓝色长衫的农民代表们为此表示感谢的令人感动的话。

皮埃尔不知道,那个给他献面包和盐以及建造彼得和保罗侧祭坛的地方是一个商业村和每逢圣彼得节①举行的集市所在地,侧祭坛早就由那些来见他的富裕农民在建造了,而这个村的十分之九的农民处于极端的贫困之中。他不知道,根据他的命令不再派喂奶的**女劳力**去服劳役后,这些女劳力却因此而在自己的份地上干着极其繁重的工作。他不知道,拿着十字架迎接他的神父向农民索取费用从而加重了他们的负担,他招收的学生是父母含着眼泪送去的,要花很多钱才能把他们赎回来。他不知道,根据统一图纸建造砖石结构房屋用的是自己的劳动力,这就加重了农民的劳役负担,因此减轻劳役只是一纸空文。他不知道,在管家翻开账簿指给他看根据他的意旨把代役租减少三分之一的地方,劳役却增加了一半。由于上述原因,皮埃尔对他巡视庄园的结果非常满意,完全恢复了他离开彼得堡时的那种仁爱之心,给他的师兄(他这样称呼大师傅)写了几封热情洋溢的信。

"这么容易,不费多大力气就能做这么多好事,"皮埃尔想道,

---

① 圣彼得节为东正教节日,在俄历六月二十九日。

"我们在这方面怎么不多想一些办法啊！"

他为人们向他表示感谢而感到幸福，但是在接受感谢时又感到不好意思。这种感谢提醒他，他还能为这些善良的普通人做**更多**的事情。

总管是一个非常愚蠢而又狡猾的人，他完全了解聪明而又天真的伯爵，把他当作玩具来耍弄，看到自己安排的接待对皮埃尔起了作用，便提出各种论据，更加坚决地向他说明解放农奴是不可能的，主要的是不必要的，因为他们本来就生活得很幸福。

皮埃尔心里暗自同意总管的说法，也认为很难想象会有更幸福的人，同时天知道获得自由后等待他们的是什么；但是皮埃尔尽管是勉强地，仍坚持他认为是正确的想法。总管答应尽一切努力照伯爵的意旨去做，他心里很明白，伯爵不仅永远不可能来检查他是否采取措施出售树林和庄园，是否想尽办法偿清监护委员会的欠款，而且大概也永远不会来过问和查询为什么盖好的房子还空着，为什么农民们还继续像在别的主人那里一样，用服劳役和付现金的形式交出他们能够交出的一切。

十 一

皮埃尔怀着幸福的心情从南方旅行回来，在归途上实现了早已有的心愿——顺便去看看他的朋友鲍尔康斯基，他已有两年没有见到他了。

在最后一站得知安德烈公爵不在童山，而是在新分给他的庄园里，便驱车上那里找他去了。

鲍古恰罗沃位于景色不美的平地上，四周是大片土地以及砍伐过的和未砍伐过的夹杂着桦树的枞树林。地主的宅院在村子里的一条笔直的大路的尽头，在一个新挖的、塘边上还没有长草但灌满了水的池塘后面，房子四周是一片小树林，树林中间有几棵高大的松树。

地主宅院由打谷场、院内建筑物、马厩、澡堂、厢房和一座还在建造的带有半圆形山墙的砖石结构大房子构成。在房子周围新开辟了一个花园。围墙和大门是新修的，很坚固；棚子里放着两个消防水龙和一个漆成绿色的大木箱；道路都很直，桥很牢靠，带有栏杆。一切都显示出精心安排和管理的痕迹。碰到的家奴听到有人问他们公爵住在哪里，便指了指池塘边新建的不大的厢房。安德烈公爵的老家人安东扶皮埃尔下了马车，说公爵在家，把他带到一个清洁的小外厅。

皮埃尔最后一次在彼得堡见到安德烈公爵生活很奢华，现在看见这个虽然清洁但很简朴的小房子，感到非常惊讶。他急忙进了还散发着松油味、尚未抹灰泥的小厅，想继续往前走，但是安东踮起脚赶到前头，敲了敲门。

"有什么事？"传来了刺耳的、听了令人不快的声音。

"来客人了。"安东回答道。

"请他等一会儿。"听见里面有推开椅子的声音。皮埃尔快步走到门口，与走出来见他的安德烈公爵迎面碰上了，看见安德烈公爵脸色阴沉，人显得老了不少。皮埃尔搂住他，扶了扶眼镜，吻着他的面颊，凑近看着他的脸。

"真没有想到，我很高兴。"安德烈公爵说。皮埃尔没有言语；他惊奇地和目不转睛地望着自己的朋友。安德烈公爵发生的变化使皮埃尔感到吃惊。他的语气是亲切的，嘴上和脸上挂着微笑，但是目光是暗淡的和毫无生气的，他显然想要使自己的眼睛闪耀出高兴和快乐的光芒，但是做不到。皮埃尔发现他的朋友不是消瘦了，不是脸色变得苍白了，而是变得健壮了；但是这种目光和脑门上的皱纹说明他长时间内在集中思考某一个问题，这种表情皮埃尔还不习惯，因而使他感到惊讶和生疏。

在久别重逢时，经常有这样的情况，谈话很长时间未能有一个固定的题目；他们三言两语询问和回答一些事情，而他们都知道这些事都是需要花点时间好好谈谈的。最后他们终于开始谈论在这之前断断续续说过的事，谈论关于过去的生活、未来的计划、皮埃尔的旅行和他的活动以及战争等问题。安德烈公爵微笑着听皮埃尔说话，皮埃尔在他的目光中发现的那种专注和沮丧，现在更加强烈地在他的微笑中表现出来，尤其是在皮埃尔兴致勃勃地谈到过去和未来时。安德烈公爵似乎也想参加到他所说的事情中去，但是又做不到。皮埃尔开始感觉到，在安德烈公爵面前表现出喜悦的心情、谈论幻想以及对幸福和善行的希望都是不合适的。他不好意思说出他新接受的所有共济会思想，尤其是最近旅行时心中得到更新的和新产生的想法。他克制着自己，担心显得太幼稚；同时他又按捺不住地想快点让自己的朋友看到，他现在已完全是另一个人，变得比在彼得堡时好多了。

"我无法对您说，在这段时间里经受了多少事情。我自己也不认得自己了。"

"是的,从那时起,我们发生了很多很多变化。"安德烈公爵说。

"那么,您怎么样?"皮埃尔问,"您有哪些计划?"

"计划?"安德烈公爵用讽刺的口气把问题重复了一遍。"我的计划?"他又说了一次,仿佛对这个词的含义感到惊奇似的。"你不是看见了,我在盖房子,想在明年完全搬过来住……"

皮埃尔默默地、全神贯注地注视着安德烈的变老了的脸。

"不,我是问……"皮埃尔说,但是安德烈公爵打断了他的话:

"我的事有什么可说的……你说说你的旅行,说说你在自己庄园里做了些什么。"

皮埃尔开始讲他在自己庄园里所做的事,尽可能不说他自己采取的改进措施。安德烈公爵几次在皮埃尔未说之前就替他说了,仿佛皮埃尔所做的一切早已是人所共知的事,他听皮埃尔说话时不仅觉得索然无味,甚至仿佛为他所说的事而感到害羞。

皮埃尔开始有些局促不安,甚至觉得和自己的这位朋友在一起不大舒服。他停住不说了。

"你瞧,亲爱的,"安德烈公爵说,显然他和客人在一起也感到有点难受和受拘束,"我在这里暂时凑合着住,现在只是来看看。今天我又要回到妹妹那里去。我想介绍你和她们认识认识。不过我好像记得你是认识她的,"他说,显然他这样说是为了应酬客人,他现在已觉得自己与他毫无共同之处,"我们午餐后就去。现在你想看一看我的庄园吗?"说着他们出了门,在午饭前一起在各处走,路上随便谈论着政治新闻和共同的熟人,看样子并不像非常知心的朋友。安德烈公爵只是在谈到他正在整修的庄园和建筑工程时,稍稍显得兴奋和感兴趣些,但是在谈话的中途,在脚手架旁,当他向皮埃尔描述房子未来的布局时,突然停住不说了。"其实这里也没有任何有意思的东西,现在我们就去吃饭,然后就动身。"吃饭时谈起了皮埃尔的家庭问题来。

"我听说这件事后感到非常惊讶。"安德烈公爵说。

皮埃尔像平常谈到这件事时那样,涨红了脸,急忙说:

"以后找个时间我把这一切发生的经过告诉您。但是您知道,这一切已经结束了。永远结束了。"

"永远?"安德烈公爵说,"世上可没有任何永远的事。"

"您知道这一切是如何结束的吗?听说过决斗的事吗?"

"听说过,你经历了这件事。"

"有一点我要感谢上帝,这就是我没有打死那个人。"皮埃尔说。

"为什么?"安德烈公爵问道,"打死一条恶狗甚至是一件很好的事。"

"不,打死人不好,这样做不对……"

"为什么不对?"安德烈公爵又问,"对与不对,不能由人来判断。人恰恰从来都在他们认为对与不对的问题上犯错误,而且今后还要犯错误。"

"凡是危害别人的坏事,就是不对的。"皮埃尔说,他高兴地感觉到他来这里后安德烈公爵第一次显得活跃起来,开始说话了,而且想要说出使自己成为现在这种样子的一切。

"谁告诉过你,对别人来说什么是坏事?"安德烈公爵问。

"坏事?坏事?"皮埃尔说,"我们大家都知道对自己来说什么是坏事。"

"是的,我们知道,但是我不能把那种我知道会危害自己的坏事施加于人。"安德烈公爵愈来愈兴奋,看来他想要对皮埃尔说出他对事物的新看法。他是用法语说的。"我知道生活中只有两种真正的不幸:受良心责备和生病。只要没有这两件坏事,就是幸福。为自己而生活,只求避免这两件坏事,这就是我现在的整个人生哲学。"

"那么爱邻人和自我牺牲呢?"皮埃尔又开始说道,"不,我不能同意您的看法!只是为了不做坏事,为了不悔恨而活着,那是不够的。我过去这样生活过,我曾为自己生活过,却毁了自己的生活。现在我才为别人活着,至少努力为别人活着(出于谦虚,皮埃尔修正了一下自己的说法),现在我才理解生活的全部幸福。不,我不同意您的看法,而且您也不是照您所说的那样想的。"安德烈公爵默默地望着皮埃尔,脸上露出讽刺的微笑。

"你这就要见到我的妹妹玛丽亚公爵小姐了。您会和她谈得来的。"他说。"也许你对自己来说是对的,"他停了一会儿后接着说,"但是每个人都照自己的想法生活:你曾为自己生活,现在说这样做几乎毁了你的生活,而只是在开始为别人生活后才知道了幸福。而我所经历的恰好相反。我曾为荣誉而生活。(可是荣誉是什么呢?也是那种对别人的爱,为他们做些事情的愿望,得到他们称赞的愿望。)就这样我曾为别人活着,不是几乎毁了,而是完全毁了自己的生活。从那时起开始只为自己一个人而活着,心里也就变得平静了。"

"怎么能只为自己一个人活着呢?"皮埃尔激动起来,问道,"那么儿子、妹妹、父亲呢?"

"他们这些人仍然都是我,而不是别人,"安德烈公爵说,"别人指的是他人,即你和玛丽亚公爵小姐所说的 le prochain,这是犯错误和做坏事的主要根源。Le prochain——这是你想要为他们做好事的基辅农民。"

他用嘲笑和挑逗的目光看了皮埃尔一眼。看来他想要挑动皮埃尔进行反驳。

"您是在说笑话。"皮埃尔说,变得愈来愈兴奋了。"我希望(尽管做得很少和很差,但是毕竟希望)做好事,而且总算做了一些事,这怎么能是错误和坏事呢?我们的那些不幸的农民,那些也像我们一样从长大到死亡对上帝和真理的了解只限于圣像和无意义的祷告的人,现在让他们通过学习一些关于来世、报应、奖赏、安慰的观念,这怎么能是坏事呢?在只需举手之劳就能给予物质上的帮助的情况下,人们因得不到救助而病死时,我给他们请医生,开办医院和养老院,这怎么能是坏事和错误呢?难道我给日夜操劳的农夫和带孩子的农妇一些休息和空闲的时间,不是非常明显的和毫无疑问的善行吗?……"皮埃尔急急忙忙地和吐字不清地说,"我做了这些事,虽然做得不好,做得不多,但是总算为此做了一些事情,您不仅不能说服我不再相信我做的是好事,而且也不能使我不再相信您自己没有这种想法。而主要的,"皮埃尔接着说,"我知道这样一点,而且确实知道,做这种好事得到的乐趣是生活中唯一可靠的幸福。"

"是的,如果这样提出问题,那么就是另一回事了。"安德烈公爵说。"我造房子,开辟花园,而你开办医院。这两者都可以用来消磨时间。至于什么是对的,什么是好的,就让什么都知道的人来判断,而不由我们来判断。看来你想要争论,"他加了一句,

"那就争吧。"他们离开餐桌,到代替阳台的台阶上坐下。

"好,让我们来争论吧。"安德烈公爵说。"你说到学校,"他扳着指头接着说,"还有教育等等,也就是说,你想要使他,"安德烈公爵指着一个脱了帽子从他们旁边经过的农夫说,"脱离动物的状态,具有精神上的需要。我觉得唯一可能得到的幸福是动物的幸福,而你却想要剥夺他的这种幸福。我羡慕他,而你要把他变成像我这样的人,但是又不把我的智力、感情和钱财全都给他。你说的另一件事是要减轻他的劳动。而在我看来,体力劳动对他来说是一种必需,是他生存的一个条件,就像脑力劳动对你我来说是一种必需和生存条件一样。你无法做到不思考。我在夜里两点多钟躺下睡觉,脑子里出现各种想法,辗转反侧,无法入睡,直到早晨还没有睡着,这是由于我在想事,不能做到不想,就像他不能不耕地和不能不割草一样;不然他就会去小酒馆,或者生病。如同我干不了他的可怕的体力劳动,过一个星期准会累死一样,他也忍受不了我不干体力活的游手好闲,准会发胖,最后死去。第三点——你还说什么来着?"

安德烈公爵扳着第三个指头。

"对了。你还说医院,药品。他中了风,快要死了,你给他放血,救活了他,他将作为一个残疾人再活上十年,成为大家的累赘。他要是死了会舒服和简单得多。另一些人会生出来,他们这样的人会很多。假如你舍不得失去一个劳动力——我是把他当作劳动力看待的,你为了爱护他想给他治病。而他不需要这样做。再说,认为医生曾在什么时候治好过什么人,那真是异想天开……只会治死人——就是这样!"他说,愤恨地皱起眉头,背过身去不看皮埃尔。

安德烈公爵把自己的想法说得非常清楚和明确,可以看出,他曾不止一次地想过这些,他像一个很久没有说话的人一样,很乐意说,并且说得很快。他的看法愈悲观失望,他的目光就愈有神。

"唉,这太可怕了,太可怕了!"皮埃尔说,"我只是不明白,有这些想法怎么还能活着。我也有过这样的时刻,这是不久前的事,在莫斯科和在旅途中,当时我达到了活不下去的地步,觉得一切都可厌,主要的是觉得自己可厌。当时我不吃不喝,脸也不洗……您说,您怎么……"

"为什么不洗脸,这不卫生,"安德烈公爵说,"相反,应当使自己的生活变得尽可能愉快些。我活着,这并不是我的过错,因此应当设法活得更好些,不妨碍任何人地一直活到死为止。"

"是什么东西促使您活着的?有这样的思想你就将一动不动地坐着,什么也不干。"

"生活本来就不会让人安宁的。我倒乐意什么也不干,可是,一方面,此地的贵族们抬举我,选我为首席贵族;我好容易才推辞掉。他们根本不了解我身上没有应当有的东西,没有做这事所需要的那种庸俗的一团和气和为大家操心的兴趣。再说这座房子需要盖起来,好让自己有一个地方能过几天清净的日子。现在还有民兵的事。"

"您为什么不去部队服役?"

"经历了奥斯特利茨战役后谁还去!"安德烈公爵脸色阴沉地说,"不,太谢谢了,我发过誓,今后不再到俄国作战部队服役。我不再这样做了。即使波拿巴就在这里,在斯摩棱斯克附近,威胁童山，我也不会去俄国军队服役。我对你这样说过。"安德烈公爵平静下来，接着说，"现在再说说民兵，父亲是第三军区民兵总司令，在他手下做事，是我逃避服役的唯一办法。"

"这么说，您在服役？"

"是的。"安德烈公爵沉默了一会儿。

"那么您为什么要服役？"

"事情是这样的。我的父亲是他的时代最优秀的人物之一。但是他逐渐老了，他并不是为人残酷，而是天生活动能力强。他习惯于拥有无限权力，现在皇上任命他为民兵总司令，给了他这种权力，因而变得让人望而生畏。两个星期前要是我晚到了两个钟头，他就会把尤赫诺沃的录事活活吊死。"安德烈公爵微笑着说，"我服役是因为除我之外，谁也不能影响父亲，我可以在某些方面劝劝他，使他不至于干出以后会感到悔恨的事。"

"啊，原来是这么回事！"

"是的，但是不像你想的那样。"安德烈公爵接着说，"我在当时和现在丝毫也不想对这个盗窃民兵靴子的混蛋录事做好事；我甚至很愿意看见他被吊死，但是我替父亲着想，也就是又是为了自己。"

安德烈公爵愈说愈兴奋。当他竭力向皮埃尔证明他的行为从来不包含为邻人做好事的愿望时，他的眼睛十分激动地闪闪发光。

"你说你想解放农民，"他接着说，"这是好事；但不是对你自己来说（我想，你从来没有鞭打过谁，也没有把谁送到西伯利亚去），更不是对农民来说。如果他们被打、被抽鞭子和被送往西伯利亚，我认为他们的处境不会因此而变得更坏。到了西伯利亚，他们仍然过同样的像牲畜一样的生活,而身上的伤疤长好后,仍然像以前那样的幸福。解放农民对这样一些人来说,才是需要的,这些人精神上处于崩溃状态,内心逐步产生了悔恨,可是又竭力压制着,同时由于不管自己有理无理都可以随便处置别人而变得粗野起来。我可怜的是这样的人,我希望为了这些人而解放农民。你也许没有见过,我可是见过,有一些很好的人,他们受无限权力的传统的教育,随着年龄的增长变得暴躁起来,变得残酷和粗野,他们知道这一点,却无法克制自己,变得愈来愈苦闷,愈来愈不幸。"

安德烈公爵说这些话时非常激动,皮埃尔不由得想,安德烈的这些想法是由他父亲的表现引发的。皮埃尔什么也没有对他说。

"由此可见我怜惜的是什么人和什么——怜惜的是人的尊严、内心的问心无愧和心地的纯洁,而不是人的脊梁和脑袋,脊梁和脑袋不管怎样抽它,剃它,仍然还是那样的脊梁和脑袋。"

"不,不,一千个不!我永远不会同意您的看法。"皮埃尔说。

十 二

傍晚,安德烈公爵和皮埃尔坐上马车前往童山。安德烈公爵不时看看皮埃尔,偶尔说几句话打破沉默,想以此来说明他的心情很好。

他指着田地对皮埃尔叙说自己在生产管理方面所做的改进。

皮埃尔脸色阴沉地沉默着,只简短地答应一两声,看来在想自己的心思。

皮埃尔想,安德烈公爵并不幸福,他误入歧途,不知道真正的光明,他皮埃尔应当帮助他,开导他,使他振作起来。但是当皮埃尔刚考虑好应该怎样说和说些什么时,他就感觉到安德烈公爵只用一句话、用一个论据就能把他讲的全部道理贬得一钱不值,因此他害怕开口,担心说出自己珍爱的神圣信念后会受到嘲笑。

"不,您为什么认为,"皮埃尔突然开口了,他低下头,摆出爱抵人的公牛的样子,"您为什么这样想?您不应该这样想。"

"我想什么来着?"安德烈公爵惊奇地问。

"想人生,想人的使命。不能这样想。我也这样想过,您知道是什么挽救了我吗?是共济会。不,您不要笑。共济会并不像我过去认为的那样,是一个专门讲究仪式的教派,共济会是人类永恒的优点的唯一的和最好的表现。"接着他开始向安德烈公爵讲起他所理解的共济会的观点来。

他说,共济会观点是摆脱了国家和宗教的束缚的基督教学说,是平等、友好和博爱的学说。

"只有我们神圣的团体在生活中才具有真正的意义;其余的一切都是梦想。"皮埃尔说。"您会明白,我的朋友,这个团体之外的一切都充满着谎言和欺骗,我同意您的说法,一个聪明的好人只能像您一样,在竭力不妨碍别人的同时过完自己的一生。但是只要您接受我们主要的信念,加入我们的团体,把自己交给我们,让我们来指导您,您立刻就会像我一样,感觉到自己是这个巨大的、无形的链条的一个部分,而链条的一端则藏在天国里。"皮埃尔说。

安德烈公爵默默地望着前面,听皮埃尔说话。有几次由于车轮的滚动声他没有听清,便请皮埃尔把他没有听清的话再说一遍。皮埃尔从安德烈公爵眼睛里射出的特殊的光芒以及从他的沉默中看出,他自己的话没有白说,安德烈公爵不会再打断他的话,也不会再进行嘲笑了。

他们到了一条涨水的河边,需要摆渡过去。在安排马车和马匹过河时,他们到了渡船上。

安德烈公爵用胳膊肘支着栏杆,默默地望着夕阳下闪闪发光的河水。

"您对我说的这些有什么想法?"皮埃尔问,"您为什么不说话?"

"我有什么想法?我一直在听你说。这一切都很好。"安德烈公爵说,"但是你说:加入我们的团体吧,我们将给你指出生活目的、人的使命和支配世界的规律。而我们是谁呢?——也是人。为什么你们什么都知道呢?为什么只有我一个人看不见你们看见的东西呢?你们在大地上看见真和善的王国,而我看不见它。"

皮埃尔打断了他的话。

"您相信来世吗?"他问。

"来世?"安德烈公爵反问道,但是皮埃尔没有让他往下说,把他的反问当作是否定的回答,况且他知道安德烈公爵以前持无神论观点,就更那么认为了。

"您说您看不见大地上的真和善的王国。我也没有看见;如果把我们的生活看作是一切的终结,就看不见它。在**大地**上,正是在这土地上(皮埃尔指了指田野),没有真理——都是欺骗和邪恶;但是在宇宙里,在整个宇宙里,有真理的王国,我们现在是大地的儿女，而从永恒的观点来看，我们是整个宇宙的儿女。难道我在自己心里不感觉到我是这个巨大的、和谐的整体的一部分？难道我不感觉到我在神——您也可称之为至高无上的力量——在其中显现的那些多得不可胜数的生物中是从低级生物到高级生物之间的一个环节、一个梯级吗？如果我看见，清楚地看见从植物到人的阶梯，那么我为什么还要设想这个我没有看见其下端的阶梯就到植物为止呢？我为什么还要设想这个阶梯到我这里中断，而不进行伸展，直到通向高级的生物呢？我觉得我不仅像宇宙中的万物一样不可能消失，而且我将来和过去都会永远存在。我觉得除了我之外，在我上面还生活着神灵，在宇宙中存在着真理。"

"不错，这是赫尔德①的学说，"安德烈公爵说，"但是，亲爱的，这说服不了我，对我有说服力的是生和死。能使我信服的是这样的事：你看见一个你心爱的人，一个和你紧紧连在一起的人，你在这个人面前觉得愧疚和希望能够补过（说到这里安德烈公爵的声音颤抖了一下，他转过身去），突然这个人受了苦，遭到了折磨，不再存在了……为什么？不可能没有答案！我相信答案是有的……这事有说服力，它使我信服了。"安德烈公爵说。

"是的，是的，"皮埃尔说，"难道我说的也不正是这一点吗！"

"不。我只是说，使我相信来世的不是什么论据，而是这样的事，当你和一个人在生活中携手同行时，突然这个人消失在**那里**了，**不知去向**了，而你在这深渊前停住脚步，往那里张望。我就张望了一下……"

---

① 赫尔德（一七四四至一八〇三年），德国批评家、哲学家和路德派神学家。

"那又怎么样呢!您知道这个**那里**和这个**什么人**存在吗?这个**那里**就是来世。这个**什么人**就是上帝。"

安德烈公爵没有回答。马车和马匹早已到了对岸,并已套好了,太阳已有一半落下,傍晚寒气袭人,渡口边的水洼上已结上了像星星那样闪闪发亮的薄冰,而使仆人、车夫和船夫感到惊奇的是,皮埃尔和安德烈公爵还站在渡船上说话。

"如果有上帝和来世,那么就有真和善;人的最大幸福在于力图达到真和善。要好好生活,要有爱心,要相信,"皮埃尔说,"相信我们并不只是今天生活在这一小块土地上,而且过去和将来我们永远生活在那里,生活在整个宇宙之中(他指了指天空)。"安德烈公爵站着,胳膊肘支在渡船的栏杆上,他一面听皮埃尔说话,一面目不转睛地望着蓝色的水面上夕阳的红色反光。皮埃尔停住不说了。四周一片寂静。渡船早已靠岸了,只有波浪还拍击着船底,发出微弱的声音。安德烈公爵觉得,这波浪的拍击声好像在附和皮埃尔的话:"真的,相信这个吧。"

安德烈公爵叹了一口气,用闪闪发亮的、孩子般的和亲切的目光看了看皮埃尔,这时皮埃尔兴奋得满脸通红,但是在自愧弗如的朋友面前,脸上仍有胆怯的表情。

"是的,要是这样就好了!"安德烈公爵说。"我们现在上车去吧。"他加了一句,在离开渡船时他朝皮埃尔指的天空看了一眼,于是在奥斯特利茨战役后他第一次看到了他躺在奥斯特利茨战场上看见的那个高高的、永恒的天空,一种早已沉睡的、一种他有过的美好的感情突然苏醒了,充满着欢乐和青春活力。当安德烈公爵一回到已习惯的生活环境时,这种感情就消失了,不过他知道，这种他不善于培养的感情活在他心中。与皮埃尔的会见对安德烈公爵来说是一个阶段的开端，从此他虽然在表面上仍过着原来的那种生活，但是在内心世界里新生活开始了。

十　三

安德烈公爵和皮埃尔到了童山宅院的大门口时，天快要黑了。在他们快要到的时候，安德烈公爵带着微笑叫皮埃尔注意看后门发生的忙乱现象。一个背着背囊的弯腰曲背的老太婆和一个穿着黑衣服、留着长发的矮小男人看见驶过来的马车，急忙回头往门里跑。两个女人跟着他们跑出来，四个人回头看看马车，惊慌地跑上了后门的台阶。

"这是玛莎接待的修士。"安德烈公爵说，"他们见了我们以为父亲回来了。这是她唯一的一件违抗父命的事：父亲吩咐把这些云游派教徒轰走，而她却接待他们。"

"这些修士是什么样的人？"皮埃尔问。

安德烈公爵没有来得及回答他。仆人们出来迎接，他问老公爵在哪里，是否快要回来了。

老公爵还在城里，他随时都可能回来。

安德烈公爵把皮埃尔带到自己的那部分房子里，父亲家里的这些房间总是收拾得整整齐齐，随时等他来住。接着他自己到儿童室去了。

"现在到我妹妹那里去，"安德烈公爵回来后对皮埃尔说，"我还没有见到她，她现在藏了起来，陪着她的那些修士。她会不好意思的，这是她活该如此，你这就会看见那些修士。说实话，这很有意思。"

"修士是什么样的人？"皮埃尔问。

"你马上就会看见的。"

玛丽亚公爵小姐看见他们进了她的房间，果然不好意思起来，脸上出现了一块块红斑。在她的舒适的房间里，神龛前点着神灯，茶炊后面的沙发上一个少年与她并排坐着，那人长着一个大鼻子，留着长头发，身上穿着一件修士的长袍。

在旁边的圈椅上坐着一个满脸皱纹的瘦老太婆，她那孩子般的脸上带着温和的表情。

"安德烈，你为什么不预先告诉我一声？"她带着温和的责备说，站到了那些云游派教徒的面前，如同母鸡保护小鸡一样。

"见到您我非常高兴。非常高兴。"当皮埃尔吻她的手时，她对皮埃尔说。她从小就认识他，现在他同安德烈的友谊，他和妻子之间发生的不幸的事，主要的，他的善良纯朴的脸，使她对他产生了好感。她的那双闪闪发光的美丽的眼睛看着他，仿佛是在说："我非常喜欢您，但是请您不要嘲笑**我的人**。"在互相问好后，他们坐下了。

"啊，伊万努什卡也在这里。"安德烈公爵微笑着指了指年轻的云游派教徒说。

"安德烈！"玛丽亚公爵小姐恳求说。

"您知道，这是一个女人。"安德烈对皮埃尔说。

"安德烈，看在上帝分上！"玛丽亚公爵小姐再次恳求说。

可以看出,安德烈公爵对云游派教徒的嘲弄和玛丽亚公爵小姐毫无用处的袒护,在他们之间已习以为常了。

"不过,亲爱的,"安德烈公爵说,"你应当感谢我,因为我要向皮埃尔说明你和这个年轻人的亲密关系。"

"是真的吗?"皮埃尔好奇而又严肃地说(玛丽亚公爵小姐对他采取这种态度特别感激),他透过眼镜注视着伊万努什卡的脸,那少年知道他们在谈论他,用调皮的目光看看大家。

玛丽亚公爵小姐完全不必为**自己的人**感到不好意思。他们丝毫也不胆怯。老太婆垂下眼睛,但是斜视着进来的人,把茶碗底朝上扣在碟子上,把一块吃剩的方糖放在旁边,安安静静地和一动不动地坐在圈椅上,等着人家再请她喝茶。伊万努什卡一面啜着碟子里的茶,一面皱着眉头用女人的调皮的目光看着这两个年轻人。

"去过哪里,去过基辅吗?"安德烈公爵问老太婆。

"去过,少爷,"喜欢说话的老太婆回答道,"过圣诞节时我有幸在圣徒那里参与了圣礼。而现在从科利亚津来,少爷,那里神大显灵验了……"

"怎么,伊万努什卡和你在一起?"

"我自己一个人去的,施主。"伊万努什卡努力用男低音说,"到尤赫诺沃时才与佩拉格尤什卡会合。"

佩拉格尤什卡打断了同伴的话;显然她想说一说她见到的事。

"在科利亚津,少爷,神大显灵验了。"

"什么,发现了新的圣骨?"安德烈公爵问。

"够了,安德烈。"玛丽亚公爵小姐说,"别说了,佩拉格尤什卡。"

"你怎么啦,小姐,为什么不说?我喜欢他。他很善良。他是受上帝垂爱的人,他这位施主给了我十卢布,我都记得。我在基辅时,疯修士基留沙告诉我——这是一个真正的苦行僧,无论冬天和夏天都打着赤脚。他说,你怎么待在不是自己该待的地方,到科利亚津去吧,那里一尊圣像,一尊圣母像显灵了。我听了这话,就和圣徒们告别,上那里去了……"

大家都没有说话,只有这个女云游派教徒吸着气,不慌不忙地讲着。

"我到了后,少爷,人们就对我说:神大显灵验了,圣母的脸滴着油……"

"好了,好了,以后再讲吧。"玛丽亚公爵小姐红着脸说。

"请让我问问她。"皮埃尔说。"是你亲眼看到的吗?"他问。

"那还用说,少爷,我亲眼看到的。圣母的脸容光焕发,像天光照亮了一样,油从她脸上就那么直往下滴……"

"要知道这是骗人的。"注意地听那女教徒说话的皮埃尔天真地说。

"唉,少爷,你说的是什么呀!"佩拉格尤什卡惊恐地说,转身向玛丽亚公爵小姐求援。

"这是在欺骗老百姓。"皮埃尔又说了一遍。

"啊,我的耶稣基督。"女教徒画着十字说。"唉,别说了,少爷。有一位将军不相信,他说:'僧侣们骗人。'他一说完,眼睛就瞎了。他梦见彼切尔斯克修道院①的圣母前来对他说:'你相信我,

---

① 彼切尔斯克修道院在基辅,建于一〇五二年,建在洞穴中。

我就把你治好。'于是他便请求道：快把我送到圣母那里去吧。我对你讲的全是事实，是我亲眼看见的。人们把这个瞎眼的将军直接送到圣母那里；他走到跟前，匍匐在地，说道：'请给我治吧！我愿把沙皇赏赐给我的一切全部献给你。'我亲眼看见，少爷，圣像上挂上了一枚星章。果然他的眼睛就看得见东西了！这样说是罪过的。上帝会惩罚的。"她用教训的口气对皮埃尔说。

"那么星章是怎样到了圣像上的呢？"皮埃尔问。

"是不是也把圣母提升为将军了？"安德烈公爵微笑着问。

佩拉格尤什卡突然脸色发白，举起双手轻轻一拍。

"少爷啊少爷，你这样说是罪过的。你是有儿子的人！"她数落起来，苍白的脸突然又变得色彩鲜艳了。

"少爷，你说这种话，让上帝宽恕你。"她画了个十字。"上帝啊，宽恕他吧。小姐，这是怎么回事呀？……"她问玛丽亚公爵小姐。她站起身来，差一点要哭出来，开始收拾自己的口袋。可以看出，她对说这话的人感到害怕和可怜，为自己在说这种话的人的家里接受布施而觉得羞耻，同时又为现在就放弃这家人的布施而感到惋惜。

"你们这又何苦呢？"玛丽亚公爵小姐说，"你们到我这里来干什么？……"

"不，要知道我是开玩笑，佩拉格尤什卡。"皮埃尔说。"公爵小姐，我确实没有冒犯她的意思，我只是无心说的。你不要介意，我是开个玩笑。"他说，胆怯地微笑着，想要弥补一下自己的过错。

佩拉格尤什卡将信将疑地停住脚步，但是皮埃尔脸上悔过的表情是那么的真诚,安德烈公爵又是那么温和和严肃地时而看看佩拉格尤什卡,时而看看皮埃尔,她也就渐渐地平静下来了。

十 四

这个女云游派教徒平静下来后,又说起话来,后来讲神父阿姆菲洛希讲了很久,说他过着非常圣洁的生活以至于他的手都散发着神香的气味,又讲到她认识的僧侣在她最近这一次去基辅时,交给她洞穴的钥匙,于是她带着面包干,在洞穴里和圣徒们一起待了两昼夜。"我向一尊圣像祷告,表示敬意,然后到另一尊圣像那里去。睡一会儿,又去吻圣像;小姐,里面是那样安静,那样的舒适,真不想出来了。"

皮埃尔注意地和认真地听她说。安德烈公爵从房间里出去了。随后玛丽亚公爵小姐也把修士留下来继续喝茶,自己带皮埃尔到客厅去。

"您很善良。"她对他说。

"唉,我确实没有侮辱她的意思,我完全理解和十分看重这些感情。"

玛丽亚公爵小姐默默地看了他一眼,温柔地笑了笑。

"我早就认识您,并且像爱兄弟一样爱您。"她说。"您怎么找到安德烈的?"她急急忙忙地问道,不让他有时间来回答她的亲切的话,"他使我感到很不安。他的身体冬天好了一些,但是春天他的伤口复发了,大夫说他应当去治疗。我也很为他的精神状态担心。他的性格不像我们女人,有痛苦能够忍受,可以哭一场发泄发泄。他把痛苦藏在心里。今天他很快活,很高兴;这是由于您的到来起了作用:他很少有这样的情况。要是您能说服他出国去就好了!他需要有活动,而这平稳的、安静的生活会把他毁了的。别的人没有注意到,可是我看出来了。"

九点多钟,侍仆听到老公爵的马车逐渐驶近时响起的铃声,急忙朝门口跑去。安德烈公爵和皮埃尔也到了台阶上。

"这是谁?"老公爵从马车上下来,看见了皮埃尔,便问道。

"啊!非常高兴!来吻我吧。"他认出这个陌生的年轻人是谁后说道。

老公爵心情很好,对皮埃尔很亲热。

晚饭前安德烈公爵回到父亲的书房时,发现老公爵在和皮埃尔进行热烈的争论。皮埃尔说,总有一天将不会再有战争。老公爵只是取笑他,反驳他的看法,但没有生气。

"把血从人的血管里抽出来,给他灌上水,到那时就不会有战争。你这是妇人之见,妇人之见。"老公爵说,但还是亲切地拍拍皮埃尔的肩膀,然后走到桌子旁,这时显然不想参加谈话的安德烈公爵正在那里翻阅老公爵从城市带来的文件。老公爵走到他跟前后,开始和他谈起公事来。

"首席贵族罗斯托夫连一半人都没有送到。他来到城里,居然想要请我吃饭——我就让他饱饱地吃了一顿……你再看看这个……喂,老弟,"老公爵拍拍皮埃尔的肩膀对儿子说,"你的朋友是好样的,我喜欢他!他引起了我的兴趣。有的人话说得很聪明,可是连听也不想听,而他虽然是在瞎扯,但是我这个老头听得津津有味。好了,你们去吧,去吧,"他说,"也许在你们吃晚饭时我还要来坐一会儿。那时我还要争论争论。希望你能喜欢我那个傻丫头玛丽亚公爵小姐。"他从门里对皮埃尔大声说道。

皮埃尔这次来童山后才认清他与安德烈公爵的友谊的巨大力量和迷人之处。这种迷人之处主要不在他同安德烈公爵本人的关系上,而在他同他全家上上下下的关系上表现出来。皮埃尔同严厉的老公爵和温和羞怯的玛丽亚公爵小姐几乎并不认识,尽管如此,他立刻感觉到自己像他们的老朋友一样。他们大家都已喜欢他了。他对云游派女教徒的温和态度博得了玛丽亚公爵小姐的好感,不仅只是这位公爵小姐用最明亮的目光看着他,而且刚满周岁的小尼古拉公爵(祖父这样叫他)也对皮埃尔笑笑,并且要他抱。米哈依尔·伊万内奇、布里安娜小姐在他和老公爵说话时带着快乐的微笑看着他。

老公爵出来和大家一起吃晚饭了,显然他是因为有皮埃尔在才这样做的。皮埃尔在童山逗留的两天里,老公爵一直对他特别亲切,并且叫他常来做客。

皮埃尔走后,像通常一个新客人走后常有的那样,一家人聚在一起开始谈论他,大家说的都是他好的地方,这种情况是很少见的。

十 五

罗斯托夫这次休假回来后,他第一次感觉到和发现,他同杰尼索夫和全团的感情是那么的深厚。

他快到团队时的心情，与他快到波瓦尔街老家的心情相类似。当他看见第一个穿着本团的制服、敞着怀的骠骑兵时，当他认出这是红头发的杰缅季耶夫，看见枣红马的拴马桩时，当拉夫鲁什卡高兴地对自己的主人喊了一声"伯爵来了"，正在床上睡觉的杰尼索夫蓬头散发地跑出土房子拥抱他和军官们聚集到他这里时，罗斯托夫体验到一种与父母和妹妹们拥抱他时的同样的感情，涌上嗓子眼里的欢乐的眼泪使他说不出话来。团队也是家，而这个家像父母的家一样总是可爱的和珍贵的。

罗斯托夫向团长报了到，奉命回到了原来的连队，执行值班和采办饲料的任务，开始关心团队所有琐碎的事情，他觉得自己失去了自由，被禁锢在一个狭窄的、一成不变的框子里，不过他像待在父母家里时那样，感到安心，有依靠，意识到他是在家里，在自己的位置上。这里没有自由的上流社会的所有那些混乱现象，他在那里找不到自己的位置，常常做出错误的选择；这里没有索尼娅，用不着考虑是否应当和她进行解释。这里没有去哪里和不去哪里的问题；没有可用各种不同方法加以利用的二十四个小时的空闲时间；没有无数既不特别亲近也不特别疏远的人；没有与父亲之间的这些不清楚的和不明确的金钱关系；没有人谈起输给多洛霍夫大笔金钱的可怕的事！这里，在团队里，一切都是简单明了的。整个世界分为两个不相等的部分：一个部分是我们的保罗格勒团，另一个部分是其余的一切。而与这其余的部分没有任何关系。在团队里一切都是明明白白的：谁是中尉，谁是大尉，谁好，谁坏，而主要的，知道谁够朋友。随军商贩肯赊账，饷银只领到三分之一；没有什么可以考虑和选择的，只要不做保罗格勒团里认为是坏的事就行了;派你去执行任务,你就做那些清楚而明确地叫你做的事——就万事大吉。

罗斯托夫重新进入团里的这种事事都有明确规定的生活环境里,像一个躺下来休息的疲乏的人一样,感到高兴和安心。在这次战役中罗斯托夫之所以觉得团队生活格外愉快,还因为他在输钱给多洛霍夫后(尽管家里人安慰他,但是他不能原谅自己的这种行为)决心要不像从前那样服役,为了改正自己的错误他要好好干,成为一个好同事和出色的军官,也就是说成为一个很好的人,这在**俗世**里很难做到,而在团队里却是完全有可能做到的。

罗斯托夫在输钱以后就决定,他将在五年内还给父母这笔钱。过去家里每年寄给他一万卢布,现在他决定只要两千,其余部分用来还父母的债。

我们的军队不止一次地撤退和进攻并在普乌图斯克和普列西什-埃劳等地交战后,集中在巴滕施泰因附近。大家正在等待皇上的驾临和新的战役的开始。

保罗格勒团属于参加一八〇五年出征的那部分军队,它在俄国进行补充休整,没有赶上这次战役的头几仗。普乌图斯克和普列西什-埃劳的战斗它都没有参加,到战役的后半期,才加入作战部队,编入普拉托夫①的队伍。

普拉托夫的部队是离开主力独立作战的。保罗格勒团的骑兵与敌人交过几次火,抓了一些俘虏,有一次甚至夺取了乌迪诺元帅②的马车。四月,保罗格勒团在一个完全遭到破坏而变得空无一

---

① 普拉托夫(一七五一至一八一八年),顿河哥萨克军统领。
② 乌迪诺(一七六七至一八四七年),法国元帅。

人的德国村庄附近一动不动地驻扎了几个星期。

正值冰雪融解的季节,道路泥泞,天气寒冷,河道开冻,变得无法通行;有时一连几天人的粮食和马的草料都发不下来。因为运输中断,人们只好到各个荒芜的村庄去找土豆吃,但是也找不到多少。

什么都吃光了,所有的居民都逃散了;留下来的人比乞丐还要穷,从他们那里得不到什么东西,就连不大有怜悯心的士兵也常常不仅不向他们要东西,反而把自己最后剩下的一点口粮送给他们。

保罗格勒团在各次战斗中只有两人受伤;但是由于挨饿和生病几乎损失了一半人员。被送到医院的人必死无疑,因此因饮食太差而患热病和浮肿的士兵宁可在队列里吃力地拖着双腿继续执行勤务,而不愿意进医院。开春后,士兵们开始寻找从地里长出来的一种很像龙须菜的植物,这种植物不知为什么被称为玛什卡甜根(实际上它很苦),人们分散到四处的草地和田野里去找,虽然有命令不准吃这种有害的植物,他们还是用马刀把它挖出来吃。春天士兵当中发现一种新的疾病——胳膊、腿和脸都出现浮肿,医生认为这种病是由吃甜根引起的。但是尽管有禁令,杰尼索夫连的士兵吃的主要是玛什卡甜根,因为最后的一点干粮已经吃了一个多星期了,当时每人只发半俄磅[①]土豆,而且最后一次运来的土豆是冻坏和长了芽的。

军马也是一个多星期只吃屋顶的麦草了,瘦得不成样子,身

[①] 一俄磅合四零九点五克。

上的毛还像入冬以来那样结成一块块的。

尽管有这么大的困难，士兵和军官们生活得完全像平常一样；骠骑兵们虽然脸色苍白浮肿，穿着破破烂烂的制服，现在还照样列队点名，打扫卫生，洗刷马匹和装备，从屋顶上取下麦草做饲料，到大锅边去吃饭，吃完后仍饿着肚子从那里站起来，同时嘲笑着恶劣的伙食和自己没有吃饱的肚子。像平常一样，在自由活动时间士兵们生起篝火，脱光衣服烤火，抽烟，挑选和烘烤长了芽的和霉烂的土豆，有的人讲起波将金和苏沃洛夫出征的故事，或者讲大滑头阿廖沙和神父的长工米科拉的故事，其余的人都听着。

军官们像通常一样，两个人一起和三个人一起住在四面透风的半坍塌的房子里。级别高的军官关心怎样弄到麦草和土豆，总的说来关心用什么方法喂饱大家的问题，下级军官像平常一样，有的打牌赌钱（虽然缺少食物，但是钱很多），有的玩一般的游戏——玩投钉戏和击木戏①。关于战斗的总的进程谈得很少，这部分地是由于不知道任何肯定的消息，部分地是由于模糊地感觉到战争的总的形势有些不妙。

罗斯托夫还像以前一样，跟杰尼索夫住在一起，自从他们休假回来之后，这两个朋友的关系更加密切了。杰尼索夫从来不提罗斯托夫家的人，但是罗斯托夫根据连长对他的那种深厚的友情感觉到，这个老骠骑兵对娜塔莎的不幸的爱情对增进他们的友谊起了一定作用。显然杰尼索夫尽可能少让罗斯托夫遭受危险，爱

---

① 投钉戏和击木戏均为俄国民间游戏。玩投钉戏时，地上放一个环，把大头钉投入环内；玩击木戏时，用木棒把对方摆在方圈内的木棍击出圈外。

护他,战斗结束后见他平安回来,显得特别高兴。有一次罗斯托夫去执行任务,到一个荒废残破的村子去找食物,在那里发现了一个波兰老人的一家人——他和他的抱着吃奶婴孩的女儿。他们衣不遮体,饿着肚子,无法离开,没有代步的工具。罗斯托夫把他们带到驻地,把他们安置在自己的住处,在老人养病期间,一直供养他们。罗斯托夫的一个同事谈女人谈得起了劲,开始嘲笑罗斯托夫,说他比谁都狡猾,说他不妨让大家认识认识他救的漂亮的波兰女人。罗斯托夫把这笑话当作是对他的侮辱,勃然大怒,对那军官说了许多难听的话,杰尼索夫费了很大的劲儿,才劝住他们不进行决斗。那军官走后,并不知道罗斯托夫对那波兰女人的态度的杰尼索夫开始责备他暴躁,罗斯托夫对他说:

"不管你怎样认为……她像我的姐妹一样,我无法对你说清楚,这多么使我生气……因为……由于……"

杰尼索夫拍了拍他的肩膀,在房间里来回走动起来,眼睛没有看罗斯托夫,他在心情激动时总是这样做。

"你们罗斯托夫家的人全都这么傻气。"他说,罗斯托夫看见他的眼睛含着泪水。

十 六

四月,部队得到皇上要来的消息,变得活跃起来了。罗斯托夫未能参加皇上在巴滕施泰因举行的检阅,因为保罗格勒团正驻防在巴滕施泰因前面很远的前哨上。

他们宿营在野外。杰尼索夫和罗斯托夫住在士兵为他俩挖的土窑里，它的顶上盖着树枝和草皮。挖这土窑用的是当时刚流行的方法，先挖一条宽一俄尺半、深两俄尺和长三俄尺的沟。在沟的一头刨出几个梯级，这是入口和台阶；沟本身是房间，在像连长那样运气好的人那里，房间里对着台阶的那一头用四根木桩架起一块木板——这就是桌子。沟的两侧挖去一俄尺的土，这是两张床和沙发。窑顶有一定的高度，使得土窑中央人能站得起来，而在靠近桌子的地方，人甚至能坐在床上。杰尼索夫的土窑比较阔气，因为全连士兵喜欢他，在正面窑顶下放了一块木板，木板上嵌了一块粘起来的破玻璃。天气很冷时，用窝起来的铁片从士兵的火堆里装一些烧红的炭放在台阶上（杰尼索夫称他的临时住房的这一部分为接待室），这样土窑里就非常暖和，许多常到杰尼索夫和罗斯托夫这里来的军官，热得只穿一件衬衣。

四月轮到罗斯托夫值班。他值了一夜班后到早晨七点多才回来，便吩咐拿炭火来，换了被雨淋湿的内衣，做了祷告，喝过茶，烤完火，整理一下自己的一角和桌子上的东西，被风吹得粗糙的脸变得红红的，身上只穿一件衬衣，仰面躺下，把两手放在脑后。他愉快地想着自己因最近的一次侦察有功日内将得到晋升，同时等着不知到哪里去了的杰尼索夫。罗斯托夫很想同他谈谈。

从土窑外传来了杰尼索夫断断续续的叫喊声，显然他发火了。罗斯托夫挪到窗户旁，想看看他在对什么人嚷嚷，看见了司务长托普切延卡。

"我曾命令你不要让他们吃什么玛什卡甜根！"杰尼索夫喊道，"我亲眼看见拉扎尔丘克从地里拉了这些东西来。"

"我也下了命令,大人,可是他们不听。"司务长回答道。

罗斯托夫又在自己床上躺下了,高兴地想道:"让他现在去忙碌和操心吧,我干完了自己的事,在床上躺着——好极了!"他听到墙外除了司务长外,还有杰尼索夫的那个机灵而又有点滑头的仆人拉夫鲁什卡在说话。拉夫鲁什卡在讲他去找食物时亲眼看到的大车、面包干和几头牛。

从土窑外面又传来了杰尼索夫的逐渐远去的叫喊声和说话声:"鞴马……二排!"

"他们这是上哪里去?"罗斯托夫想道。

五分钟后,杰尼索夫进了土窑,不顾两脚很脏就上了床,生气地点着了烟斗,把自己的东西乱扔一气,把马鞭往腰上一插,挂上马刀,便要出土窑。罗斯托夫问他上哪里去,他生气地和含含糊糊地说有事。

"就让上帝和皇上审判我好了!"杰尼索夫在出去时说;罗斯托夫听见土窑外几匹马踩着污泥发出的吧嗒吧嗒声。罗斯托夫甚至没有想到要去打听一下杰尼索夫到哪里去了。他暖暖和和地在自己的角落里睡着了,到傍晚前才出了土窑。杰尼索夫还没有回来。傍晚天放晴了;在隔壁的土窑旁两个军官和一个士官生在玩投钉戏,笑着把萝卜投进松软的泥地里。罗斯托夫参加了进去。玩到一半,军官们看见了几辆大车正朝他们过来,十五六个骠骑兵骑着瘦马跟在大车后面。骠骑兵押送的大车到了拴马桩前,一大群骠骑兵把它们团团围住。

"唉,杰尼索夫还老是发愁,"罗斯托夫说,"瞧,食物运来了。"

"可不是!"军官们说,"这下子士兵们可高兴啦!"杰尼索夫骑着马在骠骑兵后面不远的地方走着,他同两个步兵军官在一起,和他们说着什么。罗斯托夫朝他迎了上去。

"我警告您,大尉①。"一个瘦瘦的、小个子的军官说,看来他很气愤。

"我已经说了,我不会还给你们的。"杰尼索夫回答道。

"您必须对此负责,大尉,这是横行霸道——抢自己人的运输车!我们的人两天没有吃东西了。"

"而我的人两个星期没有吃东西了。"杰尼索夫回答道。

"这是抢劫,您是要负责任的,阁下!"步兵军官提高嗓门重复说。

"你们干吗缠住我不放?啊?"杰尼索夫喊道,他突然发起火来。"要负责的是我,而不是你们,你们不要在这里唠唠叨叨,要不就不客气了。走开!"他朝两个军官喊道。

"好哇!"小个子军官喊道,他毫不胆怯,也不走开,"光天化日下进行抢劫,我要叫您……"

"快点滚开,要不就不客气了。"杰尼索夫拨转马头朝那个军官过去。

"好哇,好哇。"那军官带着威胁说,他掉转马头,在马鞍上一颠一颠地快步跑走了。

"像狗骑在篱笆上,活像狗骑在篱笆上。"杰尼索夫在他后面喊道,——这是骑兵对骑马的步兵的最厉害的嘲笑,说着他到了罗斯托夫跟前,哈哈大笑起来。

---

① 这时杰尼索夫已提升为少校。

"从步兵那里夺来的,从步兵那里夺来的运输车!"他说,"怎么,总不能让大家活活饿死吧?"

赶到骠骑兵这里的大车,本来是给步兵团的,但是杰尼索夫从拉夫鲁什卡那里了解到这些运输车没有武装护送,便带着骠骑兵用武力抢了过来。发给了士兵们足够的干粮,甚至分一些给别的连队。

第二天团长把杰尼索夫叫去,用张开手指的手捂着眼睛对他说:"我就这样看这件事,我什么也不知道,也不追究这件事;不过我劝您到司令部去一趟,到主管军粮的部门妥善地解决一下,如果可能,给他们打一张收据,写明收到多少多少食品;不然的话,请领单是步兵团的,会受到追究,结果可能会很糟。"

杰尼索夫从团长那里出来直接去司令部,真心实意地想照他的建议去做。傍晚他回到土窑时的那种样子,罗斯托夫还从来没有看见过。他说不出话来,呼哧呼哧直喘气。罗斯托夫问他发生了什么事,他只用沙哑微弱的声音说了一些莫名其妙的骂人和威胁的话。

罗斯托夫看见杰尼索夫的这种样子吓坏了,要他脱下衣服,喝点水,同时派人去请医生。

"要把我当作抢劫犯审判,——唉!再给我一点水,——就让他们审判吧,我将要揍那些坏蛋,永远揍他们,我要报告皇上。给我拿点冰来。"他说。

团里的医生来了,他说必须放血。从杰尼索夫的毛茸茸的胳膊里放出一大盘子黑血,到这时他才能讲述他遇到的事。

"我到了后,"杰尼索夫讲道,"就问'你们的长官在哪里?'。他们指给了我。'请等一等,好吗?'——'我还有事,我跑了三十俄里到了这里，我没有时间等，快去报告。'好了，那个贼头出来了，也想要教训我。'这是抢劫！'——'抢劫的不是为了喂饱自己的士兵取走食物的人，而是把它放进自己腰包的人！'很好。他说：'您就到军需那里打个收条，您的案子要向上级报告。'我到了军需那里。进了门——坐在桌旁的……你猜是谁？！你简直想不到！……是谁让我们挨饿的？"杰尼索夫喊叫起来，他那只放过血的手握起拳头使劲捶了一下桌子，使得桌子差一点翻了，桌上的杯子跳动起来。"是捷利亚宁！！'这么说是你让我们挨饿的？！'我就啪啪给他两个嘴巴，打得还真利索……'啊！原来如此……'我开始狠狠地揍他！可以说，揍了一个够。"杰尼索夫喊道，他的白牙齿从黑胡子下露出来，显得高兴而又愤恨，"要不是有人拉开，我准会把他打死。"

"你喊叫什么呀，安静下来吧。"罗斯托夫说，"瞧，又出血了。等一等，需要换一下绷带。"

人们重新包扎了杰尼索夫的胳膊，安排他睡下。第二天醒来时，他显得快活而平静。

但是到中午团部副官脸上带着严肃和忧愁的表情来到杰尼索夫和罗斯托夫合住的土窑，十分难过地拿出团长给杰尼索夫少校的公文，查问昨天发生的事。副官说，这件事大概会变得很糟糕，已成立了一个军法小组，在目前对部队抢劫和自由放任行为抓得很严的情况下，受到降职处分就算是最好的结果了。

受害者一方把事情说成这样，似乎杰尼索夫少校在抢了运输车后，擅自醉醺醺地去找总军需官，把他称为贼，威胁要揍他，被带出去后，又闯进办公室，痛打了两名官员，并把一个人的胳膊扭得脱了臼。

杰尼索夫在回答罗斯托夫提出的新问题时笑着说,这里讲得好像完全是另一个人,这一切全是胡扯,是小事,他心里并不害怕任何审判,如果那些坏蛋胆敢动碰他,他将回敬他们,叫他们一辈子忘不了。

杰尼索夫在谈到自己的案件时用的是轻蔑的语气;但是罗斯托夫非常了解他,不能不发现他心里(他向别人掩盖这一点)害怕受审判,为这个案子感到很苦恼,因为很明显,其结果将是很不妙的。每天都收到书面查询的文件和法庭的传票,五月一日杰尼索夫接到把连队交给副手、前往师部说明在军需处闹事经过的命令。而在前一天,普拉托夫带领两个哥萨克团和两个骠骑兵连对敌人进行了现地侦察。杰尼索夫像平常一样,骑马走在散兵线前面,炫耀自己的勇敢。法国射手的一颗子弹打中了他上腿的软组织。要是在别的时候,受这样的轻伤杰尼索夫也许不会离开团队,但是现在他利用这个机会借故不去师部,住院治伤去了。

十七

六月发生了弗里德兰战役①,保罗格勒团没有参加,在这之后,宣布停战。罗斯托夫因杰尼索夫不在身边,觉得非常难受,在他

---

① 弗里德兰战役于一八〇七年六月发生在东普鲁士,俄军司令本尼格森因阵地选择不当,为拿破仑所利用,结果俄军大败。

走后又没有得到任何消息，心里一直惦记着他的案子和伤势，于是利用停战的机会，前往医院探望自己的朋友。

医院位于一个前后两次遭到俄国军队和法国军队破坏的德国小镇上。正是因为这是夏天，田野上充满勃勃生机，而这个小镇房顶和篱笆被拆毁，街上堆满垃圾，居民衣衫褴褛，醉醺醺的或有病的士兵到处游荡，呈现出一种特别阴暗的景象。

医院设在一座砖房里，院子的篱笆被拆得七零八落，一部分窗户框被拆走，玻璃被打碎。包扎着绷带、脸色苍白和身体浮肿的士兵有的在院子里来回走着，有的坐在那里晒太阳。

罗斯托夫一进门，就闻到一股伤员身上发出的腐臭味和医院特有的气味。在楼梯上他碰到一个嘴里叼着雪茄的俄国军医。一个俄国医助跟在他后面。

"我没有分身法，"军医说，"傍晚你来找马卡尔·阿列克谢耶维奇吧，我也将在那里。"医助还问了他一些什么事。

"哎！你知道怎么做就怎么做！难道不都是一样的吗？"这时军医看见了上了楼梯的罗斯托夫。

"您有什么事，阁下？"军医问，"您有什么事？是否因为子弹没有打中您，您就想传染上伤寒？这里，老兄，是传染病房。"

"什么传染病？"罗斯托夫问。

"伤寒，老兄。谁要是上去，必死无疑。只有我和马克耶夫两个人（他指了指医助）还在这里硬撑着。我们当医生的已经有五六个人死了。来一个新人，过一个星期就完了。"军医用明显的洋洋自得的口气说，"曾经请普鲁士的医生来，我们的这些盟友就是不喜欢这里。"

罗斯托夫对他解释说,他希望见见在这里住院的杰尼索夫少校。

"不知道,不认识,老兄。请您想一想,我一个人要管三个医院,四百多个病人!幸亏普鲁士好心的太太们每个月给我们送来两俄磅咖啡和裹伤用的绒布,不然我们更没活路了。"说着他笑了起来。"现有四百个病人,老兄;可是还不断给我送新的来。是有四百个病人吧?啊?"他问医助。

医助一副疲惫不堪的样子。看来他在懊恼地等待着这个唠叨不休的军医快点走。

"杰尼索夫少校,"罗斯托夫又说了一遍,"他是在莫利滕附近负伤的。"

"好像死了,是吗,马克耶夫?"军医漠不关心地问医助。

然而医助没有证实军医的说法。

"他长得怎么样,个子高高的,红头发?"军医问。

罗斯托夫描述了杰尼索夫的外貌。

"有过,有过一个这样的人,"军医似乎高兴地说道,"这人想必是死了,不过我可以查一查,我有名单。名单在你那里吗,马克耶夫?"

"名单在马卡尔·阿列克谢依奇那里。"医助说。"您到军官病房去,那里您自己就可以看到了。"他对罗斯托夫说。

"唉,最好不去,老兄,"军医说,"不然您自己恐怕也要留在这里了!"但是罗斯托夫向军医告了别,请求医助领他去。

"咱们说好了,出了事可别怪我。"军医在楼梯下面喊道。

罗斯托夫和医助进了走廊。在这黑暗的走廊里,医院的气味非常强烈,罗斯托夫捂住了鼻子,只好暂时停住脚步,以便鼓足劲儿,继续往前走。右边的门打开了,一个又瘦又黄的人光着脚、只穿内衣拄着拐杖从那里出来。他靠在门框上,眼睛闪闪发亮,用羡慕的目光看了看经过的人。罗斯托夫朝门里看了一眼,看见病号和伤员都躺在地板上,躺在铺着的麦草和军大衣上。

"这是什么?"他问。

"这是士兵病房。"医助回答道。"有什么办法呢。"他加上一句,好像在表示歉意似的。

"可以进去看看吗?"罗斯托夫问。

"有什么好看的?"医助说。但是正因为医助显然不愿让罗斯托夫进士兵病房,罗斯托夫却偏偏进去了。他在走廊里已经闻到的气味在这里更加强烈了。在这里这气味有一些不同:它更加刺鼻,可以感觉到,这气味就是从这里散发出去的。

房间很长,阳光从大窗户里照射进来,屋里很亮,病号和伤员分两排头朝墙壁躺着,两排中间留了一个过道。大部分人昏迷不醒,没有注意进来的人。那些神志清醒的人都欠起身来或仰起又瘦又黄的脸,他们都带着希望得到帮助、责备和羡慕别人的健康的同样表情,目不转睛地看着罗斯托夫。罗斯托夫到了房间中央,朝墙壁左右两个敞着门的房间看了一眼,两边看到的都是同样的景象。他停住脚步,默默地环视自己的周围。他怎么也没有料到会看到这样的情景。就在他面前,一个病人几乎横躺在中间的过道上,躺在光地板上,这大概是一个哥萨克,因为他留的是童花头①。这个哥萨克伸开粗大的胳膊和腿,脸朝天躺着。他的脸

---

① 童花头是一种额前耳后剪齐的发式。

呈深红色，眼睛完全翻着，只看得见眼白，赤脚上和还有血色的手上血管像绳子一样暴露出来。他用后脑勺敲了一下地板，哑着嗓子说了些什么，开始翻来覆去重复这句话。罗斯托夫注意地听他说，听清了他反复说的那句话。这句话是：喝水——喝——喝水！罗斯托夫朝四面看了一下，想找一个能够安置好这个病人和给他水喝的人。

"谁负责照顾这里的病人？"他问医助。这时从隔壁房间出来了一个辎重兵，这是医院的服务员，他迈着整齐的步子过来，到了罗斯托夫面前挺直身子站着。

"您好，大人！"这个士兵大声说道，瞪大眼睛看着罗斯托夫，显然把他当作医院的长官。

"把他抬走，给他水喝。"罗斯托夫指着哥萨克说道。

"是，大人。"士兵高兴地说道，眼睛瞪得更大，身子挺得更直，但是站在原地不动。

"唉，这里毫无办法。"罗斯托夫垂下眼睛想道，他正想要出去，但是他感觉右边一道意味深长的目光朝他射过来，他扭头看了一下。几乎就在墙角的地方一个坐在军大衣上的老兵目不转睛地看着罗斯托夫，这老兵脸色发黄，瘦得皮包骨头，表情严厉，留着灰白色的大胡子。在他的一边紧挨着他的人指着罗斯托夫，正在低声对他说些什么。罗斯托夫明白了，这老人有事求他。他走过去，看见老人只盘着一条腿，而另一条腿从膝盖以上截去了。在他另一边的人离他相当远，脑袋往后仰，一动不动地躺着，这是一个年轻士兵，脸色蜡黄，翘鼻子，脸上长满雀斑，眼睛往上翻。罗斯托夫看了看这个翘鼻子的士兵，不禁打了个寒噤。

"这个士兵好像已经……"他对医助说。

"我们请求过多次,大人。"老兵下巴颏颤抖着说,"早晨就死了。要知道我们也是人,不是狗……"

"马上就派人来把他抬走,把他抬走。"医助慌忙说。"请吧,大人。"

"咱们走吧,走吧。"罗斯托夫也急忙说,他垂下眼睛,缩着身子,力图在这些责备和羡慕的目光注视下悄悄地通过,就这样,他出了病房。

十 八

医助带着罗斯托夫经过走廊,到了军官病房,病房共有三间,门都敞开着。这些房间里放着床;负伤的和生病的军官在床上坐着和躺着。有的人穿着住院服在各个房间里来回走动。罗斯托夫在军官病房里碰到的第一个人,是一个缺一只胳膊的瘦小的伤员,他头上戴着睡帽,身上穿着住院服,嘴里叼着烟斗,在第一个房间里走来走去。罗斯托夫端详着他,竭力想回忆起曾在什么地方见过他。

"没想到又在这里见面了。"那个矮小的人说。"图申,图申——在申格拉本我曾让您搭我们的车,记得吗?而我被锯了一小截,您瞧……"他微笑着,指着住院服的一个空袖筒说,"您寻找瓦西里·德米特里奇·杰尼索夫?他和我住在一起。"他在得知罗斯托夫在找谁后说,"在这里,在这里。"于是图申把他往另一个房间带。从那里传来了几个人的哈哈大笑声。

"他们怎么不仅能哈哈大笑,而且还能在这里生活得下去呢?"罗斯托夫想道,他仍然闻到在士兵病房里闻够了的死尸气味,眼前仍然还是两边目送着他的士兵们向他投过来的羡慕的目光以及那个翻着白眼的年轻士兵的脸。

虽然这时已是十一点多了,杰尼索夫还用被子蒙着脑袋躺在床上睡觉。

"啊!罗斯托夫!你好!你好!"他喊道,声音仍像平常在团里时一样;但是罗斯托夫悲伤地发现,除了这种惯常的随便和活跃之外,从杰尼索夫的表情、语调和话语中流露出一种新的、隐藏着的恶劣的心情。

他的伤本来很轻,虽然从他受伤以来已经过了六个星期,但是伤口还没有长好。他的脸像所有住院的病人的脸一样,苍白而又浮肿。但是使罗斯托夫感到惊奇的不是这一点;使他感到惊奇的是,杰尼索夫见了他似乎不大高兴,对他不自然地微笑着。杰尼索夫既没有打听团里的情况,也没有问战事总的进程。当罗斯托夫谈到这些时,他根本没有听。

罗斯托夫甚至还发现,当他提起团里的事,或者一般说起医院外的另一种自由的生活时,杰尼索夫似乎不大高兴。他好像要努力忘记以前的那种生活,关心的只是自己与军需官的官司。罗斯托夫问他案件进行的情况,他立刻从枕头下面取出军法小组给他的公文以及他的答复的草稿。他一开始念自己的答复就兴奋起来,特别要罗斯托夫注意他在答复里刺自己的敌人的话。杰尼索夫的病友们看见罗斯托夫这个新从外面来的人,起初都围了上来,而当杰尼索夫一开始念他的稿子,便一个个走开了。罗斯托夫从他们脸上的表情看出,所有这些先生们已经不止一次地听过这个他们已听腻了的故事。只有邻床的一个胖胖的枪骑兵坐在自己的位置上,阴郁地皱起眉头,抽着烟斗,还有那个缺一只胳膊的矮小的图申仍在听,不时不以为然地摇摇头。读到一半,枪骑兵打断了杰尼索夫。

"而在我看来,"他对罗斯托夫说,"应当直接请求皇上赦免。听说,现在将要犒赏军队,一定会得到宽恕……"

"要我去请求皇上!"杰尼索夫说,他想要说得像以前那样有力和慷慨激昂,但是他的话听起来只觉得他在毫无用处地生气,"请求什么?如果我是一个强盗,我会去请求皇上开恩,可是我是因为揭露强盗而受审判。就让他们审判吧,我什么也不怕;我曾老老实实地为沙皇和祖国效劳,没有进行过偷盗!要把我降职,并且……你听着,我在答复里就这样直截了当地对他们说,我是这样写的:'假如我盗窃公物……'"

"写得很好,没有什么可说的,"图申说,"但问题不在这里,瓦西里·德米特里奇。"接着他也转过头来对罗斯托夫说,"应当妥协,而瓦西里·德米特里奇不愿意。要知道检察官曾对您说过,您的事情很不妙。"

"就让它不妙好了。"杰尼索夫说。

"检察官曾替您写了申诉书,"图申接着说,"应当签上名,让他带走。他(图申指了指罗斯托夫)在司令部里大概会有熟人。这个机会是再好不过的了。"

"可是我已经说过,我不会卑躬屈节地去求人。"杰尼索夫打断了他的话,又读起自己的稿子来。

罗斯托夫不敢劝杰尼索夫,不过他本能地感觉到图申和其他军官提出的办法是最可行的,虽然他认为如能帮杰尼索夫办成这件事对他来说是一种幸福,但是他了解杰尼索夫拿定主意后不易改变的脾气和诚实而又急躁的性格。

杰尼索夫念他的措辞辛辣的稿子念了一个多小时,念完后罗斯托夫什么也没有说,这时杰尼索夫的病友们又聚集到他身旁,他心情非常忧郁地在他们中间度过了这一天余下的时间,讲述他知道的事情,也听别人讲。整个晚上杰尼索夫都闷闷不乐,一言不发。

时间已经很晚了,罗斯托夫准备走了,他问杰尼索夫有什么事要托他办。

"你等一等,"杰尼索夫说,看了看周围的军官们,从枕头底下取出文稿来,朝放着他的墨水瓶的窗口走去,在那里坐下写了起来。

"看来,鞭子抽不断刀背。"他说着离开窗口,把一个大信封交给罗斯托夫。这是检察官代笔的给皇上的申诉书,其中一字不提军需部门的过错,只请求皇上赦免。

"你把它呈上去,看来……"他没有把话说完,不自然地苦笑了一下。

十 九

罗斯托夫回到团里,向团长报告了杰尼索夫的案子进行的情况后,便带着给皇上的信到蒂尔西特①去了。

六月十三日,法国皇帝和俄国皇帝在蒂尔西特会晤②。在一位要人手下供职的鲍里斯·特鲁别茨科依请求这位要人把他列入前往蒂尔西特的侍从名单里。

"我希望能见到那个伟大人物。"他说的是拿破仑,他至今还像大家一样,称他为布拿巴。

"您说的是布拿巴吗?"作为他的上司的将军微笑着问。

鲍里斯用疑问的目光看了将军一眼,立刻明白了,这是用诙谐的口气考考他。

"公爵大人,我说的是拿破仑皇帝。"③他回答道。将军微笑着拍了拍他的肩膀。

"你的前程远大。"将军对他说,并带上了他。

在两位皇帝会晤的那一天,鲍里斯是当时在涅曼河上的少数几个人当中的一个;他看见了饰有皇帝姓名第一个字母组成的花押字的木筏和拿破仑在对岸在法国近卫军面前走过的情景,看见了亚历山大皇帝默默地坐在涅曼河岸边的小酒店里等候拿破仑到来时沉思的面孔;看见了两位皇帝上了小船,拿破仑的船先靠拢木筏,他快步向前走,在迎接亚历山大时向他伸出手去,他俩随

---

① 蒂尔西特在原东普鲁士,第二次世界大战后,东普鲁士的这部分土地并入苏联成为加里宁格勒州,蒂尔西特改名苏维埃茨克。

② 两国皇帝的第一次会晤于一八〇七年六月十三至十四日(新历二十五至二十六日)在蒂尔西特附近涅曼河上的木筏上举行,后两国皇帝于六月二十七日至七月九日多次在蒂尔西特会晤,双方谈判的结果是签订了《蒂尔西特和约》。

③ 在蒂尔西特会晤前,俄国不承认拿破仑是皇帝,在上流社会都轻蔑地叫他"布拿巴",正式文件里称为"波拿巴"。鲍里斯转变得很快,因而受到将军的称赞。

即消失在幔帐里。鲍里斯自从进入最上层的圈子以来，养成了注意地观察在他周围发生的事并记录下来的习惯。在两位皇帝在蒂尔西特会晤期间，他详细地询问了和拿破仑一起来的人的名字以及他们身上穿的制服的特点，注意聆听重要人物说的话。在两位皇帝进帐的那一刻，他看了看表，在亚历山大出帐时，他也没有忘记再一次看看表。会晤持续了一小时五十三分钟，当天晚上他把这一点连同别的他认为具有历史意义的事实记录了下来。由于皇帝的侍从人数很少，对重视仕途升迁的人来说，在两位皇帝会晤期间能到蒂尔西特来，是一件非常重要的事情，因此鲍里斯到蒂尔西特后，感觉到从这时起自己的地位完全确定了。人们不仅认识他，而且看惯了，处熟了。有两次他因执行任务去见皇上，因此皇上已经认得他，皇上左右的人已不像从前那样认为他是一个生人而躲着他，不仅如此，如果见不到他，反而觉得奇怪。

鲍里斯和另一个副官、波兰伯爵日林斯基住在一起。日林斯基是在巴黎受的教育，很富有，热爱法国人，他在蒂尔西特逗留期间，几乎每天都有法国近卫军和总司令部的军官到日林斯基和鲍里斯这里来进午餐和早餐。

六月二十四日晚上，与鲍里斯住在一起的日林斯基为他认识的法国人举行晚宴。参加这次晚宴的有一位贵宾——拿破仑的一个副官，还有法国近卫军的几个军官以及现为拿破仑少年侍从的出身于法国老贵族世家的一个少年。就在这一天，罗斯托夫为了不被人认出来，趁着天黑，穿着便服来到蒂尔西特，进了日林斯基和鲍里斯的住处。

罗斯托夫以及他所在的整个军队还远没有像总部的人和鲍里

斯那样，对拿破仑和法国人的态度发生了转变，还没有把这些敌人当作朋友。在军队里，人们对拿破仑和法国人继续怀有以前的那种把愤恨、蔑视和恐惧混合在一起的感情。还在不久前，罗斯托夫和普拉托夫部下的一个哥萨克军官谈话时曾争论过一个问题，他认为如果俘虏了拿破仑，那么不应把他当作国君，而应当作罪犯来对待。还在不久前罗斯托夫在路上碰到一个负伤的法国上校，他慷慨陈词，向这个上校证明，在合法的国君和罪犯拿破仑之间不可能有什么和平。因此当罗斯托夫在鲍里斯的住处看到法国军官的那种样子，看见他们穿着他在侧翼散兵线上看多了觉得很不顺眼的制服，感到非常惊奇。他一看见从门里探出身子的法国军官，他心里突然充满了那种见到敌人时常常出现的敌对的和不相容的感情。他在门口站住了，用俄语问德鲁别茨科依是否住在这里。鲍里斯听见前厅里生人说话的声音，便迎了出来。在他认出罗斯托夫的最初一刻，脸上露出了恼火的表情。

"啊，这是你，非常高兴，非常高兴看见你。"他还是微笑着说，朝罗斯托夫走过来。但是罗斯托夫注意到了他最初的内心活动。

"看来，我来得不是时候。"他说，"我本来是不会来的，但是我有事。"他冷冷地说。

"不，我只是感到奇怪，你怎么从团里到这里来。"这时他听见有人叫他，便回答道："我这就来。"

"我看得出，我来得不是时候。"罗斯托夫又说了一遍。

鲍里斯脸上恼火的表情已经消失了；看来他经过考虑后已决定怎么办，便特别镇静地拉住罗斯托夫的双手，把他往隔壁的房间里带。鲍里斯用平静而又坚定的目光看着罗斯托夫，他的眼睛仿佛被什么东西蒙住了，仿佛上面有某种遮盖物——仿佛戴上了一副处世为人的蓝色眼镜。罗斯托夫有这样的感觉。

"唉，别说了，你怎么会来得不是时候呢。"鲍里斯说道。随即带他进了一个已摆好晚餐的房间，向客人们做了介绍，说了他的姓名，并解释道，他不是文职人员，而是一个骠骑兵军官，是自己的老朋友。"这位是日林斯基伯爵，这位是N. N.伯爵，这位是S. S.大尉。"他说了客人的姓名。罗斯托夫皱着眉头望着法国人，勉强地点头致意，没有说话。

看来，日林斯基并不欢迎这个新来的俄国人参加他们的聚会，因此什么也没有对罗斯托夫说。鲍里斯好像没有注意到这个新来的人的到来造成的难堪局面，脸上仍然带着愉快的和镇静的表情，像在迎接罗斯托夫时那样眼睛上蒙着一层什么东西，竭力想活跃一下谈话的气氛。一个法国人用通常法国人惯有的彬彬有礼的态度想和一直闭口不言的罗斯托夫攀谈，猜测他大概是为了见皇上到蒂尔西特来的。

"不，我有事。"罗斯托夫简短地回答道。

罗斯托夫发现鲍里斯脸上不高兴的表情，心情立刻变得不愉快起来，他像心情不好的人常有的那样，觉得大家都用不友好的目光看着他，觉得自己碍大家的事。确实，他在这里有些碍手碍脚，只有他一个人没有加入重新开始的谈话。"他坐在这里干什么？"客人们投向他的目光似乎在这样说。他站起身来，走到鲍里斯跟前。

"我在这里使你感到不方便，"他对鲍里斯低声说，"让我们去谈一件事，谈完了我就走。"

"不,一点也不觉得不方便。"鲍里斯说,"要是你累了,那就到我的房间里去,躺下休息一会儿。"

"确实是这样……"

他们进了鲍里斯睡觉的小房间。罗斯托夫没有坐下马上就气愤地——仿佛鲍里斯在某件事上对不起他似的——向他讲起杰尼索夫的案件来,问他愿意不愿意和能不能通过他的那位将军请求皇上赦免杰尼索夫,能不能让将军呈交一封信。当他们两人单独在一起时,罗斯托夫第一次深切地感觉到,他看着鲍里斯的眼睛心里很不舒服。而鲍里斯跷着二郎腿,用左手抚摸着右手的纤细的手指,像将军听部下的报告一样听罗斯托夫说话,时而看看旁边,时而眼睛上蒙上什么东西似的直视罗斯托夫的脸。每当看到这种情况,罗斯托夫都感到不舒服,便垂下了眼睛。

"我听说过这样的案件,知道皇上处理这些事情非常严厉。我想最好不要去惊动皇上。依我看不如直接去向军长求情……但是总的说来我认为……"

"如果你一点也不愿意帮忙,那就直说!"罗斯托夫几乎喊叫起来,没有看鲍里斯的脸。

鲍里斯笑了笑。

"恰恰相反,我将尽力而为,不过我认为……"

这时从门外传来了日林斯基喊鲍里斯的声音。

"好了,你去吧,去吧。"罗斯托夫说,他谢绝了晚餐,一个人留在房间里,在那里来回走了很久,听着从隔壁房间里传来的用法语交谈的愉快的谈话声。

二十

罗斯托夫到达蒂尔西特的那一天，最不便于为杰尼索夫求情。他本人不能去找值班的将军，因为他穿着燕尾服，并且是未经长官许可到蒂尔西特的，而鲍里斯即使愿意帮忙，也不可能在罗斯托夫到后的第二天去办这件事。在六月二十七日那一天，签订了和约的初步条款。两位皇帝交换了勋章：亚历山大被授予荣誉勋位勋章，而拿破仑则被授予圣安德烈一级勋章，这一天法国近卫营设宴招待普列奥布拉任斯基团的一个营。两位皇上都将出席这次宴会。

罗斯托夫觉得同鲍里斯在一起非常不舒服和不愉快，当鲍里斯晚餐后来看他时，他假装睡着了，第二天清早为了避免和他见面，便自己走了。他身穿燕尾服，头戴圆礼帽，在城里溜达，察看着法国人和他们的制服，观赏着街景以及俄国皇帝和法国皇帝住的房子。在广场上他看见了摆好的桌子和为午餐做的准备，在大街上看见了饰有俄国和法国彩旗的横幅以及"A."和"N."这两个巨大的花押字①。在各家各户的窗口也挂着旗和花押字。

"鲍里斯不愿意帮我的忙，而且我也不想求他。事情就这样了，"罗斯托夫想道，"我们之间的一切就到此为止了，但是我在尽一切努力办好杰尼索夫的事之前，主要的，在把他的信呈交皇

---

① "A."和"N."是"亚历山大"和"拿破仑"这两个名字的第一个字母。

上之前，决不离开这里。呈交给皇上？！他就在这里！"罗斯托夫接着想道，他不知不觉又来到亚历山大驻跸的行宫前。

行宫前有好几匹马，侍从们正往这里聚集，看来在为皇上出行做准备。

"我随时都能看见他。"罗斯托夫想，"但愿我能直接把信呈递给他和对他说明一切……难道会因为我穿燕尾服而把我扣留吗？不可能！他会明白谁是谁非。他什么都明白，什么都知道。谁还能比他更公正和更宽宏大量呢？好吧，即使因为我闯到这里而把我扣留，这又有什么不得了的呢？"他继续想道，眼睛看着一个正要进皇上行宫的军官，"瞧，有人在往里走。唉！一切都无关紧要！我自己去把信呈交皇上；这对德鲁别茨科依来说将会更糟，是他逼我走上这一步的。"突然，他自己也没有料到会下这样大的决心，摸了摸口袋里的信，径直朝行宫走去。

"不，现在我决不会像奥斯特利茨战役后那样放过机会了。"他想道，随时准备见到皇上，想到这里觉得心情非常激动，"我将拜倒在他脚下，向他求情。他把我扶起来，听我说，还会感谢我。"罗斯托夫想象皇上会对他这样说："我为能够做好事而感到幸福，然而为人伸冤是最大的幸福。"于是他在好奇地看着他的人面前经过，朝行宫的台阶走去。

台阶上有一道楼梯直接通向上面；右面可以看见一扇紧闭着的门。下面，在楼梯底下，有一扇门通往底层。

"您找谁？"有人问。

"向皇帝陛下呈交一封信和向他申诉。"罗斯托夫声音颤抖地说。

"要申诉，去找值日官，请上这里来（给他指了指下面的门）。

不过不会接待。"

罗斯托夫听见这冷淡的声音，为自己的行为而感到吃惊；对他来说随时碰见皇上的想法是这样的诱人，同时又是这样的可怕，他随时都准备逃走，但是迎接他的宫廷士官给他打开了值班室的门，罗斯托夫进去了。

一个三十来岁的矮胖子站在这个房间里，他穿着白裤子、长统袜和一件显然是刚穿上的细麻纱衬衫；一个仆从正从后面给他扣新的漂亮的丝背带，罗斯托夫不知为什么特别注意那背带。这个人在同另一个房间里的人说话。

"她身材长得很好，富有青春美。"这个人这样说，但是他看见罗斯托夫就不说了，皱起了眉头。

"您有什么事？来申诉？……"

"这是什么人？"另一个房间里的人问。

"又是一个请愿的。"那个系背带的人回答。

"告诉他，以后再来。现在马上就要出门，该走了。"

"以后，以后，明天。太晚了……"

罗斯托夫转过身，正想要走，但是那个系背带的人叫住了他。

"谁让您来的？您是谁？"

"杰尼索夫少校让来的。"罗斯托夫回答道。

"您是什么人？是军官？"

"中尉，罗斯托夫伯爵。"

"好大胆！得逐级上报。您走吧，走吧……"他开始穿仆从递过来的制服。

罗斯托夫又回到了门廊里，发现台阶上已有许多穿着盛装的军官和将军,他应当从他们面前经过。

罗斯托夫咒骂自己胆子太大,想到他随时可能碰见皇上以及在皇上面前受到羞辱和被逮捕,心脏都要停止跳动了,他完全知道自己的行为有失体统,并对此感到悔恨,便垂下眼睛,想从这座被一大群服装华丽的侍从们包围的房子里挤出去,这时一个熟悉的声音叫住他,不知是谁的手拦住了他。

"老兄,您穿着燕尾服在这里干什么?"一个低沉的声音问他。

这是一位骑兵将军,在这次战役中受到皇上的特别宠信,他曾是罗斯托夫待过的师的师长。

罗斯托夫开始惊恐地为自己辩解,但是看见将军脸上和善的和风趣的表情,便退到一边,激动地向他讲述了整个案件,请求将军为他熟悉的杰尼索夫说情。将军听完罗斯托夫的话,严肃地摇了摇头。

"可惜啊,真替这个好汉感到可惜;把信给我吧……"

罗斯托夫刚把信交出来和讲完杰尼索夫的整个案件,楼梯上就响起了急速的脚步声和马刺的叮当声,将军离开他,朝台阶走去。皇上的侍从们从楼梯上跑下来,往马匹那里走。那个曾到过奥斯特利茨的驯马师埃内牵来皇上的马,这时从楼梯上传来轻轻的脚步声,罗斯托夫立即听出是谁下来了。他忘掉了被人认出的危险,和几个好奇的居民一起朝台阶走过去,于是两年后他又一次看到了他所仰慕的面容,看到了他见过的那张脸,那种目光,那种步伐,那种伟大与仁慈的结合……于是欣喜和热爱皇上的感情又像以前一样,在罗斯托夫心中复活了。皇上穿着普列奥布拉任斯基团的制服、白色驼鹿皮裤和高筒皮靴,佩戴着罗斯托夫不认得的星章(这是荣誉勋位勋章),到了台阶上,手臂夹着帽子,正在戴手套。他停住脚步,环视四周,他的目光似乎把周围的一切都照亮了。他对将军当中的某些人说了几句话。他也认出了罗斯托夫服役过的师的师长,朝他笑了笑把他叫到自己身边。

所有的侍从都退到一边,罗斯托夫看见这位将军对皇上说话说了相当长时间。

皇上对他说了几句话,跨了一步,要到马那里去。于是一群侍从和罗斯托夫也在其中的街上的人群又朝皇上挤过去。皇上在马的旁边站住,一只手扶住马鞍,对骑兵将军大声说,显然是希望大家都听到他的话。

"我不能那样做,将军,我之所以不能,是因为法律大于我。"皇上说着一只脚伸进了马镫。将军恭敬地低下头,皇上上了马,沿着大街跑去。罗斯托夫欣喜若狂,和人群一起跟在他后面奔跑。

二十一

在皇上去的广场上,两个营的人面对面站着,右边是普列奥布拉任斯基团的一个营,左面是戴熊皮帽的法国近卫军的一个营。

当皇上骑马朝举枪致敬的两个营的一侧过去的时候,另一群骑马的人正走向对面的一侧,罗斯托夫认出领头的是拿破仑。这不可能是别的人。拿破仑疾驰过来,他头戴小帽,肩上横挎着圣安德烈勋章的绶带,穿在白坎肩外的蓝制服敞开着,骑着一匹不常见的灰色纯种阿拉伯马,深红色的鞍韂绣着金边。到了亚历山大跟前，他抬了抬帽子，从他的这个动作中，罗斯托夫作为一个骑兵，不能不看出拿破仑骑马的技术很拙劣，在马上坐得不稳。两个营分别高呼："乌拉"和"皇帝万岁"。拿破仑对亚历山大说了几句什么话。两位皇帝都下了马，相互抓住对方的手。拿破仑脸上露出令人不愉快的做作的微笑。亚历山大则带着亲切的表情对他说着什么。

罗斯托夫不顾自己有遭到推挡着人群的法国宪兵的马踩踏的危险，一直目不转睛地注视着亚历山大皇帝和波拿巴的每一个动作。他出乎意外地感到吃惊的是，亚历山大平等地对待波拿巴，而波拿巴也毫不拘谨地、平等地对待俄国沙皇，仿佛与皇上的这种亲近态度是完全自然的和习以为常的。

亚历山大和拿破仑带着一大群侍从，到了普列奥布拉任斯基团的那个营的右侧，到了这里站着的人群跟前。人群突然离两位皇帝那么近，使得站在前排的罗斯托夫感到害怕，担心被别人认出来。

"陛下，请允许我把荣誉勋位勋章授予贵国最勇敢的士兵。"一个刺耳的声音说道，把每个字母都说得很清楚。

说这话的是矮个子波拿巴，他仰着头直视着亚历山大的眼睛。亚历山大注意地听他说的话，低下头，愉快地微微一笑。

"授予在这次战争中表现得比所有人都勇敢的人。"拿破仑补充了一句，每个音节都说得很清楚，带着使罗斯托夫感到愤慨的镇定和自信望着在他面前立正站着的一排排一直举枪致敬和一动不动地看着自己皇帝的脸的俄国士兵。

"陛下，请允许我问问上校的意见。"亚历山大说，急忙朝营长科兹洛夫斯基上校迈了几步。这时波拿巴开始脱下白净的小手上的手套,把它撕破,扔了。一个副官急忙从后面冲上前去,捡了起来。

"给谁呢?"亚历山大皇帝声音不高地用俄语问科兹洛夫斯基。

"听您的吩咐,陛下。"

皇上不满地皱了皱眉头,环视了一下,说:

"可是需要答复他呀。"

科兹洛夫斯基带着坚决的神情扫视了一下队伍,这目光也扫着了罗斯托夫。

"不会是我吧?"罗斯托夫想道。

"拉扎列夫!"上校皱起眉头下令道;于是站在排头的士兵拉扎列夫动作利落地出了列,朝前走。

"你往哪里走?就在这里站住!"人们低声对不知道往哪里走的拉扎列夫说。拉扎列夫停住了脚步,惊恐地斜视了上校一眼,他像被叫出列的士兵常有的那样,脸颊抽搐了一下。

拿破仑稍稍回过头来,往后伸出他的胖胖的小手,仿佛想要拿什么似的。他的侍从们在这一瞬间猜到了是怎么回事,忙乱地和低声地说起话来,传递着一件东西,一个少年侍从,就是罗斯托夫昨天在鲍里斯住处见过的那个人,跑向前去,恭敬地朝伸出的那只手俯下身去,不让它等一秒钟,就把一枚系着红绶带的勋章放到手上。拿破仑看也不看,就蜷起了两个手指。勋章被夹在两个手指中间。拿破仑走到仍继续瞪大眼睛一个劲儿地只盯着自己的皇上的拉扎列夫跟前,回头朝亚历山大皇帝看了一眼,想以此表明,他现在这样做是为了自己的盟友。他的拿着勋章的白净的小手碰到了士兵拉扎列夫的纽扣。拿破仑仿佛认为，只要他的手碰一碰士兵的胸膛，这个士兵就会永远幸福，就会得到奖赏，变得不同于世界上所有的人。拿破仑刚把十字章放到拉扎列夫胸前，就松了手，朝亚历山大转过身来，仿佛他知道，十字章应该在拉扎列夫胸前挂住似的。十字章果然挂住了，因为有几个俄国人和法国人伸出殷勤的手立刻接住十字章，把它挂到制服上。拉扎列夫脸色阴沉地朝那个长着白手、在他身上做了些什么的小个子看了一眼，仍然继续一动不动地敬着礼，又开始直视亚历山大的眼睛，仿佛在问亚历山大：他是否还要站着，现在他是否可以走了，或者还要做点什么事。但是没有对他下任何命令，他这样一动不动地站了相当长的时间。

两位皇上骑上马走了。普列奥布拉任斯基团的士兵们在队伍解散后，同法国近卫军人混在一起，在为他们准备的桌子旁坐下。

拉扎列夫坐在荣誉席上；俄国军官和法国军官都来拥抱他，祝贺他，握他的手。军官和老百姓成群结队地走过来，只为了看一看拉扎列夫。广场上各张餐桌的周围俄国人和法国人说话的嘈杂声和欢笑声响成一片。两个满脸通红、喜气洋洋的军官从他面前走过。

"这酒席真不错，老弟，餐具全是银的。"一个军官说，"看见拉扎列夫了吗？"

"看见了。"

"听说明天普列奥布拉任斯基团要回请他们。"

"拉扎列夫真幸运！一千二百法郎的终身年金。"

"弟兄们，瞧这帽子！"一个普列奥布拉任斯基团的士兵一面戴法国人的皮帽,一面说。

"真是好极了,妙极了!"

"你听见口令没有?!"一个近卫军军官对另一个军官说,"前天是拿破仑,法国,勇敢,昨天是亚历山大,俄国,伟大;口令一天由我们皇上规定,另一天由拿破仑规定。明天皇上将要给法国近卫军最勇敢的士兵颁发圣格奥尔吉勋章。不能不这样做呀!礼尚往来嘛。"

鲍里斯和他的同事日林斯基也来看普列奥布拉任斯基团的宴会。在往回走时他看见罗斯托夫站在一座房子的拐角上。

"罗斯托夫!你好;我没有碰见你。"他对他说,忍不住问他发生了什么事,因为罗斯托夫的脸色出奇地阴沉和沮丧。

"没有什么,没有什么。"罗斯托夫回答道。

"你还来我这里吗?"

"还来。"

罗斯托夫在房子的拐角上站了很久,远远地看着饮酒作乐的人。他脑子里正在苦苦思考一些事,怎么也想不出一个结果来。心里产生了可怕的疑问。时而他想起了杰尼索夫以及他改变了的表情和做出的妥协,想起了整个医院以及那些缺胳膊断腿的伤员、满地的垃圾和各种疾病。他清楚地感觉到,现在他仍闻到医院里的那种死尸的气味,甚至朝四周看了一下,想知道这气味是从哪里来的。时而他回想起这个洋洋自得的波拿巴和他的那只白色的小手,现在他是皇帝,受到了亚历山大皇帝的敬爱。那么那些断肢残臂、那些被打死的人又是为了什么呢?时而他想起获得勋章的拉扎列夫和受到惩罚而得不到宽恕的杰尼索夫。他发现自己有这样奇怪的想法，不禁感到害怕。

普列奥布拉任斯基团的官兵们的食物的香味和自己的饥饿使他脱离了这种状态：在走之前应当吃点什么。他朝一家他早晨看见的饭店走去。在饭店里他碰到了许多普通老百姓和像他一样穿着便服来的军官，费了很大力气才弄到一份午餐。与他同一个师的两个军官和他坐在一起。吃饭时自然谈起了和约。罗斯托夫的同事们像大部分军队一样，对弗里德兰战役后签订的和约①并不满意。他们说，如果再坚持一下，拿破仑就完了，因为他的军队已弹尽粮绝了。罗斯托夫默默地吃着，主要是喝着。他一个人喝了两瓶葡萄酒。他内心产生的疑问没有得到解决，仍然折磨着他。他害怕陷入这些想法之中而无法摆脱。这时一个军官说，看见法国人心里就不痛快，罗斯托夫听到后突然没有来由地发起火来，开始大喊大叫，使得军官们感到很惊讶。

"您怎么能够判断怎样做更好呢！"他喊道，脸一下子涨得通红，"您怎么能够判断皇上的行为，您有什么权利大发议论？！皇上的目的和行动我们都是理解不了的！"

"可是我一个字也没有说到皇上。"那军官为自己辩解道，他觉得罗斯托夫发火只能用他喝醉了酒这一点来解释。

但是罗斯托夫不听他说。

"我们不是外交官，我们是士兵，仅此而已。"他接着说，"要我们去死，我们就得死。而如果受到惩罚，那就是你有罪；是与非不应由我们来判断。皇帝陛下乐意承认波拿巴是皇帝并且与他结

---

① 指《蒂尔西特和约》。

盟——这就是说，应当这样做。不然的话，我们对所有事情都来评判和说三道四，那就不会再有神圣的东西了。我们就会说，上帝不存在，什么都不存在。"罗斯托夫捶着桌子喊道，在他的交谈者看来，他的话文不对题，但是就他的思路来说，前后是连贯的。

"我们要做的事是履行职责，是厮杀，而不是胡思乱想，就这些。"他最后说。

"还有喝酒。"一个军官说，他不想争论。

"是的，还有喝酒。"罗斯托夫接过去说。"来人！再来一瓶！"他喊道。

第三部

一

一八〇八年,亚历山大皇帝曾前往爱尔福特再次与拿破仑皇帝举行会晤[①],彼得堡上流社会对这次隆重会晤的盛况有许多议论。

一八〇九年,拿破仑和亚历山大这两个被称为主宰世界的人之间的关系已达到非常密切的程度,当这一年拿破仑向奥地利宣战时,一个军的俄国军队竟开往国外去协助自己从前的敌人波拿巴,反对从前的盟友奥地利皇帝,而在上流社会里甚至讨论起拿破仑和亚历山大皇帝的一个姐妹结亲的可能性。但是除了考虑对外政策外,这时俄国上流社会特别关注国内已在国家的各个管理部门推行的改革。

然而人们并不受同拿破仑·波拿巴在政治上亲近还是敌对的影响,也不关心国内进行的各种各样的改革,他们置身于这些事

---

① 一八〇八年秋,亚历山大一世和拿破仑在爱尔福特会晤,签订了《爱尔福特协定》。

情之外，还像平常一样生活着，过着真正的生活，实际上关心的是健康、疾病、劳动、休息，是思想、科学、诗歌、音乐、爱情、友谊、仇恨、情欲等等。

安德烈公爵在乡下住了两年，没有出远门。皮埃尔曾想在自己的庄园里实行一些新措施，但是他不断改变主意，结果一事无成，而安德烈公爵却不声不响地不花多大力气就把皮埃尔想做的事全都做了。

他具有皮埃尔所缺乏的那种办事的执着精神，有了这种精神他可以不甚费劲地把要做的事做起来。

在他的一个有三百名农奴的庄园里，所有农奴转为自由农民（这是俄国率先这样做的实例之一），而在别的庄园里则把徭役制改为代役租制。在鲍古恰罗沃村，他出钱聘请了一位有知识的产婆为产妇接生，同时让一位神父有偿地教农奴和家奴的孩子们识字。

安德烈公爵有一半时间在童山跟父亲和还由保姆照看的儿子在一起，另一半时间则是在"鲍古恰罗沃修道院"（父亲这样称呼他的村子）度过的。尽管他在皮埃尔面前装出对外界的所有事情漠不关心的样子，实际上他密切关注着时局，订购了许多书，并惊奇地发现，刚从彼得堡，即从生活的旋涡中来看他和他的父亲的人，对内政和外交方面发生的事的了解远不如他这个蛰居乡村的人。

除了管理庄园和阅读各种书籍外，在这期间安德烈公爵还用批判的目光分析我国最近的两次失败的战役，草拟修改我国军事条令和法规的意见。

一八〇九年春天,安德烈公爵前去梁赞省他儿子名下的几处庄园,因为他是儿子的监护人。

他坐在折起车篷的马车上,沐浴在春天的阳光里,觉得身上暖洋洋的,他不时地看看刚出土的青草、桦树的嫩叶和一团团飘浮在明亮的蓝色天空里的初春的白云。他什么也不想,只是愉快地和无目的地左顾右盼。

马车过了一年前曾与皮埃尔谈过话的渡口。过了一个肮脏的村庄,又过了打谷场、碧绿的田野、桥边还有积雪的下坡、泥土被雨水冲刷过的上坡、一块块留着麦茬的农田和一片片已见点点嫩绿的灌木林,然后进入了道路两旁都长着桦树的树林。树林里几乎觉得有点热,听不见风声。桦树布满了看上去黏糊糊的绿叶,一动也不动,绿色的嫩草和浅紫色的野花则顶开地上去年的枯叶冒了出来。一些小枞树分散长在桦树林的一些地方,它们四季常青的毛糙的针叶使人不愉快地想起寒冬。马进了树林后就打起响鼻来,看得出它已开始冒汗了。

仆人彼得对车夫说了句什么,车夫表示赞同。但是看来彼得觉得只有车夫的赞同还不够,便在驭座上转过身来对主人说:

"老爷,真痛快!"他带着恭敬的微笑说。

"什么?"

"真痛快,老爷。"

"他在说什么?"安德烈公爵想道,"对了,大概是在说春天。"他瞧瞧四周又想道,"一切全都变绿了……真快!桦树啦,稠李啦,赤杨啦,都开始变绿了……可是没有看到橡树。啊,那里有一棵。"

这棵橡树长在路边上。大概它的树龄有林子里的桦树的十倍，它有每棵桦树十倍那么粗，要比每棵桦树高一倍。这是一棵有两抱粗的大树，长着看来早已折断的树枝，裂开过的树皮布满了旧的疤痕。它像一个衰老的、愤怒的和蔑视一切的怪物，伸出难看的、不对称的和弯曲多节的巨大手臂和手指，立在满面笑容的桦树中间。只有这橡树不受春天的诱惑，既不愿看见春天，也不愿看见太阳。

"说什么春天又是爱情，又是幸福！"这棵橡树似乎在这样说，"你们对这种千篇一律的、愚蠢和毫无意义的欺骗怎么不感到厌烦呢？全都是一样，一切都是欺骗！既没有春天，也没有太阳，也没有幸福。你们瞧，那些被挤压死的枞树永远孤零零地趴在那里，而我却伸出我那断裂的、伤痕斑斑的手指，不管它们是从背部还是从腰间长出来的，都那样伸着；这些手指一长出来，我就伸开它们站立着，不相信你们的希望和欺骗。"

安德烈公爵在穿过树林时，几次回过头来看这棵橡树，好像对它有所期待似的。橡树底下也有花草，但是它仍然脸色阴沉，样子丑陋，一动不动地固执地站立在花草丛中。

"是的，这棵橡树是对的，它一千倍地正确，"安德烈公爵想道，"让别的年轻人去受这种欺骗吧，而我们了解人生——我们的一生已经结束了！"这棵橡树在安德烈公爵心中勾起了一连串新的无望的、忧伤而又愉快的想法。在这次旅行途中，他仿佛重新思考了自己的一生，得出了与以前一样的苟安和无望的结论：他不必再着手做什么事，他应当不做坏事、不烦扰自己和不抱任何希望地过完自己的一生。

二

为了办理监管那个在梁赞省的庄园的事,安德烈公爵需要去见县里的首席贵族。这位首席贵族就是伊里亚·安德烈耶维奇·罗斯托夫,安德烈公爵于五月中旬前去拜访他。

已是暮春时节。整个树林已披上绿装,路上尘土飞扬,天气很热,在经过有水的地方时,真想洗个澡。

安德烈公爵闷闷不乐,心里一直想着该向首席贵族问些什么,这时马车正沿着奥特拉德诺耶村罗斯托夫家的花园的林荫道驶向他家的宅院。他听到从右边的树丛里传来女人快活的叫喊声,看见一群姑娘在他的马车前跑过。跑在别的人前头、距离马车较近的是一个非常苗条的、苗条得出奇的黑头发黑眼睛的姑娘,她身穿一件黄色印花布连衣裙,头上扎着一条白手绢,一绺绺梳齐的头发从手绢下露出来。这个姑娘嘴里喊着什么,但是在认出车上是个陌生人后,连看也不朝他看一眼,就笑着往回跑。

安德烈公爵不知为什么突然心里感到很难过。天气那么好,阳光那么灿烂,周围的一切充满着欢乐;而这个苗条可爱的姑娘不知道而且也不愿意知道他这个人的存在,对她自己个人的那种大概是愚蠢的,但又是快乐和幸福的生活感到满足和幸运。"她为什么这样高兴?她在想些什么?想的不会是军事条令,不会是如何安排梁赞省的代役制农民的问题。她在想些什么呢?她为什么感到幸福?"安德烈公爵不禁好奇地问自己。

一八〇九年罗斯托夫伯爵在奥特拉德诺耶的生活仍然像从前一样,也就是说,他几乎接待全省的贵族,请他们打猎,看戏,吃饭,听音乐。他像欢迎任何新客人一样欢迎安德烈公爵,几乎用强迫手段把他留下来过夜。

在这无聊的一天里,陪伴安德烈公爵的是伯爵老两口,还有前来祝贺即将到来的命名日而住满他们家的尊贵的客人,他不止一次地观察那个和年轻人一起玩乐、不知在笑什么的娜塔莎,不断问自己:"她在想什么?她为什么这样高兴?"

晚上,他一个人待在这新的地方,久久未能入睡。他看了一会儿书,然后吹灭蜡烛,接着又点着了。护窗板从里面关上了,房间里很热。他埋怨这个愚蠢的老头(他这样称呼罗斯托夫),因为他硬说所需要的文件还没有从城里取来,强留他过夜,他也埋怨自己同意留下来。

安德烈公爵从床上起来,走到窗户跟前,想把它打开。他一拉开护窗板,好像早就守候在窗外的月光一下子照射进来。他又打开了窗户。夜间空气凉爽,月光下一切亮堂堂的,静止不动。在窗户跟前有一排修剪过的树木,一侧是黑色的,另一侧则闪耀着银光。树底下长着各种鲜嫩的、湿润的、枝叶繁茂的植物,它们有的茎叶呈现出银白色。在黑色树木的后边是一个露珠闪闪发光的屋顶,而右边是一棵枝叶繁茂的树,它的树干和树枝白得发亮,而在这棵树的上方,在春夜明亮的、几乎没有星星的天空中,悬挂着一轮差不多是满月的月亮。安德烈公爵把胳膊肘支在窗台上,两眼凝视着这个天空。

安德烈公爵的房间在中间的一层;在他上面的各个房间里也

住着人,他们也没有睡。他听见楼上有女人在说话。

"只要再来一次就行。"楼上一个女人的声音说,安德烈公爵立刻听出这是谁在说话。

"你到什么时候才睡?"另一个声音应对道。

"我不睡,我睡不着,我有什么办法呢!好吧,最后一次……"

两个女人的声音唱起了一个乐句——这是一首不知什么歌的结尾。

"啊,多么美啊!好吧,现在该睡了,结束了。"

"你睡吧,我睡不着。"移到窗口的第一个声音回答道。看来说话的人的身子已完全探出窗外,因为可以听得见她的衣服的窸窣声,甚至听得见呼吸声。这时一切像月亮以及像它的光和阴影一样,都静下来了,凝固不动了。安德烈公爵也一动不动,以免被人发现他无意中待在她们的近旁。

"索尼娅!索尼娅!"又听见第一个声音喊道,"嗯,怎么可以睡觉呢!你瞧,这有多美!真是美极了!你醒醒,索尼娅。"她几乎含着眼泪说,"要知道这样美好的夜晚从来、从来就没有过。"

索尼娅不大乐意地回答了一句。

"不,你瞧,多好的月亮!……真是美极了!你过来。亲爱的,我的好姐姐,到这里来。看见了吧?你最好蹲下来,就这样,抱住双膝——抱得紧一些,尽可能紧一些,使足劲儿,你就会飞上天去。就这样!"

"行了,你会掉下去的。"

可以听到拉扯和反抗的声音以及索尼娅不满意的说话声:

"你看,都一点多钟了。"

"咳,你只会败我的兴。好吧,你走吧,走吧。"

一切重新沉寂下来,但是安德烈公爵知道,她仍然坐在这里,他有时听到轻轻挪动身子的声音,有时听到叹息声。

"啊,我的上帝!我的上帝!这是怎么一回事呀!"她突然喊道,"睡就睡吧!"说完啪的一声关上了窗户。

"对我这个人存在不存在根本不关心!"安德烈公爵在听她说话时想道,不知为什么他又希望又害怕她提到自己,"又是她!好像是故意安排的!"他想。他心里突然像一团乱麻似的出现了年轻人的想法和希望,这些想法和希望是与他整个生活相抵触的,他觉得自己无力说清自己的这种状态,于是立刻就入睡了。

三

第二天,安德烈公爵不等女士们出来,只和伯爵一人告了别,就坐车回家了。

安德烈公爵回家时,已是六月初,他的马车又进了那片桦树林,树林里的那棵弯曲多节的老橡树曾使他非常惊奇和难忘。马车上的小铃铛的声音比一个半月前显得低沉了;林中长满了各种植物,浓荫蔽日;散布在树林各处的小枞树不再破坏整体的美,而是按照一般植物的样子长出了毛茸茸的嫩绿的新枝。

整天都很热,某处正在酝酿着一场雷雨,但是只有一小块乌云向尘土飞扬的道路和树木的嫩叶上洒了少量的雨滴。树林的左边背阴,显得很暗;右边湿漉漉的,在阳光下闪闪发亮,被风吹得微微摆动。林中百花盛开；夜莺在歌唱，歌声时近时远。

"对了，在这里，在这树林里有过一棵与我志同道合的橡树。"安德烈公爵想道。"可是它在哪里呢？"他又想道，眼睛望着道路左边，发现一棵橡树，没有认出这就是他寻找的那棵，开始不由得欣赏起来。这棵老橡树整个地变了样，它伸展开苍翠欲滴的树冠，呆呆立在那里，在夕阳的余晖中微微摇动。无论是弯曲多节的手指和疤痕，无论是已往的悲伤和疑虑——全都不见了。从粗硬的百年老树皮里直接长出了鲜嫩的树叶，使人简直无法相信这些叶子是这棵老树长出来的。"不错，这就是那棵橡树。"安德烈公爵想道，心中突然无缘无故地出现一种喜悦和万象更新的春天感觉。于是奥斯特利茨战场上的高高的天空，妻子死后脸上责备的表情，渡船上的皮埃尔，因美丽的夜景激动不已的姑娘，还有那个夜晚和那轮明月——这一切突然浮上了脑际。

"不，活到三十一岁，生命并没有结束。"安德烈公爵突然最后斩钉截铁地说，"只有我自己知道我身上的一切是不够的，应当让所有的人，包括皮埃尔和那个想飞上天去的姑娘，都知道这些，应当让所有的人都了解我，要使我不为自己一个人活着，不能使人们的生活与我的生活无关，要使我的生活影响所有的人，使大家都同我生活在一起！"

安德烈公爵这次外出旅行归来后，决定秋天去彼得堡，并为自己的这个决定想出了很多理由。他每时每刻都有一系列能说明为什么他必须去彼得堡，甚至去担任公职的合情合理的和合乎逻辑的论据可以利用。他甚至到现在还不明白，他怎么能在一段时间里怀疑积极参与生活的必要性，正如一个月前他不明白怎么会产生离开农村的想法一样。他清楚地感觉到，如果他不把自己的全部生活经验运用到事业上，不重新积极参与生活的话，他的这些经验就会白白丢掉，变成毫无意义的东西。他甚至不明白，怎么会根据如此贫乏的论据就认为，如果现在有了生活的经验教训后重新相信自己能做点有益的事，相信能得到幸福和爱情，就是有失面子的事。现在理智所提示的完全是另一种看法。在这次旅行后，安德烈公爵开始觉得乡下的生活太无聊了，以前做的那些事已引不起他的兴趣，当他一个人坐在书房里时，经常站起身来，走到镜子面前，长时间地端详着自己的脸。然后他转过身去看亡妻丽莎的画像，留着希腊式鬈发的丽莎从金色的镜框里亲切和快活地望着他。她已不对丈夫说以前的那些可怕的话了，她只是快活地、好奇地看着他。安德烈公爵反背着两手，久久地在房间里来回走着，时而皱起眉头，时而露出微笑，脑子里翻来覆去想着那些不理智的、无法用语言表达的、像犯罪一样秘密的念头，这些念头与皮埃尔、与荣誉、与坐在窗口的姑娘、与橡树、与女性的美貌和爱情有关，它们改变了他的整个生活。在这时，如果有人进来见他，他就显得特别冷淡、严厉和果断。他的那种逻辑推理尤其令人不快。

"亲爱的，"有时，在这样的时刻进屋来的玛丽亚公爵小姐说，"今天尼科卢什卡不能散步：太冷了。"

"如果天气暖和，"这时安德烈公爵就特别冷淡地回答他的妹妹，"那么他只穿一件衬衣就行了；正因为天气冷，应当给他穿上暖和的衣服，这暖和的衣服就是为了御寒才发明出来的，天冷多穿点就行了，而不应在孩子需要呼吸新鲜空气时让他待在家里。"

他特别合乎逻辑地说道,仿佛想要为了他内心进行的这种秘密的、不合逻辑的心理活动而惩罚什么人似的。在这时候玛丽亚公爵小姐就想,这种脑力工作会使男人变得多么冷漠无情啊。

四

安德烈公爵于一八〇九年八月来到彼得堡。这正是年轻的斯佩兰斯基①的声望达到了顶点,他发动的变革大力开展起来的时候。就在这一年八月,皇上从乘坐的马车上摔下来,摔伤了腿,在彼得戈夫②住了三个星期,每天只接见斯佩兰斯基一个人。在这期间,不仅制定了两项使上流社会感到不安的著名法令,废除宫内官阶以及采取通过考试录用八等文官和五等文官办法,而且草拟了国家的一个大法③,要改变俄罗斯现行的从枢密院到乡政府的司法、行政和财政管理制度。现在正在贯彻和实现亚历山大登基时所抱有的模糊的自由主义理想,他曾在他的助手恰尔托里日斯基、诺沃西尔采夫、科丘别依④和斯特罗加诺夫等人的协助下力图实现这些理想,这些人曾被他戏谑地称为公众拯救委员会。

---

① 斯佩兰斯基(一七七二至一八三九年),俄国政治家,从一八〇八年秋天起成为亚历山大一世的亲信,曾受亚历山大一世委托拟订了一个国家改革计划,在实施过程中遭到了反动贵族的反对,一八一二年被流放。
② 彼得戈夫是今彼得宫的旧称。
③ 指斯佩兰斯基拟订的名叫《国家法典绪论》的国家改革计划。
④ 科丘别依(一七六八至一八三四年),亚历山大一世的宠臣之一,曾任内务大臣。

现在在非军事部门所有这些人已由斯佩兰斯基所取代，而在军事部门则由阿拉克切耶夫所取代。安德烈公爵在到达后不久，以宫廷高级侍从的身份前去宫中，参加朝觐。皇上两次见到他，没有对他说一句话。安德烈公爵在以前就一直觉得皇上不喜欢他，皇上讨厌他的面孔和他整个的人。他看到皇上向他投来的冷淡的和疏远的目光，比以前更觉得自己的推测是对的。近臣们向安德烈公爵解释说，皇上不重视他，是因为对他从一八〇五年以来没有服役感到不满。

"我自己知道，我们都有好恶，这是没有办法的事，"安德烈公爵想道，"因此用不着考虑把我草拟的关于军事条例的报告亲自呈交皇上了，但是总是会有办法的。"他向父亲的老朋友，一位老帅讲了自己的报告。老帅约他见面，亲切地接待他，答应奏明皇上。几天后安德烈公爵得到通知，要他去见陆军大臣阿拉克切耶夫伯爵。

在约定的那天上午九点钟，安德烈公爵来到了阿拉克切耶夫伯爵的接待室。

安德烈公爵并不认识阿拉克切耶夫，从来没有见过他，但是他所听到的一切，很难使他产生对这个人的敬意。

"他是陆军大臣，皇上宠信的人；谁也不必管他的个人品质如何；既然他奉命审阅我的报告，这就是说，只有他一个人能够办理这件事。"安德烈公爵在与许多重要的和不重要的人物一起在阿拉克切耶夫接待室里等候时这样想道。

安德烈公爵在服役时，大部分时间都当副官，他见过许多重要人物的接待室，非常清楚这些接待室的各种不同的特点。阿拉克切耶夫伯爵的接待室完全是一种特殊的样子。在他的接待室里等候接见的不重要人物的脸上有一种羞愧和恭顺的表情；从职位较高的官员的脸上可以看出他们都感到难为情，为了掩饰这种感情，他们装出举止随便的样子，嘲笑自己、自己的地位和所等候的人。有的人若有所思地来回踱步，有的人一面低声说话，一面笑着，丁是安德烈公爵听见"西拉·安德烈依奇"这个外号①和"那大爷会给你厉害瞧"这样的话，这说的是阿拉克切耶夫伯爵。一位将军（重要人物）看来因需要等这么久而感到受了侮辱，他坐在那里不停地挪动着双腿，独自轻蔑地笑着。

但是等到门一打开，所有人的脸立刻出现了同一种表情——恐惧。安德烈公爵再次请求值日官前去通报，但是人们带着讽刺的表情朝他看了看说道，到时候会轮到他的。在副官的带领下几个人进出大臣的办公室，一个军官被放进了那道可怕的门，他的那种卑躬屈膝和恐惧的样子，使安德烈公爵非常吃惊。接见这个军官的时间很长。突然从门里传来了刺耳的吼叫声，军官脸色发白，嘴唇颤抖着从那里出来，两手抱住头从接待室里经过。

在这之后，安德烈公爵被带到门口，值日官低声说："往右边，到窗口去。"

安德烈公爵进了陈设并不豪华但很整洁的办公室，看见桌旁坐着一个四十岁的人，此人腰身很长，长脑袋上的头发剪得很短，满脸很深的皱纹，目光呆滞，绿褐色眼睛上方双眉紧锁，红鼻子

---

① 西拉（Сила）是力量、权力的意思。人们给阿拉克切耶夫取这样的外号，讽刺他是一个炙手可热的权臣。

奁拉着。阿拉克切耶夫朝安德烈公爵转过头来,眼睛不看着他。

"您有什么请求?"阿拉克切耶夫问。

"我没有什么……请求,大人。"安德烈公爵轻轻地说。这时阿拉克切耶夫的目光朝他转了过来。

"请坐,"阿拉克切耶夫说,"鲍尔康斯基公爵。"

"我没有什么请求,皇上把我呈交的报告批转给了大人……"

"您看,您的报告我读过了。"阿拉克切耶夫打断了他的话,只有头几句话说得还比较亲切,接着又盯着他的脸,说话的语气变得愈来愈唠叨和轻蔑起来,"您提出了新的军事法规?法规很多,旧的都没有人执行。现在大家在制定法规,制定容易,实行起来难。"

"我是根据皇上的旨意来找大人,了解一下您打算如何处理这个报告。"安德烈公爵有礼貌地说。

"您的报告我已做了批示,已提交给了委员会。我**不**赞成。"阿拉克切耶夫说,他站起身来,从书桌上拿起了一张纸,"您看。"他递给了安德烈公爵。

在这张纸上用铅笔横着写着几行字,句子开头不用大写字母,词写得不合拼写法,没有标点符号,写的是:"由于抄袭法国军事条令以及不必要地放弃军法条例因此此报告依据不足。"

"报告转给什么委员会了?"安德烈公爵问。

"转给了军事条令起草委员会,我已推荐您为该委员会委员。不过没有薪俸。"

安德烈公爵笑了笑。

"我也并不想要。"

"没有薪俸,担任委员。"阿拉克切耶夫又说了一遍,"见到您很荣幸。喂!叫下一个!还有谁?"他一边朝安德烈公爵躬躬身,一边喊道。

五

安德烈公爵在等候任命他为委员会委员的正式通知期间,与老熟人恢复了来往,尤其是拜访了一些他知道眼下有权有势和可能对他有用的人。现在他在彼得堡的心情,与战斗前夕的心情相类似,一种惴惴不安的好奇心折磨着他,不可抗拒地吸引他到最上层去,到正在安排着决定千百万人命运的未来的地方去。他从老年人的愤恨、不知情者的好奇、知情者的慎重、所有人的忧虑中,从他每天都能听说的无数委员会的成立中感觉到,现在,在一八〇九年的彼得堡,正在进行一场非军事的战斗的准备,这场战斗的总指挥是一个他不认识的、神秘而他又觉得是有天才的人——斯佩兰斯基。这场他只有模糊的了解的革新以及主要活动家斯佩兰斯基,开始引起他的非常强烈的兴趣,结果在他的思想上关于军事条令的事很快退居到了第二位。

安德烈公爵处于一个十分有利的地位上,他可以很好地被接纳到当时彼得堡上流社会的各个不同的和最上层的圈子里去。革新派亲热地接待他和拉拢他,他们这样做,第一,是因为他有聪明和博学多识的声誉;第二,是因为他解放农奴的做法使他赢得了自由派的名声。心怀不满的老头子们,估计他的态度会与他父亲一样，便在谴责革新时争取他的支持。社交界的妇女们，**上流社会**亲热地接待他，因为他是择婿的对象，既有钱，门第又高贵，而且由于有过他已阵亡的传闻以及他的妻子悲惨地死亡，他几乎成了一个带有浪漫主义色彩的新人物。除此之外，从前认识他的所有人都异口同声地说，他在这五年内发生了很大变化，变好了，变得比较温和和成熟了，在他身上已没有以前的那种做作、高傲和好嘲笑人的特点了，而是随着年龄的增长变得心平气和了。人们都开始谈论他，对他发生兴趣，希望能见到他。

在进见阿拉克切耶夫伯爵后的第二天，安德烈公爵晚上前去科丘别依伯爵家。他向伯爵讲述了自己与**西拉·安德烈依奇**的会见（科丘别依这样称呼阿拉克切耶夫，也带有安德烈公爵在陆军大臣的接待室里觉察到的那种对某事进行笼统的讽刺的意味）。

"亲爱的，"科丘别依说，"甚至在这件事情上您也绕不过米哈依尔·米哈依洛维奇①。这是一个什么事都管的人。我对他说。他答应晚上来……"

"斯佩兰斯基与军事条令有什么关系呢？"安德烈公爵问。

科丘别依笑了笑，摇摇头，仿佛对鲍尔康斯基的天真感到惊奇似的。

"前几天我同他谈起您，"科丘别依接着说，"谈到您的自由农民……"

"哦，公爵，是您解放了自己的农民？"一个叶卡捷琳娜时代的老人轻蔑地回头看了鲍尔康斯基一眼，说。

---

① 米哈依尔·米哈依洛维奇是斯佩兰斯基的名字和父称。

"一个小庄园没有任何收益。"鲍尔康斯基回答道,为了不徒劳无益地惹那老头生气,他竭力在老头面前淡化自己的做法。

"您害怕落在后面。"老头看着科丘别依说。

"有一点我不明白,"老头接着说,"如果给他们自由,谁来耕种土地?制定法律很容易,而管理就难了。就像现在一样,我问您,伯爵,既然所有人都要经过考试,那么由谁来当各个部门的长官?"

"我想,是那些考试合格的人。"科丘别依回答道,跷起二郎腿,环顾着四周。

"我手下有一个叫普里亚尼奇尼科夫的,人很好,很有才干,而他已六十岁了,难道还要去参加考试?……"

"是的,由于教育很不普及,这有些困难,但是……"科丘别依伯爵没有说完就站起身来,抓住安德烈公爵的手,朝一个进来的人迎过去,那人四十来岁,个子很高,秃顶,浅色头发,脑门宽阔,长方脸白得出奇。他身上穿着蓝色燕尾服,脖子上挂着十字架,左前胸佩着星章。这是斯佩兰斯基。安德烈公爵立即认出了他,像在一生的重要时刻常有的那样,心里不禁颤动了一下。这是由于尊敬、羡慕,还是由于有所期待——他不知道。斯佩兰斯基的整个外表有一种特殊样式,使得人们立刻就能把他认出来。安德烈公爵在他自己的生活圈子里从来没有看见过如此笨拙迟钝而又沉着自信的动作,没有在任何人那里看见过半开半闭和有些湿润的眼睛有那样坚定的、同时又很温和的目光,没有看见过那种似乎什么也不表示的笑容竟是那样的坚决,没有听见过有人说话声音这样尖细、平稳和缓慢,而主要的,没有看见过这样白嫩的脸,尤其是没有看见过那双有点宽大,但是皮肤异常丰润柔嫩和白净的手。这样白嫩的脸,安德烈公爵只在住院很久的士兵那里看见过。这就是斯佩兰斯基,国务大臣,皇上的顾问,陪同皇上参加过爱尔福特会见,在那里不止一次地见到过拿破仑并和他谈过话。

一个人通常在进入一大群人的圈子里时会不由自主地看看这个人的脸,又看看那个人的脸,但是斯佩兰斯基没有这样做,他也不急于说话。他说话声音很低,相信人们会注意地听,眼睛只看着和他说话的那个人。

安德烈公爵特别注意斯佩兰斯基的每句话和每个动作。他像一般人,尤其是像那些严格要求别人的人常有的那样,在新遇到一个人时,特别是在遇到像斯佩兰斯基那样久闻大名的人时,总是希望在他身上看到完美的品德。

斯佩兰斯基对科丘别依说,他不能早点来,感到很抱歉,因为他被留在宫里了。他不说是皇上留下他的。安德烈公爵注意到了这种故意装出的谦虚。当科丘别依向他介绍安德烈公爵时,他慢慢地把目光移向鲍尔康斯基,脸上仍带着同样的微笑,开始默默地打量对方。

"我很高兴同您认识,我像大家一样,听说过您。"他说。

科丘别依说了说阿拉克切耶夫接见鲍尔康斯基的情况。斯佩兰斯基才比较爽朗地笑了笑。

"军事条令起草委员会主任是我的好朋友马格尼茨基[①]先生,"

[①] 马格尼茨基(一七七八至一八五五年),亚历山大一世时期的活动家,曾是斯佩兰斯基的改革计划的热情支持者和执行者。斯佩兰斯基倒台后,马格尼茨基曾被流放到沃洛格达。

他说,每个音节和每个词都吐得很清楚,"如果您愿意的话,我可以介绍您和他认识。(他在说完这句话后停了一下。)我希望您能得到他的支持,能发现他是一个愿意促进一切合理的事情实现的人。"

斯佩兰斯基身边立刻围上了许多人,那个刚刚谈论过自己的下属普里亚尼奇尼科夫的老头,也向斯佩兰斯基提了个问题。

安德烈公爵没有参加谈话,他观察着斯佩兰斯基的每一个动作,他想,这个人不久前还是一个微不足道的神学校学生,如今在他的那双白净丰润的手里掌握着俄罗斯的命运。斯佩兰斯基回答那个老头的问题时的那种异乎寻常的和充满蔑视的沉静,使安德烈公爵感到吃惊。他似乎是站在高不可攀的地方向老头说那些宽容的话的。当老头把嗓门提得太高时,斯佩兰斯基笑了笑说,他不能对皇上想做的事的利与弊妄加评论。

斯佩兰斯基和大家说了一会儿话后,便站了起来,走到安德烈公爵面前,招呼他跟着自己到房间的另一头去。显然他认为需要单独接待一下鲍尔康斯基。

"我还没有来得及和您说话,公爵,因为我被这位可敬的老人拉进了热烈的谈话中。"他说道,温顺而又轻蔑地微笑着,仿佛想用这个微笑表明,他和安德烈公爵一起都知道他刚才与之交谈的那些人都是微不足道的。这种态度使安德烈公爵感到很高兴。"我早就知道您了,第一,知道您对您的农民的做法,这是我们的第一个范例,真希望有更多的人跟着这样做;第二,因为您是在颁布关于废除宫内官衔的法令后没有抱怨的宫廷高级侍从之一,而这个法令引起了许多流言蜚语。"

"是的,"安德烈公爵说,"家父不愿意叫我享受这种特权;我是从低级的职衔做起的。"

"令尊是老前辈,显然站得比我们的同时代人高,这些人对这个只是恢复了应有的公道的措施大加指责。"

"然而我认为这些指责也有其理由。"安德烈公爵说,他开始感觉到斯佩兰斯基的影响,竭力想抵挡这种影响。他觉得在所有问题上都表示同意是一件不愉快的事,他很快发表不同的看法。安德烈公爵平常说话轻松自然,现在跟斯佩兰斯基说话却感到难于表达自己的思想。他过于注意观察这个著名人物的个性了。

"从满足个人虚荣心来说,理由可能是有的。"斯佩兰斯基低声地插了一句。

"对国家来说,也部分地有理由。"安德烈公爵说。

"您的意思是什么?……"斯佩兰斯基慢慢地垂下眼睛说。

"我是孟德斯鸠[①]的崇拜者,"安德烈公爵说,"他的关于君主制度的起源是荣誉的思想,我觉得无可怀疑的。在我看来,贵族的某些权利和特权是用以支持这种荣誉感的手段。"

斯佩兰斯基白净的脸上的笑容消失了,他的相貌却因此而变得好看了。大概他觉得安德烈公爵的想法很有意思。

"如果您用这种观点来看问题的话。"他开口说道,显然他说法语比较吃力,因而比说俄语更慢一些,不过语气是完全平静的。他说,荣誉,l'honneur,不能用对服公务不利的特权来维持;荣誉,l'honneur,要么是不做不道德的事的消极的概念,要么是为了得到赞扬和用以表示这种赞扬的奖赏而进行竞赛的一种动力。

---

① 孟德斯鸠(一六八九至一七五五年),法国哲学家。

他的论据是简明扼要和清楚的。

"维持这种荣誉,维持竞赛的动力的设施,是类似伟大的拿破仑皇帝的荣誉勋位团①那样的东西,这个设施不妨碍,而是有助于服公务,不是一个阶层的或宫廷的特权。"

"我不想争论,但是不能否定,宫廷的特权达到了同样的目的,"安德烈公爵说,"每一个近臣都认为自己有义务做符合于他的地位的事。"

"但是您不愿意利用这特权,公爵。"斯佩兰斯基说,他用微笑表示,他愿意客客气气地结束这场使对方感到难堪的争论。"如果您肯赏光于星期三到舍下来,"他补充说,"那么我同马格尼茨基商谈后,将告诉您一些您也许会感到兴趣的事情,除此之外,我也很高兴和您详谈。"他闭上眼睛,照法国人的样子鞠了一躬,没有和大家告别,竭力不让人察觉到,悄悄离开了客厅。

六

在彼得堡居住的初期,安德烈公爵觉得他在蛰居乡村时形成的一整套思想,完全被他到彼得堡后碰到各种琐事弄得模糊不清了。

从晚会上回家后,他在记事本上记下了四五处必要的拜访或约定时间的会见。机械的生活,什么地方都要准时到的日程安排,

---

① 荣誉勋位团(Légion d'Honneur)是拿破仑在一八〇二年五月建立的,其成员从对国家立有战功的军人和对确立共和制原则有贡献的公民中产生。

消耗了他的大部分精力。他什么事也没有做，甚至什么也没有想，而且也来不及想，只是一个劲儿地说他在乡下深思熟虑过的事，很受大家的欢迎。

他有时很不满意地发现，他竟然在同一天，在不同的人当中反复讲同样的话。但是他整天忙忙碌碌，没有时间想一下他什么也没有做的问题。

斯佩兰斯基星期三在自己家里接待了鲍尔康斯基，与他单独进行了长时间的坦诚的谈话，在这次会见时，如同在科丘别依家的第一次见面时一样，斯佩兰斯基都给安德烈公爵留下了深刻的印象。

安德烈公爵认为卑鄙的小人的人数非常多，他很想在另一部分人当中找到他所追求的完美的生动范例，便轻易地相信，他在斯佩兰斯基身上找到了完全有理智和有道德的人的典范。如果斯佩兰斯基和安德烈公爵出身于同一阶层，受过同样的教育和具有同样的道德习性，那么鲍尔康斯基就会很快发现他的弱点，发现他的一般人的而非英雄人物的特点，但是现在由于并不完全了解他，鲍尔康斯基虽对他的逻辑思维方式感到奇怪，却更对他肃然起敬。除此之外，不知是因为看重安德烈公爵的才能，还是因为认为需要把他拉到自己一边来，斯佩兰斯基在安德烈公爵面前卖弄他公正和冷静的理智，用微妙的奉承取得安德烈公爵的欢心，这种奉承与自负结合在一起，它表现为默认对方与自己是唯一能够理解**所有**其余的人的愚蠢以及自己的思想的合理和深刻的人。

在星期三晚上长时间的谈话中，斯佩兰斯基不止一次地说："在**我们**这里总是注视着一切超出根深蒂固的习惯的总的水平的东西……"或者微笑着说："**我们**总是想两全其美：狼也饱了，羊也保全了……"或者说："**他们**理解不了这一点……"他总是带着这样的神情，这神情仿佛在说："咱们，您和我，只有咱们才知道**他们**是什么，**我们**是什么人。"

这第一次与斯佩兰斯基的长谈，更增强了安德烈公爵第一次见到斯佩兰斯基时的那种感觉。他认为斯佩兰斯基是一个明白事理的、思维严谨和具有巨大智慧的人，是凭自己的精力和顽强意志获得权力的，他运用这个权力完全为了造福俄国。在安德烈公爵的眼里，斯佩兰斯基正是他自己想要做的人，这种人能合情合理地解释所有的生活现象，只承认合理的东西才是现实的，善于用理性的尺度来衡量一切。在斯佩兰斯基的叙述中，一切是那样的简单明了，安德烈公爵不由得同意他的所有看法。如果他提出异议和进行争论的话，那么这只是因为要故意显示一下自己的独立性，表明自己不完全听从斯佩兰斯基的意见。一切都是对的，一切都很好，但是有一点使安德烈公爵感到困惑，这就是斯佩兰斯基的那种冷淡的、明净的、不让人窥视他心灵的目光，还有那只白净柔嫩的手，安德烈公爵如同人们通常看掌权的人的手那样，情不自禁地看了它一眼。明净的目光和柔嫩的手不知为什么使安德烈公爵感到不快。使他感到惊奇而又不舒服的，还有他在斯佩兰斯基身上发现的那种对人的过分蔑视，以及用来证明自己意见正确的方法和论据的繁多。斯佩兰斯基使用除比喻外的一切可能的思维方法，安德烈公爵觉得他改换方法时过于大胆。时而他站到实干家的立场上谴责幻想家，时而作为一个讽刺家嘲笑对手，时而他议事论世逻辑严谨，时而突然进入了玄学的领域。（这最后的论证方法他使用得特别经常。)他把问题提到玄学的高度,转到空间、时间、思想的定义上,在从那里引出反驳的论点的同时,又回到争论上。

总之,斯佩兰斯基所具有的、使安德烈公爵感到惊奇的主要特点,是他毫无疑义地和不可动摇地相信智慧的力量和合理性。可以看出,斯佩兰斯基的头脑里永远不会产生那种在安德烈公爵看来很平常的思想,即认为无法把所想的一切完全表达出来;也永远不会产生这样的怀疑:我所想的一切和我相信的一切是否都是无关紧要的事?斯佩兰斯基的这种特殊的思维方式对安德烈公爵最有吸引力。

在与斯佩兰斯基结识的初期,安德烈公爵对他抱有热烈的钦佩之情,这种感情与他过去一度有过的对波拿巴的感情相似。斯佩兰斯基的父亲是一个神父,庸夫俗子可以因为他是吃教堂饭的人和神父的儿子而鄙视他,许多人正是这样做的,因此安德烈公爵特别爱惜自己对斯佩兰斯基的感情,而且在内心里不自觉地增强这种感情。

在鲍尔康斯基在他家度过的第一个晚上,斯佩兰斯基谈起了法律起草委员会时,用讽刺的口吻对安德烈公爵说,立法委员会已存在了一百五十年,花费了几百万,什么事也没有做成,罗森坎普夫①只是在比较法的所有条款上贴上标签罢了。

"这就是国家花费几百万卢布得到的东西!"他说,"我们想要赋予参政院新的司法权力,而我们没有法律。因此像您这样的

---

① 罗森坎普夫(一七六二至一八三二年),法学家,法律起草委员会委员。

人，公爵，现在不出来做事是一种罪过。"

安德烈公爵说，做这种事需要有法律知识，可是他没有受过法律教育。

"谁也没有受过，那么您又想要怎样呢？这是一个怪圈①，应该努力地从中走出来。"

一个星期后，安德烈公爵成为军事条令起草委员会委员，而且还当上了法律起草委员会的一个处长，这是他怎么也没有料到的。根据斯佩兰斯基的请求，他接受了正在起草的民事法的第一部分，参照《拿破仑法典》②和《查士丁尼法典》③起草有关人权的部分。

七

大约两年前，在一八〇八年，皮埃尔从巡视各个庄园回到彼得堡后，不由自主地成为彼得堡共济会的首领。他开办食堂和布置灵堂，吸收新会员，联系各地的分会和寻找文件的真本。他出钱修建会所，尽自己之所能补足捐款，因为大多数会员比较吝啬，而且不按时缴纳。他几乎一个人用自己的钱维持共济会在彼得堡建立的贫民院。

然而他生活过得像以前一样，还是那些爱好，还那么放荡。

---

① 原文为拉丁文。

② 《拿破仑法典》也叫《法国拿破仑法典》，颁布于一八〇四年。

③ 《查士丁尼法典》指拜占庭皇帝查士丁尼一世主持下于五二九至五六五年完成的法律和法律解释的汇编。

他喜欢吃喝，虽然觉得这种做法是不合道德的和有损尊严的，但是仍然忍不住去参加单身汉的聚会，在那里寻欢作乐。

不过皮埃尔在过了一年这种忙碌和快活的生活后开始觉得，他愈是竭力想牢牢地站在共济会的地基上，他站的这地基却变得愈来愈不稳固。同时他感到，他站的地基愈是不稳，他就愈来愈不由自主地与它联系在一起。当他参加共济会时，他觉得自己好像一个抱着信任的态度一脚踏上表面平坦的沼泽地的人一样。踏上一只脚后，他就陷进去了。为了完全相信他所站的地基是坚实的，他踏上了另一只脚，于是陷得愈来愈深，已不由自主地在沼泽里齐膝的污泥中行走了。

约瑟夫·阿列克谢耶维奇①不在彼得堡。（最近他已不管彼得堡各分会的事了，住在莫斯科，很少外出。）所有师兄弟们，各分会的会员，都是皮埃尔在平常生活中认识的熟人，他很难只把他们看作共济会的师兄弟，而忘记这是Б.公爵、伊万·瓦西里耶维奇·Д.，而在平常生活中他知道他们大都是软弱无能和微不足道的人。他看见他们在共济会的围裙里面穿着制服，在挂着会徽的时候也佩着生活中取来的十字章。在募集捐款和计算十来个会员（其中有一半像他一样富有）捐助的二三十个卢布（而且大多是欠账）时，皮埃尔回想起了每个会员答应要把自己的全部财产献给邻人的誓言，心里不禁产生了怀疑，但是竭力不去想它。

他把自己认识的师兄弟们分为四类。他归入第一类的是这样一

---

① 约瑟夫·阿列克谢耶维奇是巴兹杰耶夫的名字和父称，与本卷第二部不一致（那里他的名字为奥西普）。

些人，这些人既不积极参加分会的活动，也不过问帮助人的事，一心探究共济会教义的秘密，研讨上帝的三位一体的称号，或万物的三种元素——硫黄、水银和盐，或所罗门神庙的方块和所有图形的含义。皮埃尔尊重这一类会友，属于这一类的大多是老的师兄弟以及约瑟夫·阿列克谢耶维奇本人，不过皮埃尔认为他与其余的人的兴趣爱好有所不同。他的心不放在共济会的神秘的一面上。

皮埃尔把自己以及与自己类似的人归入第二类，这些人还在寻求着，摇摆不定，尚未在共济会里找到一条直接的和明确的道路，但是希望能找到它。

他归入第三类的会友们（他们的人数最多）在共济会里除了表面形式和仪式外，什么也看不到，他们看重这种表面形式的严格履行，不关心它的内容和意义。维拉尔斯基，甚至总会的大师傅属于这一类人。

最后，可归入第四类的会友也很多，特别是那些最近入会的人。根据皮埃尔的观察，这是这样一些人，他们什么也不相信，也不希望得到什么，入会只是为了结交年轻的、富有的、交游广阔和地位显赫的会友，在共济会里这样的人是很多的。

皮埃尔对自己的活动开始感到不满足。他有时觉得，共济会，至少是他在这里看到的共济会，是建筑在表面形式之上的。他并不想怀疑共济会本身，但是他怀疑俄国共济会走上了一条错误的道路，偏离了自己的本源。因此他在年底便到国外去了解共济会的高深奥秘去了。

一八〇九年夏，皮埃尔就已回到了彼得堡。根据俄国共济会员与国外会友的通信了解到，皮埃尔在国外得到了许多地位很高的人的信任，领会了许多奥秘，被提升到了更高的等级，带来了许多对发展俄国共济会事业普遍有益的东西。彼得堡的共济会员都来看望他，巴结他，大家都觉得他隐瞒着和正在准备着什么事情。

决定召开二级分会的大会，皮埃尔答应在分会里向彼得堡的师兄弟们传达共济会最高领导人的指示。会场上坐满了人。在举行通常的仪式后皮埃尔站起身来，开始讲话。

"亲爱的师兄弟们，"他开口说道，脸涨得红红的，说话有些结巴，手里拿着写好的讲稿，"我们分会只是躲在一边遵守我们的礼仪是不够的——需要行动……行动。我们处于沉睡之中，而我们需要行动。"皮埃尔拿起自己的笔记本，读了起来，"为了传播纯粹的真理和促使美德的胜利，"他读道，"我们应该使人们破除偏见，传播符合时代精神的准则，承担起教育青年的责任，与聪明人非常紧密地联合起来，大胆地而又慎重地克服迷信、缺乏信心和愚蠢的现象，教育那些忠于我们、由于有共同的目标而相互联系在一起的有权有势的人们。

"为达到此目的，应该使美德压倒恶习，应当努力使正直的人在当今世界上因自己的美德而得到永久的奖赏。但是目前的许多政治设施妨碍我们实现这些伟大的意图。在这种情况下该怎么办呢？是否需要促进革命，推翻一切，用暴力驱除暴力呢？……不，我们无意这样做。任何暴力的改革之所以应受到谴责，是因为在人们还仍然是现在这种样子时，它根本纠正不了邪恶，因为智慧不需要求助于暴力。

"共济会的整个计划应建筑在组织坚定的、具有美德的、因有共同信念而联系在一起的人上，而这种信念则在于随时随地都尽全力克服恶习和愚蠢,庇护有才能的人和美德:从茫茫尘世中找出品质好的人,让他们参加我们的组织。到那时我们共济会才会有力量——才能不知不觉地捆住那些保护混乱状态的人的手脚,使他们在没有觉察的情况下受到控制。总之,应该建立总的管理样式,这种样式应该推广到全世界,同时又不破坏公民个人之间的联系,所有其他的管理可以按照自己平常的方式继续进行,只要不妨碍实现我们共济会的目标就行,也就是说,不能妨碍美德战胜恶习。这也是基督教本身要求达到的目标。基督教教导人们做聪明和善良的人,为了自己的利益学习优秀的和聪明的人的榜样,遵循他们的教诲。

"在一切都沉浸在黑暗中时,只宣讲道理当然也就够了,因为真理是新的,这能赋予它特殊的力量,但是我们需要用有力得多的手段。现在需要使那些受自己的感情支配的人在美德之中找到感性的美。情欲是无法根除的;只应当引导它去实现高尚的目标,因此需要使每个人在美德的范围内满足自己的情欲,我们共济会应提供这样做的方法。

"只要我们每个国家里有一定数量的品质好的人,他们之中每个人再去联络另外的两个人,所有这些人都紧密地联合起来——如果这样做,那么对共济会来说,一切都是办得到的,而共济会已为造福人类秘密地做了许多事情。"

这篇演说在分会里不仅引起了强烈的反应,而且引起了骚动。大多数师兄弟看出这篇演说中有光照派[①]的危险意图,对它采取使

---

① 光照派是德国共济会的一个支派,一七七六年成立于巴伐利亚,主张以共和制代替君主制。

皮埃尔感到惊奇的冷淡态度。大师傅开始反驳皮埃尔的说法。皮埃尔愈来愈起劲地发挥自己的思想。很久没有这样气氛热烈的集会了。与会者分成两派：一些人责备皮埃尔有光照派倾向；另一些人对他表示支持。在这次会议上皮埃尔第一次对人的思想的无限多样性感到惊讶，这种多样性使得任何真理在两个人的理解中都不会是一样的。甚至在那些似乎站在他一边的会员中，也有人对他的话做自己的理解，有一些限定和改变，这是他不能同意的，因为皮埃尔主要的要求正在于把自己的思想完全按照他理解的那样传达给别的人。

会议结束后，大师傅带着恶意和讽刺批评别祖霍夫急躁，说他进行争论不只是出于对美德的热爱，而是由于好斗。皮埃尔没有搭理他，只简短地问，他的建议是否将被采纳。得到的答复是否定的，于是皮埃尔没有等通常的仪式结束，就出了会所，坐车回家了。

八

皮埃尔又陷入了他非常害怕的苦闷之中。在分会发表演说后，他在家里的沙发上躺了三天，没有接待任何人，也没有到任何地方去。

这时他接到了妻子的来信，她在信中恳求要和他见面，说了一些想念他的话，表达了要把自己的整个一生献给他的愿望。

在信的末尾她告诉他，近日内她将从国外来到彼得堡。

在接到这封信后,紧跟着有一个最不受他尊敬的共济会师兄弟闯到闭门谢客的皮埃尔家里来,谈起了皮埃尔的夫妻关系,此人作为师兄弟劝告他说,他对妻子如此严厉是不对的,他不宽恕悔过的妻子,背离了共济会员的基本准则。

这时他的岳母瓦西里公爵的妻子派人来请他,恳求他到她那里去一趟,哪怕只待几分钟也行,因为有一件十分重要的事要和他商谈。皮埃尔发现正在策划一个对付他的阴谋,要让他和妻子重新和好,不过即使在他目前所处的情况下,他也不觉得这有什么令人不快之处。他感到什么都无所谓:他不认为生活中有什么事情具有很大的重要性,现在他在苦闷的心情的影响下,既不珍惜自己的自由,也不坚持要惩罚妻子。

"谁都不对,谁也没有错,因此,她也没有错。"他想。如果说皮埃尔没有立即宣布与妻子和好如初的话,那也只是因为他在处于苦闷的情况下无力做出任何决定。如果妻子到他这里来,现在他也不会把她赶走。与他为之苦恼的事比较起来,跟不跟妻子生活在一起,岂不是无足轻重的吗?

皮埃尔对妻子和岳母都没有做任何答复,一天晚上他动身到莫斯科去了,目的是去见约瑟夫·阿列克谢耶维奇。关于这件事,他在自己的日记里做了以下记载。

莫斯科,十一月十七日。

现在刚从恩师那里回来,赶紧把我在那里感受的一切记下来。约瑟夫·阿列克谢耶维奇过着贫苦的生活,受膀胱病的折磨已是第三个年头了。任何人从来都没有听见他呻吟或抱怨过。从清晨到深夜，除了吃简单的饭食的时间外，他都在研究学问。他亲切地接待我，叫我在他躺的床上坐下；我向他做了个东方和耶路撒冷骑士的手势，他用同样的手势回答我，带着温和的微笑问我，我在普鲁士和苏格兰的共济会分会里了解到和得到了些什么。我尽我所能对他叙说了一切，讲了我在我们彼得堡分会提出的基本原理以及对我的恶劣态度，讲了我与师兄弟们之间发生的决裂。约瑟夫·阿列克谢耶维奇很长时间没有说话，经过仔细考虑后，对我说了他对所有这些事情的看法，我听了立即觉得过去的事和摆在我面前的未来的道路都清楚了。使我感到惊奇的是，他问我是否记得共济会的分为三个方面的目标：一、保存和认识秘密；二、为了认识这秘密，净化和改造自己；三、通过努力净化自己，改造全人类。在这三个目标当中哪一个是最主要的和首要的呢？当然是改造和净化自己。我们可以在任何时候不受环境影响地去追求的，只有这个目标。但是与此同时，这个目标也要求我们做出最大的努力，因此我们往往因骄傲而误入歧途，忽略了这个目标，或者去为认识秘密而斗争，而我们由于自身不纯洁而不配认识它；或者去努力改造人类，而自己却是卑鄙无耻和腐化堕落的实例。光照派之所以不是一种纯粹的学说，正是因为它热衷于社会活动，并且骄傲自大。根据这一点，约瑟夫·阿列克谢耶维奇对我的演说和我的整个活动提出了批评。我内心里同意他的看法。我们在谈到我的家庭问题时他对我说：我对您说过，一个共济会员的主要义务在于完善自己。但是我们经常想，只要我们使自己远离我们生活中的困难,我们就能更快地达到这个目的;然而恰恰相反,先生,只有在尘世的纷扰中我们才能达到以下三个主要目标:一、自我认识,因为人只有通过比较,才能认识自己;二、完善,只有通过斗争才能达到这一点;三、获得主要的美德,即爱死亡。只有生活的波折才能给我们显示它的虚妄,才能增强我们对死亡的天生的爱或者促进新生。这些话值得特别注意,因为约瑟夫·阿列克谢耶维奇尽管肉体经受着巨大的痛苦,但是从来不觉得生活是个累赘,在爱死亡的同时,他虽然内心已非常纯洁和高尚,仍觉得自己尚未对死亡做好充分准备。接着恩师对我详尽解释了宇宙大方块图形的意义,指出三和七这两个数是万物的基础。他劝我不要和彼得堡的师兄弟们断绝来往,在分会里担任二级职务的同时,努力帮助师兄弟们克服骄傲,引导他们走上自我认识和完善的真正道路。除此之外,建议我个人首先要检点自己,为此他给了一个笔记本,现在和今后我都要把我的所有行为记在这个本子上。

彼得堡,十一月二十三日。

我重新和妻子生活在一起了。我的岳母眼泪汪汪地来见我,说埃莱娜在这里,恳求我听她解释,说她是无辜的,因我遗弃她而感到很痛苦,如此等等,不一而足。我知道,我只要让自己见她,就无力再拒绝她的要求了。我拿不定主意,不知道找谁帮忙和请教。如果恩师在这里,他就会告诉我。我到了自己的屋里,把约瑟夫·阿列克谢耶维奇的信重读了一遍，回想了我同他的多次谈话，从中得出了这样的结论：我不应拒绝提出请求的人，应该对任何人伸出援助之手，何况是这样一个同我关系十分密切的人，我应当背我的十字架。但是既然我是因为品德高尚而宽恕她的，那么就让我与她的结合只具有精神的目的好了。我就这样决定了，并这样写信告诉了约瑟夫·阿列克谢耶维奇。我对妻子说，要她忘记过去的一切，如果过去我有什么对不起她的地方，请她原谅，而我没有什么要宽恕她的。对她说了这些话，我感到很高兴。至于我重新见到她时心里是多么的痛苦，就让她不知道吧。我在这座大房子的楼上住了下来，有一种新生的幸福感觉。

九

当时的上流社会人士，像任何时候一样，在参加宫廷聚会和大型舞会时，看起来好像是结合成一体的，实际上分为几个圈子，每个圈子都有自己的特色。在它们当中最大的是法国派，即鲁缅采夫伯爵和科兰古①的拿破仑联盟。埃莱娜和丈夫一起在彼得堡定居后，立即在这个圈子里占有一个最显著的地位。法国大使馆的官员们以及许多属于这一派的以学识和礼貌著称的人常来拜访她。

埃莱娜在两位皇帝在爱尔福特举行著名的会晤时正好在那里，结识了欧洲所有亲拿破仑的著名人物。她在爱尔福特很受欢

---

① 科兰古（一七七三至一八二七年），法国驻俄大使。

迎。拿破仑本人在剧院里见到她,曾问过这是谁,对她的美貌颇为欣赏。她作为一个漂亮的、风度优雅的女人而受欢迎,并不使皮埃尔感到惊奇,因为她一年年地变得比以前更美了。但是使他惊奇的是,这两年来他的妻子获得了"又聪明又美丽的可爱女人"的声誉。著名的德利涅亲王①给她写了八张信纸的信。比利宾收集各种警句,以便在别祖霍娃伯爵夫人面前第一次说出来。在别祖霍娃伯爵夫人客厅里受到接待,被看作是聪明的证明;年轻人在参加埃莱娜的晚会前读各种书籍,好在她的客厅里有话可说,大使馆的秘书们,甚至公使们,都向她透露外交机密,因此埃莱娜在某种程度上成为一种势力。皮埃尔知道她很愚蠢,有时带着一种困惑和恐惧的奇怪感觉出席她的晚会和午宴,听人们谈论政治、诗歌和哲学。在这些晚会上,他的心情都像每次表演时担心自己的戏法被拆穿的魔术师一样。但是不知是由于主持客厅里的活动需要的正好只是愚蠢,还是因为受愚弄的人本身觉得受骗是一件乐事,这戏法一直没有被拆穿,因而叶连娜·瓦西里耶夫娜·别祖霍娃的可爱且聪明的女人的声誉便不可动摇地确立起来了,她可以说一些最庸俗和最愚蠢的话,人们仍对她的每句话赞不绝口,并在其中寻找连她本人都没有想到的深刻意义。

皮埃尔正是这个上流社会的出色女人所需要的那种丈夫。他是一个心不在焉的怪人,生活豪华的丈夫,不妨碍任何人,不仅不破坏客厅里总的高雅格调,而且反衬出了妻子的优美和雍容大

---

① 德利涅(一七三五至一八一四年),比利时政治家和作家。叶卡捷琳娜二世时代曾到过俄国。

方。在这两年里,皮埃尔由于一直集中精力研究精神方面的东西,从内心里蔑视其余的一切,对妻子所交往的人不感兴趣,在与他们相处中养成了对所有人漠不关心、漫不经心和宽厚的态度,这种态度不是装出来的,因而博得了人们的尊重。他进妻子的客厅如同进剧院一样,认识所有的人,看见每个人都表示同样的高兴,对每个人都同样的冷淡。有时他参加他感兴趣的谈话,这时不考虑有没有大使馆的官员们在场,口齿不清地发表自己的看法,这些意见有时完全与此刻谈话的调子不合拍。但是彼得堡最杰出的女人的丈夫是一个怪物的意见已经完全固定下来了,因此谁也不认真看待他的越轨行为。

自从埃莱娜从爱尔福特回来后,在每天都来她家的许多年轻人当中,仕途得意的鲍里斯·德鲁别茨科依已成为别祖霍夫夫妇家里最亲近的人。埃莱娜称他为我们少年侍从,对待他好像对待孩子一样。她对他的微笑跟对别人的一样,但是有时皮埃尔看到这微笑心里很不舒服。鲍里斯以一种特殊的和恰如其分的态度对待皮埃尔,恭敬中带有几分抑郁。这种恭敬的色彩也使皮埃尔感到不安。三年前皮埃尔因妻子使他蒙受耻辱而感到非常痛苦,现在他使自己免除了蒙受类似的耻辱的可能,因为第一,他不是自己妻子的实际的丈夫,第二,他不允许自己猜疑。

"不,现在她成为蓝袜[①]后,永远不会再有以往的风流韵事,"他自言自语地说,"还没有一个蓝袜会热衷于谈情说爱。"他又一

---

① "蓝袜"指的是上流社会附庸风雅的妇女,得名于十八世纪中叶英国伦敦上流社会妇女的文学团体"蓝袜社"。

次重复这个不知从哪里得来的道理,他对此是深信不疑的。但是奇怪的是,鲍里斯在妻子的客厅里出现(他几乎是经常来的)往往对皮埃尔产生生理上的影响:他的四肢好像被捆住了一样,他的动作都变得不自然和不自由了。

"怎么会有这种恶感,"皮埃尔想道,"而从前我甚至非常喜欢他。"

在上流社会眼里,皮埃尔是一个贵族大老爷,是有名的贵夫人的目光不大敏锐的和可笑的丈夫,是一个什么也不干,但是也不损害任何人的聪明的怪物,是一个很不错的好人。在这整个时期,皮埃尔的内心一直进行着复杂而又艰苦的活动,这使他明白了许多道理,也使他在精神上产生了许多怀疑,同时也得到了很大的快乐。

十

他继续记日记,下面就是他在这段时间的日记里写下的话。

十一月二十四日。

八点起床,读《圣经》,然后去上班(皮埃尔听从恩师的劝告,在一个委员会里任职),回家来吃午饭,一个人吃(伯爵夫人那里有许多我不喜欢的客人),吃喝都很适度,午餐后给师兄弟们抄写经文。傍晚下楼到伯爵夫人那里,讲了一个关于Б.的可笑的故事,讲完后才想起不应该这样做,这时大家都在哈哈大笑了。

怀着幸福和平静的心情躺下睡觉。伟大的上帝,引导我走你的道路吧:第一,宁静而有耐心,力戒发怒;第二,用克制和预防的办法战胜淫欲;第三,摆脱尘世琐事,但是不放弃(一)国家公职,(二)家庭事务,(三)与朋友交往,(四)经济管理工作。

十一月二十七日。

起得很晚,醒来后在床上躺了很久,懒得动一动。我的上帝,帮助我,让我坚强起来,让我能走你的道路。读《圣经》,但是缺乏应有的感情。师兄弟乌鲁索夫来找我,我们谈论尘世的空虚。他讲了皇上新的计划。我刚想要提出非议,马上就想起了我自己的准则和恩师的话,恩师曾对我说,一个真正的共济会员在国家需要时,应该是一个热心的活动家,而对没有让他参与的事应抱静观的态度。常言道,是非只为多开口。Γ.B.和 O.这两位师兄弟来看望我,商谈吸收一位新会员的事。他们要我当导师。我觉得自己软弱,不够格。然后谈到神殿的七根柱子和七级台阶的解释:圣灵的七学、七德、七恶、七惠。师兄弟 O.很有口才。晚上举行了接收新会员仪式。会所装饰一新,使得场面更为壮观。吸收的新会员是鲍里斯·德鲁别茨科依。我是介绍人,又是导师。我和他一起待在黑暗的会所里时,一种奇怪的感情一直使我激动不安。我发现我恨他,这种感情我很想克服,但又克服不了。因此我希望真正帮他摆脱邪恶,把他引上真理之路，但是关于他的不好的想法却一直留在我的脑子里。我认为他入会的目的仅仅在于结交一些人，为了受到我们分会里的一些人的赏识。我怀疑他的根据是：他曾几次问我 N. 和 S. 是不是我们分会的会员（这个问题我不能回答他），而且根据我的观察，他不可能对我们的圣会抱有尊重的感情，过于关心自己外在的人并且很满意，不会有精神上改善自己的愿望，除了这些之外，我就没有更多怀疑他的根据了；但是我感到他不真诚，而且在我和他面对面站在黑暗的会所里时，我一直觉得他带着轻蔑的微笑听我说话，我真想用我手中握着的那把对准他的利剑刺穿他那裸露的胸膛。我不能多说，也不能把我的怀疑坦诚地告诉师兄弟们和大师傅。伟大的造物主，请帮助我找到走出这谎言的迷宫的真正道路吧。

在这之后，日记本里有三页空白，空白之后又写了以下的话：

我和师兄弟 B. 单独进行了一次有益的长谈，他劝我要对师兄弟 A. 抱有希望。我虽然生性愚钝，但是明白了很多道理。阿多奈[①]是创世者的名字。埃洛希姆[②]是万物主宰的名字。第三个名字是一个无法说出的名字，它的意思是**万物**。和师兄弟 B. 的谈话，使我在修身的道路上增添了力量，振奋了精神，

---

① 阿多奈（Adonai）意为"主""上帝"，在诵读希伯来文《圣经》时用来代替不得直呼的雅赫维。

② 埃洛希姆（Elohim），希伯来文《旧约》中常以此词称呼上帝。

变得更加坚定了。在他面前，没有怀疑的余地。我清楚看到了贫乏的社会科学学说与我们包罗一切的神圣学说之间的区别，人文科学为了进行理解，把一切分割成许多部分；为了看清楚，把一切毁坏掉。而在我们团体的神圣科学中，万物是统一的，都是从其整体和生命活动中来认识的。三位一体——万物的三元素——是硫黄、水银和盐。硫黄具有油和火的特性；它与盐结合，以火的特性激发出其中的渴望，借助这种渴望把水银吸引过来，将其牢牢抓住，于是共同产生出各个物体来。水银是流动的和漂浮的精神要素——基督、圣灵，他。

十二月三日。

起得很晚，读《圣经》，但是无动于衷。于是出了房间，在大厅里来回走。想要思考一些事情，但是心里却想起了四年前发生的一件事。多洛霍夫先生在和我决斗后，在莫斯科遇见了我，对我说，虽然我现在没有了夫人，但是希望我能泰然处之。当时我什么也没有回答。现在我想起了这次见面的全部细节，心里对他说着最愤恨的话和最挖苦的回答。直到我看到自己又在发火时，才醒悟过来，抛开了这个念头；但是对此事忏悔得不够。接着鲍里斯·德鲁别茨科依来了，讲起了各种各样的奇闻逸事；而我从他一进门就对他的来访感到不高兴，对他说话不大客气。他进行反驳。我发起火来，对他讲了许多难听的甚至粗鲁的话。他不吭声了，等我醒悟过来时，已经晚了。我的上帝，我完全不善于和他相处！造成这种情况的原因是我的自尊心太强。我认为自己比他高,因此变得比他差得多,因为他以宽容的态度对待我的粗鲁行为,而我则相反,瞧不起他。我的上帝,请让我在他面前时更多地看到我的卑劣,让我的行动也能有益于他。午饭后睡着了,而在快要入睡时清楚地听见一个声音在我左耳边说:"你的日子到了。"

我梦见自己在黑暗中行走,突然被一群狗包围,但是我毫不畏惧地走着;突然一只不大的狗用牙齿咬住我的左腿不松口。我开始用两手掐它。我刚把它拉开,另一只更大的狗马上咬住我的胸口。我又拉开了这只狗,另一只还要大的狗开始咬我。我要把它提起来,我愈是要提它,它就变得愈大愈重。突然师兄弟A.来了,他挽起我的胳膊带我走,把我带到一座大楼前,要到里面去必须先过一块很窄的木板。我一脚踏上木板,木板弯了,翻了,于是我开始往围墙上爬,这围墙我两手刚刚能够得着。费了很大力气,我的身体翻到了另一边,而双腿还留在这一边。我回头一看,看见师兄弟A.站在围墙上,给我指着宽阔的林荫道和花园,花园里有一座漂亮的大楼房。这时我醒来了。上帝,伟大的造物主!帮我拉开这些狗——帮我摆脱各种情欲,尤其是把先前的所有情欲的力量集中于一身的最后的那一种,帮我进入我在梦中已经见过的那座美德的神殿吧。

十二月七日。

我做了一个梦,梦见约瑟夫·阿列克谢依奇坐在我家里,我很高兴，想要招待他。我似乎在同旁人不停地闲聊，突然想起这可能会使他不高兴，于是想到他跟前去拥抱他。但是我一到他跟前，看见他的脸变了，变得年轻了，他轻轻地，轻轻地对我说了些共济会学说里的话，说得很轻，我没有能听清楚。后来我们大家似乎走出了房间，这里发生了一件奇怪的事。我们在地板上坐着或躺着。他对我说着什么。而我似乎想要向他显示我的易受感动，于是我没有注意听他讲话，开始想象我的内在的人的状况和上帝给我的恩惠。我的眼睛里出现了泪水，他注意到了这一点，我感到很满意。但是他懊恼地看了我一眼，很快地站了起来，不再说话。我胆怯了，问道，他的话是不是针对我的；但是他什么也没有回答，对我露出亲切的样子，然后我们突然到了我的卧室里，那里放着一张双人床。他在床边上躺下，而我似乎有一种表示亲热的强烈愿望，也在旁边躺下了。他似乎问我："请您说实话，您的主要嗜好是什么？您知道了吗？我认为您已经知道了。"我被这个问题窘住了，便回答说，懒惰是我的主要嗜好。他不相信地摇了摇头。我更窘了，说我虽然根据他的劝告和妻子住在一起，但是过的不是真正的夫妻生活。他对这一点表示反对，说不应让妻子得不到抚爱，并要我感觉到这是我的义务。但是我回答说，我不好意思这样做；突然一切消失不见了。我醒了，想起了《圣经》里的一段话："**这生命就是人的光。光照在黑暗里，黑暗却不接受光。**"[①] 只觉得约瑟夫·阿

---

① 见《圣经·新约》中的《约翰福音》第一章第五节。

列克谢耶维奇的脸显得年轻而明亮。这一天接到了恩师的信,他在信中谈了夫妻的义务。

十二月九日。

又做了一个梦,醒来时心还在突突地跳。梦见我好像在莫斯科,在自己家的休息室里,约瑟夫·阿列克谢耶维奇从客厅里出来。好像我马上就看出他已完成了再生的过程,便朝他迎面奔过去。我好像吻他和他的手,而他则说道:"你注意到了现在我的脸完全变了样了没有?"我朝他看了一眼,继续拥抱着他,仿佛看见他的脸年轻了,可是头上没有头发,面容也变成另一种样子。我好像对他说:"如果偶然碰见您,我也是会把您认出来的。"同时心里想:"我说的是真话吗?"突然我看到他像死尸那样躺着;后来他逐渐苏醒过来了,和我一起进了大书房,手里拿着一本用绘画纸写的大书。我好像说:"这是我写的。"他点点头作为回答。我打开书,书里每一页都画有很美的图画。我好像知道,这些画里画的是心灵同它的爱人的恋爱故事。在书里我好像看见画着一个美丽的少女,她穿着透明的衣服,浑身透明,正在飞向云端。我好像知道,这个少女不是别的,而是《雅歌》的形象。我看着这些图画好像感觉到,我这样看很不好,但是目光又无法从这些图画上面移开。上帝,帮助我吧!我的上帝,如果是你要把我抛弃,那就照你的意志去办吧;但是如果是我自己造成的,那么就请教导我应该怎么做。如果你完全不管我,我就会因贪淫好色而毁了自己的。

十 一

罗斯托夫一家在乡下居住了两年,在这期间经济情况并没有改善。

虽然尼古拉·罗斯托夫坚决按照他拿定的主意去做,继续在一个驻扎在偏僻地方的团里服役,花钱比较少,但是一家人在奥特拉德诺耶还是过着那样的生活,尤其是米坚卡还是那样管理事务,结果债务每年都在无法遏止地增加着。老伯爵显然觉得唯一能有所帮助的办法是去担任公职,于是他便到彼得堡去谋差使;如同他说的那样,到那里去可以一面谋差使,一面也可最后一次让姑娘们开开心。

罗斯托夫一家到达彼得堡之后不久,贝格便向薇拉求婚,他的求婚被接受了。

在莫斯科,罗斯托夫一家属于上流社会,不过他们自己不知道而且也不考虑属于哪个社会,而到彼得堡后,跟他们交往的人变得混杂而不确定起来。在彼得堡,他们成了受到冷落的外省人,而冷落他们的,正是那些他们在莫斯科时不问属于哪个社会一律加以款待的人。

在彼得堡,罗斯托夫一家也像在莫斯科一样好客,到他们家吃晚饭的有各种不同的人:奥特拉德诺耶的邻居、家境并不富裕的老地主和他的女儿们,宫廷女官佩龙斯卡娅,皮埃尔·别祖霍夫和县邮政局长的一个在彼得堡当差的儿子等。在男人当中,鲍里斯、皮埃尔和贝格三人很快成为罗斯托夫在彼得堡的家里的常客,皮埃尔是老伯爵在街上碰到后拉进家里来的,而贝格整天整天地待在罗斯托夫家,对伯爵的大小姐薇拉大献殷勤,只有一个想要求婚的年轻人才能这样做。

贝格特意把他在奥斯特利茨战役中受伤的右手给大家看,左手完全不必要地握着剑。他反复地和起劲地给人家讲这件事,使得大家都相信这样做是合适的和应该的——于是贝格因在奥斯特利茨作战勇敢受过两次奖赏。

在芬兰战争①中,他也有立功表现。他捡起了打死总司令身旁的副官的榴弹弹片,把这弹片交给了长官。如同在奥斯特利茨战役之后一样,他长时间地和反复地给大家讲这件事,结果大家也都相信应该这样做——于是因参加芬兰战争贝格又获得两次奖赏。一八〇九年他已是获得勋章的近卫军大尉,在彼得堡弄到了几份特别好的美差。

虽然某些自由思想家在听到人们谈到贝格的优点时忍不住要发笑,但是不能不承认,贝格是一个受到长官赏识的勤奋勇敢的军官,是一个前程远大甚至具有稳固的社会地位的谦逊规矩的年轻人。

四年前,贝格在莫斯科剧院的池座里遇见一个也是德国人的同事,指着薇拉·罗斯托娃用德语对他说:"她将成为我的妻子"②——从那时起他就决定娶她。现在,在彼得堡,他考虑了罗

---

① 过去人们常常这样称呼一八〇八至一八〇九年的俄瑞战争。
② 原文为德文。

斯托夫一家的处境和自己的状况后,认为时机到了,便提出求婚。

贝格的求婚开头是带着一种对他来说并不愉快的疑虑被接受的。开头人们对这个利夫兰①的无名小贵族的儿子向罗斯托娃伯爵小姐求婚感到奇怪;但是贝格就其主要性格特点来说虽然自私,却又显得天真和温厚,于是罗斯托夫一家人不由得认为,既然他本人坚信这是一件好事,甚至是一件大好事,那么这就将是一件好事。同时罗斯托夫家的境况很不好,这一点求婚的人不可能不知道,而主要的是,薇拉已经二十四岁,她到处露面,尽管她无疑长得很漂亮,而且明白道理,但至今没有任何人向她求过婚。由于这些情况,便同意了。

"您要知道,"贝格对自己的同事说,他称此人为朋友,只是因为他知道所有的人都有朋友,"您要知道,这一切我都考虑过了,如果我没有经过周密考虑,觉得这还有某些不合适的地方,我是不会结婚的。而现在正好相反,我的爸爸妈妈生活都有了保障,我在波罗的海东部沿岸地区给他们安排了地租收入,而我和我的妻子在彼得堡靠我的薪俸,靠她的陪嫁和我的精打细算,生活能够过得去。能够过得很好。我不是为了钱才结婚的,我认为那样做是庸俗的,不过应当让妻子和丈夫都各自带来自己的一份。我有工作,而她有各种关系和一笔数目不大的钱。这在现在是很有用的,不是这样吗?而主要的是,她是一个美丽可敬的姑娘,而且爱我……"

---

① 利夫兰是十七世纪至二十世纪初拉脱维亚北部和爱沙尼亚南部这一地区的名称。

贝格脸红了，笑了笑。

"我也爱她，因为她明白事理，这种性格很好。而她的妹妹，同姓一个姓，却完全不一样，性格不好，也不懂事，就这样，您知道吧？……令人讨厌……而我的未婚妻……以后请您到我家来……"贝格接着说，他本来想说"来吃饭"，但是改变了主意，说了"来喝茶"，很快说出这句话后，他吐出了一个完全体现了他对幸福的梦想的小小的烟圈。

贝格的求婚最初在父母的心里引起了疑虑，这种感觉消失后，家里重新出现了在这种情况下常有的欢乐的节日气氛，但是欢乐不是发自内心的，而是表面的。一家人对待这桩婚事有一种慌乱不安和羞愧的感觉。他们现在仿佛为不那么爱薇拉和乐意让她快点出嫁而问心有愧。最感到不安的是老伯爵。他大概说不清他不安的原因，而实际上这原因就是他的经济状况。他完全不知道他拥有什么，他有多少债务，他能够给薇拉多少陪嫁。两个女儿生下来时，曾确定给每人三百名农奴作为陪嫁；但是在这些村子当中，一个已经被卖掉，另一个已抵押出去，而且已逾期未赎，要被拍卖了，因此把庄园作为陪嫁已不可能了。而现钱他又没有。

贝格订婚已一个多月了，离婚期只剩下一个星期，而伯爵还没有解决陪嫁问题，便和妻子商谈这件事。伯爵时而想把梁赞省的庄园分给薇拉，时而想卖掉一片树林，时而想去借贷。在举行婚礼前几天，贝格很早来到伯爵的书房，面带愉快的微笑恭恭敬敬地请未来的岳父对他说明，将要给薇拉伯爵小姐什么样的陪嫁。伯爵一听见这个他早就预料到的问题窘住了，不假思索地说出了他首先想到的话。

"你这么关心,我很高兴,很高兴,会叫你满意的……"

他拍了拍贝格的肩膀,站起身来,想要结束谈话。但是贝格仍愉快地微笑着,解释道,如果他不能确切知道将给薇拉什么,如果事先不能拿到答应给她的陪嫁中的哪怕一部分,那么他就只好不结婚了。

"因为,伯爵,您想想看,如果我在没有一定财产来养活自己的妻子的情况下就轻率地结婚,那么我就太不负责任了……"

谈话结束时,伯爵为了显示慷慨大方和避免听到新的请求,说他将给一张八万卢布的期票。贝格温和地笑了笑,吻了吻伯爵的肩膀说,他非常感谢,但是如果拿不到三万现金,他现在无论如何也安排不好新的生活。

"哪怕先给两万,伯爵,"他补充说,"而期票只开六万就行了。"

"好,好,就这样,"伯爵急忙说,"不过要请你原谅,我的朋友,我给你两万,除此之外,仍给你一张八万的期票。就这样,你过来吻我吧。"

十 二

娜塔莎十六岁了,现在是一八○九年,也就是四年前她和鲍里斯接吻后扳着指头数到最后的那一年。从那时起,她一次也没有见过鲍里斯。在索尼娅和母亲面前,每当谈起鲍里斯时,她像谈一件早已解决的事情一样,说话毫不拘束,说以前的事完全是孩子气,不值一提,早已忘记了。但是在她内心深处,她过去对鲍里斯说的话是一时的戏言还是重要的、具有约束力的诺言的问题，一直折磨着她。

鲍里斯自从一八〇五年离开莫斯科前去从军以来，一直没有见过罗斯托夫一家人。他几次去过莫斯科，也曾在离奥特拉德诺耶不远的地方经过，但是一次也没有去看望他们。

娜塔莎有时想，这是因为他不愿意见到她，她的这些猜想为长辈们谈到他时的感伤语气所证实。

"现在这个世道，都不记得老朋友了。"伯爵夫人在有人提到鲍里斯时接过来说。

安娜·米哈依洛夫娜最近到罗斯托夫家来的次数少了，她也摆出特别自尊的样子，在谈到鲍里斯的长处和他目前的好差使时，每一次都非常兴奋和充满感激之情。现在罗斯托夫一家来到彼得堡后，鲍里斯便来拜访他们。

他来看他们时内心不无激动。关于娜塔莎的回忆是鲍里斯的最富有诗意的回忆。但是与此同时，他是抱着一种明确的意图来的，要让她和她的父母都感觉到，儿童时代他和娜塔莎之间的关系，无论对娜塔莎还是对他自己来说，都不能成为承担什么义务的依据。由于他和别祖霍娃伯爵夫人关系亲密，在社交界占有一个令人羡慕的地位；由于受到一位完全信任他的重要人物的庇护，他在仕途上也十分顺利，现在他已有了娶一个彼得堡最富有的姑娘的计划，看来这计划能够很容易地实现。当鲍里斯走进罗斯托夫家的客厅时，娜塔莎在自己的房间里。她得知他来了，霎时满脸通红，几乎是跑进客厅的，脸上露出十分亲切的微笑。

鲍里斯记得的是四年前的娜塔莎，那时她穿着短短的连衣裙，鬈发下面两只黑眼睛闪闪发亮，不时发出孩子气的狂笑，因此当一个完全不同的娜塔莎进来时，他感到困惑，脸上出现了又惊又喜的表情。娜塔莎见了这种表情，心里很高兴。

"怎么，认出你小时候的那个淘气的老朋友来了？"伯爵夫人说。鲍里斯吻了吻娜塔莎的手说，她的变化使他感到吃惊。

"您变得多么漂亮！"

"那还用说！"娜塔莎炯炯有神的眼睛似乎在这样说。

"爸爸见老了吧？"她问。娜塔莎坐了下来，没有参加鲍里斯和伯爵夫人的谈话，默默地看着童年时代的意中人，看得很仔细。鲍里斯感觉到了这种紧紧盯着自己的亲切目光的压力，不时地朝她看看。

鲍里斯的制服、马刺、领带、发式都是最时髦的和体面的。这一点娜塔莎立刻就看出来了。他稍稍侧着身子在伯爵夫人身旁的圈椅里坐着，用右手拉拉紧套在左手上的一尘不染的手套，姿势特别优美地抿着嘴，讲着彼得堡上流社会的娱乐活动，带着轻微的讥讽回忆莫斯科的往事和莫斯科的熟人。娜塔莎觉得，他在谈到上层贵族时，并不是无意地提起他曾经参加的公使举行的舞会以及 NN 和 SS 的邀请。

娜塔莎一直默默地坐在那里，皱着眉头看着他。这个目光愈来愈使鲍里斯感到不安和发窘。他更加频繁地回头看娜塔莎，说话变得断断续续。他坐了一会儿，时间不超过十分钟，便站起来告辞了。娜塔莎的那双好奇的、挑衅性的和略带讥讽的眼睛仍然看着他。在第一次拜访后鲍里斯对自己说，娜塔莎还完全像以前那样对他有很大吸引力，但是他不应该沉湎于这种感情，因为娶她——娶一个几乎没有陪嫁的姑娘——会毁了他的前程,而不想娶她而恢复过去的关系,是一种不高尚的行为。鲍里斯暗自决定避免和娜塔莎见面,然而他虽然做了这样的决定,可是过不了几天又去了,而且去的次数愈来愈多,整天整天地待在罗斯托夫家里。他觉得需要和娜塔莎进行解释,对她说,过去的事应当忘掉,不管怎么样……她不能成为他的妻子,他没有财产,他们永远不会让她嫁给他。但是他一直未能做这样的解释,而且也觉得不好意思开口。他一天天地愈来愈陷入难以自拔的境地。照母亲和索尼娅的看法,娜塔莎似乎仍旧爱着鲍里斯。她唱他喜爱的歌给他听,把自己的纪念册给他看,要他在那上面题词,不让他提起过去的事,要他明白现在是多么美好;而他每天离开时脑子里总是迷迷糊糊的,没有说出他打算说的话,自己也不知道在做什么,是为了什么来的,这会有什么结果。鲍里斯不到埃莱娜那里去了,每天都收到她责备的信,然而他仍然整天整天地待在罗斯托夫家里。

十 三

一天晚上,老伯爵夫人戴着睡帽和穿着短衫,没有戴假发,从白棉布睡帽里露出一绺稀疏的头发,唉声叹气地跪在小地毯上磕着头,做着晚祷,这时只听得房门咯吱响了一声,娜塔莎光着脚穿着便鞋跑了进来,她也穿着短衫,头上扎着卷发纸。伯爵夫人回头看了一眼,皱起了眉头。她正在念最后一句祷词:"难道这张床将成为我的坟墓吗?"她做祈祷的情绪被破坏了。满面通红、兴致勃勃地跑进来的娜塔莎看见母亲在做祈祷,突然停住了脚步,蹲了下来,不由自主地伸了一下舌头,好像在吓唬自己似的。她发现母亲在继续做祈祷后,便踮着脚尖跑到床跟前,很快地用一只小脚蹭了一下另一只小脚,甩掉便鞋,跳到那张伯爵夫人担心成为她的坟墓的床上。这张床很高,铺着羽绒褥子,床上的五个枕头一个比一个小。娜塔莎跳上去后,便埋进羽绒褥子里,滚到墙边,钻进被子里,在被子底下折腾起来,把膝盖朝下巴颏弯,踢着双腿,轻轻地笑着,时而用被子蒙住头,时而探出头来看看母亲。伯爵夫人做完祈祷,板着脸走到床铺前面;看见娜塔莎用被子蒙着头,便慈祥地微微一笑。

"行了,行了,行了。"母亲说。

"妈妈,可以和您谈一谈吗?"娜塔莎说,"让我亲一下您的脖子,再亲一下,就够了。"于是她搂住母亲的脖子,在她下巴颏底下吻了一下。娜塔莎对母亲的动作表面上似乎显得很粗笨,而实际上却很敏捷和灵活,不管她如何用双手搂住母亲,她总是能够做到使母亲不感到痛,不觉得难受和不舒服。

"今天要谈什么呀?"母亲问道,这时她已枕着枕头躺好,而娜塔莎踢踢腿,身子翻滚了两下,翻到她身旁躺下,和她合盖一条被子,伸出双手,脸上摆出严肃的表情。

娜塔莎常在晚上趁伯爵从俱乐部回来之前来找母亲说话,这是母女两人最大的乐事之一。

"今天要谈什么呀?我可要对你说……"

娜塔莎用手捂住了母亲的嘴。

"说鲍里斯的事……我知道,"她严肃地说,"我就是为这事来的。您别说了,我知道。不,您还是告诉我吧!"她放下了手,"告诉我,妈妈。他可爱吗?"

"娜塔莎,你已十六岁了,我在你这个年纪已经出嫁了。你说鲍里斯可爱。他非常可爱,我像爱儿子一样爱他,但是你要怎么样呢?……你在想些什么?你把他弄得神魂颠倒了,我看到了这一点……"

说到这里,伯爵夫人朝女儿看了一眼。娜塔莎躺着,眼睛直瞪瞪地和一动不动地看着前面床角上用红木雕成的狮身人面像,因此伯爵夫人只看到女儿的脸的侧面。这张脸上特别严肃和专注的表情使伯爵夫人感到吃惊。

娜塔莎一面听着,一面思考着。

"那又怎么样呢?"她说。

"你弄得他神魂颠倒,为了什么呢?你要他怎么样?你知道,你不可能嫁给他。"

"因为什么?"娜塔莎没有改变姿势,说道。

"因为他年轻,因为他穷,因为他是亲戚……因为你自己也并不爱他。"

"您怎么知道的?"

"我知道。这样不好,我的孩子。"

"如果我愿意……"娜塔莎说。

"别再说蠢话了。"伯爵夫人说。

"如果我愿意……"

"娜塔莎,我严肃地……"

娜塔莎没有让伯爵夫人说完,把她的一只大手拉过来,吻了吻手背，又吻手心，接着把手翻过来，吻手指上边的关节，然后吻中间的地方，最后又吻关节，嘴里低声地数着："一月，二月，三月，四月，五月。"

"您说吧，妈妈，您为什么不说话？说吧。"娜塔莎央求道，她转过脸看着母亲，这时母亲正用亲切的目光望着女儿，仿佛因为进行这样的观察而忘记了她想要说的话。

"这不合适，我的宝贝。不是所有的人都能理解你们童年的关系的，而看见他与你这样亲近，常来我们家的年轻人会对你产生不好的看法，而主要的，这是白白地折磨他。他也许已经找到了合乎自己心意的有钱的对象；而现在他像发了疯似的。"

"发了疯似的？"娜塔莎重复道。

"我给你讲讲我自己过去的事。我有一个表兄……"

"我知道——基里拉·马特维依奇，这不是一个老头子吗？"

"他并不是从来就是老头子。听我说，娜塔莎，我找鲍里斯谈谈。他不应该这样经常地到我家来……"

"既然他愿意，为什么不应该来？"

"因为我知道，这不会有什么结果。"

"您怎么知道的？不，妈妈，您不要对他说。不许您对他说。真不讲道理！"娜塔莎说，听她的口气，仿佛有人要夺走她的财产似的。"好吧，我不嫁人了，就让他来吧，要是他和我都感到高兴的话。"娜塔莎微笑着，两眼看着母亲。

"不嫁人了，**就这样**。"她重复了一句。

"这是什么意思，我的孩子？"

"**就这样**。没有必要让我嫁人，而……**就这样**。"

"就这样,就这样。"伯爵夫人重复着这句话,突然笑得浑身抖动起来,而且这老人的笑声是和善的。

"够了,别笑了,"娜塔莎喊叫起来,"笑得整个床都颤动了。您也太像我了,同样爱哈哈大笑……等一下……"她抓起伯爵夫人的两只手,吻了吻一只手中指的关节——这是六月,接着吻另一只手上的七月、八月。"妈妈,他很可爱吗?照您看来怎么样?过去也有人这样爱过您吗?他非常可爱,非常、非常可爱!只不过不完全合我的口味——他是细长型的,像餐厅里的钟……您明白吗?……细长,您知道,灰色,颜色很浅……"

"你胡扯些什么呀?"伯爵夫人说。

娜塔莎接着说:

"难道您不明白?要是尼科连卡,他就明白了……别祖霍夫是蓝色的,深蓝色透红,他是四角形的。"

"你也对他撒娇吗?"伯爵夫人微笑着问。

"不,他是共济会员,我打听到了。他这人很好,深蓝色透红的,这怎么给您讲清楚呢……"

"伯爵夫人,"门外传来了伯爵的声音,"你还没有睡吗?"娜塔莎光着脚跳下床,一把抓起便鞋,跑到自己房间里去了。

她很久未能入睡。她一直这样想,任何人无论如何也理解不了她所理解的一切和她内心的一切。

"索尼娅能吗?"她看着这只拖着一条大辫子、蜷缩着身子睡觉的小猫想道,"不,她哪里理解得了!她品德高尚。她爱上了尼科连卡,别的事情什么也不想知道了。就连妈妈也不理解。真奇怪,我是多么聪明,而且……她是多么可爱。"她接着说,开始用第三人称来谈论自己,设想这是一个很聪明、很聪明和很好的男人在谈论她……"她身上什么、什么都有,"这个男人接着说,"她异常地聪明,可爱,而且漂亮,异常地漂亮,灵巧,——游泳、骑马样样都很出色,还有那嗓子!可以说,异常优美动听!"她唱了她喜爱的凯鲁比尼①歌剧中的一个乐句,扑到床上,高兴地想到她马上就能睡着,便笑了起来,叫杜尼亚莎吹灭蜡烛;可是杜尼亚莎还没有来得及走出房间,她已到了另一个更加幸福的梦幻的世界,在那里一切都像现实生活中那样轻松和美好,不过因为是另一种样子,就显得更好。

第二天,伯爵夫人把鲍里斯请来,同他谈了话,从那天起,他就不再到罗斯托夫家来了。

十 四

在一八一〇年新年前夕的十二月三十一日,即在除夕那一天,一位叶卡捷琳娜时代的元老家里举行舞会。外交使团和皇上都将参加。

在英国滨河街上,这位元老的著名府第装饰着无数闪闪发光的彩灯。在灯火通明、铺着红地毯的大门口警卫森严,执勤的不仅有宪兵,而且有警察局长和几十名警官。马车来来往往,一批

---

① 凯鲁比尼(一七六〇至一八四二年),意大利作曲家。

刚走，又来了一批，这些马车有身穿红色号衣和头戴带羽饰的帽子的仆人跟着。从马车里走出一个个穿着制服、佩戴星章和绶带的男人；而身穿缎子衣服和白鼬皮大衣的女士们则小心翼翼地踩着啪的一声放下来的踏板下来，匆匆忙忙地和无声地从铺在大门口的地毯上走过。

几乎每到一辆马车，人群里都发出低语声，许多人摘下了帽子。

"是皇上吗？……不，是大臣……亲王……公使……你难道没有看见羽饰吗？……"人群里有人这样说。一个穿戴得比谁都好的人似乎什么人都认识，说着当时最显赫的大官们的名字。

三分之一的客人已经到了，可是也接到参加这次舞会的邀请的罗斯托夫一家人还在忙着进行穿打扮。

在罗斯托夫家里，对这次舞会谈论过多次，做了许多准备，有过很多忧虑，生怕接不到邀请，担心衣服来不及准备齐全，一切不能按照要求安排好。

罗斯托夫一家人将在玛丽亚·伊格纳季耶夫娜·佩龙斯卡娅陪同下参加舞会，她是伯爵夫人的朋友和亲戚，前朝的宫廷女官，长得面黄肌瘦，现在负责指导外省人罗斯托夫一家在彼得堡上流社会的活动。

罗斯托夫一家应在晚上十点到塔夫里达花园去接宫廷女官；这时已是十点差五分，而小姐们还没有穿好衣服。

娜塔莎是她的一生中第一次参加大型舞会。这一天她早晨八点就起床了，整天都处于兴奋不安和狂热的状态之中。从大清早起，她的全部精力都用在一件事情上：要把她自己、母亲和索尼娅打扮得好得不能再好。索尼娅和伯爵夫人完全听从她的摆布。

伯爵夫人应当穿紫红色丝绒连衣裙,两位小姐则在粉红色绸衬裙外面穿白色薄纱连衣裙,上身佩戴玫瑰花。头发应梳成希腊式。

所有重要的事已经做了:脚、手、脖子、耳朵都按照参加舞会的要求特别仔细地洗过,喷了香水和扑了粉;脚上已穿上了透花的丝袜和带蝴蝶结的白色缎鞋;头发也差不多梳好了。这时索尼娅已穿好了衣服,伯爵夫人也一样;但是一直为大家忙活的娜塔莎却落到了后面。她瘦削的肩上披着宽大的罩衫,还坐在镜子前面。已穿好衣服的索尼娅站在房间中央,用大头针使劲地别最后一条缎带,弄得她纤细的手指都疼了。

"不是那样的,不是那样的,索尼娅!"正在梳头的娜塔莎转过头来说,她一把抓住帮她梳头的女仆还未来得及放手的头发,"蝴蝶结不是那样打的,过来。"索尼娅蹲了下来。娜塔莎用另一种方式别好缎带。

"对不起,小姐,不能那样。"握着娜塔莎头发的女仆说。

"唉,我的上帝,等一会儿再说!就这样,索尼娅。"

"你们快好了吧?"传来了伯爵夫人的声音,"现在已十点钟了。"

"马上就好,马上就好。您准备好了吗,妈妈?"

"就剩下扎牢帽子了。"

"等我来给您扎,"娜塔莎喊道,"您不会!"

"可是已经十点了。"

原来决定十点半到舞会上,而现在还要等娜塔莎穿好衣服以及到塔夫里达花园去接宫廷女官。

娜塔莎梳好头后,穿着露出舞鞋的短裙和母亲的短衫,跑到索尼娅跟前,检查了一下她的装束,然后朝母亲跑去。她把母亲的头转过来转过去，给她扎好了帽子，匆匆地吻了吻她灰白的头发，又跑到给她缝裙子的女仆身边。

问题出在娜塔莎的裙子太长上；两个女仆缭好了裙子的下摆，急忙咬断线头。第三个女仆嘴里衔着大头针，从伯爵夫人那里跑向索尼娅；第四个高高举着全套薄纱连衣裙。

"玛夫鲁莎，快点，亲爱的！"

"把那里的顶针递给我，小姐。"

"总该快好了吧？"伯爵从门外进来说，"这是给你们的香水。佩龙斯卡娅一定已等急了。"

"好了，小姐。"女仆说，她用两个手指提起缝好的薄纱连衣裙，吹着和抖着什么，仿佛想用这个动作显示她提着的东西的轻柔和洁净似的。

娜塔莎开始穿连衣裙。

"等一等，等一等，别进来，爸爸！"她对打开门的父亲喊道，这时她的整个脑袋还套在薄纱裙子里。索尼娅啪的一声关上门。过了一会儿放伯爵进来了。他身上穿着蓝色燕尾服，脚上穿着长统袜和半高勒皮鞋，洒了香水，抹了头油。

"爸爸，你真漂亮，美极了！"娜塔莎站在房间中央，整理着薄纱裙子的褶儿说。

"对不起，小姐，等一下。"正跪在地上把裙子抻平整的女仆说，她用舌头把嘴里的大头针从一边挪到另一边。

"你爱这样就这样吧，"索尼娅打量了一下娜塔莎的连衣裙，失望地大声说，"你爱这样就这样吧，还是太长！"

娜塔莎往后退了几步，以便照一照窗间的镜子。裙子确实太长。

"真的,小姐,一点也不长。"跟在娜塔莎后面在地上爬着的玛夫鲁莎说。

"好吧,既然说长了,那就缭高一些,一会儿就缭好了。"杜尼亚莎果断地说,她取下别在胸前手绢上的针,跪在地上开始干起来。

这时,伯爵夫人头戴高筒帽,身穿丝绒连衣裙,迈着轻盈的脚步,羞怯地走了进来。

"喔唷!我的美人!"伯爵喊叫起来,"比谁都漂亮!……"他想要拥抱她,但是她红着脸躲开了,怕弄皱了衣服。

"妈妈,帽子再侧一点,"娜塔莎说,"我要重新扎一下,"说着冲向前去,而给她缝裙子的女仆们来不及跟她冲过去,扯下了一小块薄纱。

"我的上帝!这是怎么搞的?真的,不能怪我……"

"没有什么,我来缝上,看不出来的。"杜尼亚莎说。

"美人儿,我的小公主!"保姆从门外进来,说,"啊,还有索纽什卡①,全是美人儿!……"

十点一刻,大家终于坐上马车走了。但是还需要到塔夫里达花园去一趟。

佩龙斯卡娅已准备好了。虽然她年老色衰,但是也像罗斯托夫一家人那样进行了梳洗打扮,不过并不那么手忙脚乱(对她来说,这是习以为常的事),她也把自己衰老的和不好看的身体洗干净,洒了香水,扑了粉,也仔细地洗擦了耳朵背后,甚至也像在罗斯托夫家里那样,当她穿着绣有花字的黄色连衣裙来到客厅时,

---

① 索纽什卡是索尼娅的爱称。

年老的女仆们对女主人的衣着非常赞赏。佩龙斯卡娅夸奖了罗斯托夫一家人的打扮。

罗斯托夫一家人也赞扬了她的鉴赏力和穿戴，小心地护着自己的发式和衣服，于十一点钟坐上几辆马车去参加舞会了。

十 五

娜塔莎从这天早晨起就没有一分钟空闲的时间，她一次也没有来得及想一下她面临的事。

在潮湿阴冷的空气中，在颠簸着的拥挤昏暗的马车里，娜塔莎第一次生动地想象出她将在舞会上，在灯火辉煌的大厅里见到什么——在她想象中出现的是音乐、鲜花、跳舞、皇上和彼得堡全体出色的青年。她将要见到的一切是那么的美好，她甚至不相信会有这样的事，因为这与马车里的寒冷、拥挤和黑暗很不相称。她直到踏着大门口的红地毯进了前厅，脱下大衣，和索尼娅并肩走在母亲前面，登上灯光明亮、两边摆着鲜花的楼梯时，才知道她将要看到的一切。直到那时她才想起她在舞会上应有什么样的风度，于是竭力摆出她认为一个姑娘在舞会上必须有的端庄姿态。但是幸好她很快觉得眼花缭乱，什么东西也看不清楚，她的脉搏达到一分钟一百次，血也往心脏里涌。因此她无法保持那种会使她显得可笑的姿态，激动得气都要喘不过来了，同时竭力想掩饰自己的激动。而对她来说这正是最合适的姿态。在她们的前面和后面，进来的客人也都低声交谈着，也都穿着舞服。楼梯上的镜子照出了穿着白色、浅蓝色、粉红色的连衣裙,在裸露的手上和脖子上戴着钻石和珍珠首饰的女士们的倩影。

娜塔莎看着镜子,无法把镜子里的自己与别人区别开。一切都汇合成为一个鲜艳夺目的行列。在走进第一个大厅时,那种不紧不慢的大声说话声、脚步声和寒暄声震聋了娜塔莎的耳朵;灯光和闪光更使她目眩。男女主人已在门口站了半个钟头,他们对进来的人说着同样的话:"见到您非常、非常高兴。"——他们也这样迎接罗斯托夫一家和佩龙斯卡娅。

两个姑娘穿着白色连衣裙,乌黑的头发上戴着同样的玫瑰花,用同样的姿势行屈膝礼,女主人不由得把目光在身材苗条的娜塔莎身上停留得久一些。她看了看她,作为女主人,一般地笑了笑,另外还特别对她一个人微微一笑。女主人看着她也许回忆起了自己一去不复返的少女的黄金时代,回忆起了自己参加的第一次舞会。男主人也目送着娜塔莎,并问伯爵哪一个是他的女儿。

"真可爱!"他吻了吻自己的指尖说。

大厅里人们都挤在门口,等候着皇上。伯爵夫人站在这个人群的前排。娜塔莎听到和感觉到几个人在打听她和看着她。她知道那些注意她的人都喜欢她,这个观察使她心里变得平静了些。

"有跟我们一样的人,也有不如我们的。"她想道。

佩龙斯卡娅向伯爵夫人指点着舞会上最重要的人物。

"这是荷兰公使,看见了吗,白头发。"佩龙斯卡娅指着一个满头拳曲的银发的小老头说。那老头被女士们围住,不知为什么逗得她们笑个不停。

"瞧,那是彼得堡的女皇,别祖霍娃伯爵夫人。"她又指着进门的埃莱娜说。

"真漂亮！不比玛丽亚·安东诺夫娜①差；你看，老老少少都跟在她后面转。又漂亮，又聪明。听人说，亲王……被她弄得快要发疯了。而这两位虽然不漂亮，可是围着她们转的人却更多。"

说这话时指着一位带着长得不好看的女儿走过大厅的太太。

"这是一个有数百万陪嫁的姑娘，"佩龙斯卡娅说，"瞧，那都是追求她的人。"

"这是别祖霍娃的哥哥阿纳托利·库拉金。"她指着一个英俊的近卫重骑兵团军官说，这时那人正从她们身旁走过，高高地抬起头，越过女士们朝一个地方看着。"真漂亮！不是吗？听人说，要让他娶那个有钱的姑娘。还有您的那个表亲德鲁别茨科依也在拼命追她。据说她有几百万陪嫁。当然啰，这是法国公使。"她在伯爵夫人问科兰古是什么人时回答道，"瞧，那样子简直像沙皇一样。不过还是可爱的，法国人都很可爱。在社交界没有更可爱的了。瞧，她来了！不，还是我们的玛丽亚·安东诺夫娜比谁都美！穿得多么朴素。美极了！"

"而这个戴眼镜的胖子是世界共济会员，"佩龙斯卡娅指着别祖霍夫说，"让他和他的妻子站在一起，简直像一个可笑的小丑！"

皮埃尔晃动着肥胖的身体，推开人群走着，也那么漫不经心地、和善地朝左面和右面点点头，好像走在集市的人群里一样。他在人群里挤着，显然是在寻找什么人。

---

① 玛丽亚·安东诺夫娜指纳雷什金娜（一七七九至一八五四年），著名的美人，亚历山大一世的情妇。

娜塔莎高兴地看着被佩龙斯卡娅称为可笑的小丑的皮埃尔的那张熟悉的脸，不知道皮埃尔正在人群中寻找她们，尤其是在寻找她。皮埃尔答应她也来参加舞会，并要给她介绍舞伴。

但是皮埃尔还没有走到她们那里，就在一个穿白色制服、身材不高的漂亮黑发男人身旁停住了脚步，那人站在窗口正在跟一个佩戴星章和绶带的高个子男人交谈。娜塔莎立即认出了那个穿白色制服、身材不高的年轻人，这是鲍尔康斯基，她觉得他年轻、快活和漂亮多了。

"瞧，又是一个熟人，鲍尔康斯基，看见了吗，妈妈？"娜塔莎指着安德烈公爵说，"记得吗，他曾在奥特拉德诺耶咱们家宿过夜。"

"啊，你们认识他？"佩龙斯卡娅说，"我很不喜欢他。现在他可趾高气扬了。骄傲得不得了！变得像他爹一样。和斯佩兰斯基拉上了关系，在搞什么方案。您瞧他对女士们的那种态度。她在和他说话，而他却转过脸去。"她指着他说，"假如他像对待这些女士那样对待我，我非痛骂他一顿不可。"

十 六

突然全场骚动起来，人群开始交头接耳，一齐向前挤，又从中分开，皇上在乐队奏起的乐曲声中从分成两行的人群中间走进来。男女主人跟在他后面。皇上不断朝左右两边点头致意，他走得很快，仿佛竭力想让会见的最初时刻快点过去似的。乐师们演奏当时因颂扬他的歌词而出名的波兰乐曲。歌词的开头是这样的：

"亚历山大,伊丽莎白,你们令我们赞叹不已。"皇上进了客厅,人群朝门口拥过去;几个人急忙走进去又退回来,脸色都变了。人群又从客厅门口拥回来,因为皇上又在客厅里露面,跟女主人说着话。一个年轻人带着慌张的表情朝女士们走过去,请求她们让开。有几位女士看样子完全忘记了上流社会的规矩,不顾弄坏自己的穿戴,直往前挤。男人们开始朝女士们身边走去,结成跳波兰舞的对子。

大家都让开了,皇上微笑着,拉着女主人的手,不合音乐节拍地从客厅里走出来。跟在他后面的是男主人和玛·安·纳雷什金娜,然后是公使们、大臣们和各位将军,佩龙斯卡娅不停地说着他们的名字。一半以上的女士都有了舞伴,她们已经跳起了或准备跳波兰舞。娜塔莎觉得她跟母亲和索尼娅留在了被挤到墙边和没有被邀请跳波兰舞的少数女士们中间。她垂下纤细的双手站着,稍稍隆起的胸脯均匀地一起一伏,屏住气,用惊恐的闪闪发亮的眼睛望着自己面前,脸上带着准备经受巨大的欢乐和巨大的痛苦的表情。无论是皇上还是佩龙斯卡娅指点的那些重要人物,她都不感兴趣,她心里只有一个想法:"难道谁也不来邀请我,难道我不能在第一轮跳舞了,难道所有这些男人都不会注意我?这些人现在好像没有看见我似的,即使他们看着我,那神气也好像在这样说:'啊!这不是我要找的人,因此没有什么好看的!'不,这样可不行!"她想道,"他们应该知道我是多么想跳舞,我跳得有多好,他们同我跳舞将会多么快乐。"

波兰舞的乐曲延续了相当长的时间,后来响起了忧郁的声音,娜塔莎听起来觉得好像在回忆什么。她直想哭。这时佩龙斯卡娅已离开了她们。伯爵在大厅的另一头，伯爵夫人、索尼娅和她孤零零地在这陌生的人群里站着，就像在树林里一样，谁也不对她们感兴趣，谁也不需要她们。安德烈公爵和一位女士从她们面前经过，显然没有认出她们。美男子阿纳托利微笑着，对他的舞伴说着什么，好像看墙壁似的朝娜塔莎的脸看了一眼。鲍里斯两次从她们面前经过，每一次都转过脸去。贝格和妻子没有跳舞，走到了她们跟前。

娜塔莎觉得自家的亲戚在这里的舞会上聚在一起会惹人耻笑，使人觉得好像除了在舞会上以外没有别的聊家常的地方似的。她没有听，也没有看正在给她讲自己的绿衣服的薇拉。

最后皇上在他的最后一个舞伴身旁站住了（他同三个人跳了舞），音乐声停止了；一个放心不下的副官朝罗斯托夫家的女眷跑过去，请求她们再往什么地方让一下，虽然这时她们已站在墙根；接着从大厅的敞廊传来了华尔兹舞曲的清晰细腻、匀整而引人入胜的声音。皇上面带微笑看了大厅一眼。一分钟过去了，还没有任何人起舞。主持舞会的副官走到别祖霍娃伯爵夫人跟前，请她跳舞。她带着微笑抬起一只手，放到副官肩上，眼睛并不看他。主持舞会的副官是一个跳舞的行家，他紧紧搂住舞伴，稳稳当当地、从容不迫和有节奏地先和舞伴跳了个滑步，沿着边走，到大厅的角落里时抓起舞伴的左手，把她的身子转过来，由于乐曲声愈来愈快，只听得见副官快速转动的灵巧的双脚上马刺的碰撞声，每过三个小节到要转动时，他的舞伴的丝绒的连衣裙飘动起来，像火焰一样。娜塔莎看着他们，几乎要哭出来，因为不是她在跳这第一轮华尔兹。

安德烈公爵身上穿着白色的上校制服（骑兵的），脚上穿着长统袜和半高勒皮鞋，兴致勃勃、高高兴兴地站在圆圈的前排离罗斯托夫家的女眷不远的地方。菲尔戈夫男爵正在和他谈论定于明天召开的第一次国务会议。安德烈公爵与斯佩兰斯基很接近，并且参加立法委员会的工作，可以提供有关明天的会议的可靠消息，而关于这次会议已有各种各样的传说。但是他没有听菲尔戈夫说话，时而看看皇上，时而看看想要跳舞但下不了出场的决心的男人们。

安德烈公爵观察着这些在皇上面前显得胆怯的男人和屏住气等着别人邀请的女士们。

皮埃尔走到安德烈公爵面前，抓住他的一只手。

"您一向喜欢跳舞。受我保护的罗斯托夫家二小姐在这里，去请她跳舞吧。"他说。

"在哪里？"鲍尔康斯基问。"对不起，"他对男爵说，"这个问题我们另找一个地方再谈，在舞会上应当跳舞。"他朝皮埃尔指的方向朝前走。娜塔莎的绝望的和紧张的脸引起了他的注意。他认出了她，猜到了她的心情，知道她是初次参加舞会，想起了她在窗台上说的话，于是脸上带着快乐的表情走到了罗斯托娃伯爵夫人面前。

"让我来向您介绍一下我的女儿。"伯爵夫人红着脸说。

"如果伯爵夫人记得我的话，我已荣幸地认识了。"安德烈公爵彬彬有礼地深深鞠了一躬，这完全与佩龙斯卡娅说他粗鲁的说法相反，他还没有说完邀请跳舞的话，便朝娜塔莎走过去，抬起手去搂她的腰。他请她跳一圈华尔兹舞。娜塔莎脸上的那种随时都可能表现出绝望和欣喜的紧张表情消失了，突然露出了幸福的、感激的和孩子气的微笑。

"我早就在等着你了。"这个又惊又喜的小姑娘含着眼泪露出的微笑似乎在这样说,她抬起手搭到安德烈公爵肩上。他们是上场的第二对。安德烈公爵是当时跳舞跳得最好的人之一。娜塔莎也跳得很出色。她的那双穿着缎子舞鞋的小脚轻快地和不由自主地跳动起来,而她的脸容光焕发、喜气洋洋。她的裸露的脖子和手臂与埃莱娜的双肩相比,显得瘦小和不大漂亮,她的肩膀是瘦削的,胸脯还不丰满,两臂是纤细的;但是埃莱娜的身体已被几千双眼睛观赏过,仿佛已抹上了一层清漆一样,而娜塔莎使人觉得是一个小姑娘,她初次袒胸露臂,要不是人们使她深信非这样做不可,她是会感到非常害羞的。

安德烈公爵喜欢跳舞,但是大家都来和他谈政治和费脑筋的问题,因而希望赶快摆脱这些谈话,同时也希望快点打破因皇上在场而产生的使他觉得很不舒服的拘谨局面,便开始跳起舞来。他选定娜塔莎当舞伴是因为皮埃尔让他去找她,同时也因为在漂亮的女士中他第一个看到的是她;但他刚搂住这个姑娘的灵活的、颤动着的细腰,她就在他身边跳动起来,在离他很近的地方粲然一笑,这时她的魅力像酒力一样冲上了他的头,而当他喘了口气,放开她,停住脚步,开始看别人跳舞时,他觉得自己充满活力,变得年轻了。

十 七

在安德烈公爵之后,鲍里斯走到娜塔莎跟前,请她跳舞;来请她跳舞的还有第一个上场的跳舞跳得很好的副官以及几个年轻人,于是娜塔莎把自己多余的舞伴让给索尼娅,心里非常高兴,满脸通红,不停地跳了整整一个晚上。在这个舞会上大家感兴趣的事,她一点也没有注意,一点也没有看到。她不仅没有注意到皇上和法国公使谈了很久,并且特别对一位女士恩宠有加,没有注意到某某亲王和某某人做了什么和说了什么,埃莱娜大受赞赏,得到了某某人的特别关照;她甚至没有看见皇上,后来觉得舞会更加热闹了,这才发觉皇上已经走了。在晚餐前,安德烈公爵又和她跳了一种快乐的法国花式舞①,他对她提起在奥特拉德诺耶的林荫道上的首次见面,提起她在月夜无法入睡,而他无意中听见她说话的事。娜塔莎在他提起这些事时脸红了,竭力为自己辩护,好像安德烈公爵无意中听到的她表达感情的话里有什么令人羞愧的东西似的。

安德烈公爵像所有在上流社会长大的人一样,喜欢在上流社会里看到不带有这个社会的共同印记的现象。娜塔莎就是这样的,她的惊奇、快乐和羞怯的表情,甚至她说法语时出的错,也都是如此。他对她的态度和说话的语气非常亲切和小心。安德烈公爵坐在她身旁,和她谈论着最普通的和无关紧要的小事,欣赏着她的眼睛发出的快乐的光芒和微笑中流露出的喜悦,她的笑容与谈话内容无关,是她内心的幸福感觉的表现。当人们请娜塔莎跳舞,她微笑着站起身来在大厅里翩翩起舞时,安德烈公爵特别欣赏她那羞怯的姿态。在法国花式舞的中途,她跳完了一段,还在呼哧

---

① 法国花式舞类似华尔兹,不过舞步多变,速度较快。

呼哧地喘着粗气,刚要回到自己的位置上,一个新的舞伴又来邀请她。她累得喘不过气来了,看来想要谢绝,但是立刻又抬起手搭到舞伴肩上,同时转过头对安德烈公爵笑了笑。

"我很乐意休息一下,陪您坐一会儿,我累了;但是您知道人们都邀请我,我很高兴,很幸福,我喜欢所有的人,这一切咱们俩都是知道的。"这微笑除了表示这一点外,还表示许多许多别的意思。当舞伴放开她时,她穿过大厅跑去请两位女士跳下面的几段舞。

"如果她先去找表姐,然后再找另一位女士,那么她将成为我的妻子。"安德烈公爵看着她,完全出乎意料地自己对自己说。果然她先走到了表姐面前。

"有时脑子里会出现多么荒唐的想法!"安德烈公爵想道,"但是有一点是可以完全肯定的,这个姑娘这样可爱,这样特殊,她在这里跳舞跳不了一个月,准会找到对象出嫁。这样的姑娘在这里是难得见到的。"他想,这时娜塔莎整着胸前的玫瑰花,正要在他身旁坐下。

在法国花式舞快要跳完时,穿着蓝色燕尾服的老伯爵走到了跳舞的人跟前。他邀请安德烈公爵到他家做客,并问女儿玩得可快活。娜塔莎没有回答,只笑了笑,那笑容仿佛在责备父亲说:"怎么可以这样问呢?"

"真快活,从来没有这样快活过!"她说,安德烈公爵看见她很快抬起瘦小的手臂想要拥抱父亲,但是马上又放下了。娜塔莎从来还没有像现在这样感到幸福。她处于极度的幸福之中,在这样的时候,一个人会变得非常善良和美好,不相信会有恶、不幸和痛苦存在。

皮埃尔在这次舞会上第一次感觉到，妻子在上层社会所处的地位使他受到了屈辱。他脸色阴沉，心不在焉。他的前额上横着一道很深的皱纹，他站在窗口，透过眼镜看着，但是什么人也没有看见。

娜塔莎在去进晚餐时，从他身旁经过。

皮埃尔脸上阴沉的和悲伤的表情使她很吃惊。她在他对面站住。她想要帮助他，让他分享她那过多的幸福。

"舞会上多么快乐，伯爵，"她说，"是不是？"

皮埃尔漫不经心地笑笑，显然没有明白对他说的话。

"是的，我很高兴。"他说。

"他们怎么能对一些事不满意呢，"娜塔莎想道，"尤其是像这位别祖霍夫那样的好人，怎么会这样呢？"在娜塔莎看来，所有参加舞会的人都是同样善良的、可爱的和相亲相爱的好人，谁也不可能欺负谁，因此大家都应该是幸福的。

十 八

第二天，安德烈公爵回想起了昨天的舞会，但是想的时间并不长："是的，舞会很出色。还有……是的，罗斯托夫家的小姐很可爱。她身上有一种清新的、特殊的、不是彼得堡的、与众不同的东西。"他在回忆起昨天的舞会时脑子里就想到这一些，喝了茶后，坐下工作了。

但是由于劳累或失眠,这一天工作效率很低,安德烈公爵什么也做不成,像他常有的那样,总是自己对自己的工作进行挑剔,当他听到有人到来时,心里很高兴。

来客是比茨基,此人在各个委员会供职,经常出入彼得堡的各个圈子,是新思想和斯佩兰斯基的热情崇拜者,彼得堡热心的消息传播者,这是这样的人当中的一个,这种人选择潮流如同根据时髦选择衣裳一样,因此他们似乎是各种潮流的最热情的倡导者。他一摘下帽子,就急忙跑进去见安德烈公爵,立即说了起来。他刚刚打听到今天上午皇上主持召开的国务会议的详细情况,现在非常兴奋地说着这件事。他认为皇上的讲话是很不平常的,只有立宪君主才发表这样的讲话。"皇上直截了当地说,国务会议和参政院都是国家的**设施**;他说,管理不应以个人意志为基础,而<u>应建立在**坚定的原则**之上。皇上说,财政应该进行改革,决算应该公开。</u>"比茨基这样讲着,他在某些词上加重语气,而且意味深长地睁大眼睛。

"是的,今天发生的事开辟了一个时代,我国历史上的一个伟大时代。"他最后说。

安德烈公爵听着比茨基讲关于国务会议开幕的情况,他也曾急不可耐地等待这次会议的召开,并认为它很重要,但是他感到奇怪的是,现在这件事实现了,他不仅没有受到感动,反而觉得这是一件无足轻重的小事,他带着轻微的讥讽的表情听比茨基热情洋溢地叙说。他头脑里出现了一个最简单的想法:"皇上乐意在参政院说什么,同我和比茨基,同我们又有什么相干呢?难道所有这一切能使我变得更幸福和更好吗?"

这个简单的想法使得安德烈公爵一下子失去了他先前对正在进行的改革的全部兴趣。这一天安德烈公爵应该到斯佩兰斯基家去吃饭，如同主人在邀请他时所说的那样，"在小范围内"聚一聚。安德烈公爵本来很乐意到他非常钦佩的人家里和朋友一起吃饭，尤其是因为他至今还没有见过斯佩兰斯基在家庭生活中的样子；但是现在他却不想去了。

然而在约定的吃饭时间，安德烈公爵还是进了塔夫里达花园旁斯佩兰斯基不大的私人住宅。在这座不大的房子里镶木地板的餐室异常清洁（像修道院那样清洁），稍稍来迟的安德烈公爵在那里看见了这个小范围的人，斯佩兰斯基的这些亲密朋友五点钟都已到齐了。除了斯佩兰斯基的小女儿（像父亲一样，脸很长）和她的女家庭教师外，没有一个女人。客人有热尔韦[①]、马格尼茨基和斯托雷平[②]。安德烈公爵到了前厅就已听见大声说话的声音和清晰响亮的笑声，这笑声像是台上剧中人物发出来的。一个嗓音很像斯佩兰斯基的人清楚地发出哈——哈——哈的笑声。安德烈公爵从来没有听见过斯佩兰斯基笑，因此这个有治国才能的人的响亮尖细的笑声使他听了感到很惊奇。

安德烈公爵进了餐室。这时所有在场的人都站在两扇窗户之间，靠近一张摆着冷盘的不大桌子的地方。斯佩兰斯基穿着灰色燕尾服，佩戴着星章，显然还像出席著名的国务会议时那样穿着白背心和系着高高的白领带，脸上带着快活的表情站在桌子旁。

[①] 热尔韦（一七七三至一八三二年），斯佩兰斯基的亲戚，曾在外交部和财政部供职。

[②] 斯托雷平（一七七八至一八二五年），作家，参政员。

客人们围着他。马格尼茨基正在对他讲一个笑话。斯佩兰斯基听着，没等马格尼茨基讲出来，就提前笑了。在安德烈公爵进门时，马格尼茨基的话又被笑声淹没了。斯托雷平一面嚼着夹奶酪的面包，一面发出低沉的大笑声；热尔韦低声地嘿嘿笑着，而斯佩兰斯基的笑声则尖细而清晰。

斯佩兰斯基一面仍然不停地笑着，一面向安德烈公爵伸出他那白嫩的手。

"见到您非常高兴，公爵。"他说。"等一会儿……"他对马格尼茨基说，打断了他的叙述，"我们今天说好了：大家只顾高高兴兴吃饭，不谈公事。"他重新转向讲故事的人，又笑了起来。

安德烈公爵惊奇地和神情沮丧地听着他的笑声和看着不停地笑着的斯佩兰斯基。安德烈公爵觉得，这不是斯佩兰斯基，而是另一个人。他过去总以为斯佩兰斯基身上有神秘的和吸引人的地方，现在一切突然变得明明白白和毫无吸引力了。

餐桌上谈话一刻也没有停过，这谈话的内容似乎全是可笑的笑话。马格尼茨基还没有讲完他的故事，另一个人已表示要讲一件更加可笑的事。大部分笑话所涉及的即使不是官场本身，那也是各种当官的人。看来，在聚会的人眼里，这些当官的人完全是微不足道的，对他们只能采取善意的嘲笑态度。斯佩兰斯基说，在今天上午的国务会议上，在询问一个耳聋的高官的意见时，这个高官回答说，他也是那个意见。热尔韦讲了一件审计工作的整个过程，做这件事的人简直是瞎胡闹。斯托雷平结结巴巴地加入了谈话，开始激烈地抨击旧制度下的舞弊行为，使得谈话有变得严肃起来的危险。马格尼茨基则取笑起斯托雷平的激烈态度来。

热尔韦插了一句笑话,于是谈话又恢复了原来的那种轻松愉快的调子。

显然,斯佩兰斯基公余喜欢在朋友的圈子里休息休息,玩一玩,他的所有客人了解他的这种愿望,竭力陪他玩,自己也娱乐娱乐。但是安德烈公爵觉得这种娱乐并不轻松愉快。斯佩兰斯基的尖细的声音他听起来觉得很刺耳,而不停的假笑不知为什么使他很反感。安德烈公爵没有笑,他担心自己与这些人意气不相投。但是谁也没有注意到他与大家的情绪不合拍。看来所有的人都很快活。

他几次想要加入谈话,但是每一次他的话都像软木塞从水里浮起来那样往外漂;他无法和他们一起说说笑笑。

在他们所说的话里没有任何不好的或不合适的地方,一切都很俏皮,并且能够引人发笑;不仅他们的话里没有那种使人感到快活的真正风趣的东西,而且他们也不知道这种东西的存在。

饭后,斯佩兰斯基的女儿和她的女家庭教师站了起来。斯佩兰斯基用他那白净的手抚摸了一下女儿,吻了吻她。安德烈公爵觉得这个动作很不自然。

男人们按照英国人的习惯留下来,喝波尔图葡萄酒。谈起了拿破仑在西班牙的战事①,大家一致表示赞同,刚说了一半,安德烈公爵就提出了不同意见。斯佩兰斯基笑了笑,显然想要改变话题,讲了一个与此无关的笑话。大家都沉默了片刻。

斯佩兰斯基在桌旁坐了一会儿后,给一瓶喝剩的葡萄酒塞上

---

① 一八〇七年拿破仑出兵西班牙,翌年宣布其兄约瑟夫为西班牙国王。这一侵略行动遭到了西班牙人民的顽强抵抗,在几年的时间里战争一直没有停止。

瓶塞,说了句"现在好酒很难弄到",把它递给仆人,站了起来。大家跟着站起来,仍然热烈地交谈着,朝客厅走去。这时仆人把信使送来的两封信递给斯佩兰斯基。他接过来,到书房去了。他一走,欢声笑语就停止了。客人们开始小心谨慎地彼此低声交谈起来。

"好,现在表演朗诵!"斯佩兰斯基从书房出来说。"他有惊人的才能!"他对安德烈公爵说。马格尼茨基马上摆好姿势,开始朗诵他用法语写的讽刺彼得堡某些著名人物的诙谐诗,几次为掌声所打断。安德烈公爵等诗朗诵完,便走到斯佩兰斯基跟前,向他告辞。

"这么早您要上哪里去?"斯佩兰斯基问道。

"我答应去参加晚会……"

他俩有一会儿没有说话。安德烈公爵在近处看着这光滑如镜的、不让人家看透的眼睛,开始觉得很可笑,他怎么能够对斯佩兰斯基以及与他相联系的全部活动有所期待,怎么能够认为斯佩兰斯基所做的事十分重要呢?从斯佩兰斯基的家出来后,他的那种有一定之规的并不快活的笑声,还久久地在安德烈公爵的耳际回响。

回家后,安德烈公爵开始回想这四个月来自己在彼得堡的生活,觉得许多事好像新发生一样。他回想着自己如何奔走求情,回想着自己的军事条令草案的遭遇,它已备了案待进一步研究,后来人们竭力不提它,只是因为已拟订了另一个很蹩脚的草案并已呈报皇上;回想起了也有贝格参加的委员会的各次会议;回想起了在这些会议上花很长时间使劲地讨论委员会开会的形式和程序，而对有关实质问题的一切却竭力回避，一带而过。他回想起了自己参与的立法工作，当时他曾焦急不安地把罗马法典和法兰西法典的条文译成俄语，想到这里开始为自己而感到害羞。然后他历历在目地回想起鲍古恰罗沃，自己在乡下做的事情和梁赞之行，回想起了农夫们和村长德龙，把他在各个章节里规定的人权与他们的处境相对照，他自己也觉得奇怪，他怎么能把这么多的时间花在这种徒劳无益的工作上。

十九

第二天，安德烈公爵前去拜访他尚未拜访的几户人家，其中包括罗斯托夫家，在最近的一次舞会上他同这一家人恢复了旧交。安德烈公爵除了出于礼貌需要去拜访他们外，还想在他们家里看到那个给他留下愉快印象的特殊的和活泼的姑娘。

娜塔莎是首先出来迎接他的人之一。她穿着家常的蓝色连衣裙，安德烈公爵觉得她穿这身衣服比穿舞服还要好看。她和全家人像接待老朋友那样接待安德烈公爵，随便而又亲热。过去安德烈公爵对这家人很挑别，现在觉得他们都是一些朴实善良的好人。老伯爵的好客和温厚在彼得堡显得特别突出而有吸引力，在他盛情邀请下安德烈公爵只好留下来吃饭。"是的，这是善良的好人，"鲍尔康斯基想道，"自然，他们一点也不明白娜塔莎身上蕴藏着的精神财富；但是这些善良的人却构成了很好的背景，它多么清楚地衬托出这个特别富有诗意的、充满活力的和十分可爱的姑娘！"

安德烈公爵觉得娜塔莎身上有一个他完全陌生的特殊的世界，其中充满着某些他未曾体验过的欢乐，这个陌生的世界早在奥特拉德诺耶的林荫道上，在月夜的窗台上就使他激动不已。现在这个世界不再使他激动了，已不是陌生的世界了；他自己进入这个世界后，在其中找到了对自己来说全新的乐趣。

饭后，娜塔莎应安德烈公爵的请求，走到古钢琴前，开始唱歌。安德烈公爵站在窗前，一面和女士们说着话，一面听她唱歌。在她唱到一句歌词的中途，安德烈公爵不说话了，他突然觉得泪水直往上涌，这在过去是不可能有的事。他朝娜塔莎看了一眼，心中产生了一种新的和幸福的感觉。他很幸福，同时他又很忧伤。他完全没有哭的理由，但是他眼看就要哭出来了。哭什么？哭以往的爱情吗？哭小公爵夫人吗？哭自己的失望吗？……哭自己对未来的希望吗？又是，又不是。他想要哭，主要是因为他突然生动地意识到了他心中的一种无限大和无法确定的东西与一种狭隘的和肉体的东西之间的可怕对立，而他自己，甚至还有她，都属于后者。在听她唱歌时，这种对立使他又苦恼，又高兴。

娜塔莎刚唱完歌，就走到他跟前，问他喜欢不喜欢她的嗓音。她问了这句话，等这句话一说出口就不好意思起来，因为她知道不应该这样问。安德烈公爵看着她，微微一笑，说他喜欢听她唱歌，同时也喜欢她所做的一切。

安德烈公爵晚上很晚才离开罗斯托夫家。他按照习惯躺下睡觉，但是很快发现他睡不着。他时而点着蜡烛，坐在床上，时而站起来，时而又重新躺下，丝毫也不因失眠而苦恼，因为他心里觉得非常高兴和新鲜，仿佛从闷热的房间里出来到了自由的天地似的。他脑子里没有出现他已爱上了罗斯托娃的想法;他没有想她;他只是想象着她,这样一来他觉得他的整个生活都变成新的样子了。"既然生活,整个的生活及其所有欢乐都展现在我面前,我何必还要在狭窄的、闭塞的框子里挣扎和忙碌呢?"他自言自语说。于是他很长时间以来第一次制订了未来的幸福计划。他暗自决定要抓一下儿子的教育,给儿子请一个教师,把这事托付给他;然后辞去职务到国外去,看看英国、瑞士和意大利。"趁我觉得自己还年轻力壮,我应该享受一下自己的自由,"他对自己说,"皮埃尔说得对,他说,要做一个幸福的人,应该相信幸福是可能的,现在我相信了。任凭死人埋葬他们的死人[1],而我只要还活着,就应当好好生活,做一个幸福的人。"他想。

二 十

皮埃尔像认识莫斯科和彼得堡的所有人一样,也认识阿道夫·贝格[2]上校。一天早晨,这位上校身穿干干净净的新制服,头发抹了油,鬓角梳得像亚历山大皇帝一样,前来找他。

"我刚去过伯爵夫人,您的夫人那里,很不幸,我的请求未能被接受;我希望在您这儿,伯爵,我能变得幸运些。"贝格微笑着说。

"您有什么事,上校?我愿为您效劳。"

---

[1] 引自《圣经·新约》中的《马太福音》第八章。
[2] 上文贝格的名字为阿尔方斯。

"现在,伯爵,我已在新的住宅里完全安顿好了,"贝格说,显然他知道这件事不会使人听起来感到不高兴,"因此我想为我和我夫人的熟人们举行一个小小的晚会。(他更加愉快地笑了笑。)我想要请伯爵夫人和您光临敝舍喝杯茶和……吃晚饭。"

只有叶连娜·瓦西里耶夫娜伯爵夫人才会认为与贝格之类的人交往有失身份,从而毫不留情地不接受邀请。贝格对皮埃尔做了非常清楚的解释,说明为什么他想要邀请几个有身份的人到家里聚一聚,为什么这会使他感到高兴,为什么他舍不得把钱花在玩牌和不好的事情上,但是为了好友聚会他不惜破费,等等,皮埃尔听了觉得不好拒绝,便答应参加。

"伯爵,恕我斗胆提醒您,请您不要迟到;请您差十分八点来。我们凑一局,我们的将军也要来。他对我很好。咱们吃顿晚饭,伯爵。那我就等着您赏光了。"

皮埃尔平常经常迟到,这一天却一改旧习,不是差十分八点,而是差一刻八点就到了贝格家。

贝格夫妇已准备好了晚会所需的东西,已在等候客人到来了。

贝格和他的妻子坐在清洁明亮的新书房里,书房里摆着半身塑像,墙上挂着画,家具是新的。贝格穿着新制服,把扣子全都扣上,坐在妻子身边,对她解释道,任何时候都可以而且应当结交比自己高的人,因为只有这样才能得到结交的乐趣。

"能够学点什么,可以请人帮点忙。你瞧,我是从最低的级别干起的(贝格对自己的生活经历不是以年头来计算的,而是以皇上恩赐的次数来计算的)。我的同事们现在还什么也不是,而我已在等待补团长的空缺了,并且荣幸地成为您的丈夫(他站起身来,吻了吻薇拉的手，但是在这样做时顺手把地毯的卷角拉平）。我是用什么方法得到这一切的呢？主要的是因为善于选择结交的人。当然，还应当品德端正和办事认真……"

贝格笑了笑，意识到自己要比软弱的女人强，不说话了，心里想道，他的这个可爱的妻子毕竟是个软弱的女人，不可能理解什么是男人的长处——不知道如何做一个男子汉大丈夫①。与此同时，薇拉也笑了笑，意识到自己比丈夫强，因为他虽然是一个品行端正的好丈夫，但是在薇拉看来，仍然像所有男人一样，对生活有错误的理解。贝格根据自己的妻子，推想所有的女人都是软弱和愚蠢的。而薇拉则根据自己的丈夫一个人做出判断，并把这看法推广运用到所有人身上，认为所有男人都以为只有自己聪明，但是实际上什么也不懂，一个个都骄傲而自私。

贝格站起身来，拥抱了妻子，动作很小心，怕弄皱他花了好多钱买来的镶花边的披肩，又朝她嘴唇的中央吻了吻。

"有一点要注意，我们不能很快就有孩子。"他顺着自己的思路脱口而出。

"对，"薇拉回答道，"我完全不想生孩子。应当多和别人交往。"

"这披肩同尤苏波娃公爵夫人身上的一模一样。"贝格指着披肩，带着幸福和善的微笑说。

这时仆人报告别祖霍夫伯爵来了。夫妻俩带着得意的微笑彼此对看了一眼，每人都认为他的来访给自己增添了光彩。

"这就叫作善于结交人，"贝格想道，"这就叫作善于为人处世！"

---

① 原文为德文。

"不过有一点请记住,当我陪客人时,"薇拉说,"你不要打断我的话,因为我知道怎样对待每个人,知道同什么样的人在一起应当说什么。"

贝格也笑了笑。

"不能这样:有时同男人在一起应当谈男人们的事。"

皮埃尔被请进了新客厅,在那里要坐下来就非得破坏对称、清洁和秩序不可,因此可以理解和毫不奇怪,为什么贝格为了贵宾,开头大度地提出可以破坏圈椅或沙发的对称,可是看来他在这方面处于一种过分的犹豫不决之中,最后让客人自己决定如何解决这个问题。皮埃尔随手拉过一把椅子,一下子把对称破坏了,贝格和薇拉抢着说话,招待着客人,晚会就这样开始了。

薇拉心里想,应当陪皮埃尔说说法国大使馆的事,于是马上就这个话题谈了起来。贝格则认为应当谈男人的事,便打断妻子的话,谈起与奥地利打仗的事,不知不觉地从一般的谈话跳到谈自己个人的考虑上,说了有人要他参加出征奥地利的部队的事以及他没有接受这个建议的原因。虽然谈话很不连贯,而且薇拉因谈话中增加了男人的成分而生气,但是夫妻俩高兴地感觉到,尽管只有一位客人,**晚会**的开场很不错,这晚会同任何别的晚会一模一样,同样有谈话,有茶水招待,点着蜡烛。

过了一会儿,贝格的老同事鲍里斯来了。他带着某种优越感并以保护人的姿态对待贝格和薇拉。在鲍里斯后面到来的是一位女士和上校,接着是将军本人,然后是罗斯托夫一家人,这时晚会已无疑与所有晚会完全一样了。贝格和薇拉看见客人们陆续进客厅,听见不连贯的说话声、衣衫的窸窣声和点头招呼声,抑制不住欢乐的微笑。像别的人家的所有晚会一样,样样齐备,而将军特别像一回事,他夸奖了新居,拍了拍贝格的肩膀,用长者的独断专行的口气吩咐摆好波士顿牌桌。将军在伊里亚·安德烈依奇伯爵身旁坐下,他认为伯爵是客人中地位仅次于自己的人。老人们和老人们在一起,年轻人和年轻人在一起,女主人坐在茶桌旁,放在桌子上的银盘里的点心也和帕宁①家晚会上摆的点心相同,总之,一切完全和别人那里一样。

二十一

皮埃尔作为贵宾之一,应该坐下来同伊里亚·安德烈依奇、将军和上校一起打波士顿牌。皮埃尔坐在牌桌旁,脸正好对着娜塔莎,看见她从参加那次舞会以来发生的奇怪变化,感到很惊奇。娜塔莎变得沉默寡言,不仅不像舞会上那样漂亮,而且如果她没有那种温和的以及对一切都很冷漠的神情,那么简直就很难看了。

"她怎么啦?"皮埃尔朝她看了一眼,心里想。她坐在茶桌旁姐姐的身边,很不乐意地回答着鲍里斯的问话,眼睛没有看他。皮埃尔打出相同花色的一组牌,吃掉了五张牌,使搭档感到很高兴,他在收被他吃掉的牌时,听见问候声和进房间的脚步声,又朝她看了一眼。

"她发生什么事了?"他心里更加惊奇地说。

---

① 帕宁是俄国古老的贵族世家之一。

安德烈公爵带着关心和温柔体贴的表情站在她面前，对她说着什么。她抬起头，脸红了，看来竭力想遏制住急促的呼吸，两眼望着他。她内心的一种先前熄灭了的火焰又在她身上明亮地燃烧起来。她整个地变了样。难看的她又变得像在舞会上那样漂亮了。

安德烈公爵走到皮埃尔跟前，皮埃尔在自己的朋友脸上看到了一种新的、变得年轻了的表情。

在玩牌时，皮埃尔几次改变坐的姿势，时而背朝娜塔莎，时而脸冲着她，在打六圈牌的整个时间内观察着她和自己的朋友。

"他们之间正在发生十分重要的事情。"皮埃尔想，一种又欣喜又痛苦的感情使他心情非常激动，几乎忘记了打牌。

打完六圈牌后，将军说了句这样没法再打了，站了起来，于是皮埃尔获得了自由。娜塔莎在一边正在同索尼娅和鲍里斯说话。薇拉带着不可捉摸的微笑在同安德烈公爵说着什么。皮埃尔走到他的朋友跟前，问他们谈的是不是秘密，随即在他们身旁坐下。薇拉注意到了安德烈公爵对娜塔莎很关心，便认为在晚会上，在真正的晚会上需要对爱情做微妙的暗示，便趁安德烈公爵单独一个人的时候，和他谈起一般感情问题和自己的妹妹来。她需要跟这样聪明的客人（她认为安德烈公爵是这样的人）施展自己的外交手腕。

皮埃尔走到他们跟前时，他发现薇拉谈得正起劲，一副洋洋自得的样子，而安德烈公爵好像有些发窘（他很少有这样的时候）。

"您怎样认为？"薇拉带着不可捉摸的微笑问，"公爵，您目光敏锐，一下子就能把人看清楚。您对娜塔莎是怎么看的，她对爱情能始终不渝吗？她能像别的女人（薇拉指的是她自己）一样一旦爱上了一个人，就永远忠实于他吗？我认为这才是真正的爱情。您的看法如何，公爵？"

"我对您的妹妹了解得太少，"安德烈公爵带着讥讽的微笑回答道，他想用这微笑来掩饰自己的窘态，"无法解答这样微妙的问题；我发现，女人愈不招人喜欢，她就愈是忠贞不渝。"他加了一句，看了看这时走到他跟前的皮埃尔。

"对，这是真的，公爵；在我们时代，"薇拉接着说（她像一般喜欢提到我们时代的眼光狭小的人一样提到了时代，这些人认为他们找到了我们时代的特点并做了评价，认为人的本性随着时代而改变），"在我们时代姑娘太自由了，因此有人献殷勤而产生的乐趣常常压倒了她的真正的感情。应当承认，娜塔利在这方面是很容易感情冲动的。"话题回到了娜塔利身上，这使得安德烈公爵很不愉快地皱了皱眉头；他想要站起来，但是薇拉带着更文雅的微笑继续说着。

"我想，谁也没有像她那样有那么多献殷勤的人，"薇拉说，"但是直到最近她从来还没有真正喜欢过一个人。您知道，伯爵，"她对皮埃尔说，"就连我们可爱的表亲鲍里斯也不例外，而他，这只在我们之间说说，已经完全置身于爱情国之中……"她说，她指的是当时流行的爱情国地图。

安德烈公爵皱起了眉头，没有说话。

"您不是和鲍里斯很要好吗？"薇拉问他。

"是的，我认识他……"

"他大概对您说过他童年时爱过娜塔莎的事吧？"

"童年时爱过？"安德烈公爵突然出乎意外地涨红了脸，问道。

"是的,您知道,在表兄妹之间的这种亲近关系经常会变成爱情。表亲是一种危险的关系。不是这样吗?"

"噢,那是毫无疑问的。"安德烈公爵说,突然异乎寻常地活跃起来,开始和皮埃尔开玩笑,说他对莫斯科的五十岁的表姐们应小心些,说了一半站起身来,挽住皮埃尔的胳膊,把他带到一边。

"怎么啦?"皮埃尔说,惊奇地看着活跃得反常的朋友,注意到了他站起来时投向娜塔莎的目光。

"我需要,我需要和你谈一谈。"安德烈公爵说,"你知道我们的女手套(他说的是共济会发给新入会的会员,让他们赠送给心爱的女人的手套)[①]。我……不,以后我再给你说……"安德烈公爵没有把话说完,眼睛里闪着奇怪的亮光,忐忑不安地走到娜塔莎那里,在她身旁坐下。皮埃尔看到,安德烈公爵问了她什么,她顿时脸上泛起红晕,回答了他的话。

但是这时贝格走到皮埃尔跟前,一定要他去参加将军与上校之间关于西班牙战事的争论。

贝格感到又满意又舒畅。他脸上一直挂着快乐的微笑。晚会很成功,完全像他见过的其他晚会一样。一切都很相像。女士们的悄声细语,玩牌,牌桌上抬高嗓门说话的将军,茶炊,点心,全都相同;不过缺少他在别的晚会上见过的和他想要模仿的东西。缺少的是男人们之间的大声交谈以及关于某个重要的和深奥的问题的争论。将军开始了这样的谈话,贝格就拉皮埃尔去参加。

---

① 小说的初稿里安德烈公爵是共济会会员,但在定稿里他没有入会,而曾发给他手套的说法保留了下来。

二十二

第二天,安德烈公爵到罗斯托夫家去吃饭,因为伊里亚·安德烈依奇邀请他,他在那里待了整整一天。

家里的人都感觉到安德烈公爵是为谁而来的,而他也不加掩饰,整天都设法和娜塔莎在一起。娜塔莎既有些惊慌,又感到幸福和兴奋,不仅是她,而且全家人都因预感到要发生一件重要的事情而有一种恐惧的感觉。当安德烈公爵和娜塔莎说话时,伯爵夫人用忧愁的和认真严肃的目光看着他,一见他回头看她时,怯生生地假装要和他谈点毫无意义的小事。索尼娅在和他俩在一起时,既怕离开娜塔莎,又怕妨碍他们。而娜塔莎在和他单独在一起的时候,因害怕发生期待的事而脸色发白。安德烈公爵的懦怯使她感到吃惊。她觉得他对她有话要说,但是又下不了说出来的决心。

晚上安德烈公爵走后,伯爵夫人走到娜塔莎面前,低声地问道:"怎么样?"

"妈妈!看在上帝的分上,您现在什么也不要问我。这没法说。"娜塔莎说道。

但是尽管如此,这天晚上,娜塔莎时而兴奋,时而恐惧,瞪着两只大眼睛,在母亲的床上躺了很久。她一会儿对母亲讲他如何夸奖她,一会儿又讲他说过要到国外去,一会儿讲他问今年夏天他们一家将在什么地方度过,一会儿又讲他打听鲍里斯的情况。

"但是这样的事,这样的事……我从来没有过!"娜塔莎说,"不过我在他面前觉得害怕,在他面前总是觉得害怕,这意味着什么?意味着这是真正的感情,是吗?妈妈,您睡着了?"

"不,我的宝贝,我自己也觉得可怕。"母亲回答道,"去睡吧。"

"反正我也睡不着。睡觉多没有意思!好妈妈,好妈妈,这样的事我从来没有过!"她说,她意识到了自己内心的感情,感到又惊奇又害怕,"我们能想得到吗!……"

娜塔莎觉得她早在奥特拉德诺耶第一次见到安德烈公爵时就爱上他了。现在这个她早在那时就看中了的人(她坚信这一点),正是这个人又与她见面了,而且看来对她有好感,这种奇怪的、突如其来的幸福似乎使她很吃惊。"真想不到我们在彼得堡时他有意到这里来。真想不到我们会在舞会上相遇。这是命里注定的。很清楚,这是命里注定的,这一切才会有这样的结果。在我第一次见到他时,我就感觉到有某种特殊的地方。"

"他还对你说了些什么?这是一些什么样的诗?你给我念念……"母亲若有所思地说,她问起安德烈公爵在娜塔莎的纪念册里写的诗。

"妈妈,他是一个丧妻的人,嫁他是不是很丢人?"

"别说了,娜塔莎。向上帝祷告吧。婚姻是由天定的。"

"亲爱的,好妈妈,我多么爱您,我多么高兴啊!"娜塔莎喊道,她流出了幸福和激动的眼泪,拥抱着母亲。

就在这个时候,安德烈公爵坐在皮埃尔那里,对皮埃尔说,他爱娜塔莎,已拿定主意要娶娜塔莎。

这一天叶连娜·瓦西里耶夫娜伯爵夫人举行了盛大的晚会,

参加晚会的有法国公使、近来已成为伯爵夫人家里的常客的亲王以及许多尊贵的女士和男人。皮埃尔在楼下各个大厅里走来走去，所有客人看见他那专注而又心不在焉的神情和阴沉的脸色感到很奇怪。

皮埃尔自从参加那次舞会以来，觉得自己有得疑病的症状，拼命想防止它发作。亲王同他的妻子的来往变得密切起来后，他突然当上了宫廷高级侍从，从此之后，他在社交界感到心情沉重和羞耻，更加经常地出现以前的那种认为人生虚幻的阴暗想法。这时他发现了受他庇护的娜塔莎和安德烈公爵之间的感情，觉得他和他的朋友的处境完全相反，情绪便变得更加低沉了。他竭力不去想自己的妻子，同样地也不去想娜塔莎和安德烈公爵。他又一次觉得一切与永恒相比都微不足道，又一次提出了这样的问题：为了什么？于是他白天黑夜都强迫自己研读共济会的材料，希望能阻止恶魔附身。皮埃尔十一点多从伯爵夫人的房间里出来后，身穿破旧的睡袍坐在楼上烟雾弥漫的低矮房间里的桌子前，照着原件抄写着苏格兰共济会的文件，这时一个人进了他的房间。这是安德烈公爵。

"啊，这是您。"皮埃尔带着漫不经心的和不满的神情说。"瞧，我在工作。"他指着抄本说，脸上带着想要摆脱生活的痛苦的表情，遭到不幸的人常常带着这样的表情来看自己的工作。

恢复了勃勃生机的安德烈公爵容光焕发和喜气洋洋地在皮埃尔面前站住了，没有发现皮埃尔忧愁的脸色，只想着自己的幸福，对他笑了笑。

"哎，亲爱的，"他说，"我昨天就想对你说，今天专为这件事上你这里来。我从来没有体验过类似这样的感情。我恋爱了,我的朋友。"

皮埃尔突然沉重地叹了一口气,他那沉重的身躯落在沙发上安德烈公爵的身旁。

"爱上了娜塔莎·罗斯托娃,是吗?"他问。

"是的,是的,还能爱上谁呢?我任何时候也不会相信自己会这样,但是这种感情战胜了我。昨天我非常苦恼,非常痛苦,但是我宁愿要这苦恼,而不要世界上的任何东西。以前我似乎没有真正生活过。现在才开始生活,我生活中不能没有她。她能不能爱我呢?……我对她来说年纪太大了……你怎么不说话?……"

"我?我?我对您说什么来着。"皮埃尔突然说道,他站起身来,开始在房间里来回走动,"我一直这样想……这个姑娘是无价之宝,非常珍贵……这是少见的好姑娘……亲爱的朋友,我请求您,不要说空话了,不要犹豫不决了,娶她,娶她,娶她吧……我相信,再也不会有比您更幸福的人了。"

"但是她呢?"

"她爱您。"

"别瞎说……"安德烈公爵微笑着,看着皮埃尔的眼睛说。

"她爱您,这我知道。"皮埃尔生气地喊叫起来。

"不,你听着,"安德烈公爵说,拉住他的手,叫他住口,"你是否知道我的处境?我需要找个人把所有的事说一说。"

"好吧,好吧,您说吧,我很高兴。"皮埃尔说,他的脸色确实改变了,皱纹舒展开了,他高兴地听着安德烈公爵的话。安德烈公爵好像完全变了样,变成了另一个人。他的苦闷,他对生命的轻视,他的失望,到哪里去了呢?皮埃尔是他唯一能够推心置腹地谈一谈的人,因此他就把心里话全都对他说了。时而他轻松地和大胆地勾画着长远未来的计划,说他不能因为父亲的任性而牺牲自己的幸福,他将迫使父亲同意这桩婚事和爱娜塔莎,不然他将不经父亲的同意就设法办成这件事;时而他对某种古怪的、陌生的、不以他的意志为转移的东西,对那种支配了他的感情感到惊奇。

"如果有人对我说我能这样强烈地爱一个人,我会不相信他的话。"安德烈公爵说,"这完全不是我从前有过的那种感情。对我来说,整个世界分成了两半:一半有她,那里全是幸福、希望和光明;另一半没有她,那里全是苦闷和黑暗……"

"黑暗和阴沉,"皮埃尔重复了一句,"是的,是的,我理解这一点。"

"我不能不爱光明,这不是我的过错。我很幸福。你理解我吗?我知道你为我高兴。"

"是的,是的。"皮埃尔确认道,他用深受感动的和忧愁的目光看着自己的朋友。他把安德烈公爵的前途想象得愈光明,愈觉得他自己本人的前途很黯淡。

二十三

婚事需得到父亲的同意,为此安德烈公爵第二天就去见父亲了。

父亲听了儿子的禀告,外表上很平静,但内心却很恼怒。他无法理解，在生活对他来说已经结束的时候，怎么还有人想要改变生活，给它增添新的东西。"希望他们让我照我自己愿望度过晚年，然后他们爱干什么就干什么好了。"老人心里说。不过他对儿子还是使用了他在重要场合使用的外交手腕。他用平静的语气说出了对整个事情的考虑。

第一，婚事在门第、财产和名望方面并不太美满。第二，安德烈公爵年纪已不轻了，身体虚弱（老人特别强调这一点），而她却非常年轻。第三，有一个儿子，舍不得把他交给一个小姑娘去抚养。最后，父亲用嘲笑的目光看着儿子说，第四，"我请求你，把这事推迟一年，到国外去一趟，治治病，像你所想的那样，给尼古拉公爵找一个德国家庭教师，然后，如果爱情、情感、决心以及别的任何东西很大很强烈，那就结婚吧。这是我的最后的话，请注意，是最后的话……"老公爵在说这最后几句话的语气表明，任何东西都不能改变他的决定。

安德烈公爵清楚地看到，老人希望他或他爱上的姑娘都经受不住一年的考验，或者老公爵自己会在此期间死去，于是便决定服从父亲的意志：先去求婚，把婚期推迟一年。

安德烈公爵在最后一次去罗斯托夫家后过了三个星期，回到了彼得堡。

娜塔莎在和母亲谈话后的第二天，整天都在等鲍尔康斯基，但是他没有来。第二天、第三天也都一样，皮埃尔也没有来，娜塔莎不知道安德烈公爵去见他的父亲了，因此弄不清他为什么不来。

就这样过了三个星期。娜塔莎哪里也不想去，她像影子似的，无所事事，垂头丧气，在各个房间里走来走去，晚上背着大家偷偷地哭泣，也不到母亲那里去。她总是涨红着脸，不断地发脾气。她觉得大家都知道她的失望，都在笑话她和可怜她。她内心已很痛苦，这种虚荣心引起的忧伤，更使她感到不幸了。

有一次，她来到伯爵夫人那里，想对她说点什么，突然哭了起来。她的眼泪像是一个不知道为什么挨罚的受委屈的孩子的眼泪。

伯爵夫人开始安慰娜塔莎。娜塔莎开头注意地听母亲的话，后来突然打断了她：

"别说了，妈妈，我没有想而且也不愿意想！就这样，他来了几次，就不来了，不来了……"

她的声音颤抖起来，她又差一点哭起来，但是恢复了常态，平静地继续说道：

"我完全不想嫁人。我害怕他；我现在完全，完全平静下来了……"

在这次谈话后的第二天，娜塔莎穿上了那件旧连衣裙，她特别清楚地记得过去早晨一穿上它心里就觉得愉快，从这天早晨起，她恢复了从那次舞会后改变了的生活方式。她喝完茶后，便到她特别喜欢的那个共鸣很好的大厅去，开始练唱视唱练习曲（歌唱练习）。练完第一课后，她在大厅中央站住，重复着她特别喜欢的一个乐句。她高兴地倾听着美妙的（对她来说仿佛是突如其来的）歌声，那歌声悠扬婉转，充满了整个空荡荡的大厅，慢慢地消失，于是她突然变得高兴起来。"干吗这件事想得这么多，这样不是很好吗？"她对自己说，开始在大厅里来回走，不是在走上去就咚咚响的镶木地板上简单地迈步，而是每走一步都是先用脚跟后用脚尖着地（她穿着心爱的新舞鞋），也像倾听自己的歌声那样，高兴地倾听着脚跟均匀而沉重的落地声和脚尖的咯吱声。在经过镜子时,她照了照。"这就是我!"她在看见镜子里的自己时,脸上的表情仿佛在这样说,"这就很好。我谁也不需要。"

仆人想要到大厅里来收拾收拾,但是她不让他进来,又关上了门,继续在里面走来走去。这天早晨,她恢复了那种她非常喜欢的自我爱惜和自我欣赏的状态。"这个娜塔莎多么可爱啊!"她又用一个代表男性的第三者的口气这样说,"她长得漂亮,嗓子又好,又年轻,不妨碍任何人,那就不要打扰她了。"但是尽管人们都没有打扰她,她已无法平静了,并且马上感觉到了这一点。

前厅的正门打开了,有人问道:在家吗?——接着传来了脚步声。娜塔莎照着镜子,但是她视而不见镜子中的自己。她正在听着前厅的声音。当她看见自己的时候,她的脸是苍白的。这一定是**他**。她断定这一点,虽然从关着的门里只勉强听到一点他说话的声音。

娜塔莎脸色苍白,惊慌失措地跑进了客厅。

"妈妈,鲍尔康斯基来了!"她说,"妈妈,这太可怕了,这叫人无法忍受!我不愿意……受这样的折磨!我怎么办呢?……"

伯爵夫人还没有来得及回答她的话,安德烈公爵就脸上带着不安和严肃的表情进了客厅。他一看见娜塔莎,立刻容光焕发。他吻了吻伯爵夫人和娜塔莎的手,在沙发旁边坐下。

"我们很久没有荣幸地……"伯爵夫人刚开口要说,安德烈公爵就打断了她的话,开始回答她的问题,显然急于说出他需要说的话。

"这段时间我没有到你们这里来,因为去见父亲了,我需要和他商量一件十分重要的事情。我昨天夜里才回来。"他说,看了娜塔莎一眼。"我需要和您谈一谈,伯爵夫人。"他沉默片刻后加了一句。

伯爵夫人心情沉重地叹了口气,垂下了眼睛。

"我听候您的吩咐。"她说。

娜塔莎知道她需要回避一下,但是她做不到,好像有什么东西哽住她的喉咙,于是她不顾礼貌,睁大眼睛直瞪瞪地看着安德烈公爵。

"现在?就在此刻!……不,这不可能!"她想。

他又朝她看了一眼,这目光使她相信她没有想错。是的,现在,就在此刻将决定她的命运。

"去吧,娜塔莎,回头我再叫你。"伯爵夫人低声说。

娜塔莎用惊恐的和恳求的目光看了安德烈公爵和母亲一眼,出去了。

"伯爵夫人,我是来向您的女儿求婚的。"安德烈公爵说。

伯爵夫人一下子涨红了脸,一时什么也没有说。

"您来求婚……"伯爵夫人终于庄重地开口说道。安德烈公爵看着她的眼睛,没有说话。"您来求婚……(她觉得难为情起来)我们很高兴,而且……我答应了,我很高兴。我的丈夫……我希望也是这样……但是这事要由她自己来决定……"

"在得到您的同意后,我将对她说……您是否表示同意?"安德烈公爵问。

"同意。"伯爵夫人说,向他伸出一只手去,当他低头去吻她的手时,她怀着既陌生又亲热的复杂感情把嘴唇贴在他的前额上。她希望能像爱儿子那样爱他;但是她感觉到他对她来说是一个陌生而又可怕的人。

"我相信我的丈夫也会同意的,"伯爵夫人说,"但是您的父亲……"

"我对我的父亲讲了我的打算,他提出要得到他同意必须有一个条件,即不能在一年之内结婚。我正好想要告诉您这一点。"安德烈公爵说。

"是的,娜塔莎年纪还小,但是要等这么久!"

"不这样不行呀。"安德烈公爵叹口气说。

"我把她叫来见您。"伯爵夫人说完,便出了房间。

"上帝啊,保佑我们吧!"她在寻找女儿时不断地念叨着。索尼娅说娜塔莎在卧室里。这时娜塔莎坐在自己的床上,脸色发白,目光冷漠地看着圣像,很快地画着十字,低声说着什么。见了母亲后,她一跃而起,朝母亲扑了过来。

"怎么样?妈妈?……怎么样?"

"去吧,到他那里去。他要向你求婚,"伯爵夫人说,娜塔莎觉得她语气很冷淡……"去吧……去吧。"母亲望着跑去的女儿的背影带着忧愁和责备的神情说,深深地叹了一口气。

娜塔莎不记得她是如何进了客厅的。进了门看见他后,她停住了脚步。"难道这个陌生人现在成了我的**一切**?"她问自己,立即回答道,"是的,成了一切:他现在对我来说比世界上的一切都要宝贵。"安德烈公爵走到她跟前,垂下了眼睛。

"我自从见到您的那一刻起,就爱上了您。我能抱有得到您的爱情的希望吗?"

他朝她看了一眼,她脸上的那种严肃而又热情的表情使他吃惊。这种表情似乎在说:"干吗要问呢?干吗要怀疑那不能不知道的事呢?当无法用语言表达感情时,干吗要说话呢?"

她靠近他,站住了。他拉起她的一只手,吻了吻。

"您爱我吗?"

"是的,我爱。"娜塔莎似乎有些懊恼地说,她长叹一声,接着又叹了一声,叹气声愈来愈急促,最后终于哇的一声哭了出来。

"哭什么?您怎么啦?"

"啊,我是多么的幸福。"她回答说,含着眼泪笑了笑,俯下身去,与他靠得更近,想了想,好像在问自己可不可以这样做,然后吻了吻他。

安德烈公爵握住她的手,看着她的眼睛,在自己心里没有找到原来对她的那种爱。他心里突然发生了变化:已没有原来的那种充满诗情画意的和神秘的美好愿望,有的只是对她这个年轻幼稚的女人的弱点的怜悯,面对她的忠诚和信任而出现的畏惧,还有那种意识到他将和她永远结合在一起而产生的沉重的,同时又是愉快的责任感。现在的这种感情尽管不像以前那样欢快和充满诗意,但是更加严肃,更加强烈。

"妈妈告诉过您一年内不能结婚吗?"安德烈公爵问,继续注视着她的眼睛。

"难道这就是我,那个黄毛丫头(大家都这样称呼我),"娜塔莎想,"难道我从此时此刻起就成了这个陌生的、可爱的、聪明的、甚至受到我的父亲敬重的人的平等的**妻子**了?难道这是真的吗?难道现在真的不能把生活当儿戏,现在我真的已经是大人了,现在我已需要对我的一言一行负责了?对了,他问了我什么?"

"不。"她回答道,但是她没有听明白他的问话。

"请原谅我,"安德烈公爵说,"您是那样的年轻,而我已是饱经风霜了。我为您感到担心。您不了解自己。"

娜塔莎聚精会神地听着,竭力想理解他的话的意思,但还是没有听懂。

"我要推迟一年才能得到幸福,不管这一年对我来说如何痛苦,"安德烈公爵继续说,"我希望您在这段时间内再好好考虑一下。我请求您一年后给我幸福;不过您是自由的:我们订婚的事将保守秘密,如果您到时候深信您不爱我,或者爱上了……"安德烈公爵带着不自然的微笑说。

"您干吗说这种话?"娜塔莎打断了他,"您知道,从您第一次来到奥特拉德诺耶的那一天起,我就爱上了您。"她说,深信自己说的是实话。

"在一年的时间里您会真正了解自己的……"

"整——整一年!"娜塔莎突然说,到这时她才明白婚礼要推迟一年,"为什么要等一年呢?为什么要等一年呢?……"安德烈公爵开始向她解释推迟的原因。娜塔莎不听他说。

"非这样不可吗?"她问。安德烈公爵什么也没有回答,但是脸上的表情表明,这个决定无法改变。

"这太可怕了!不,这太可怕,太可怕了!"娜塔莎突然说道,又大哭起来,"我等不到一年就会死的;这不行,这太可怕了。"她朝未婚夫的脸看了一眼,看见了他脸上同情和困惑的表情。

"不,不,我一切照办,"她突然止住眼泪说,"我太幸福了!"

父亲和母亲进了房间,并为这对订婚的准夫妻祝福。

从这天起，安德烈公爵就以娜塔莎的未婚夫的身份出入罗斯托夫的家了。

二十四

没有举行订婚礼，鲍尔康斯基和娜塔莎订婚的事没有向任何人宣布；安德烈公爵坚持要这样做。他说，因为推迟结婚的原因在于他，他就应当承担全部责任。他还说，他将永远遵守自己的诺言，但是他不愿使娜塔莎受到束缚，并将给她以完全的自由。如果半年后她觉得自己不爱他了，她有权拒绝和他结婚。当然，无论是父母还是娜塔莎，这话连听都不愿意听；但是安德烈公爵坚持自己的意见。他每天都到罗斯托夫家来，但是不像未婚夫那样对待娜塔莎；他和她说话时称呼**您**，见面时只吻她的手。在求婚的那一天后，在安德烈公爵和娜塔莎之间建立了一种与以前完全不同的、亲密而又自然的关系。他们似乎在这之前互不相识。他和她都喜欢回忆他们还**什么都不是**的时候彼此如何看待对方；现在他俩都觉得自己好像完全换了个人似的：那时有些做作，现在变得自然和真诚了。开头家里的人在和安德烈公爵接触时觉得有些拘谨；他好像是从另一个世界来的人，娜塔莎费了很多工夫设法使家里人习惯于同安德烈公爵相处，自豪地对大家说，他只是看起来比较特殊，而实际上他同大家一样，她说，她不怕他，谁也不应该怕他。几天后，家里的人和他处熟了，当他在场的时候也毫不拘束地照常该做什么就做什么，他也参加进来。他同伯爵谈经营管理，同伯爵夫人和娜塔莎谈衣着，同索尼娅谈纪念册和绣花布。有时罗斯托夫家里的人相互之间和当着安德烈公爵的面谈起这一切是如何发生的，预兆是如何的明显，对此都感到惊讶，他们列举了安德烈公爵到奥特拉德诺耶做客、他们一家来到彼得堡、觉得娜塔莎和安德烈公爵有相像之处（保姆在安德烈公爵第一次来的时候就发现了）、一八〇五年安德烈与尼古拉之间发生冲突以及家里人注意到的其他许多预兆。

在家里，在这对未婚夫妻在场时，总是有一种富有诗意的沉闷静默的气氛。大家经常坐在一起，都不说话。有时别的人站起来走了，只留下未婚夫妻两个人，他们仍然沉默着。他们很少谈论自己未来的生活。安德烈公爵觉得谈这件事有些可怕和不好意思。娜塔莎也有这种感觉，她经常能猜出他的心情，并且总是与他有同感。有一次娜塔莎问起他的儿子。安德烈公爵脸红了，现在他经常这样，娜塔莎特别喜欢他的这种样子，他说，他的儿子将不同他们住在一起。

"为什么？"娜塔莎吃惊地问。

"我不能把他从爷爷那里夺走，而且……"

"我会疼爱他的！"娜塔莎说，立刻猜着了他的想法，"但是我知道，您希望不给别人留下责怪您和我的借口。"

老伯爵有时走到安德烈公爵面前，吻他，征求他对彼佳的教育或尼古拉的服役的意见。老伯爵夫人看着他们总是叹气。索尼娅任何时候都担心自己碍事，竭力寻找借口走开，让他们单独在一起，其实他们并不需要这样。安德烈公爵说话时（他的叙述能力很强），娜塔莎自豪地听着；而当她自己说话时，她又惊又喜地发现,他注意地端详着她。她困惑地问自己:"他在我身上寻找什么呢?他的目光正在寻找什么?如果我身上没有他的目光寻找的东西,那又怎么样呢?"有时她进入她特有的那种欣喜若狂的状态,这时她特别喜欢听和喜欢看安德烈公爵怎样笑。他很少笑,但是他一笑起来,就笑得不能自已,每次在他这样笑过后,她觉得自己与他更加接近了。如果娜塔莎不是想到离别的日子愈来愈近而感到害怕的话,那么她就会觉得是完全幸福的了。

安德烈公爵在他离开彼得堡的前一天把皮埃尔带来了,皮埃尔在上次舞会后,一次也没有到罗斯托夫家来过。看样子似乎有些心慌意乱和惶恐不安。他和伯爵夫人交谈着。娜塔莎跟索尼娅一起在棋桌旁坐下,招呼安德烈公爵到她们这边来。他走到了她们跟前。

"您不是早就认识别祖霍夫吗?"他问,"您喜欢他吗?"

"喜欢,他是一个好人,不过很可笑。"

于是她像平常谈论皮埃尔那样,开始讲他如何漫不经心的笑话,有的笑话甚至是给他编造出来的。

"您知道,我把我们的秘密告诉他了。"安德烈公爵说,"我从小就认识他。他是一个善良的人。我请求您,娜塔利,"他突然严肃地说,"我要走了。天知道会发生什么事。您也许会不再爱……我知道,我不该说这话。记住一点——不管您发生什么事,当我不在时……"

"还会发生什么事呢?……"

"不管发生什么样的不幸,"安德烈公爵接着说,"我请求您,索菲小姐,不管发生什么事,您就只找他一个人商量,请他帮忙。这是一个最漫不经心和最可笑的人,但也是最善良的人。"

无论是父母和索尼娅还是安德烈公爵本人还都预料不到，同未婚夫的离别会对娜塔莎产生什么样的影响。这一天她满脸通红，心情激动，眼神冷漠，在家里走来走去，做一些最琐碎的小事，似乎并不明白等待着她的是什么事。在他与她告别，最后一次吻她的手时，她也没有哭。

"别走了！"她只对他说了这样一句，她说话的声音使得他犹豫了一下，心里想他是否真的该留下来，在这之后，他很长时间都记得这声音。他走后，她也没有哭；她一连几天坐在自己房间里，虽没有哭，但对什么事情都不感兴趣，只有时说道："唉，他为什么走了！"

可是在他走后过了两个星期，又出乎她周围的人的意料，她摆脱了精神上的病态，恢复了原先的样子，不过精神面貌发生了变化，好像久病后的孩子面貌发生了变化一样。

二十五

在儿子走后的一年里，尼古拉·安德烈耶维奇·鲍尔康斯基公爵的身体大不如前了，脾气也变坏了。他变得比以前更加易怒，而他的无缘无故的怒火大部分发泄在玛丽亚公爵小姐身上。他似乎要使劲地找出她的所有痛处，好在精神上尽可能残酷地折磨她。玛丽亚公爵小姐有两种癖好，因此也有两大乐趣，这就是照看侄子尼科卢什卡和笃信宗教，这两者却成了老公爵喜欢攻击和嘲笑的主要目标。不管说什么，他都把话题引到老处女的迷信或溺爱孩子上。"你想把他（尼科卢什卡）娇惯成像你一样的老处女；这是不行的，安德烈公爵需要的是儿子，而不是老处女。"他说。或者他当着玛丽亚公爵小姐的面问布里安娜小姐喜欢不喜欢我们的神父和圣像，并且加以取笑……

他不断狠狠地糟践玛丽亚公爵小姐，但是女儿连想也不想就原谅他。难道父亲会有对不起她的地方吗？难道爱她的父亲（她还是知道这一点的）会不公正地对待她吗？再说什么是公正呢？玛丽亚公爵小姐从来没有想过"公正"这个崇高的字眼。对她来说人类的所有复杂的准则集中表现为一个简单明了的准则——爱和自我牺牲的准则，这是那个怀着仁爱之心替人受苦受难的人教给我们的，这人就是上帝本身。别人的公正和不公正与她又有什么相干呢？她只要自己受苦和爱别人就行了，她就是这样做的。

冬天安德烈公爵来过童山，显得快活、温和而亲切，玛丽亚公爵小姐很久没有见过他的这种样子了。她预感到他发生了什么事，但是他关于自己恋爱的事一句也没有对玛丽亚公爵小姐说。临行前他同父亲进行了长时间的谈话，不知谈什么事，玛丽亚公爵小姐发现，两人在分手时彼此都不满意。

安德烈公爵走后不久，玛丽亚公爵小姐给彼得堡的朋友朱丽·卡拉金娜写信，她像一般姑娘一样喜欢幻想，曾希望朱丽能嫁给她的哥哥，而这时朱丽因哥哥在土耳其被打死正在服丧。

> 遭受不幸看来是我们共同的命运，亲爱的和温柔的朋友朱丽。
>
> 您的丧兄之痛是那样的可怕，我无法做别的解释，只能

把它看成上帝的特殊恩惠，上帝在爱您的同时想要考验您和您的非常好的母亲。啊，我的朋友，宗教，只有宗教，不用说能安慰我们，而且能使我们免于绝望；只有宗教才能给我们说清人们没有它的帮助无法理解的事：为什么，究竟为了什么目的要把那些善良的、高尚的、善于在生活中寻找幸福的，不仅不伤害人，而且为使别人得到幸福而必不可少的人召唤去见上帝，而让那些凶恶的、毫无用处的、有害的或者成为自己和别人的累赘的人活在世上？我第一次看到一个人的死，而且永远也忘不了——这是我的亲爱的嫂嫂的死，它给我留下了不可磨灭的印象。正如您问命运为什么要让您的好哥哥死去一样，我也曾经问过为什么要夺走丽莎这个天使的生命。她不仅没有对别人做过坏事，而且她心里除了善良的念头外，从来没有过坏主意。这是怎么回事呢，我的朋友？从那时起，五年过去了，我虽智力贫乏，但已开始明白了为什么需要让她死，她的死怎么只是造物主的无穷尽的仁慈的表现，造物主的所有行动，虽然我们大部分还不能理解，但是都表达了他对自己所创造的人的无限的爱。我经常这样想，也许她像天使那样过于天真无邪，担当不起做母亲的责任。她作为一个年轻的妻子是无可责难的；也许她做不了这样的母亲。现在她不仅给我们，尤其是给安德烈公爵留下了最纯洁的惋惜和回忆，也许她在那里将得到一个我不敢希望得到的位置。这种可怕的早逝尽管令人非常悲伤，但是却对我和我哥哥起了极为良好的作用，而且不只她一个人之死是这样。当时，在失去她时，我不可能有这样的想法；要是有，我会惊恐地驱除它,但是现在这变得非常清楚和毫无疑问了。我给您写这一切,我的朋友,只是为了使您相信福音书里所说的、已成为我的生活准则的一条真理:没有上帝的旨意,我们头上的任何一根头发都不会掉下来。① 而上帝的旨意所依据的只是对我们的无限的爱,因此不管我们发生什么事,都是为了使我们幸福。您问我们是否要到莫斯科去过冬?虽然我很希望看见您,但是我不想而且也不愿意这样做。要是您知道我们不愿去的原因在于波拿巴,您一定会感到奇怪。这是因为家父的身体明显地变得虚弱了:他听不得不同意见,变得容易动怒。您知道,他的怒气主要是针对政治问题而发的。他一想到波拿巴同欧洲的所有国君,尤其是同我们的皇上、伟大的叶卡捷琳娜的孙子平起平坐,就受不了!您知道,我一向对政治漠不关心,但是从家父说的话以及他同米哈依尔·伊万诺维奇的交谈中了解到了世界上发生的所有事情,尤其是知道了人们对波拿巴很敬重,在整个地球上似乎只有在童山既不承认他是伟人,更不承认他是法国皇帝。家父对此不能容忍。我觉得,家父主要是由于对政治问题有自己的看法,又有对谁都毫不客气地说出自己意见的习惯,预见到会与别人发生冲突,因此不愿意提起到莫斯科去的事。他在治病方面取得的效果,会因不可避免地在对波拿巴的看法上与别人发生争论而化为乌有。不管怎么样,这件事很快就能决定。我们家里除了家兄安德烈不在外,一切如常。我已经

---

① 见第一卷第三部第三章注。

写信告诉过您,最近他发生了很大变化。在遭到不幸后,直到现在,直到今年精神上才完全振作起来。他又变成我小时候知道的那样:善良,温柔,是一个无与伦比的好心肠的人。我觉得,他已明白了,他的一生并没有结束。但是在精神上发生这样的转变的同时,身体却变得十分虚弱了。他比以前瘦了,更神经质了。我为他担心,大夫早就要他出国疗养,现在他去了,我很高兴。我希望这能使他恢复过来。您信中对我说,在彼得堡人们都说他是最能干的、最有教养的和最聪明的年轻人之一。请原谅我作为他的一家人的自负,我还从来没有怀疑过这一点。他在这里给所有的人,从自己庄园的农民到贵族,做的好事数不清。到彼得堡后,他只得到了他应得的东西而已。我感到奇怪的是,流言蜚语是如何从彼得堡传到莫斯科的,尤其是像您在给我的信中提到的那些不可靠的传闻,说什么哥哥娶了罗斯托夫家的那位二小姐。我不认为安德烈将来会同什么人结婚,尤其是同她结婚。这是因为:第一,我知道虽然他很少谈起已故的妻子,但是丧妻之痛深深地埋藏在他心里,使他下不了再娶和给我们的小天使找一个继母的决心。第二,因为据我所知,这个姑娘完全不是能博得安德烈公爵喜爱的那一类女人。我不认为安德烈公爵会选择她作为自己的妻子,可以坦率地说:我不希望他这样做。啰里啰唆写得太长了,第二张信纸快要写完了,就此打住。再见,亲爱的朋友;愿您得到神圣的和全知全能的上帝的保护。我的亲爱的女友布里安娜小姐吻您。

玛丽

二十六

仲夏时节,玛丽亚公爵小姐突然接到了安德烈公爵从瑞士寄来的一封信,信中告诉她一个奇怪的和出乎意料的消息。安德烈公爵讲了他跟娜塔莎·罗斯托娃订婚的事。整封信充满着对未婚妻的热情洋溢的爱以及对妹妹的亲密友谊和信任。他写道,他从来没有像现在这样恋爱过,现在才懂得了和了解了生活。他请求妹妹原谅,上次他到童山来时虽然对父亲讲了这件事,但是对她一字未提这个决定。他之所以没有对她说,是因为玛丽亚公爵小姐一定会去请求父亲同意此事,这样不仅达不到目的,反而会惹父亲生气,她就得承受父亲发泄的全部不满。而且,他接着写道,那时事情还没有像现在这样最后定了下来。"当时父亲给我规定了一年的期限,到现在这期限已过了**六个月**,也就是过了一半,我不改变我的决定,态度比任何时候都更坚决了。如果不是大夫要我在这里的矿泉再治疗一段时间,我已回到俄罗斯了,而现在我的归期要往后推迟三个月。你了解我,知道我和父亲的关系。我不需要他为我做什么,我过去不依赖人,将来也永远不会依赖人,但是父亲同我们在一起的日子可能不会太长了,要我违背他的意志做什么事,惹他生气,那就等于毁了我一半的幸福。我现在也给他写一封同样内容的信,请你选一个合适的时候转交给他,并且告诉我,他对所有这些事是怎么看的,我能不能希望他同意把期限缩短三个月。"

玛丽亚公爵小姐经过多次的犹豫和怀疑,做了多次祈祷后,才把信交给了父亲。第二天老公爵平静地对她说：

"写信告诉你哥哥，让他等我死了再说……不会太久了——很快我就会让他解脱了……"

公爵小姐想要辩白，但是父亲不让，嗓门提得愈来愈高。

"结婚吧，结婚吧，亲爱的……门当户对！……人很聪明，啊？又有钱，啊？是的。尼科卢什卡将会有一个好后娘。你写信告诉他，他哪怕明天就结婚也行。她当尼科卢什卡的后娘，我就娶布里安娜！……哈，哈，哈，他也就不会没有后娘了！只有一点，我再也不需要婆娘进我的家门；就让他结婚好了，自己单独去过吧。你大概也想搬到他那里去住？"他问玛丽亚公爵小姐，"上帝保佑你，你大清早就走，大清早就走……大清早就走！"

老公爵发了这次火后，再也没有提起过这件事。但是压在心里的那种由于埋怨儿子意志薄弱而产生的懊恼，在父女之间的关系上表现了出来。除了以前进行嘲笑的由头外，又增加一个新的：关于后娘和他喜欢布里安娜小姐这两个话题。

"我为什么不娶她呢？"他对女儿说，"将会是一位很好的公爵夫人！"最近，使玛丽亚公爵小姐感到困惑和奇怪的是，他发现父亲真的让那个法国女人愈来愈接近他。玛丽亚公爵小姐写信给安德烈公爵，把父亲对他的信的态度告诉了他；但是安慰哥哥，说还有希望使父亲不反对他的想法。

尼科卢什卡和他的教育，还有安德烈和宗教是玛丽亚公爵小姐的安慰和欢乐；但是除此之外，因为每个人都需要有自己个人的希望，玛丽亚公爵小姐在她的内心深处也有一种隐秘的、在生活中给了她主要慰藉的幻想和希望。这种给了她慰藉的幻想和希望是修士们,也就是那些背着老公爵拜访她的疯修士和云游派教徒。玛丽亚公爵小姐活在世上的时间愈长,她的生活体验和观察的结果愈多,她对那些在这里,在尘世中寻求乐趣和幸福的人的短视也就感到愈惊奇;这些人为了得到这种不可能得到的、虚幻的和罪恶的幸福,操着劳,受着苦,斗争着,相互做害人的事。"安德烈公爵爱他的妻子,妻子死了,他这还不够,想要把自己的幸福同另一个女人联系在一起。父亲不愿意这样,因为希望安德烈与门第更显贵和更富有的女子结亲。他俩争执着,受着苦,折磨着和毁坏着自己的灵魂,自己永恒的灵魂,都是为了得到一刹那间的幸福。不仅我们自己知道这一点,而且上帝之子基督来到人间,对我们说,人生短暂,转瞬即逝,它也是一种考验,而我们一直抓住它不放,想在其中找到幸福。怎么谁也不明白这一点呢?"玛丽亚公爵小姐想道,"除了这些受人轻视的修士外,就没有人明白了,这些人背着口袋从后门进来找我,害怕被老公爵碰见,这样做不是为了免遭他的苛责,而是为了不让他造孽。他们扔下家庭,离乡背井,抛开尘世的幸福,以便无所依恋地穿着麻布衣服,隐姓埋名,从一个地方走到另一个地方,不做有害于人们的事,为他们祈祷,既为那些驱逐他们的人,也为那些庇护他们的人祈祷:没有比这真理和生活更高的真理和生活了!"

有一个名叫费多西尤什卡的云游派教徒,五十岁,是一个矮小文静的麻脸女人,她已光着脚,戴着镣铐行走了三十多年。玛丽亚公爵小姐特别喜欢她。有一次,在一个只点一盏神灯的昏暗的房间内,费多西尤什卡讲了自己的一生,这时玛丽亚公爵小姐突然产生了一个非常强烈的念头,她认为只有费多西尤什卡一个人找到了正确的生活道路，她自己也决定要去云游。费多西尤什卡去睡觉后，玛丽亚公爵小姐考虑这件事考虑了很久，最后决定，不管这是多么的奇怪，她应当去云游。她把自己的意图只告诉了听取忏悔的神父阿金菲一个人，这位神父赞同她的意图。于是玛丽亚公爵小姐借口送礼物给云游派教徒，为自己置备了云游用的全套服装：衬衣、树皮鞋、长衫和黑头巾。每当走到放着这服装的衣橱时，她常常停住脚步，拿不定主意，不知是否到了实现她的意图的时候了。

她在听云游派教徒讲故事时，听到她们的那些不假思索说出来的，而她觉得充满深刻意义的平平常常的话，就激动起来，因此有几次她准备扔下一切，离家出走。她在自己的想象中仿佛觉得自己已和费多西尤什卡一起，穿着粗布衬衣，拿着棍子，背着口袋，行走在尘土飞扬的道路上，没有嫉妒，没有常人的爱，没有愿望，从一些上帝的仆人那里走到另一些上帝的仆人那里，最后走向没有悲伤，没有叹息，只有永恒的快乐和幸福的地方。

"我找到一个地方，就做祈祷；还没有来得及习惯和爱上那个地方，又继续向前走。一直走到两腿发软，便在某个地方躺下来死去，这样我终于到了那个永远安息的地方，那里既没有悲伤，也没有叹息！……"玛丽亚公爵小姐想道。

但是后来，当她看见父亲，尤其是看见小科科时，她实现自己意图的决心动摇了，于是偷偷地哭着，觉得自己是一个有罪孽的人，因为爱父亲和侄儿胜过爱上帝。

第四部

一

《圣经》的故事说:不劳动——无所事事——是人类始祖在被逐出伊甸园前过安乐生活的条件。在后来的人身上,仍然有同样的喜欢无所事事的习性,但是人一直受到诅咒,这不仅是因为我们必须汗流满面才得糊口,而且因为我们根据精神品性来说,不能是无所事事和心安理得的。一个秘密的声音告诉说,我们无所事事应该是有罪的。如果人能处于这样一种状态,他既无所事事,又觉得自己是有益的,是在履行自己的职责,那么他就找到了原始的安乐生活的一个方面。处于这种必须的而又无可责难的无所事事状态的,有整整一个阶层——这就是军人。这种必须的而又无可责难的无所事事,过去是、将来仍将是服军役的主要魅力。

尼古拉·罗斯托夫完全体验到了这种安乐生活的乐趣,他在一八○七年后继续在保罗格勒团服役,接替杰尼索夫当上了骑兵连长。

罗斯托夫变成一个举止粗野而又心地善良的小伙子，莫斯科的熟人们见了，会认为他风度不好，但是他受到同事、下属和上司的喜爱和尊敬，对自己的生活很满意。最近，也就是一八〇九年，他在家里的来信中愈来愈经常地看到母亲诉苦的话，说家里的经济状况愈来愈不好，说他也该回家来让年老的双亲高兴高兴，使他们得到安慰。

尼古拉在读这些信时，心里有一种恐惧感，生怕他们要把他从这远离纷扰的世事、过着平静安宁生活的环境里拉出来。他感觉到他迟早要重新陷入生活的旋涡里去，衰败的家业要重振，管家的账目要清查，会发生争吵，要对付阴谋，拉关系，与人们交往，处理同索尼娅的爱情关系，履行对她的诺言，等等。所有这些事极其杂乱，很难处理，他只好用传统的格式给母亲写冷冰冰的回信，信的开头是"亲爱的妈妈"，结尾是"您的听话的儿子"，不提他什么时候回家的事。一八一〇年他接到家里人的来信，信中告诉他娜塔莎和鲍尔康斯基订婚的事，并且说婚礼将在一年后举行，因为老公爵不同意马上结婚。尼古拉接到这封信后很伤心，并且觉得受到了侮辱。第一，他舍不得娜塔莎离开家，因为在一家人当中他最喜欢她；第二，他从一个骠骑兵的观点出发，对自己在娜塔莎订婚时不在家感到遗憾，不然他就可向这个鲍尔康斯基表明，与他结亲根本不是什么高攀，如果他爱娜塔莎，那么他可以不得到怪僻的父亲的允许就结婚。他有过一时的犹豫，心想，要不要请个假，回去看一看订了婚的娜塔莎，但是这时眼看就要举行演习，心里又想起了索尼娅，想起了乱糟糟的事，就把归期推迟了。但是这一年的春天，他接到母亲背着老伯爵写的一封信，这封信使他觉得必须回去了。母亲写道,如果尼古拉再不回来管理家业的话,那么整个庄园就要拍卖,大家只好上街要饭了。老伯爵太软弱,对米坚卡太相信,他太善良,大家都欺骗他,弄得家里的景况愈来愈糟。"看在上帝分上,我求求您,如果你不想让我和你的全家遭到不幸的话,马上就回来。"伯爵夫人这样写道。

这封信对尼古拉起了作用。他具有常人的健全的理智,这健全的理智告诉他**应该**怎么做。

现在<u>应当</u>回去了,即使不退役,那也得请假。他并不知道为什么应当回去;但是吃完午饭睡了一觉后,他便吩咐给那匹很久没有骑、变得非常凶悍的灰色牡马战神备鞍;当他骑着这匹浑身冒汗的牡马回来后,便对拉夫鲁什卡(留在罗斯托夫身边的杰尼索夫的仆人)和晚上到他这里来的同事们说,他要请假回家去。不管他想到他就要走了,不能从司令部打听到他特别关心的事,不知道他是否将提升为骑兵大尉或者是否会因上次演习而得安娜勋章,心里觉得多么的别扭和纳闷;不管他想起没有把三匹黑鬃黄褐色马卖给戈卢霍夫斯基伯爵就要走了心里感到多么的奇怪,而这位伯爵曾和他讨价还价,而他打赌可卖两千卢布;不管他觉得预定要为普沙杰茨卡小姐举行的舞会没有他参加是多么的不可理解,这舞会是骠骑兵们为了与枪骑兵们为鲍尔若佐夫斯卡小姐举行的舞会一比高下而筹划的——不管怎么样,他知道他应当离开这个光明美好的世界,到一个荒唐无稽和混乱的地方去。一个星期后,休假批准了。骠骑兵们,不仅有同团的战友,还有同一个旅的同事,每人出十五个卢布为罗斯托夫饯行,请来了两个乐队演奏和两个合唱队唱歌助兴;罗斯托夫和巴索夫少校跳了特列帕克舞;喝得醉醺醺的军官们把罗斯托夫抬起来往上抛,抱住他而又放下他;第三骑兵连的士兵们又一次把他抬起来往上抛,喊着"乌拉!";然后大家把罗斯托夫放到雪橇上,把他送到第一个驿站。

在旅途的前一半,从克列缅丘格到基辅,如同常有的那样,罗斯托夫想的还全是过去的事——骑兵连里的事;但是过了一半的路程后,他开始忘记三匹黑鬃黄褐色马、自己连的司务长和鲍尔若佐夫斯卡小姐,不安地问自己,他在奥特拉德诺耶会看到什么和什么样的情况。他离家愈近,就愈强烈地、比过去强烈得多地思念自己的家(仿佛情感也服从引力与距离的平方成反比的定律);在到奥特拉德诺耶前的最后一站,他给了车夫三卢布酒钱,像孩子一样上气不接下气地跑上了自家的台阶。

在重逢的欢乐过去后,在那种因情况与所预料的不一样而产生的奇怪的不满感觉(一切还是老样子,我何必急忙赶回来!)消失后,尼古拉开始对家里旧的环境习惯起来。父母还是那样,他们只不过老了些。不同的是,他们有一种焦急不安的情绪,有时不大和睦,这种情况从前未曾有过,尼古拉很快就知道了,这是由于家境不好造成的。索尼娅已经二十岁了。她的体态容貌已定型了,她就现在这种样子,不会长得更漂亮了;但是即使如此也够好看的了。尼古拉到家后,她整个人都充满着幸福和爱,而这个姑娘的忠诚的和不可动摇的爱情使他感到很高兴。使尼古拉最感到惊奇的是彼佳和娜塔莎。彼佳已是一个十三岁的大孩子了,长得很漂亮,快乐聪明而有些淘气,说话嗓音已经变了。尼古拉久久地看着娜塔莎,对她的样子感到惊奇,笑着。

"完全变了。"他说。

"怎么,变丑了?"

"恰恰相反,但是神气十足。成了公爵夫人了?"他低声地问她。

"对,对,对。"娜塔莎高兴地说。

娜塔莎对他讲了自己同安德烈公爵的罗曼司,讲了安德烈公爵如何来到奥特拉德诺耶,把他最近的来信给哥哥看。

"怎么,你高兴吗?"娜塔莎问,"我现在很安心,很幸福。"

"非常高兴,"尼古拉回答说,"他是一个出色的人。怎么,你很爱他吗?"

"怎么对你说呢,"娜塔莎回答道,"我曾经爱过鲍里斯,爱过唱歌教师,爱过杰尼索夫,但是这完全不是那么回事。我现在很平静,很坚定。我知道,不会有比他更好的人,我现在非常安心,非常舒服。完全不像以前那样……"

尼古拉向娜塔莎表示了他对婚礼推迟一年的不满;但是娜塔莎激烈地反驳起哥哥来,对他说,事情只能是这样,违背父亲的意志进他们的家门是不好的,是她自己愿意这样做的。

"你完全,完全不明白。"她说。尼古拉不再说了,同意了她的看法。

哥哥看着她,常常觉得惊奇。她完全不像一个离开了未婚夫的热恋中的未婚妻。她平静,安心,完全像以前那样的快活。这使尼古拉感到奇怪,甚至使他用不信任的目光来看待鲍尔康斯基的求婚。他不相信她的终身大事已经决定了,尤其是因为他没有看见过安德烈公爵和她在一起的情景。他一直觉得在这门亲事里有某种不实在的东西。

"为什么要延期?为什么不举行订婚礼?"他想。有一次他和母亲谈起妹妹的事,惊奇地,同时又有些高兴地发现,母亲在心灵深处有时也同样地怀疑这门亲事。

"你看,他是这样写的,"她一面说,一面给儿子看安德烈公爵的信,内心里怀着一般母亲常有的对女儿未来幸福的夫妻生活的妒意,"他说,他在十二月以前不能回来。究竟是什么原因能使他耽搁这么久?大概是有病!身体很不好。你不要对娜塔莎说。你别看她很快活,这是她无忧无虑的少女时代的最后时日了,我知道她每次收到他的信时是什么心情。不过,上帝保佑,一切都会顺遂的,"每次结束谈话时她都这样说,"他是一个出色的人。"

二

尼古拉在回家后的初期,神情是严肃的,甚至是闷闷不乐的。他因自己必须去过问一团糟的经济问题而苦恼,而母亲正是为了这件事才把他叫来的。为了更快地卸下这个包袱,他在到家后的第三天不回答娜塔莎问他到哪里去的问题,皱着眉头,气冲冲地到厢房里去找米坚卡,要他交出**全部账目**。这**全部账目**是什么,尼古拉知道得比这时感到惊恐和困惑的米坚卡还要少。谈话和查米坚卡的账目没有用多少时间。在厢房的前厅里等候的村长、农民代表和文书开头惊恐而又高兴地听见小伯爵的嗓门愈来愈高,听见他接连不断地骂人和吓唬的话。

"强盗!忘恩负义的畜生!……我要砍了你这个狗东西……我可不像我爸爸……全被你偷光了……坏蛋。"

然后这些人同样高兴和惊恐地看见，小伯爵满脸通红，眼睛充血，抓住米坚卡的衣领把他拖出来，一面骂他，一面在适当时候用腿和膝盖非常灵活地顶他的屁股，喊道："滚！坏蛋，不许你再到这里来！"

米坚卡飞快地跑下六级台阶，进了花坛。（这个花坛是奥特拉德诺耶有过失的人有名的避难所。米坚卡本人喝醉酒从城里回来，常躲进这个花坛，奥特拉德诺耶的许多躲避米坚卡的居民都知道这个花坛是个可以安全藏身的地方。）

米坚卡的妻子和大小姨子们脸上带着惊恐的表情从房间里探头往门廊里张望，房间里一个擦得干干净净的茶炊里的水开了，管家的高高的床上铺着绗好的、被面用一块块碎布拼成的被子。

小伯爵喘着气，不理睬她们，大步从她们面前经过，朝正房走去。

伯爵夫人从女仆那里立即知道了厢房里发生的事，一方面，她想到现在他们的景况将会好转而觉得欣慰，另一方面又怕儿子挑不起这担子而感到不安。她几次踮着脚走到儿子的门前，听着他如何一袋接一袋地抽烟。

第二天，老伯爵把儿子叫到一边，面带畏怯的笑容对他说：

"你知道吗，亲爱的，何必发那么大的火！米坚卡全都对我说了。"

"我就知道，"尼古拉想，"在这里，在这个怪地方，什么事我永远也无法弄明白。"

"你发现他没有记上这七百卢布就生气。可是这笔钱记在下一页上，你没有往下看。"

"爸爸，他是坏蛋和骗子，我知道。我已这样做了，就算了。

如果您不愿意，往后我什么也不对他说了。"

"不，亲爱的。（老伯爵也感到问心有愧。他觉得把妻子的庄园管理得很不好，对不起自己的孩子们，但是不知道如何改变这种状况。）不，我请你把事情管起来，我老了，我……"

"不，爸爸，如果我做了使您不愉快的事，请您原谅；我更不如您。"

"让这些农夫、金钱、转入次页的账目全都见鬼去吧，"他想，"我过去曾懂得如何下赌注，而记账时如何转入下页却什么也不明白。"他心里对自己说，从那时起就再也不过问家里的事了。有一次伯爵夫人把儿子叫到身边，对他说，她有一张安娜·米哈依洛夫娜的两千卢布的期票，问他怎么办。

"原来是这么回事，"尼古拉回答说，"您对我说了，这事让我来决定；我不喜欢安娜·米哈依洛夫娜，也不喜欢鲍里斯，但是他们和我们很要好，而家里很穷。那就这样处理吧！"他把期票撕得粉碎，这个举动使老伯爵夫人欢乐的眼泪夺眶而出，大哭起来。在这之后，小伯爵已不再过问任何事情，怀着极其浓厚的兴趣玩起他还觉得新鲜的猎犬来，而在老伯爵的庄园里养有进行大规模狩猎用的大群猎犬。

三

已是初次上冻的季节，早晨的寒气冻结了被秋雨浸润的土地，秋播作物分蘖了，长得很茂盛，一片鲜绿，它与一块块收割过的、被牲口踩过的褐色的冬麦地和浅黄色的春麦地以及一条条红色的荞麦地的界线显得格外分明。山头和树林在八月底看起来还像是黑色的冬麦地和收割过的庄稼地之间的绿色岛屿,如今变成了鲜绿色的冬麦地中间的金黄色的和鲜红色的汀渚。灰兔的毛已换了一半,小狐狸开始离窝,狼崽长得比狗还要大。这是打猎的最好季节。热心的年轻猎手罗斯托夫的猎犬不仅练出了适于打猎的体形,而且连爪子也磨伤了,因此全体猎手商量后决定让猎犬休息三天,九月十六日出发,从杜布拉瓦开始,因为那里有一个未受惊动的狼窝。

九月十四日的情况是这样的。

这一天猎人们整天待在家里;天气很冷,寒风刺骨,但是傍晚天气转阴,变暖了。九月十五日,年轻的罗斯托夫早晨穿着睡袍朝窗外看了一眼,看见今天早晨对打猎来说再好不过了,瞧那天空仿佛在融化,在无风中往地面下降。空中唯一移动着的东西,是从上面悄悄落下来的烟尘和雾气的微粒。挂在花园里光秃秃的树枝上的晶莹的露珠,不断坠落在刚刚落下的树叶上。菜园里的土地,像罂粟花一样,潮湿黑亮,在不远的地方与灰暗湿润的雾气融为一体。尼古拉开门到了满是泥泞的湿漉漉的台阶上;四周散发着枯叶的气味和狗臊味。那只有黑色花斑、臀部很宽、长着一双凸出的乌黑大眼睛的母灵猩①米尔卡,见主人出来了,就站了起来,向后伸伸腰,像灰兔似的伏下,然后突然跳起来,径直扑上去舔了舔主人的鼻子和胡子。另一只灵猩从花园小径上看见了

---

① 灵猩是一种嗅觉灵敏、腿细善跑的猎犬。

主人,拱起脊背,迅速奔向台阶,翘起尾巴,开始在尼古拉的腿上蹭着。

"噢——嚯!"这时传来了猎手的无法模仿的吆喝声,这声音把深沉的男低音和尖细的男高音结合在一起;从拐角处出来了驯犬师和狩猎长丹尼洛,他留着乌克兰式的童花头,头发灰白,满脸皱纹,手里拿着弯成弧形的短柄长鞭,脸上带着猎人们才有的独立不羁、蔑视世上的一切的神情。他在主人面前摘下了切尔克斯高筒帽,用轻蔑的目光看了他一眼。对这种轻蔑主人并不介意,因为尼古拉知道,这个蔑视一切和自认为高于一切的丹尼洛毕竟不过是他家里的仆役和猎人。

"丹尼洛!"尼古拉喊道,他怯生生地感觉到,他见了这种适于打猎的天气、这些猎犬和这个猎手,立刻就有一种无法遏止的打猎的欲望,有了这种欲望,一个人就会像热恋中的人在情人面前一样,把原来的各种打算全部忘掉。

"有什么吩咐,大人?"丹尼洛用教堂大辅祭那样的低沉的声音问,他的嗓音因吆喝猎犬变得有些嘶哑,他皱着眉头,那双闪闪发亮的黑眼睛朝停止说话的主人看了一眼。"怎么,忍不住了吧?"这两只眼睛好像在这样说。

"天气很好,啊?可以打一围,跑一跑,啊?"尼古拉说,一面搔着米尔卡的耳朵背后。

丹尼洛没有回答,他眨了眨眼睛。

"天一亮我就派乌瓦尔卡去探听了,"他在停了一会儿后用低沉的声音说,"他回来说,已**搬到**奥特拉德诺耶禁伐区了,那里有嗥叫声。"(这"搬到"的意思是指那只他俩都知道的母狼已带着狼崽搬到奥特拉德诺耶树林,这树林离家两俄里,是一个与别处不相连的不大的地方。)

"那就应当去了?"尼古拉说,"你和乌瓦尔卡到我这里来一下。"

"遵命!"

"你等一等再喂狗。"

"是。"

五分钟后,丹尼洛和乌瓦尔卡已站在尼古拉的大书房里了。虽然丹尼洛身材不高,但是看见他在房间里会使人觉得好像看见一匹马或一头熊站在地板上的家具和其他生活设施之间一样。丹尼洛自己感觉到了这一点,便像平常一样紧挨着门站着,说话时声音尽量放得小些,并且一动不动,以便不破坏老爷们的安宁,竭力想赶快把话说完,好从天花板底下出去,到天空底下的宽阔原野里去。

尼古拉进行了详细的询问并从丹尼洛嘴里得知猎犬都还可以后(丹尼洛本人也想去打猎),吩咐给马备鞍。但是丹尼洛刚想要走,娜塔莎就快步进了房间,她还没有梳洗穿戴好,身上只披着保姆的大头巾。彼佳也和她一起跑了进来。

"你去打猎吗?"娜塔莎问,"我就知道你要去!索尼娅说你们不会去。我知道,天气这样好,不可能不去。"

"我们要去。"尼古拉不乐意地回答道,今天他要正经八百地去打狼,不愿带上娜塔莎和彼佳,"我们要去,不过是去打狼,你会觉得没有意思的。"

"你知道,这对我来说是最快乐不过了。"娜塔莎说,"自己要去打猎,吩咐鞴马,却对我们什么也不说,这很不好。"

"罗斯人什么也挡不住,我们走!"彼佳喊道。

"你可不能去,因为妈妈说过,你不能去。"尼古拉对娜塔莎说。

"不,我去,一定要去。"娜塔莎坚决地说。"丹尼洛,给我们鞴马,叫米哈依拉把我的狗带上。"她对狩猎长说。

丹尼洛本来就觉得待在房间里不合适和很难受,而跟小姐打交道更觉得不可思议。他垂下眼睛,急忙往外走,仿佛这与他无关,同时竭力避免无意中做不利于小姐的事。

四

老伯爵一直养着一大批猎手,现在把他们全部交给儿子管理,在九月十五日这一天,他一高兴,自己也要去打猎。

一个钟头后,全体猎手在台阶旁集合。尼古拉板着脸,态度严肃,想要表明他现在没有时间去管琐碎的小事,迈开步子从正在对他说什么的娜塔莎和彼佳面前走过。他检查了猎队的各个部分,先派一批猎手带一群猎犬去布围,自己骑上枣红顿河马,呼唤着自己的那一群猎犬,穿过打谷场朝奥特拉德诺耶禁伐区方向的一片田野驰去。老伯爵的那匹叫维夫梁卡的白鬃白尾枣红色骟马由伯爵的马夫牵着;而伯爵本人则坐轻便马车直接到留给他的那条野兽常走的路上去守候。

出动的猎犬总共五十四只,由六个驯犬师和猎犬管理人带领着。带灵猩的人,除主人们外,有八个人,他们后面有四十多只灵猩奔跑着,因此连同主人们的犬群,出猎的有一百三十来只狗和二十来个骑马的猎手。

每一只狗都认识主人和知道自己的名字。每个猎手知道自己该做什么,知道自己守候的地点和任务。一出围墙,所有的人不再说笑,沿着通往奥特拉德诺耶树林的道路和田野,从容不迫地和不慌不忙地散开。

马在田野上走,好像在毛毯上走一样,有时在穿过道路时,踩在水洼上发出吧嗒吧嗒的声音。天空中的雾气还在悄悄地和不紧不慢地朝地面下降;这一天无风,暖和,四周寂静无声。不时传来猎手的口哨声,马打响鼻声,马鞭抽打声,或离开自己位置的猎犬的尖叫声。

走了将近一俄里后,雾中又出现了五个带狗的骑手,他们朝罗斯托夫家的狩猎队迎面过来。打头的是一个长着一大把灰白胡子的精力充沛、仪表堂堂的老人。

"您好,大叔!"尼古拉在老人到了他跟前时说。

"正当事,快去!……我就知道,"大叔(这是罗斯托夫家的一个并不富裕的远亲,住在邻村)说,"我就知道你忍不住了,你来了,这很好。正当事,快去!(这是大叔爱说的口头禅。)你现在就去禁伐区,我的吉尔奇克得到消息说伊拉金家带着狩猎队已待在科尔尼基了,正当事,快去!不然他会从你的鼻子底下把狼崽抢走的。"

"我就上那里去。怎么,要不要把猎犬合到一起?"尼古拉问,"合到一起……"

于是两家的猎犬合成了一群,大叔和尼古拉便并辔而行。娜塔莎骑马到了他们跟前,只见她裹着头巾,头巾下露出兴奋的脸和闪闪发亮的眼睛,彼佳和猎人米哈依拉,还有保姆派来照看她的驯马师一步不离地跟着她。彼佳笑着什么,抽打着马,拽着缰绳。娜塔莎灵活地、蛮有把握地坐在她的阿拉伯黑马上,稳稳当当且毫不费力地把马勒住。

大叔用不赞同的目光看了彼佳和娜塔莎一眼。他不喜欢把玩耍与打猎这样严肃的事搅和在一起。

"您好,大叔!我们也去。"彼佳喊道。

"您好倒是您好,可不要踩着狗。"大叔严厉地说。

"尼科连卡,特鲁尼拉这条狗多么可爱!它认得我了。"娜塔莎夸奖她心爱的猎狗说。

"首先,特鲁尼拉不是一般的狗,而是猎犬。"尼古拉心里想,严厉地盯了妹妹一眼,力图让她感觉到,这时他们应该保持一定距离。娜塔莎明白了这一点。

"大叔,您别以为我们会妨碍什么人,"娜塔莎说,"我们将待在自己的位置上,一动不动。"

"那很好,伯爵小姐。"大叔说。"只是不要从马上摔下来,"他加了一句,"因为——正当事,快去!——没有什么可支撑的。"

在大约一百俄丈的地方已看得见奥特拉德诺耶禁伐区这个孤岛了,驯犬师们朝它走过去。罗斯托夫和大叔最后商定从哪里放出猎犬,并且给娜塔莎指定了她应待的和不会有任何野兽跑来的位置,然后朝谷地上方的围猎地过去。

"喂,好侄儿,你这是去守候那只老狼,"大叔说,"说好了,别让它溜了。"

"这要看运气了。"罗斯托夫答道。"卡拉依,走吧!"他吆喝一声，用这一声吆喝作为对大叔的回答。卡拉依是一只两腮长长毛的难看的老公狗，它因单独捕获了一只老狼而出名。大家都各就各位。

老伯爵知道儿子打猎时脾气急躁，便急忙赶来，唯恐迟到，驯犬师们还没有到达指定地点，伊里亚·安德烈依奇就赶着两匹黑马拉的轻便马车，脸色红润，双颊颤动着，高高兴兴地沿着秋播作物地到了留给他的位置，然后抻了抻皮袄，佩带上了打猎用具，上了他的那匹像他自己一样光滑肥壮、温和善良、毛色灰白的维夫梁卡。轻便马车和拉车的马被打发走了。伊里亚·安德烈依奇伯爵虽然不大喜欢打猎，但是牢记着打猎的规矩，他到了他站的灌木林的边上，理好缰绳，在马鞍上坐稳，觉得自己都准备好了，便微笑着朝四周张望了一下。

在他身旁站着他的跟班谢苗·切克马尔，这是一个老骑手，但动作已不灵便了。切克马尔带着三只像主人和马一样变得肥胖的凶悍的捕狼猎犬。两只聪明的老狗不拴皮带躺着。在大约百步以外的灌木林边上，站着伯爵的另一个马夫米季卡，此人特别喜欢骑马，并且是一个打猎的狂热爱好者。伯爵按照古老的习惯，在打猎前喝了一银杯猎人喝的露酒，吃了点酒菜，又喝了半瓶他喜欢喝的波尔多红葡萄酒。

伊里亚·安德烈依奇喝了酒加上骑着马，脸稍微有点红；他的那双有点湿润的眼睛显得特别明亮，他裹着皮袄，坐在马鞍上，那模样活像是一个准备带出去游玩的孩子。

瘦削和双颊下凹的切克马尔安排好自己的事情后，不时地瞧瞧他的那位已和睦相处了三十年的主人，看到主人心情很愉快，便等待着进行愉快的谈话。还有第三个人从树林那边小心翼翼地过来（显然已告诫过他），在伯爵后面停住。过来的是一个白胡子老头，他身穿女式外衣，头戴高筒帽。这是小丑娜斯塔西娅·伊万诺夫娜。

"喂，娜斯塔西娅·伊万诺夫娜，"伯爵对他眨眨眼，低声地说，"你只会惊走野兽，丹尼洛会给你厉害瞧的。"

"我……不比别人差。"娜斯塔西娅·伊万诺夫娜说。

"嘘——嘘！"伯爵叫他别作声，朝谢苗转过身去。

"见到娜塔莉娅·伊里尼什娜了吗？"他问谢苗，"她在哪里？"

"她和彼得·伊里奇①在扎罗夫草地附近，"谢苗微笑着回答道，"别看她是一位小姐，特别喜欢打猎。"

"谢苗，你看见她骑马觉得惊奇吧……啊？"伯爵说，"就是男子汉也只能这样！"

"怎么不惊奇？勇敢，灵活！"

"尼科拉沙②在哪里？在利亚多夫高地，是吗？"伯爵仍然低声地问。

"正是，老爷。少爷知道该在哪里守候。他对马术那样精通，我和丹尼洛有时感到非常吃惊。"谢苗说，他知道如何讨主人的欢心。

"马骑得不错，啊？骑在马上的姿势怎么样，啊？"

"简直像画里画的一样！前几天在扎瓦尔扎草地上追捕一只狐狸。少爷开始进行拦截，不让进密林，跑得快极了——那马价值

---

① 彼得·伊里奇是彼佳的名字和父称。
② 尼科拉沙是尼古拉的爱称。

千金,而骑手更是无价之宝!是的,像他这种好样的年轻人到哪里去找!"

"到哪里去找……"伯爵重复着他的话,看来为谢苗这样快就把话说完而感到惋惜,"到哪里去找。"他说,撩起皮袄的前襟,掏出了鼻烟壶。

"前些日子少爷佩戴着所有勋章和奖章做完日祷出来,于是米哈依尔·西多雷奇……"谢苗没有把话说完,他听见寂静的空中传来了猎犬追捕猎物的吠叫声和两三只猎犬的呼应声。他低下头注意地听,默默地对主人做了个手势。"找到了一窝狼崽……"他低声说,"带人直接追到利亚多夫高地去了。"

伯爵忘了收敛起脸上的笑容,望着前面远处的林中小道,手里捧着鼻烟壶,但没有闻鼻烟。紧接着猎犬的吠叫声,又传来了丹尼洛吹响的追狼的低沉的号角声;一群猎犬和头三只猎犬会合了,可以听见猎犬时高时低地吠叫起来,还可以听见一种进行呼应的特别的吠叫声,这说明已在追捕狼了。驯犬师已不对猎犬吆喝了,而是发出"呜——溜——溜"的声音,命令它们追上去,在所有这些声音中,丹尼洛发出的时而低沉、时而尖得刺耳的声音可以听得特别清楚。他的声音仿佛充满了整个树林,而且传出树林外,在远处田野里回响着。

伯爵和他的马夫默默地听了几秒钟,确信猎犬已分为两群:一群很大,吠叫得特别起劲,已开始逐渐远去;另一群沿着树林奔跑,在伯爵面前经过,在这一群里可以听见丹尼洛发出的命令声。这群猎犬合合分分,但都渐渐跑远了。谢苗叹了一口气,弯下腰,以便整一整被小公狗搅乱了的皮带。伯爵也叹了一口气,觉察到自己手中捧着鼻烟壶,便把它打开,取出一撮鼻烟。

"回来!"谢苗朝跑离林边的公狗喊道。伯爵浑身颤抖了一下,手里的鼻烟壶掉到了地上。娜斯塔西娅·伊万诺夫娜下马去捡鼻烟壶。

伯爵和谢苗看着他。突然,如同常有的那样,追赶声一下子靠近了,仿佛猎犬张开大嘴的吠叫声和丹尼洛"呜——溜——溜"的命令声很快就要到他们跟前。

伯爵朝四周看了一眼,看见米季卡在右边正瞪着两眼望着他,同时抬了抬帽子,向他指着前面的另一边。

"当心!"他大声喊叫起来,仿佛他早就按捺不住地要这样喊。接着放开猎犬,朝伯爵奔驰过来。

伯爵和谢苗骑马从林边出来,看见了左边有一只狼,这只狼微微摆动身子,正在轻轻地朝左边刚才他们站的林边跑去。凶猛的猎犬尖声吠叫了一声,挣脱皮带,从马腿旁朝那只狼追去。

狼停了一下,像得了喉头炎似的,朝猎犬笨拙地转过额头很宽的脑袋,还像刚才那样微微摆动身子,蹦了一下两下,摇摇尾巴,钻进树林边缘不见了。这时,从对面的林边慌慌张张地蹿出一只、两只、三只猎犬,它们发出像哭一样的吠叫声,一起沿着田野里刚才狼跑过的地方追去。在猎犬之后,榛树丛分开了,出现了丹尼洛的那匹因满身是汗而皮毛发黑的栗色马。丹尼洛身体蜷缩着,朝前倾,骑在长长的马背上,他没有戴帽子,头上的白发乱蓬蓬的,通红的脸上冒着汗。

"呜——溜——溜,呜——溜——溜!"他喊道。当他看见伯爵时,眼睛里射出了一道闪光。

"可惜!……"他喊道,举起鞭子朝伯爵做了一个威吓的动作。

"把狼——走了!……还算什么猎人!"他似乎不愿再理睬惊慌失措的伯爵,窝着对他的满腔怒火,狠狠地朝栗色骟马凹陷下去的汗湿的肚子抽了一鞭,就跟着猎犬跑了。伯爵好像受了罚一样站在那里,朝四周张望,想用笑脸博得谢苗对自己的处境的同情。但是谢苗已不在那里了:他绕过灌木丛前去拦截狼,不让它进树林。那边的猎手们也都在追捕那野兽。但是狼在灌木丛里走,没有一个猎手能截住它。

五

这时尼古拉·罗斯托夫正在自己的位置上守候着狼。根据时近时远的追逐声,根据他熟悉的猎犬的吠叫声,根据驯犬师时远时近和不断抬高的呼喊声,他感觉到在孤岛般的树林里正在发生什么事。他知道,树林里有初生的狼(小狼)和长成的狼(老狼);他知道,猎犬分为两群,某个地方正在进行追捕,而某个地方事情进行得不大顺手。他每时每刻都在等待着狼到他这边来。他做了几千种设想,估计狼会从哪边跑来,怎样跑来,考虑他如何追捕它。他心里的希望不断为失望所取代。他几次向上帝祈祷,盼望狼跑到他这里来;他祈祷时非常热情和诚实,就像那些因微不足道的小事而焦急不安的人进行祈祷一样。"你为我做这件事,根本费不了多大力气!"他对上帝说,"我知道,你伟大,我不该向你提出这个请求;但是请你务必让那老狼朝我跑过来,让卡拉依当着在那里守候的大叔的面狠狠地咬住它的喉咙不放。"在这半个钟头里,尼古拉连续不断地用紧张不安的目光上千次地扫视树林的边缘,那里的一片白杨幼林上矗立着两棵稀有的橡树;扫视边沿被水冲塌的冲沟以及右边灌木丛里依稀可见的大叔的帽子。

"不,不会有这样的运气,"罗斯托夫想,"这是多么可贵啊!不会有的!我无论是玩牌还是打仗,运气从来都不好。"于是奥斯特利茨战场的情景和多洛霍夫的样子清晰地,但迅速交替着在他的想象中闪现。"只要一生中有一次能逮住一只老狼,我就再也没有别的愿望了!"他一面想,一面集中注意力,朝左边看看,又朝右边瞧瞧,倾听着追捕野兽发出的任何一点微小的声音。他又朝右边看了一眼,发现有个什么东西沿着空旷的田野朝他跑过来。"不,这不可能!"罗斯托夫想,像一个眼见盼望已久的事正在实现的人那样深深地喘着气。巨大的幸福实现了——而且是那样地简单,那样地毫不声张,那样地平平常常和不加宣扬。罗斯托夫简直不相信自己的眼睛,他的这种疑惑延续了一秒多钟。狼正在向前跑着,吃力地跳过了它路上的一道沟。这是一只老狼,脊背灰白,肥胖的肚子有点发红。它不慌不忙地跑着,显然相信没有任何人看见它。罗斯托夫屏住呼吸,回头看了看猎犬。这些猎犬有的躺着,有的立着,没有看见狼,不明白是怎么回事。老狗卡拉依转过头,龇着黄牙,生气地寻找着狗蚤,顺着自己的后腿咔嚓咔嚓地咬着。

"鸣——溜——溜。"罗斯托夫噘起嘴唇,低声喊道。猎犬抖动了铁链,跳了起来,竖起了耳朵。卡拉依搔完它的后腿后,也站了起来,竖起耳朵,轻轻地摇了摇狗毛纠结成团的尾巴。

"放出去还是不放?"当那只狼离开树林朝他过来时,尼古拉自言自语地说。突然狼的整个嘴脸变了;它看见一双它大概还没有见过的人的眼睛注视着它,浑身颤抖了一下,略微朝猎人转过头来,站住了,大概是在想:是后退还是向前走?"嘿!反正都一样,向前!……"看来它仿佛对自己这样说,于是它不再回头看,轻松自如然而坚决果断地一纵一跳着朝前走了。

"呜——溜——溜!……"尼古拉喊叫起来,那声音听起来好像不是他的一样,他骑的那匹骏马自行冲下山去,跃过一个个水沟去拦截那只狼;猎犬跑得更快,赶到了马的前头。尼古拉听不见自己的喊声,感觉不到他在骑着马奔跑,既没有看见猎犬,也没有看见他经过的地方;他只看见那只狼,看见它加快了速度,没有改变原来的方向,沿着谷地奔跑着。第一个出现在狼近旁的是黑色花斑、臀部很宽的米尔卡,它开始逐渐靠近那只野兽。离得愈来愈近了……眼看它就要追上了。但是狼斜着眼睛看了看它,米尔卡便不像平常那样使劲扑上去,而是翘起尾巴,突然两条前腿撑着地站住了。

"呜——溜——溜——溜!"尼古拉喊道。

红毛的柳比姆从米尔卡背后跳出来,迅速向狼扑去,咬住了它的后腿,但是就在这时又惊恐地跳到了另一边。狼蹲了下来,龇了龇牙,重新站起来往前跑,所有猎犬没有再去接近它,在离它一俄尺的地方跟着。

"要跑掉了!不,这不行。"尼古拉想道,继续扯着嘶哑的嗓门喊着。

"卡拉依!呜——溜——溜!……"他一面喊着,一面用眼睛寻找这只老公狗,这是他唯一的希望。卡拉依使出全身的力气,尽可能地挺直身子,盯住那只狼,费力地跑到它一边,想要截住它。但是狼跑得快而卡拉依跑得慢,根据这一点可以看出,卡拉依失算了。尼古拉看见在前面离自己不远的地方就是树林,狼跑到那里一定会溜掉。这时前面出现了一群猎犬和一个骑着马几乎迎面跑过来的猎人。还有希望。一条尼古拉没有见过的、来自另一犬群的体形很长的深褐色小公狗迅速从前面向狼冲过来,几乎把它撞倒了。狼出乎意外地很快爬起来,朝小公狗扑过去,咔嚓咬了一口——于是浑身是血、肚子被咬破的小公狗尖声地叫起来,一头栽倒在地上。

"卡拉尤什卡[①]!老伙计!……"尼古拉哭着喊道。

这条腿上的毛卷成一团团的老公狗,利用小公狗阻拦的机会切断了狼的道路,离狼只有五步远了。狼仿佛感觉到了危险,斜眼朝卡拉依看了看,把尾巴夹得更紧,想加快速度跑掉。但是这时,尼古拉只看见卡拉依发生的情况——它转瞬之间到了狼身上,同狼一起滚到了它们前面的水沟里。

水沟里几条猎犬和狼咬在一起,狼的灰白色的毛和它的一只伸直的后腿从猎犬下面露出来,它抿住耳朵,一副惊恐的样子,喘不过气来(卡拉依咬住了它的喉咙)。——尼古拉看见这情景的那一分钟,是他一生中最幸福的时刻。他已抓住鞍桥,想要下马去打那只狼,突然狼从这一群猎犬中间伸出了脑袋,然后把前腿搭到了沟沿上。它咬了咬牙(这时卡拉依已没有咬住它的喉咙

① 卡拉尤什卡是卡拉依的爱称。

了），两条后腿一蹬，跳出了水沟，夹起尾巴，摆脱了猎犬，又向前逃跑了。卡拉依身上的毛竖了起来，它大概是摔伤了或被咬伤了，吃力地从沟里爬出来。

"我的上帝！这是为什么呀？……"尼古拉绝望地喊叫起来。

大叔的一个猎手从另一边过来拦截，他带的猎犬又把狼挡住了。狼再一次被围住了。

尼古拉和他的马夫，大叔和他的猎手围着狼打转，命令猎犬冲上去，叫喊着，每当狼蹲下时，他们都准备下马来打它；每当狼抖抖身子，往那能救它命的禁伐林里跑时，他们便朝前追去。

早在这次追捕开始时，丹尼洛听见"呜——溜——溜"的喊声，便策马来到了林边。他看见卡拉依咬住了狼，以为事情已结束了，便勒住马。但是当他看到猎手们没有下马，狼抖了抖身子又要逃跑时，便催动他的栗色马，但不是朝狼奔去，而是一直奔向禁伐林，像刚才卡拉依那样去拦截狼。由于朝这个方向走，他在大叔的猎犬挡住狼时赶到了狼的跟前。

丹尼洛左手握着出鞘的短刀，一声不响地骑马往前走，像用连枷打谷一样，用短柄长鞭抽打着栗色马凹进去的肚子。

尼古拉在那匹栗色马喘着粗气从他身旁过去前，没有看见丹尼洛和听见丹尼洛的喊声，他也没有听见身体扑下去的声音，没有看见丹尼洛已在猎犬中间趴在狼的背上，竭力想抓住狼的耳朵。无论是猎人们还是猎犬和狼都已经明白，现在事情已经结束了。狼惊恐地抿起耳朵，想要起来，但是猎犬团团围住它。丹尼洛欠起身来，使劲往下压，整个沉重的身体像要躺下休息一样倒在狼身上，伸手抓住它的耳朵。尼古拉想要刺它，丹尼洛低声说："不要这样，让我们把它的嘴捆住。"说着他改换了一个姿势，用脚踩住狼的脖子。人们朝狼的嘴里塞进了一根棍子并且捆好，好像给它戴上皮嚼子一样，然后捆住它的四脚，丹尼洛把它从这边到那边来回翻了两次。

人们脸上带着快乐和疲乏的表情，把这只活捉的狼放到一匹想要急忙闪开和打着响鼻的马的背上，这只狼在猎犬朝它发出的尖细的吠叫声伴随下，被驮到了大家集合的地方。猎犬抓到了两只小狼，灵猩抓到了三只。猎手们带着猎物聚拢来，讲述着捕狼的经过，大家都来看老狼，而那野兽嘴里咬着一根棍子，低下脑门宽阔的脑袋，用呆板无神的大眼睛望着周围的这一群狗和人。当有人碰它时，它抖动着被捆住的腿，惊恐而又直瞪瞪地看着大家。

伊里亚·安德烈依奇伯爵也骑马过去，碰了碰狼。

"啊，好大一只狼。"他说。"很大，是吧？"他问在他身旁的丹尼洛。

"很大，大人。"丹尼洛急忙脱下帽子回答道。

伯爵想起了被他自己放走的狼以及同丹尼洛的冲突。

"不过，老弟，你爱生气。"伯爵说。丹尼洛什么也没有说。只羞怯地像孩子那样温和而愉快地笑了笑。

六

老伯爵回家去了。娜塔莎和彼佳留了下来，不过答应很快就回去。打猎继续进行，因为天色还早。中午时分，猎犬都放进了长满稠密幼林的峡谷。尼古拉站在一片收割过的庄稼地里，看得见所有的猎手。

在尼古拉对面是一片秋播作物地，他手下的一个猎手一个人在那片榛树丛后面的坑里站着。猎犬刚刚放出去，尼古拉就听见他熟悉的猎犬沃尔托恩追捕野兽发出的断断续续的吠叫声；别的猎犬参加了进来，追捕声时起时落。过了一会儿，从树林里传出了追捕狐狸的喊声，于是整个犬群合在一起，离开尼古拉，沿着一个沟岔朝秋播作物地追去。

尼古拉看见几个戴红帽的猎犬管理人沿着长满幼林的峡谷的边缘奔驰着，他甚至看见了猎犬，并且随时都希望在那一边，在秋播作物地上有狐狸出现。站在坑里的猎手开始行动，他放出猎犬，这时尼古拉看见有一只样子古怪的矮矮的红狐狸拖着一条大尾巴，急急忙忙地在秋播作物地里跑。猎犬开始追上它。眼看猎犬已经靠近了，狐狸在它们之间转圈，转得愈来愈快，用毛茸茸的尾巴在自己周围画着圈，这时不知哪家的一只白狗扑了上去，接着一只黑狗也上去了，于是一切都乱成一团，猎犬分开来屁股朝外站着，围成一个星形，微微抖动着身子。两个猎手骑马到了猎犬跟前，一个头戴红帽，另一个是陌生人，身穿绿色长衫。

"这是怎么回事？"尼古拉想道，"这个猎手是从哪里来的？这不是大叔家的。"

猎手们夺下狐狸，没有把它往马鞍上挂，两人在马下站了很长时间。拖着缰绳、鞴着马鞍的马在他们附近站着，猎犬也在那里躺着。猎手们挥动着手，好像在争那只狐狸。从那里传来了号角声，这是要打架的信号。

"伊拉金家的猎手在和我们的伊万争吵。"尼古拉的马夫说。

尼古拉派马夫去把妹妹和彼佳叫到自己身边来,自己骑着马慢步前往驯犬师集合猎犬的地方。几个猎手已骑着马到打架的地点去了。

尼古拉下了马,与刚骑马过来的娜塔莎和彼佳在猎犬旁边站住,等待着吵架的事结束的消息。从林边出来了那个打架的猎手,鞍桥后面挂着一只狐狸,他到了小主人跟前。他远远地摘下帽子,竭力想把话说得恭敬些;但是他脸色苍白,喘着粗气,脸上带着恶狠狠的表情。他的一只眼睛被打伤了,但是他大概还没有发觉这一点。

"你们那里怎么啦?"尼古拉问。

"自然是他想把狐狸从我们的狗嘴里抢走!是我的灰色的母狗捉住的。你想,有这样的道理吗!居然伸手来抓狐狸!我就举起狐狸给他一下子。往后退,狐狸在鞍桥后面挂着呢。想尝尝这个吗?"猎手指着短刀说,大概他脑子里还仍然在和他的仇敌说话。

尼古拉没有同猎手说话,叫妹妹和彼佳等一等他,自己便到敌对的伊拉金家的猎手那里去了。

取胜的猎手到了猎手们中间,被这些同情而又好奇的人围住,讲述着自己的功绩。

事情是这样的:与罗斯托夫家有争执并正在打官司的伊拉金在通常属于罗斯托夫家的地方打猎,现在似乎有意叫他的猎手到罗斯托夫家打猎的树林来,让一个猎手去抢别人的猎犬追捕的猎物。

尼古拉从来没有见过伊拉金,但是他议人论事好走极端,感情容易冲动,听说这个地主蛮横霸道,便非常恨他,把他看作最凶恶的敌人。他现在骑着马愤怒而又激动地朝他过去,手里紧紧握着短柄长鞭,为对自己的敌人采取最坚决和最危险的行动做好了一切准备。

他刚转过树林的突出部,就看见一个头戴海狸皮帽的肥胖的地主骑着一匹上等的黑马朝他迎面过来,后面跟着两名马夫。

尼古拉发现伊拉金不是敌人,而是一个仪表堂堂、彬彬有礼的地主,并且看出他特别愿意和小伯爵结识。伊拉金到了罗斯托夫跟前,抬了抬海狸皮帽,说他对发生的事感到十分遗憾;说他已下令惩罚那个胆敢抢别人的猎犬追捕的猎物的猎人,表示希望同伯爵结交,并邀请他到自己的地方去打猎。

娜塔莎担心哥哥会做出什么可怕的事情,焦急不安地骑着马在不远处跟着他。她看见两个仇敌友好地相互行礼致意,便到了他们跟前。伊拉金看见娜塔莎,把他的海狸皮帽抬得更高,愉快地笑了笑,说伯爵小姐无论就对打猎的爱好还是就他早有所闻的美貌来说,都很像狄安娜[①]。

伊拉金为了弥补他的猎手的过错,恳请罗斯托夫到一俄里外他留给自己打猎的山脚去,据他说,那里到处都是兔子。尼古拉同意了,于是人数增加了一倍的猎手出发了。

到伊拉金的山脚去要经过田地。猎手们排成一排。老爷们在一起走。大叔、罗斯托夫、伊拉金不时悄悄地看看对方的猎犬,竭力做得使对方不觉察到这一点,不安地在对方的猎犬中寻找自己的猎犬的敌手。

---

① 狄安娜是罗马神话中的月亮和狩猎女神。

使罗斯托夫特别感到惊讶的是伊拉金的犬群中的一只红色花斑的纯种小母狗,它体形细长,但是肌肉坚硬如钢,嘴脸清秀,长着一双凸出的黑眼睛。他曾听说伊拉金的狗跑得很快,现在认为这只漂亮的小母狗是他的米尔卡的敌手。

伊拉金谈起了今年的收成,在这严肃的谈话的中途,尼古拉向他指了指他的那只红色花斑的母狗。

"您的这只母狗真漂亮!"他用漫不经心的口气说,"跑得快吗?"

"这一只?是的,这是一只好狗,能捉野兽。"伊拉金用满不在乎的声调说他的红色花斑的母狗叶尔扎,其实这只狗是他去年用三户家仆向邻居换来的。"这么说来,伯爵,你们那里的粮食产量也不那么好吧?"他接着已开始的话头说。他认为出于礼貌也应该对小伯爵说同样的夸奖的话,便看了看罗斯托夫的狗,选中了因臀部很宽而引起他注意的米尔卡。

"您的这条黑色花斑的狗真漂亮——很灵活!"他说。

"是的,还可以,能跑。"尼古拉回答道。而心里想:"只要野地跑出一只大灰兔,我就可以让你看看这是一只什么样的狗!"他对马夫转过头来说,如果有哪个猎手发现一只卧着的兔子,将赏他一个卢布。

"我不明白,"伊拉金接着说,"为什么有的猎人看见别人打的野兽和别人的猎犬就眼红。我可以对您说说我自己,伯爵。您知道,我骑着马跑一跑就觉得很愉快;和这样的朋友相遇……还有什么比这更好的(他又冲着娜塔莎抬了抬自己的海狸皮帽子);至于说带回多少只野兽——对我来说无所谓!"

"就是嘛。"

"我也不为因为野兽是别人的狗而不是我的狗逮住的而感到不快——我只要欣赏追捕就行了,是这样吧,伯爵?然后我来判断……"

"追——捉住它!"这时只听得一个管猎犬的人停住脚步,发出拉长声音的叫喊声。这个人站在收割过的庄稼地里的小丘上,举起了短柄长鞭,再一次拉长声音喊道:"追——捉住它!"(这喊声和举起的短柄长鞭意味着他发现了卧着的兔子。)

"啊,好像发现了兔子。"伊拉金漫不经心地说,"怎么样,伯爵,我们去追捕吧。"

"对,应当过去……怎么样,一起去?"尼古拉一面回答,一面注视着叶尔扎和大叔的红毛鲁加依,他还一次也没有让自己的狗和这两个敌手比试过。"要是把我的米尔卡打败了,怎么办呢!"他心里想,同时与大叔和伊拉金一起并辔朝兔子跑过去。

"兔子大吗?"伊拉金一面问,一面朝发现兔子的猎手那里走,不无激动地环顾四周,吹口哨招呼叶尔扎……

"您怎么样,米哈依尔·尼卡诺雷奇?"他问大叔。大叔骑在马上紧皱着眉头。

"我凑什么热闹!要知道你们的狗——正当事,快去!——每一只都是用一个村子换来的,价值千金。你们比试吧,我就在一边看!"

"鲁加依!嘿,嘿!"他喊道,"鲁加尤什卡!"他加了一句,不由得想用这爱称来表达他对这只红毛公狗的喜爱和寄托在它身上的希望。娜塔莎看见了和感觉到了这两位老人和她哥哥竭力掩盖起来的激动的心情,她自己也很激动。

小丘上的猎手举起鞭子站着,老爷们骑着马慢步朝他过去;地平线上的猎犬转身离开了兔子;猎手们而不是老爷们,也走开了。猎手和狗都缓慢地、稳重地移动着。

"兔子脑袋朝哪一边卧着?"尼古拉朝那个发现兔子的猎手走了百步光景,问道。但是那猎手还没来得及回答,灰兔好像感觉到次日清晨的严寒一样,躺不住了,跳了起来。一群系着系索的猎犬,吠叫着冲下山去追兔子;不拴皮带的灵猩也从四面八方跟着猎犬朝兔子奔去。所有这些慢慢走着的猎犬管理人嘴里喊着"站住!"把猎犬集合起来,而管灵猩的人则喊着"追!"带着灵猩沿着田野跑去。平常很镇定的伊拉金,还有尼古拉、娜塔莎和大叔自己也不知道是怎么回事和往哪里去,也飞驰着,眼睛里只看见狗和兔子,担心哪怕只有一瞬间没有看见追捕的情景。这是一只大兔子,跑得很快。它跳起来后,没有马上就跑,而是动动耳朵,倾听着四面八方发出的喊声和马蹄声。它不太快地跳了十来下,等狗过来后,最后选定一个方向,感到处境危险,便抿起耳朵,撒开腿就跑。它原来卧在收割过的庄稼地里,但是前面是秋播作物地,那里泥泞难跑。发现它的猎人的两只狗离得最近,首先注意到兔子,飞快地去追它;但是没有追多远,从它们的后面冲出了伊拉金的红色花斑的叶尔扎,到了离兔子只有一只狗的距离的地方后,对准兔子的尾巴扑过去,以为能抓住兔子了,可是没抓着,打了一个滚。兔子弓起背,跑得更快了。从叶尔扎的后面蹿出了臀部很宽的黑色花斑的米尔卡,很快追上了兔子。

"米卢什卡①，亲爱的！"传来了尼古拉得意洋洋的喊声。看来米尔卡马上就要扑上去抓住兔子，但是它追上后扑了个空。灰兔摆脱了它。这时漂亮的叶尔扎又压过来，悬在灰兔尾巴的上方，仿佛在估量距离，以免这一次又扑空，想要抓住它的后腿。

"叶尔曾卡②，好样的！"可以听见伊拉金像哭一样的、完全变了样的喊声。叶尔扎没有听见他的恳求。在本来预料它能抓住灰兔的一刹那，兔子来一个急转弯，跑到了秋播作物地和收割过的庄稼地的边界上。叶尔扎和米尔卡像套在马车上的一对马，一起去追赶兔子；在边界上灰兔跑得轻松些，两条狗不能很快接近它。

"鲁加依！鲁加尤什卡！正当事，快去！"这时又有一个人喊起来，于是大叔的那只红毛驼背的公狗鲁加依伸一伸腰和弓一弓背，赶上了前面的两只狗，奋不顾身地朝兔子扑过去，把它从边界上撞到秋播作物地里，在污泥没膝的秋播作物地里又一次更加凶狠地扑上去，只见它背上沾满污泥，与兔子滚在一起。其余的狗排成星形围住它。过了一会儿，大家都到了聚集在一起的狗旁边。只有大叔一个人喜气洋洋地下了马，把兔子的后腿割下来。他抖动着兔子，让血流出来，不安地向四周张望，有些手足无措，自己也不知道在和谁说什么。"瞧，这事干的……瞧这些狗……瞧它胜过了所有的狗，胜过价值千金的，也胜过只值一个卢布的——正当事，快去！"他喘着气说，愤恨地环顾四周，好像在骂什么人，好像所有的人都是他的敌人，所有的人都欺负

---

① 米卢什卡是米尔卡的爱称。
② 叶尔曾卡是叶尔扎的爱称。

他,到现在他终于进行了报复。"瞧,你们价值千金的狗也不过如此,——正当事,快去!"

"鲁加依,给你兔子腿。"他说,把一条割下来的沾着泥的兔子腿扔给它,"该你享受,正当事,快去!"

"它累坏了,单独追赶了三次。"尼古拉说,他不听任何人说话,也不关心别人有没有听他说。

"怎么能这样拦截!"伊拉金的马夫说。

"它一失足,任何一只看院子的狗都能逮住它。"这时伊拉金说,他满脸通红,由于骑马跑得太快和内心激动而吃力地喘着气。与此同时,娜塔莎气也不喘一下,快乐和兴奋地尖叫着,震得人们的耳朵嗡嗡响。她的这尖叫声表达了别的猎手在这时的谈话里所说的意思。这尖叫听起来怪声怪气,如果这是在另一个时候,那么她自己想必会因为这样怪叫而觉得难为情,大家也都会感到惊讶。大叔亲手把灰兔在鞍后的皮带上系好,动作灵活而迅速地把它搭在马屁股上,他这样做仿佛是在责备大家,接着带着不想同任何人说话的神气,骑上他的浅栗色马走了。除了他以外,所有的人神情忧郁,好像觉得受了侮辱一样,上马各自回家了,在过了很长时间后,才恢复以前的那种假装的心平气和的样子。他们还久久地看着红毛的鲁加依,那只猎犬沾满污泥,驼着背,弄得链子叮当响,带着胜利者的泰然自若的神气,在大叔的马后面快步走着。

"怎么样,在不追捕野兽时,我像大家一样。而一旦要这样做时,那你就瞧着吧!"尼古拉觉得那只狗的神气仿佛在这样说。

过了好长时间,大叔骑马到尼古拉跟前,同他说起话来,尼古拉看见大叔在发生这一切之后还过来和他说话,心里感到有点受宠若惊。

七

傍晚,伊拉金和尼古拉告了别,这时尼古拉发现自己离家很远,他接受了大叔的建议,离开自己的猎人们到大叔的村庄米哈依洛夫卡过夜。

"如果到我的村子去——正当事,快去!"大叔说,"那就更好了;您瞧,天气潮湿,可以休息休息,让伯爵小姐坐轻便马车回去。"大叔的建议被接受了,随即派一个猎手到奥特拉德诺耶去赶马车来;尼古拉带着娜塔莎和彼佳到大叔家去了。

五六个大大小小的男仆跑到大门口的台阶上迎接主人。几十个老老少少的女人从后门的台阶上探出身来看到达的猎手们。娜塔莎这位贵族小姐骑马来到,使得大叔的好奇的仆人们极为惊讶,他们当中的许多人毫不客气地到了她跟前,打量着她,当着她的面评头品足,好像她不是人,而是一个既听不见,也听不懂他们说的话的怪物似的。

"阿琳卡,你看,她侧着身子骑在马上。她坐在马鞍上,裙子的下摆在摆动……瞧,还有一个小号角!"

"老天爷,还带着一把刀子!……"

"瞧,准是个鞑靼女人!"

"你怎么不会从马上栽下来呢?"一个最大胆的女人直接问娜

塔莎。

大叔在他的那座周围长满花草的小木屋门口下了马,看了看他的家人们,大声命令闲人走开,吩咐有关的人做好接待客人和猎手的一切准备。

大家都散开了。大叔把娜塔莎从马上抱下来,拉着她的手上了木板晃动着的台阶。房子没有粉刷过,四周的墙用圆木垒成,房子里不大干净——看不出住在这里的人要求它很整洁,但是里面也不显得很紊乱。门廊里散发出新鲜苹果的香味,挂着狼皮和狐皮。

大叔带着客人穿过前厅先来到一个放着一张折叠桌子和几把红色椅子的小厅里,然后到了放着一张桦木圆桌和一个沙发的客厅,最后来到书房里,这里放着一个破沙发和铺着旧地毯,挂着苏沃洛夫、主人的父母和他本人穿军装的画像。在书房里可以闻到一股浓烈的烟草味和狗臊味。

到书房后,大叔请客人们坐下,要他们像在家里一样不要受拘束,说完自己就出去了。鲁加依背上还沾着泥就进了书房,在沙发上躺下,用舌头和牙清除自己身上的脏东西。书房连着走廊,走廊里可以看见一道帷幔破裂的屏风。从屏风后面传出了女人的笑声和低语声。娜塔莎、尼古拉和彼佳脱了外衣,在沙发上坐下。彼佳用胳膊支撑着脑袋,立刻睡着了;娜塔莎和尼古拉坐在那里没有说话。他们的脸发热,肚子很饿,可是心里非常快活。他们相互看了一眼(在打猎后,坐在房间里,尼古拉已认为不再需要在妹妹面前显示男人的威风了),娜塔莎朝哥哥眨眨眼,两人没有能忍多久,还没有来得及想出发笑的借口,就高声地哈哈大笑起来。

过了一会儿，大叔换上了卡萨金和蓝裤子，脚上穿着小皮靴进来了。娜塔莎以前在奥特拉德诺耶看见大叔的这身打扮时曾感到奇怪和可笑，现在她觉得这是真正像样的服装，它一点也不次于常礼服和燕尾服。大叔也很高兴；他不仅不因听见兄妹的笑声而生气（他不可能想到有人会嘲笑他的生活），自己也和他们一起无缘无故地笑起来。

"伯爵小姐小小的年纪就骑马打猎，——正当事，快去！——我还没有见过另一个这样的人！"他一面说，一面把长杆烟袋递给罗斯托夫，同时用习惯动作把另一个截短了的烟袋夹在三个手指之间。

"骑马跑了一天，只有男人才吃得消，而她却像什么事也没有似的！"

在大叔进来后不久，门又开了，听走路的声音，这门是一个赤脚的小丫头打开的，接着一个四十岁上下的身体肥胖、脸色红润、双下巴、嘴唇丰满、长得很体面的女人端着一个装满食物的大托盘进门来。她的眼神和每个动作都流露出殷勤好客和和蔼可亲，她朝客人们看了一眼，带着亲切的微笑恭恭敬敬地朝他们鞠了一躬。虽然由于异常肥胖，胸脯和肚子向前突出而头稍向后仰，但是这个女人（她是大叔的女管家）步伐特别轻快。她到了桌子面前，放下托盘，用她那白胖的手麻利地拿起瓶子、酒菜和其他食物，在桌子上摆好。做完这些事情后，她离开桌子，脸上挂着微笑在门口站住。"我就是那个女人！现在了解大叔了吧？"她的出现好像对罗斯托夫这样说。怎么能不了解呢：不仅是罗斯托夫，而且娜塔莎也了解了大叔，明白了他原来皱着眉头，而当女管家阿尼西娅·费多罗夫娜进来时稍稍嘬了嘬嘴唇露出幸福和得意的微笑的意思。用托盘端来的有草浸酒、果子露酒、腌蘑菇、乳清黑面饼、新鲜蜂蜜、蜂蜜酒、苹果、生核桃、熟核桃和裹蜜核桃。接着阿尼西娅·费多罗夫娜又端来了蜜果酱、糖果酱、火腿和刚烤好的烤鸡。

所有这一切都是阿尼西娅·费多罗夫娜一手经管、采集和制作的。所有这一切散发出各种气味，都具有阿尼西娅·费多罗夫娜的特色。一切都鲜美、清洁、白净，仿佛带着愉快的微笑。

"您尝尝，亲爱的伯爵小姐。"她一面说，一面给娜塔莎递这递那。娜塔莎什么都吃，她觉得，这样的乳清面饼，这样香甜美味的果酱，这种裹蜜的核桃和烤鸡，她过去从来没有在任何地方见过和吃过。阿尼西娅·费多罗夫娜出去了。罗斯托夫和大叔一面吃饭，一面喝樱桃酒，谈论着这一次和下一次打猎的事，谈论着鲁加依和伊拉金家的狗。娜塔莎的眼睛闪闪发亮，她笔直地坐在沙发上听他们说话。她几次想叫醒彼佳，让他吃点东西，但是彼佳嘴里说着含糊不清的话，显然没有醒来。娜塔莎心里非常高兴，在这个新的环境里觉得非常舒畅，甚至担心接她的马车来得太快。在谈话偶然出现冷场后，如同初次在自己家里接待熟人时几乎经常发生的那样，大叔好像回答客人心里想问的问题似的说：

"我就这样度过我的晚年……人死了——正当事，快去！——什么也不会留下。何必作孽呢！"

大叔在说这话时，他的脸显得神情深沉，甚至看上去很美。这时罗斯托夫不由自主地想起他从父亲和邻居那里听到的关于大叔的好话。大叔在全省各地有着最高尚和最无私的怪人的名声。

他常被请去调解家庭纠纷,充当遗嘱执行人,人们相信他,把秘密告诉他,选他担任法官和其他职务,但是他对社会职务总是固辞不就,秋天和春天他总是骑着那匹浅褐色骟马在田野里走,冬天坐在家里,夏天则躺在草木繁茂的花园里歇息。

"您为什么不出去做事呢,大叔?"

"做过,后来不干了。我不行,正当事,快去——我一窍不通。这是你们干的事,我的脑子不够用。至于说到打猎,那是另一回事——正当事,快去!把门打开,"他喊道,"干吗关上门!"走廊(大叔把它称为过道)尽头的那扇门通向单身猎人室,也就是猎人的住房。赤脚走路的声音很快地吧嗒吧嗒地响了起来,一只看不见的手打开了通向猎人室的门。可以清楚地听到从走廊里传来的弹巴拉莱卡①的声音,显然弹琴的是一个行家。娜塔莎早就在注意地听这琴声了,现在她到了走廊里,好听得更清楚些。

"这是我的车夫米季卡弹的……我给他买了一把很好的巴拉莱卡,我喜欢听。"大叔说。大叔定了一个规矩:他打猎回来时,米季卡应当在猎人室里弹巴拉莱卡。大叔爱听这种音乐。

"好听!说实话,很好听。"尼古拉带着某种不由自主的轻蔑说,仿佛他觉得承认这声音很好听有点不好意思似的。

"怎么很好听?"娜塔莎感觉出尼古拉说话的口气责备说,"不是很好听,而是妙极了!"刚才她觉得大叔的腌蘑菇、蜂蜜和果子露酒是世界上最好的,现在她也觉得这乐曲是最美妙的音乐。

"再来一个,请再来一下。"等到弹巴拉莱卡的声音一停,娜

---

① 巴拉莱卡是俄罗斯民间的一种三弦琴。

塔莎便朝门外说。米季卡调了调弦,弹起带有一连串滑音和装饰音的**芭勒娘舞曲**①。大叔坐着,侧着头,略带微笑地听着。芭勒娘舞曲的曲调重复了一百来次。巴拉莱卡的弦调了几次,重新弹出了同样的曲子,听的人不觉得腻烦,而是想一次又一次听到它。阿尼西娅·费多罗夫娜进来了,她那肥胖的身体靠在门框上。

"请听,伯爵小姐。"她带着微笑对娜塔莎说,她那笑容和大叔的笑容特别相像。"在我们这里他弹得很好。"她说。

"听,这一段弹得不对。"大叔突然做了一个有力的手势,说道,"这里需要弹得轻快些,——正当事,快去!——轻快些。"

"您也会弹吗?"娜塔莎问。大叔没有回答,只笑了笑。

"阿尼西尤什卡②,你去看一看,吉他上的弦是不是还是好的。很久没有弹了,正当事,快去!把它扔下了。"

阿尼西娅·费多罗夫娜非常乐意地迈着轻快的步子去办主人要她办的事,把吉他拿来了。

大叔对谁也不看,吹掉灰尘,用细瘦的手指敲了敲吉他的琴面,调好了弦,在圈椅里坐好。他摆出要表演的姿势,伸出左手的胳膊肘,握住吉他的颈部稍高的地方,朝阿尼西娅·费多罗夫娜眨眨眼,开始弹了起来,但是没有弹**芭勒娘舞曲**,而是先弹了一个响亮纯正的和弦,然后用非常慢的速度开始有节奏地、平稳而清晰地弹名曲《在大街上》。这歌曲的曲调伴随着庄重的欢快(阿尼西娅·费多罗夫娜整个身心都充满着这样的

---

① 芭勒娘舞曲是一种俄罗斯民间舞的舞曲。
② 阿尼西尤什卡是阿尼西娅的爱称。

欢快），顿时在尼古拉和娜塔莎的心中发出回响。阿尼西娅·费多罗夫娜的脸红了起来，她用头巾遮住脸，笑着出去了。大叔继续音色纯正地、用心地和清晰有力地弹着曲子，用换了样的热情的目光看着阿尼西娅·费多罗夫娜离开的地方。他的脸上，在一边的白胡子下面露出了一丝笑意，曲子弹得愈来愈起劲，速度加快，在快速拨动琴弦处出现了一些中断，特别在这时他的笑容就更明显了。

"妙极了，妙极了，大叔！再来一个，再来一个！"他刚弹完，娜塔莎就喊叫起来。她从座位上跳起来，抱住大叔，吻了吻他。"尼科连卡，尼科连卡！"她一面说，一面回头看着哥哥，仿佛在问：这是怎么一回事？

尼古拉也很喜欢大叔的弹奏。大叔再次弹起了这支乐曲。这时阿尼西娅·费多罗夫娜微笑着的脸又在门口出现了，她背后还露出了另一些人的脸。

> 去汲冰凉的泉水，——
> 有人喊道，姑娘，你等一等！①

大叔弹奏着，又灵活地快速拨了一下琴弦，停住了，耸了耸肩膀。

---

① 这两句词是小说作者抽取一首民歌的一段歌词组合而成的，这段歌词原为：
有人喊道："姑娘，你等一等，
我的美人，你慢点走！
让我陪伴着你
去汲冰凉的泉水。"

"再弹,再弹,亲爱的大叔。"娜塔莎用恳求的声调喊叫起来,仿佛她的生命全由此决定似的。大叔站起身来,他身上似乎有两个人——其中一个人严肃地嘲笑了一下另一个爱寻欢作乐的人,而爱寻欢作乐的人摆出了准备跳舞的天真而又准确的姿势。

"来,好侄女!"大叔朝娜塔莎挥了挥离开琴弦的手,喊道。

娜塔莎扔掉披在她身上的大头巾,跑到大叔前头,两手叉腰,动了动肩膀,站住了。

这个从小受法国家庭教育的伯爵小姐是何时何地和如何从她呼吸的俄罗斯空气中吸取这种精神的?她又是从何处学会这些早就应该被披巾舞挤掉的舞蹈动作的?但是这正是大叔希望在她身上看到的那种无法模仿和无法学习的俄罗斯精神和动作。她站住后得意地、自豪地和快乐而调皮地笑了笑,开头尼古拉和所有在场的人怕她跳得不大像样而有些担心,一见她这样,担心立刻消失了,他们都已抱着欣赏的态度了。

她把那些动作做得那么准确,简直完全一模一样,使得这时立刻递给她一条跳舞必需的手绢的阿尼西娅·费多罗夫娜笑得流出了眼泪,两眼望着这个身材苗条、姿态优雅、身穿绸缎和丝绒衣服、陌生而有教养的伯爵小姐,没想到她能领会在阿尼西娅身上,在阿尼西娅的父亲、婶婶和母亲身上,在任何俄罗斯人身上的一切。

"好,伯爵小姐,正当事,快去!"大叔在跳完舞后,高兴地笑着说,"真不错,好侄女!只是该给你找个好样的女婿了,正当事,快去!"

"已经找到了。"尼古拉微笑着说。

"噢？"大叔用疑问的目光看着娜塔莎，惊奇地说。娜塔莎则带着幸福的微笑肯定地点点头。

"别提多好了！"她说。但是她说了这句话后，心里产生了另一些想法和感觉。"尼古拉在说'已经找到了'时的那种微笑是什么意思呢？他为这事高兴还是不高兴呢？他似乎认为我的鲍尔康斯基不会赞成、不会理解我们的这种欢乐。不，他什么都能理解。他现在在哪里呢？"娜塔莎想着这些，她的脸色突然变得严肃起来。但是这只持续了一秒钟。"不想，不许想这些。"她对自己说，微笑着坐到大叔身旁，请他再弹点什么。

大叔又弹了一支乐曲和一支华尔兹舞曲；然后停了一会儿，清清嗓子，唱起他心爱的猎歌来：

晚来雪花纷飞

下起一场好雪……

大叔是照老百姓的唱法唱的，他天真地完全相信，歌曲的全部意思只包含在歌词里，曲调是自然而然产生的，离开歌词的曲调是没有的，曲调只是为了使歌词唱得顺口些。因此大叔的这种像鸟儿歌唱那样的无意中形成的曲调非常好听。娜塔莎听着大叔唱歌，心里十分高兴。她决定不再学弹竖琴，今后只弹吉他。她把大叔的吉他要过来，马上找到了这支歌曲的和弦。

九点多钟，一辆敞篷马车、一辆轻便马车和三个派来寻找他们的人来接娜塔莎和彼佳。据一个派来找他们的人说，伯爵和伯爵夫人不知道他们在哪里，心里很着急。

彼佳像死人一样被抬到敞篷马车里；尼古拉和娜塔莎上了轻便马车。大叔把娜塔莎裹得严严实实的，怀着全然不同的新的感情与她告别。他步行送他们到桥边，桥上无法通行，需要涉水过去，大叔吩咐猎手打着灯笼在前面带路。

"再见，亲爱的侄女！"他在黑暗中喊道，娜塔莎听到的不是她以前熟悉的声音，而是唱《晚来雪花纷飞》的声音。

在他们路过的村庄里亮着红色的灯火，散发出一股好闻的烟味。

"这位大叔多么可爱啊！"当他们上了大路时娜塔莎说。

"是的。"尼古拉说，"你不冷吗？"

"不，我觉得好极了，好极了。我心里真舒畅！"娜塔莎甚至带着几分困惑说。他们很长时间没有说话。

夜又黑又潮。看不见马，只听得见它们走在泥泞的路上发出吧嗒吧嗒的声音。

在娜塔莎的这颗贪婪地捕捉着和吸收着各种各样生活印象的天真敏感的心里有什么想法呢？它是如何容纳这一切的？但是她很幸福。在快要到家时，她突然哼起了《晚来雪花纷飞》这首歌的曲调。她一路上都在捕捉这个曲调，最后终于捕捉到了。

"捕捉到了？"尼古拉说。

"你现在想什么来着，尼科连卡？"娜塔莎问道。他们喜欢彼此这样问。

"我？"尼古拉回想着，说道，"你知道，开头我想，红毛公狗鲁加依很像大叔，倘若它是一个人，那么它即使不是因为大叔骑马骑得好，也会因为他和气而把他留在自己身边的。大叔是多么和蔼可亲啊！你说是吗？你想什么来着？"

"我?等一等,等一等。是的,开头我想,我们坐在马车上,心里想我们是在回家去,而我们在黑暗中天知道往哪里走,突然到了,一看我们不是在奥特拉德诺耶,而是在一个神奇的世界里。然后我还想……不,再没有别的什么了。"

"我知道你大概还想**他**。"尼古拉说,娜塔莎从他说话的声音里听出他在微笑。

"不。"娜塔莎回答道,虽然她确实同时还在想安德烈公爵,想他也会喜欢大叔的。"我还总是在想,一路上反复地想:阿尼西尤什卡风度很好,举止大方……"娜塔莎说。接着尼古拉听到了她无缘无故的响亮幸福的笑声。

"你知道吗,"她突然说,"我觉得我永远不会再像现在这样幸福和平静。"

"全是瞎扯,废话,胡说八道。"尼古拉口头上说,而心里想:"我这娜塔莎真可爱!像她这样的朋友我现在没有,将来也不会有。她干吗要出嫁呢?一直和她一起坐在马车上走可有多好!"

"这个尼古拉多么可爱!"娜塔莎也想。

"啊!客厅里还亮着灯。"她指着在黑暗潮湿而轻柔软和的夜色中闪烁着美丽的亮光的窗户说。

八

伊里亚·安德烈依奇伯爵不当首席贵族了,因为担任这个职务开销太大。但是他经济状况完全没有改善。娜塔莎和尼古拉常常看见父母背着他们焦急不安地商量,听说要把罗斯托夫家祖传的豪华住宅和莫斯科郊区的庄园卖掉。不当首席贵族后,不再需要招待那么多人,这样一来,奥特拉德诺耶的生活就比以前清净了;但是这座巨大的宅院和厢房里仍然住满了人,仍然有二十多个人吃饭。这都是自己人,他们一直住在这里,几乎是家庭成员,或者是一些看来好像必须住在伯爵家里的人。这样的人有乐师迪姆勒夫妇,舞蹈教师约格尔一家,一直住在一起的老小姐别洛娃,还有别的许多人:彼佳的老师们,小姐们以前的家庭教师,以及那些只是觉得住在伯爵这里要比住在自己家里舒服和合算的人们。伯爵家里已不像以前那样门庭若市了,但是生活方式没有改变,如果改变了,伯爵和伯爵夫人就会无法想象该如何生活了。猎队还保留着,而且被尼古拉扩大了,马厩里仍然养着五十匹马和十五个车夫;在过命名日时仍然相互赠送贵重的礼品并举行盛大宴会招待全县的人;伯爵仍打惠斯特和波士顿牌,打牌时把牌展开成扇形,叫大家都看得见,每天故意让邻居们赢他几百卢布,而那些人把同伊里亚·安德烈依奇一起打牌看作是一项最有利可图的投资。

伯爵受家庭经济事务的纠缠,好像落入一张巨大的捕兽网一样,可是他竭力想使自己不相信他已落入网中,实际上他一步步地愈陷愈深,觉得自己既无力冲破套住他的网,也无力小心地和有耐心地把它解开。仁慈的伯爵夫人感觉到,她的孩子快要变成没有财产的人,她认为这不是伯爵的过错,因为伯爵就是这样一个人,他意识到自己和孩子们将要受穷,心里也很痛苦(虽然他竭力加以掩盖),现在伯爵夫人正在寻找着补救的办法。根据她的妇人之见,办法只有一个,这就是让尼古拉娶一个有钱的媳妇。她觉得这是最后的希望,如果尼古拉拒绝她给他找的对象,那么就会永远失去改善家庭景况的机会。这个对象就是朱丽·卡拉金娜,她的父母都是道德高尚的好人,她从小就与罗斯托夫一家认识,不久前她最后的一个兄弟死了,她就成为一个非常有钱的待字闺中的姑娘。

伯爵夫人直接给莫斯科的朱丽的母亲写信,提出两家结亲的事,得到了表示赞同的答复。朱丽的母亲说,她自己是同意的,不过一切要看女儿愿意不愿意。她邀请尼古拉到莫斯科去。

伯爵夫人几次含着眼泪对儿子说,现在两个女儿的婚姻大事都安排好了,她唯一的愿望是看到他成亲。她说,如果能这样,她死也安心了。她接着说,她看中了一个好姑娘,追问儿子对结婚的事有什么意见。

在另几次谈话中她称赞朱丽,劝尼古拉到莫斯科去过节,玩一玩。尼古拉猜到了母亲的意图,在一次谈话时要她开诚布公地说明白。母亲对他说,现在改善家庭景况的全部希望就寄托在他同朱丽结婚上了。

"这么说,妈妈,如果我爱一个没有财产的姑娘,你就要求我为了财产牺牲爱情和名誉吗?"他问母亲,只想显示自己的高尚,不知道他提的这个问题是多么残酷无情。

"不,你没有明白我的意思。"母亲说,不知道如何辩解。"你没有明白我的意思,尼科连卡。我希望你幸福。"她加了一句,感到自己说的不是实话,变得颠三倒四了。她哭了起来。

"好妈妈,不要哭,您就告诉我您愿意这样,您知道,为了您的安宁,我可以献出我的整个生命,献出一切,"尼古拉说,"我将为您牺牲一切,甚至牺牲自己的爱情。"

但是伯爵夫人不大愿意这样提出问题:她不愿意让儿子做出牺牲,而自己愿意为儿子做牺牲。

"不,你没有明白我的意思,咱们不谈了。"她擦着眼泪说。

"不错,也许我就喜欢穷姑娘,"尼古拉自言自语地说,"怎么,要我为了财产牺牲爱情和名誉?我真奇怪,妈妈怎么能对我说这种话。难道由于索尼娅穷,"他想道,"我就不能爱她,不能回报她的一片真情吗?而且我同她在一起一定会比同没有头脑的朱丽在一起更幸福。"他自己对自己说,"如果我爱的是索尼娅,那么我的感情就会是最强烈的,对我来说高于一切。"

尼古拉没有到莫斯科去,伯爵夫人也没有向他重提结婚的事,她忧虑地,有时甚至是恼怒地看到儿子同没有陪嫁的索尼娅有愈来愈接近的迹象。

她为此责备自己,但是不能不唠唠叨叨,不能不对索尼娅进行挑剔,常常无缘无故地制止她,埋怨她,称她为"您,我的亲爱的"。最使这位仁慈的伯爵夫人生气的是,索尼娅这个可怜的黑眼睛的远房表侄女是那样的温顺,那样的善良,对自己的恩人是那样真心诚意的感激,那样忠贞不渝地和充满自我牺牲精神地爱着尼古拉,简直对她无可指责。

尼古拉在家里度过了最后的几天假期。在这期间接到了娜塔莎的未婚夫安德烈公爵的第四封信,这是从罗马寄来的,信中说,他如果不是在温暖的气候中伤口突然裂开,不得不把归期推迟到明年初的话,那么他早就在回俄罗斯的路上了。娜塔莎仍然一如既往地爱自己的未婚夫,仍然因为爱着一个人心里很安宁,仍然乐于享受所有的生活乐趣;但是在与安德烈公爵离别后的第四个月的末尾,她开始感到忧愁,而且无力排除它。她可怜自己,为她不为任何人而虚度了这段时间而感到惋惜,她感到这正是她能够爱人和被人爱的大好时光。

在罗斯托夫家里人们心情都不愉快。

九

圣诞节到了,除了隆重的午前祈祷外,除了邻居和家奴们郑重其事和枯燥乏味的祝贺外,除了穿在所有人身上的新衣服外,就没有任何表示大家在过圣诞节的特殊东西了,而这些日子平静无风,气温达到零下二十度,白天阳光灿烂,冬天的夜空繁星闪烁,这使人觉得有好好过一过这个节的需要。

在过节的第三天,在午餐后,家里所有人都到自己的房间里去了。这是一天之中最无聊的时候。上午去拜访邻居的尼古拉,这时在休息室里睡着了。老伯爵在他的书房里休息。索尼娅坐在客厅里的圆桌旁描花样。伯爵夫人一个人在玩牌。小丑娜斯塔西娅·伊万诺夫娜愁容满面地和两个老太婆一起坐在窗口。娜塔莎进了房间,走到索尼娅跟前,看了看她在做什么,然后走到母亲面前,默默地站住了。

"你怎么像个游魂似的走来走去?"母亲对她说,"你想要什么?"

"我要**他**……现在,此时此刻我要**他**。"娜塔莎说,两眼闪闪发亮,但没有笑。伯爵夫人抬起头,非常注意地朝女儿看了一眼。

"不要看着我,妈妈,不要看着我,我这就要哭了。"

"你坐下,陪我坐一会儿。"伯爵夫人说。

"妈妈,我要**他**。我凭什么苦闷得要死?……"她的声音中断了,眼泪夺眶而出,她为了不让人看见,很快转过身,出了房间。她到了休息室,站了一会儿,想了想,便朝女仆居住的房间走去。那里一个老女仆正在数落一个上气不接下气地从外面仆人们那里跑进来的年轻女仆。

"玩玩也就够了,"老太婆说,"干什么都得有个时间。"

"让她去吧,康德拉季耶夫娜。"娜塔莎说,"去吧,玛夫鲁莎,去吧。"

娜塔莎放走玛夫鲁莎后,穿过大厅,朝前厅走去。一个老头和两个年轻的仆人在玩牌。他们看见小姐进来,停止玩牌,站了起来。"我叫他们干点什么呢?"娜塔莎想道。

"对了,尼基塔,请你去一趟……"娜塔莎一面说,一面想:"我叫他上哪里去呢?"她接着说道:"对了,你到大伙儿那里抓一只公鸡来;而你,米沙,去取一点燕麦来。"

"您是叫我去取一点燕麦来吗?"米沙乐呵呵地问。

"去,快去。"老头催他说。

"费多尔,你给我拿几支粉笔来。"

她在经过配餐室时,吩咐摆上茶炊,虽然还完全不到喝茶的时候。

管配餐室的福卡是全家最爱生气的人。娜塔莎喜欢在他身上试一试自己的权力。福卡不相信她的话,便去问是不是真的要这样做。

"这位小姐真有她的!"福卡说,假装对娜塔莎皱起了眉头。

家里谁也没有像娜塔莎那样支使这么多人,让他们干这么多事。她不能无动于衷地看见人而不支使他们到某某地方去干点什么。她仿佛在试验,要看一看他们之中谁会生她的气或对她表示不满,但是人们执行娜塔莎的命令比执行任何别的人的命令都乐意。"我做点什么才好呢?我该上哪里去呢?"娜塔莎一面慢慢地在走廊里走着,一面想。

"娜斯塔西娅·伊万诺夫娜,我会生个什么呢?"她问那身穿女式短棉袄朝她迎面走来的小丑。

"你会生跳蚤、蜻蜓、蝈蝈。"小丑回答道。

"我的上帝,我的上帝!全都是一样!唉,我该上哪里去呢?我拿自己怎么办呢?"于是她咚咚咚地快步跑上楼,到住在楼上的约格尔夫妇家去。在约格尔家里坐着两个女家庭教师,桌上放着几盘葡萄干、核桃和杏仁。两位女教师谈论着哪里的生活费用低,是莫斯科还是敖德萨。娜塔莎在她们身旁坐下来,脸上带着严肃和沉思的表情,听了听她们的谈话后站了起来。

"马达加斯加岛,"她说,"马——达——加——斯——加。"她清楚地把每个音节重复了一遍,没有回答绍斯太太问她在说什么的问题,就出了房间。

她的弟弟彼佳也在上面:彼佳正在和照管他的男仆准备要在晚上放的焰火。

"彼佳!彼季卡!"她朝他叫喊起来,"把我背下楼去。"彼佳跑到她身边,把背转向她。她趴到他背上,两手搂住他的脖子,于是彼佳就背着她一跳一跳地朝前跑。"不，行了……马达加斯加岛。"她说了一句，从他背上跳下来，下楼去了。

娜塔莎仿佛把自己的王国巡视了一遍，试了试自己的权力，相信大家都很顺从，但终究觉得无聊，便前往大厅，拿起吉他，在小柜子后面的阴暗角落里坐下，开始拨弄低音弦，弹了她和安德烈公爵一起在彼得堡听一出歌剧时记住的一个乐句。在旁人听来，她在吉他上弹出的是毫无意义的东西，但是这些声音在她的想象里引起了一连串回忆。她坐在小柜子后面，两眼注视着从配餐室门缝里射进来的一道亮光，听着自己弹琴，回忆着。她沉浸在对往事的回忆中。

索尼娅手里拿着一个酒杯穿过大厅到配餐室去。娜塔莎朝她和朝配餐室的门缝看了一眼，她觉得仿佛想起了从配餐室的门缝射进一道亮光和索尼娅拿着酒杯经过的事。"不错，完全是这样。"娜塔莎想道。

"索尼娅，我弹的是什么？"娜塔莎喊了一声，用手指拨弄着一根粗弦。

"啊，你在这里！"索尼娅吓了一跳说，她走过来，注意地听。"不知道。是《暴风雨》吗？"她胆怯地说，担心说错。

"记得过去有时她也是这样吓了一跳，也是这样走过来，胆怯地笑笑，"娜塔莎想道，"完全一模一样……我曾想，她缺少点什么。"

"不，这是《贩水人》①里的合唱，听见了吗？"于是娜塔莎唱了这个合唱曲，以便让索尼娅听明白。

---

① 歌剧《贩水人》（又叫《二日》）是凯鲁比尼的杰作，作于一八〇〇年。

"你上哪里去了?"娜塔莎问。

"换一下杯子里的水。我就要把花样描完了。"

"你总是很忙,而我就不会。"娜塔莎说,"尼科连卡在哪里?"

"好像在睡觉。"

"索尼娅,你去叫醒他。"娜塔莎说,"就说我叫他来唱歌。"她坐了一会儿,想了想过去的一切是什么意思,没有能解决这个问题,但一直也不为此而感到遗憾,她在想象中又回到了她和他在一起、他用含情脉脉的目光看着她的时候。

"唉,多么盼望他快点回来。我非常担心他不回来了!而主要的是我一天天老了,问题就在这里!我现在身上有的东西将不会再有了。也许他今天就回来,马上就回来。也许他已经回来了,现在正坐在客厅里。也许他早在昨天就回来了,可是我忘了。"她站起身来,放下吉他,到客厅去了。家里人、教师们、女家庭教师们和客人们已坐在茶桌旁了。仆人们站在桌子周围,——可是不见安德烈公爵,生活还是以前的那种样子。

"啊,她来了。"伊里亚·安德烈依奇看见进来的娜塔莎,说道,"来,坐到我身边来。"但是娜塔莎在母亲身旁停住了,朝四周张望,好像在寻找什么似的。

"妈妈!"她喊了一声,"把**他**给我吧,妈妈,快点,快点。"她又一次勉强忍住,没有哭出来。

她在桌旁坐下,听长辈们和已来到桌旁的尼古拉说话。"我的上帝,我的上帝,还是那些面孔,还是那样的谈话,爸爸还是那样端着茶碗,还是那样吹着气!"娜塔莎想,她惊恐地感觉到自己开始厌恶所有家里的人,因为他们还是老样子。

喝完茶后，尼古拉、索尼娅和娜塔莎前往休息室，前往他们所喜爱的、通常谈最知心的话的地方。

十

"你是否经常有这样的情况，"他们在休息室坐好后，娜塔莎问哥哥，"你觉得什么事也不会发生了——什么也不会再有了；一切好事都已成为过去？你是否经常有这样的时候，倒不是觉得无聊，而是觉得悲伤？"

"那还用说！"尼古拉说，"我常常有这样的情况，看见一切都很好，大家都很快活，而我脑子里却想，所有这一切都令人厌烦，大家都死了才好。在团里时，有一次我没有去参加游艺会，而那里演奏着音乐……我突然感到很苦闷……"

"啊，这我知道。我知道，我知道。"娜塔莎接过去说，"我发生这样的事时，年纪还小。记得吗，有一次我因李子的事受罚，你们大家都在跳舞，而我坐在教室里号啕大哭。哭得很伤心，我永远也忘不了。我心里又难过，又可怜大家，可怜自己，可怜所有的人。而主要的是，我并没有过错，"娜塔莎说，"你记得吗？"

"记得，"尼古拉说，"我记得我后来到了你那里，想安慰安慰你，你知道，有点不好意思。我们当时太可笑了。那时我有一个木偶玩具，想要送给你。你记得吗？"

"你是否还记得，"娜塔莎带着沉思的微笑说，"在很久很久以前，那时我们还很小，叔叔把我们叫到书房里，那还是在老屋里，很暗,我们到了那里,突然看见那里站着……"

"一个黑奴,"尼古拉带着快乐的微笑接过去说道,"怎么会不记得呢?我到现在也不知道这确实是一个黑奴,还是我们梦中见到的,或者是有人讲给我们听的。"

"他灰不溜秋的,记得吗,牙齿雪白,站在那里看着我们……"

"您记得吗,索尼娅?"尼古拉问。

"是的,是的,我好像也记得。"索尼娅怯生生地回答道。

"这个黑奴的事我曾经问过爸爸和妈妈,"娜塔莎说,"他们说,根本没有过什么黑奴。可是你说你还记得!"

"当然啰,现在我还记得他的牙齿。"

"这真奇怪,完全像做梦一样。我喜欢这样。"

"你可记得,我们在厅里滚鸡蛋玩,突然来了两个老太婆,在地毯上旋转起来。有没有这么回事?记得吗,多么好玩……"

"是呀。有一次爸爸穿着蓝皮大衣站在台阶上放了一枪,你记得吗?"他们微笑着,饶有兴趣地回忆着一件件往事,这不是老年人充满伤感的怀旧,而是少年富有诗意的回忆,讲的是梦境与现实融合在一起的最遥远的过去留下的印象,他们一面说,一面轻轻地笑着,为一些事情而感到高兴。

索尼娅像平常一样,在这方面落后于他们,虽然与他们有着共同的回忆。

索尼娅不记得他俩回忆的许多事情了,而她记住的事并没有在她的心里引起他们所体验的那种诗意的感觉。她只是分享着他们的喜悦,竭力装得和他们一样高兴。

索尼娅在他们回忆她首次来家的情况时才参加进来。她说,她当时怕尼古拉,因为他的上衣上有绦子,保姆对她说,她也将缝上这样的绦子。

"而我记得:有人对我说,你是在大白菜底下生的,"娜塔莎说,"我还记得当时我不敢不相信,但是知道这不是真的,心里感到很别扭。"

在他们这样谈着的时候,一个女仆从休息室的后门探进头来。

"小姐,公鸡捉来了。"女仆低声说。

"不要了,波莉娅,叫他们送回去。"娜塔莎说。

休息室的谈话进行到一半,迪姆勒进了房间,走到放在角落里的竖琴旁边。他取下了呢子的琴套,竖琴发出一阵琤琤乱响的声音。

"爱德华·卡尔雷奇,请您弹奏我喜欢的菲尔德[①]先生的夜曲吧。"从客厅里传来了老伯爵夫人说话的声音。

迪姆勒弹了一个和音,对娜塔莎、尼古拉和索尼娅说:

"年轻人真安静!"

"我们在谈哲理呢。"娜塔莎说,回头看了一下,继续说了起来。现在谈的是做梦。

迪姆勒开始弹奏。娜塔莎踮着脚悄悄地走到桌旁,拿起蜡烛,把它放到外面,然后轻轻地在原来的地方坐下。房间里,尤其是在他们坐的沙发上,光线很暗,但是满月的银色月光透过大窗户落在地板上。

[①] 菲尔德(一七八二至一八三七年),英国作曲家,一八〇四至一八三一年间居住在彼得堡。

"知道吗,我常常想……"娜塔莎朝尼古拉和索尼娅身边挪了挪说,这时迪姆勒已弹完了,还坐在那里,轻轻地拨动琴弦,大概是在犹豫,决定不了是弹到这里为止呢,还是再弹点新的东西。"我想,这样回忆呀回忆,一直回忆下去,最后会记得我降生到世上来以前的事。"

"这是灵魂转世。"索尼娅说,她一直爱看书,什么都记得,"埃及人相信,我们的灵魂以前是在牲畜身上的,以后又将回到它们身上去。"

"不,你知道,我不相信我们是牲畜转世,"娜塔莎还是低声地说,虽然琴声停止了,"我确定不移地知道,我们曾是什么地方的天使,来过这里,因此什么都记得……"

"我可以参加你们的谈话吗?"迪姆勒走过来低声问道,在他们身旁坐下了。

"如果我们曾经是天使,那么为了什么我们被贬得这么低?"尼古拉说,"不,这不可能!"

"不是贬低,谁对你说贬低了?……我怎么知道我以前是什么。"娜塔莎深信不疑地反驳说,"要知道灵魂是不朽的……因此,如果我将永远活着,那么我在以前也曾经活过,曾经永恒地活过。"

"是的,但是我们很难想象永恒是怎么样的。"迪姆勒说,他是带着温和的轻蔑的微笑走到年轻人跟前的,但是现在也像他们一样,说话很轻,很严肃。

"永恒为什么很难想象?"娜塔莎说,"今天存在,明天存在,永远存在,还有昨天存在过,前天存在过……"

"娜塔莎!现在轮到你了,给我唱点什么。"传来了伯爵夫人说话的声音,"你们干吗老坐在那里,好像在搞什么阴谋活动似的。"

"妈妈!我一点也不想唱。"娜塔莎说,但是同时她又站了起来。

他们大家,甚至包括已不年轻的迪姆勒,都不愿意中断谈话和离开休息室,但是娜塔莎已站了起来,尼古拉已在古钢琴旁坐下了。像平常一样,娜塔莎在大厅中央选了一个共鸣最好的地方站住,开始唱母亲最爱听的歌。

她虽然说她不想唱,但是她很久以来和今后很长时间内都没有唱得像今天晚上这么好。正在书房里和米坚卡谈话的伊里亚·安德烈依奇伯爵听到她的歌声,像一个快要做完功课忙着要去玩耍的小学生一样,颠三倒四地向管家胡乱嘱咐了几句,最后不再说话了,而米坚卡也面带微笑站在伯爵面前,默默地听着。尼古拉目不转睛地看着妹妹,和她一起换着气。索尼娅一面听,一面想道,她自己和她的好朋友之间的差别是多么大啊,她怎么会不可能有她表妹的那种魅力呢,哪怕多少有一点也好呀。老伯爵夫人脸上带着幸福而又忧伤的微笑,眼睛里含着泪水坐着,不时地摇摇头。她心里想着娜塔莎,也想着自己的青年时代,还想着娜塔莎和安德烈公爵的婚事,觉得其中有某种不自然的和可怕的东西。

迪姆勒坐到伯爵夫人旁边,闭上眼睛听着。

"不,伯爵夫人,"他终于开口了,"这是一个达到欧洲水平的人才,她没有什么可学的了,这样柔和、悦耳、有力……"

"唉,我多么为她担心,我是多么担心啊!"伯爵夫人情不自禁地说,忘记了是在同谁说话。她的那种一般母亲所具有的感觉告诉她,娜塔莎身上某种东西太多,这不会使她幸福。娜塔莎还没有唱完,十四岁的彼佳就兴高采烈地跑了进来,说化装表演的人来了。

娜塔莎突然停住了。

"傻瓜!"她朝弟弟喊了起来,跑到椅子前,倒在上面,放声大哭起来,很长时间没有能够止住。"没有什么,妈妈,真的,没有什么,只不过彼佳吓了我一跳。"她说,竭力想露出微笑,但是眼泪还在流着,抽抽搭搭地哭得喘不过气来。

家奴化装成狗熊、土耳其人、小饭馆老板和太太的样子,看起来可怕而又可笑,他们带来了寒气和欢乐气氛,开头胆怯地挤在前厅里;然后一个躲在另一个的背后,拥进了大厅;他们开始唱歌,跳一般的舞和轮舞,玩圣诞爷游戏,开头有些腼腆,后来愈来愈快活和齐心协力。伯爵夫人认出了几个人,朝化装表演的人笑了笑,便到客厅里去了。伊里亚·安德烈依奇伯爵喜气洋洋地微笑着,坐在大厅里,称赞着表演的人。年轻人不知到哪里去了。

半个小时后,大厅里在原有的化装表演的人之间出现了一个穿鲸须架式筒裙①的老夫人——这是尼古拉。化装成土耳其女人的是彼佳。小丑是迪姆勒,骠骑兵是娜塔莎,而索尼娅用软木炭画了胡子和眉毛,扮成一个切尔克斯人。

没有化装的人见了他们故作惊奇,表示认不出来,夸奖了一番,于是这些年轻人认为他们的服装非常漂亮,应当再向一些人显示一下。

---

① 鲸须架式筒裙是十八世纪到十九世纪初流行的一种宽大多褶的裙子,里面通常用鲸须撑着。

尼古拉很想用他的三驾雪橇拉着大家在平坦的道路上兜兜风，建议带上十来个化装的家奴到大叔那里去。

"算了，你们干吗去惊动那个老头子！"伯爵夫人说，"而且他那里连身都转不过来。要去，就上梅柳科娃家去。"

梅柳科娃是一个寡妇，有好几个不同年龄的子女，还雇着几位男女家庭教师，住在离罗斯托夫家四俄里的地方。

"亲爱的，说得有理，"活跃起来的老伯爵接过来说，"我现在就去化装，和你们一起去。我要好好逗逗帕舍塔①。"

但是伯爵夫人不同意放伯爵走，因为这些天他一直腿疼。于是决定伊里亚·安德烈依奇伯爵不能去，而如果路易莎·伊万诺夫娜（即绍斯太太）一起去的话，那么小姐们也可以去梅柳科娃家。平常胆怯和腼腆的索尼娅这时比大家都坚决地恳求路易莎·伊万诺夫娜不要拒绝。

索尼娅化装得比谁都好。她画的胡子和眉毛与她异常相称。大家对她说她很漂亮，而她则处于一种与她本性不合的兴奋和精神饱满的状态之中。一个内心的声音对她说，要么今天就决定她的命运，要么将永远失去机会，而她穿着男人的衣服看起来完全像另一个人。路易莎·伊万诺夫娜同意陪她们去，半个小时后，四辆带着大小铃铛的三驾雪橇驶到了台阶前，雪橇的滑木在冰冻的雪地上发出吱吱吱和嗖嗖嗖的声音。

娜塔莎率先表现出了过圣诞节的欢乐情绪，这种欢乐情绪从一个人传到另一个人，愈来愈强烈，等到大家来到寒冷的室外，

---

① 帕舍塔是梅柳科娃的名字佩拉格娅的昵称。

相互交谈着和招呼着,笑着喊着坐上雪橇时,达到了顶点。

两辆雪橇是日常使用的普通雪橇,第三辆雪橇是老伯爵专用的,驾辕的是一匹奥廖尔的走马;第四辆是尼古拉个人的,由一匹毛长得很长的矮矮的黑马驾辕。尼古拉身上穿着老太婆的衣服,外面罩着一件骠骑兵的束腰的斗篷,他拉着缰绳,站在自己雪橇的中央。

夜色很亮,亮得他能看见马具上的搭扣和马眼在月光下发出的反光,这时那些马正惊恐地回头瞧着在门口阴暗的廊檐下喧闹的乘客。

坐尼古拉的雪橇的有娜塔莎、索尼娅、绍斯太太和两个女仆。而坐老伯爵的雪橇的则有迪姆勒夫妇和彼佳;化装的家奴们分别上了其余的雪橇。

"你先走,扎哈尔!"尼古拉朝他父亲的车夫喊了一声,好在半道上超过他。

于是迪姆勒和其余化装的人乘坐的老伯爵的雪橇往前走了,仿佛在冰上冻住了似的滑木吱吱地响,铃铛也发出低沉的声音。两匹拉边套的马紧贴着辕木,行走时马蹄深深陷入雪中,不断翻起像白糖般坚实和闪闪发亮的雪。

尼古拉紧接着第一辆雪橇出发了;其余的雪橇也发出咯吱咯吱声跟了上来。开头在狭窄的小路上小跑。在经过花园时,光秃秃的树木遮住了明亮的月光,密密层层的影子横在路上,但是一出围墙,一片像钻石似的发出灰蓝色反光的雪原展现在眼前,它整个沐浴在月光里,一动也不动。路上的一个坑洼使前面的雪橇颠了一下又一下;后面的、再后面的雪橇也都这样颠了两下,它们不顾一切地冲破了仿佛冻结了的寂静，开始一辆接一辆拉成一线，向前奔跑。

"兔子的脚印，脚印很多！"在冻结了的寒冷的空气中响起了娜塔莎的声音。

"什么都看得清，尼古拉！"索尼娅的声音说。尼古拉回头朝索尼娅看了一眼，接着弯下身子，想靠得近些，好看清她的脸。她的那张画着黑胡子和黑眉毛完全变了样的可爱的脸从貂皮帽下面露出来，在月光下显得很近而又很远。

"这还是以前的那个索尼娅。"尼古拉想道。他凑到近处仔细地看了看，微微一笑。

"您怎么啦，尼古拉？"

"没有什么。"他说，又朝马转过头去。

雪橇上了被滑木压得光溜溜的、在月光下可以看到布满马蹄印的平坦大道后，马自然而然地拉紧了缰绳，加快了脚步。左面拉边套的马低下头，一纵一跳地拉起了挽索。驾辕的马摇晃着身子，动了动耳朵，仿佛在问："要不要开始？或者还早？"在前面白色的雪地上，可以清楚看到扎哈尔赶的黑色雪橇，它已经离得很远，低沉的铃铛声也在渐渐远去。可以听见那雪橇上发出的吆喝声和化装的人的说笑声。

"喂，你们跑得快点，最亲爱的！"尼古拉喊了一声，从一边拉了拉缰绳，挥起手中的鞭子。这时仿佛有一阵大风迎面吹来，拉边套的马拉紧挽索加快速度奔跑，根据这一点就可察觉到雪橇飞驰得有多快。尼古拉回头看了一眼。其他雪橇上的车夫高喊着和尖叫着，挥动鞭子催赶着驾辕的马，也都赶上来了。辕马在轭下坚强地晃动着身子,没有想要减速,准备在必要时再加一把劲。

尼古拉追上了第一辆雪橇。两辆雪橇从一座山上下来,上了河边草地上的一条宽阔的大路。

"我们这是在什么地方?"尼古拉想道,"想必是在科索依草地。不,这像是我从未见过的一个新地方。这不是科索依草地,也不是焦姆卡山,天知道这是什么地方!这好像是一个新的和神奇的处所。好吧,且不管它是什么地方!"于是他朝马匹吆喝了一声,准备绕过第一辆雪橇。

扎哈尔勒住马,转过他的直到眉毛都结了霜的脸。

尼古拉放开了自己的马,扎哈尔向前伸出两只手,吧嗒了一下嘴,也放开了马。

"少爷,当心。"他说。两辆雪橇并排时跑得更快了,飞奔的马的腿在迅速地挪动。尼古拉开始赶着雪橇加快速度往前冲。扎哈尔没有改变伸出两手的姿势,稍稍抬起那只握缰绳的手。

"不对,少爷。"他朝尼古拉喊了一声。尼古拉让他的马全都奔跑起来,赶到了扎哈尔的前头。马扬起干燥的雪粒,撒到了雪橇上的人的脸上,它们旁边响起密集的滑动声,迅速跑动的马腿和被超过的雪橇的影子混成一团。四面八方传来滑木在雪地上滑动发出的嗖嗖声和妇女的尖叫声。

尼古拉又勒住了马,朝自己周围看了看。周围仍然是一片洒满月光、遍地闪闪发亮的神奇的原野。

"扎哈尔叫我向左转;干吗要向左转?"尼古拉想道,"难道我们是在去梅柳科娃家,难道这是她的村子梅柳科夫卡?我们天知道是在哪里,天知道我们会怎么样——我们遇到的情况是很奇怪的和很有意思的。"他回头朝雪橇里看了一眼。

"你瞧,他的胡子和睫毛全都白了。"坐在雪橇里的一个胡子和眉毛都很细的奇怪而又漂亮的陌生人说道。

"这人好像是娜塔莎,"尼古拉想道,"而那是绍斯太太;也许不是她,而这个留胡子的切尔克斯人——我不知道是谁,但是我爱她。"

"你们不冷吗?"他问。她们没有回答,笑了起来。后面雪橇上的迪姆勒喊了声什么,大概很可笑,但是无法听清他喊的是什么。

"是的,是的。"人们笑着回答道。

然而这就像是一座神奇的树林,林中的黑影和钻石般的闪光交融在一起,有一排排大理石的台阶,可以看见各种神奇的建筑物的银色屋顶,听见一些野兽发出刺耳的尖叫。"如果这真的是梅柳科夫卡,那么我们不知道往哪里走就来到了此地,就更奇怪了。"尼古拉想道。

这确实是梅柳科夫卡,只见男女仆人手持蜡烛满面笑容地跑出来,到了台阶上。

"来的是什么人?"台阶上有人问。

"伯爵家化装表演的人,一看那些马我就认出来了。"几个人回答道。

十 一

佩拉格娅·丹尼洛夫娜·梅柳科娃是一个膀大腰圆、精力充沛的女人,她戴着眼镜,身穿一件对襟无扣的外衣坐在客厅里,几个女儿围着她,她尽量设法不使她们感到无聊。当前厅里响起来客的脚步声和说话声时,她们正在静静地往水中浇蜡,观看着凝结成的形状①。

骠骑兵、老太太、巫婆、小丑、狗熊在前厅里清着嗓子,擦着冻结在脸上的霜,进了大厅,那里正在急忙点蜡烛。扮小丑的迪姆勒和扮老太太的尼古拉首先跳起舞来。其余化装的人被大声叫喊着的孩子们团团围住,他们捂着脸,改变着说话的声音,向女主人鞠躬,然后在房间里站好。

"啊,简直认不出来!啊,这是娜塔莎!你们看,她像谁!确实像有一个人。爱德华·卡尔雷奇真漂亮!我没有认出来。舞跳得真好!啊,我的老天爷,还有一个切尔克斯人;说实话,对索纽什卡来说正合适。这又是谁呢?啊,真高兴!尼基塔,瓦尼亚,把桌子搬开。我们刚才还这样安安静静地坐着呢!"

"哈——哈——哈!……骠骑兵,瞧那骠骑兵!完全像一个男孩子,看那两条腿!……我一看就忍不住……"几个人这样说。

娜塔莎最受梅柳科娃家的姑娘们的欢迎,她和她们一起到后面的房间去了,到那里后,姑娘们伸出裸露的手臂从敞开的门里从仆人手中接过她们所要的软木炭、各种长衫和男人衣服。十分钟后,梅柳科娃家里的所有年轻人都参加到化装表演的人的行列里来了。

佩拉格娅·丹尼洛夫娜吩咐给客人腾出地方和准备招待他们

---

① 旧时俄国民间常根据浇到水中的蜡凝结成的形状算命。

主仆的食物后,仍戴着眼镜,面带强忍住的微笑,在化装表演的人中间来回走着,凑到身边看他们的脸,可是一个人也没有认出来。她不仅没有认出罗斯托夫家的人和迪姆勒,而且怎么也认不出自己的女儿们以及她们身上穿的她丈夫的长衫和制服。

"这是哪家的姑娘?"她看着打扮成喀山鞑靼人的女儿的脸,问自己家的家庭教师。"好像是罗斯托夫家的什么人。喂,骠骑兵先生,您在哪个团服役?"她问娜塔莎。"给这个土耳其人水果软糕,"她对招待客人的仆人说,"他们的法律不禁止吃这个。"

跳舞的人蛮有把握地认定,既然他们化了装,那么谁也认不出他们来,因此一点也不觉得难为情,大胆跳出各种古怪和可笑的舞步来,佩拉格娅·丹尼洛夫娜看着他们,有时用手绢捂住脸,忍不住发出老年人的和善的笑声,这时她整个肥胖的身体也都颤动起来。

"我的萨希内特,萨希内特①!"她说。

在俄罗斯舞和轮舞跳完后,佩拉格娅·丹尼洛夫娜叫主仆们一起围成一个大圈;拿来了一枚戒指、一条绳子和一个卢布,大家便开始一起做各种游戏。

一个小时后,所有人身上的衣服都揉皱和变得很不整齐了,用软木炭画的胡子和眉毛弄脏了汗津津的、火热的和快活的脸。佩拉格娅·丹尼洛夫娜开始认出化装的人来了,赞扬服装设计得好,对小姐们来说特别合适,并且感谢大家给她带来这么大的乐趣。客人们被请到客厅里去吃晚饭,同来的家仆们则在大厅里受

---

① 萨希内特是亚历山德拉的昵称。

到款待。

"不,在澡堂里算卦,这太可怕了!"吃晚饭时一个住在梅柳科娃家的老姑娘说。

"为什么呢?"梅柳科娃的大女儿问道。

"你们不要去,这需要有勇气……"

"我去。"索尼娅说。

"您讲一讲,那位小姐怎么啦?"梅柳科娃的二女儿问。

"是这么回事,有一位小姐,"老姑娘说,"带上一只公鸡和两副餐具,按照规矩坐下了。坐了一会儿,只听得突然有人来了……铃铛叮当响,一辆雪橇驶了过来;又听见有人走过来了。进来的完全像人一样,是一个军官,他在她身旁坐下,拿起餐具。"

"啊!啊!……"娜塔莎喊叫起来,惊恐地把眼睛瞪得大大的。

"他怎么,也会说话?"

"对,跟人一样,完全一样,开始进行劝说,而她本应陪他说话直到鸡叫;可是她胆怯了,用手捂住脸。他就把她抱起来。幸好这时几个女仆跑来了……"

"干吗吓唬她们!"佩拉格娅·丹尼洛夫娜说。

"妈妈,要知道您自己也占卜过……"女儿说。

"在谷仓里是怎么占卜的?"索尼娅问。

"哪怕现在就可到谷仓里去,听那里有什么动静。如果听见敲敲打打的声音,这是不祥之兆,如果听见装粮食的声音,那就是好兆头;经常也有……"

"妈妈,您讲一讲您在谷仓里碰到了什么。"

佩拉格娅·丹尼洛夫娜笑了笑。

"有什么好讲的,我已忘记了……"她说,"你们不是谁也不去吗?"

"不,我去;佩拉格娅·丹尼洛夫娜,让我去吧,我去。"索尼娅说。

"好吧,如果你不害怕的话。"

"路易莎·伊万诺夫娜,我可以去吗?"索尼娅问。

无论是玩戒指、绳子或找卢布的游戏,无论是像现在这样交谈,尼古拉都待在索尼娅身边,完全用新的目光看着她。他觉得,由于她画上了这胡子,今天他才第一次完全看清了她。这天晚上索尼娅确实很快乐,很活跃,很漂亮,尼古拉还从来没有看见过她的这种样子。

"原来她是这样的,而我是一个傻瓜!"尼古拉看着她闪闪发亮的眼睛和他从未见过的从胡子下面露出的、有着一对酒窝的幸福而热情的微笑,心里想道。

"我什么也不害怕。"索尼娅说。"现在就可以去吗?"说着她站起身来。人们告诉她谷仓在哪里,她应如何站在那里静听,并递给她一件皮袄。她把皮袄披在头上,看了尼古拉一眼。

"这个姑娘多么可爱啊!"他想道,"在这之前我想什么来着?"

索尼娅出了屋到了走廊里,以便前去谷仓。尼古拉借口他觉得太热,急忙到了大门口的台阶上。屋里由于挤满了人,确实很闷热。

外面仍然还是那一片静止不动的寒气,仍然还是那一轮明月,只不过更亮了。月光是那样的皎洁,雪地上银光万点,宛如布满星星,使人不愿仰望天空,真正的星星反而不引人注目了。天空是黑暗的，而地上却充满着欢乐。

"我是一个傻瓜，傻瓜！我一直在等待什么呢？"尼古拉想，他跑到台阶上，然后沿着一条通向后门台阶的小路往前走，绕过了屋角。他知道，索尼娅要经过这里。在半道上有一个几俄丈长的木柴堆，上面积着雪，投下了阴影；光秃秃的老菩提树的树影从柴堆的那一边和近旁，纵横交错地投到雪地和小路上。小路通向谷仓。谷仓的用原木建成的墙和积雪的屋顶，仿佛用某种宝石雕成一样，在月光下闪闪发光。花园里有一棵树发出断裂声，接着一切又归于寂静。胸中呼吸的似乎不是空气，而是某种永远年轻的力量和欢乐。

女仆室的台阶上响起了脚步声，在积满雪的最后一级上发出清脆的咯吱声，听见老姑娘的声音在说：

"一直向前，沿小路向前走，小姐。只是不要回头看！"

"我不害怕。"索尼娅的声音回答道，她沿着小路朝尼古拉走过来，她的那双穿着精工制作的皮鞋的秀足踩在雪上发出咯吱咯吱的声音。

索尼娅裹着皮袄走着。她看见尼古拉时已只有两步远了；她看见的他也不是她熟悉的和有点惧怕的样子。他穿着女人的衣服，头发蓬乱，脸上带着幸福的和索尼娅没有见过的微笑。索尼娅迅速跑到他面前。

"完全是另一种样子，但仍然是原来的她。"尼古拉看着她那全被月光照亮了的脸想道。他把手伸进蒙住她的头的皮袄里，搂住她，紧紧地拥抱着她，吻了吻散发出软木炭气味的胡子下面的嘴唇。索尼娅也吻了吻他的嘴唇的正中间，抽出两只小手从两面托住他的面颊。

"索尼娅!……""尼古拉!……"他们只说了这样一句。他们跑到谷仓那里,后来各走各的台阶回到屋里。

十 二

当大家从梅柳科娃家往回走时,一向目光敏锐、能注意到一切的娜塔莎把座位重新做了安排,路易莎·伊万诺夫娜和她坐到迪姆勒的雪橇上,而让索尼娅与尼古拉和女仆们坐在一起。

尼古拉在回家的路上已不再你追我赶了,而是赶着雪橇平稳地走着,在这奇异的月光下一直注视着索尼娅,借助这不断变幻不定的光,透过她脸上画的眉毛和胡子寻找着以前的和现在的索尼娅,他已决定永远不和她分离了。他注视着,当他认出这个和那个索尼娅,回想起与她接吻的感觉混合在一起的软木炭的气味时,便深深地呼吸着寒冷的空气,望着往后退的地面和闪闪发亮的天空,觉得自己又进入了神奇的世界。

"索尼娅,**你**觉得快乐吗?"他不时地问。

"很快乐。"索尼娅回答,"**你**呢?"

在半道上尼古拉把缰绳交给车夫,自己跑到娜塔莎坐的雪橇上,站在跨杠上。

"娜塔莎,"他用法语低声对她说,"你知道,索尼娅的事我已下了决心。"

"你对她说了吗?"娜塔莎问道,突然高兴得喜笑颜开。

"唉,你画着这胡子和眉毛样子多么怪呀,娜塔莎!你高兴吗?"

"我非常高兴,非常高兴!我已经生过你的气了。我没有对你说,但是你曾经对她很不好。她的心肠多么好啊,尼古拉,我真高兴!我这人虽然常常令人讨厌,但是只我一个人得到幸福,而索尼娅没有得到,便觉得问心有愧。"娜塔莎接着说,"现在我太高兴了,快跑回她那里去吧。"

"不,等一下,唉,你的样子太可笑了!"尼古拉说,仍然仔细看着她,也在妹妹身上寻找某种过去他没有见过的新的、异乎寻常的和温柔而有魅力的东西,"娜塔莎,有一种神奇的东西。是吗?"

"是的,"她回答道,"你做得很好。"

"假如我以前看到她是现在的这个样子,"尼古拉想道,"我早就问她应该怎么办了,不管她说什么,我都会照着去做,那样一切就会很好了。"

"那么说,你很高兴,我做得很好?"

"唉,做得太好了!不久前我为这事和妈妈争执过。妈妈说,索尼娅想方设法想嫁给你。怎么可以这样说呢!我和妈妈差一点争吵起来。我永远也不允许任何人说她的坏话和对她有不好的想法,因为她身上只有好的东西。"

"就这样好吗?"尼古拉说,又一次端详着妹妹脸上的表情,想要弄清这是不是实话,然后靴子咯吱一响跳下了跨杠,向自己的雪橇跑去。坐在那里的仍然是那个画着胡子、两眼闪闪发光、幸福地微笑着、从貂皮帽子下看着人的切尔克斯人,这个切尔克斯人就是索尼娅,这个索尼娅一定会成为他未来的幸福的和爱他的妻子。

小姐们回到家里并对母亲讲了她们在梅柳科娃家玩乐的情况后,回房去了。她们脱了衣服,但没有擦软木炭画的胡子,坐了很久,谈论着自己的幸福。她们谈到出嫁后将怎样生活,她们和丈夫们将会如何和睦相处,她们将会多么幸福。在娜塔莎的桌子上还放着昨天杜尼亚莎准备好的镜子。

"可是所有这一切会在什么时候实现?我担心永远不会……要是能实现那就太好了!"娜塔莎说,她站起身来,朝镜子走过去。

"你坐下,娜塔莎,也许你能见到他。"索尼娅说。娜塔莎点着了蜡烛,坐了下来。

"我看见一个留胡子的人。"娜塔莎照见自己的脸说。

"不要笑,小姐。"杜尼亚莎说。

娜塔莎在索尼娅和女仆的帮助下把镜子摆好;她脸上露出严肃的表情,不说话了。她长时间地坐着,两眼望着镜中一排逐渐远去的蜡烛,设想(根据听到的故事想象)她在这最后连成的一个模糊的方形中会看见一口棺材,会看见**他**,安德烈公爵。但是不管她如何想把一个小小的斑点当作人或棺材的形状,她仍然什么也没有看见。她开始频频地眨巴起眼睛来,离开了镜子。

"为什么别人看得见,而我什么也看不见呢?"她说。"喂,索尼娅,你坐下来;今天你一定得看一看,"她说,"不过是替我看……我今天觉得很可怕!"

索尼娅在镜子旁坐下了,调整了位置,开始看起来。

"索菲娅·亚历山德罗夫娜[①]一定能看见,"杜尼亚莎低声说,

[①] 索菲娅·亚历山德罗夫娜是索尼娅的名字和父称。

"您老是笑。"

索尼娅听到了这些话,也听到娜塔莎在低声说:

"我知道她看得见;她去年也看见了。"

大家沉默了大约三分钟。"一定能!"娜塔莎低声说,但没有说完……索尼娅突然推开她把着的镜子,用手捂住了眼睛。

"唉,娜塔莎!"她说。

"看见了吗?看见了吗?看见了什么?"娜塔莎大声问道。

"瞧,我不是说了吗。"杜尼亚莎扶着镜子说。

索尼娅什么也没有看见,她刚才是想眨眨眼睛和站起身来,这时听见娜塔莎说"一定能"……她既不想欺骗杜尼亚莎,也不想欺骗娜塔莎,因此坐在那里感到很难受。她自己也不知道,在她用手捂住眼睛的时候,由于什么原因竟然会喊叫起来。

"看见他了吗?"娜塔莎拉住她的一只手问道。

"是的。等一下……我……看见了他。"她还不知道娜塔莎所说的**他**指的是谁——是尼古拉还是安德烈,就不由自主地说道。

"但是我为什么不说我看见了呢?别人不是也能看见吗!谁又能知道我看见了还是没有看见呢?"索尼娅的头脑里闪过这样的念头。

"是的,我看见了他。"她说。

"怎么样?怎么样?站着还是躺着?"

"不,我看见……原来什么也没有,突然我看见他躺着。"

"安德烈躺着?他病了?"娜塔莎吓得两眼发直,盯着她的女友问。

"不,正好相反,正好相反。——他满面笑容,朝我转过身来。"在她说这话的时候,她自己也觉得她看见了她所说的情景。

"那么后来呢,索尼娅?"

"后来我没有看清,出现一种蓝的和红的东西……"

"索尼娅!他什么时候回来?我什么时候才能见到他呀!我的上帝!我是多么为他和为自己担心,为一切感到害怕呀……"娜塔莎诉说起来,对索尼娅的安慰话没有做任何反应,便在床上躺下了,在吹灭蜡烛后的一段很长时间里一直睁着眼睛,一动不动地躺着,望着结冰的窗户外面寒冷的月光。

十 三

在过完圣诞节后不久,尼古拉向母亲宣布他爱索尼娅,坚决要和索尼娅结婚。伯爵夫人早就觉察到索尼娅和尼古拉之间发生的事,并且预料到会有这样的表白,她默默地听完儿子的话,对他说,他想和谁结婚就可以和谁结婚;但是无论是她还是父亲,都不会为这桩婚事祝福。尼古拉第一次感觉到母亲对他不满,感觉到母亲虽然很爱他,但不会对他做出让步。她冷冰冰的,两眼不看儿子,叫人去把丈夫请来;伯爵被请来后,她想当着尼古拉的面简单而冷淡地告诉他是怎么回事,但是没有忍住,气恼地哭了起来,出了房间。老伯爵吞吞吐吐地数落尼古拉一番,要他放弃自己的意图。尼古拉回答说,他不能违背自己的诺言,于是老伯爵叹了一口气,显然有点不知如何是好,很快停止说话,到伯爵夫人那里去了。在和儿子的历次冲突中,伯爵由于自己没有管理好家业对他总有一种负疚感，因此他不能因为儿子拒绝娶一个有钱的姑娘却选上没有陪嫁的索尼娅而生他的气——在这种情况下他更是痛切地想起，如果家境不这么糟的话，那么对尼古拉来说就没有比索尼娅更好的妻子了；他还想起，家道衰落的责任全在他一个人，同时也要怪米坚卡和自己改不掉的老习惯。

父母再也没有和儿子谈起这件事；但是几天后伯爵夫人把索尼娅叫去，用索尼娅和她自己都没有料到的冷酷口气责备表侄女引诱她的儿子和忘恩负义。索尼娅垂下眼睛，默默地听着伯爵夫人的冷酷的话，不明白要她怎么样。她准备为报答自己的恩人而牺牲一切。自我牺牲的思想是她最崇高的思想；但是在眼前的情况下，她不知道她应该为谁牺牲什么。她不能不爱伯爵夫人和罗斯托夫全家，但是也不能不爱尼古拉，不能不知道他的幸福决定于这种爱情。她默不作声，神情忧郁，没有回答。尼古拉觉得这种状况无法再忍受了，便去找母亲说明自己的态度。他又是恳求母亲原谅他和索尼娅并同意他们结婚，又是威胁母亲说，如果索尼娅再受到排斥，那么他将马上和她秘密结婚。

伯爵夫人用尼古拉从未见过的冷漠态度回答他说，他已成年，安德烈公爵不经父亲同意就要结婚，他也可以这样做，但是她永远不会把这个**女阴谋家**当自己的女儿对待。

尼古拉一听见**女阴谋家**这个词儿就气炸了，他提高嗓门对母亲说，他从来没有想到她会强迫他出卖自己的感情，如果是这样，那么他最后一次要说……母亲根据他脸上的表情知道他会说什么并惊恐地等待着，但是他没有来得及说出这句决定性的话，这句话如果说出来，也许会永远成为母子之间的痛苦回忆。他之所以没有来得及把话说完,因为在门外偷听的娜塔莎脸色苍白和表情严肃地进了房间。

"尼科连卡,你说的是废话,住口,住口!我对你说,快住口!……"她几乎大声喊着,想把他的声音压下去。

"妈妈,亲爱的,这完全不是因为……我的好妈妈,可怜的妈妈。"她对母亲说,伯爵夫人觉得自己处于关系破裂的边缘,惊恐地看着儿子,但是由于固执和争强好胜,不愿意,也不能认输。

"尼科连卡,我以后再给你解释,你先出去……您听我说,亲爱的妈妈。"娜塔莎对母亲说。

她说的话没有什么用,但是它却产生了她想要取得的结果。

伯爵夫人伤心地啜泣起来,把脸埋到女儿的胸口,而尼古拉站起身来,抱住头,出了房间。

娜塔莎进行了调解,最后母亲答应尼古拉不再欺压索尼娅,而尼古拉则保证不背着父母做任何事情。

尼古拉下狠心在把团里的事安排好后就退役,回来和索尼娅结婚,他因同父母不和而心情忧郁,表情严肃,但是他觉得处于热恋中,一月初回到团里去了。

尼古拉走后,罗斯托夫家里开始变得比任何时候都沉闷。伯爵夫人因心绪不佳病倒了。索尼娅因与尼古拉离别而感到伤心,更因伯爵夫人不能不对她采取敌视态度而觉得难受。伯爵比往常任何时候都为糟糕的家庭经济情况而操心,因为需要采取一些果断的措施。只好卖掉莫斯科的房子和莫斯科郊区的庄园,而为了卖房子,需要到莫斯科去。但是伯爵夫人的病使得他的行期一天又一天地往后推。

娜塔莎轻松地，甚至愉快地度过了与未婚夫离别的最初的日子后，现在一天天地变得更加激动不安和不耐烦了。她想到她本来可以用来和他谈情说爱的最好的时光正在白白浪费掉，这个想法萦绕在她心头，使她感到非常痛苦。他的信多半使她生气。她在生活中只想着他一个人，而他却过着真正的生活，不断见到他感兴趣的新的地方和新的人，想到这里她感到委屈。他的信写得愈有趣，她读了愈觉得难受。而她给他写信，不仅不能使她得到安慰，反而觉得这是一种枯燥无味的和不得不履行的义务。她不善于写信，因为无法在信中真实地表达出她习惯于用声音、微笑和目光表达的东西，哪怕是其中的千分之一。她给他写的是一些古板的、千篇一律的、干巴巴的信，她自己也认为没有任何意义，而伯爵夫人还得在信的草稿上替她改正拼写的错误。

伯爵夫人的健康状况一直没有好转；但是莫斯科之行已不能再拖了。需要准备嫁妆，需要卖掉房子，同时预计安德烈公爵将先到莫斯科去，因为这年冬天尼古拉·安德烈依奇公爵住在莫斯科，而娜塔莎相信，安德烈公爵已经到了那里。

伯爵夫人留在乡下，伯爵带着索尼娅和娜塔莎于一月底启程到莫斯科去了。

第五部

一

皮埃尔在安德烈公爵和娜塔莎订婚后,突然不知为了何故,觉得不能继续像以前那样生活了。不管他如何坚信恩师向他揭示的真理,不管他在热情投入内心的自我完善的工作的初期是如何的高兴——在安德烈公爵与娜塔莎订婚和约瑟夫·阿列克谢耶维奇逝世(他几乎是同时得到这个消息的)后,对他来说以前的生活的魅力一下子消失了。生活只剩一个空架子:他的住宅和一个受到某某要人宠爱的出色的妻子,还有全彼得堡的熟人们以及纯粹是枯燥乏味的形式的公务。皮埃尔突然觉得以前的这种生活出人意料地令人厌恶。他不再记日记,避免与师兄弟们来往,重新出入俱乐部,又开始酗酒,重新和单身汉们接近起来,叶连娜·瓦西里耶夫娜伯爵夫人看到他开始过这样的生活,都认为需要严厉地责备他一顿。皮埃尔觉得她那样做是对的,为了不影响妻子的名声,便到莫斯科去了。

在莫斯科,他刚一进入他的那座住着几位已变得憔悴和正在变得憔悴的公爵小姐以及大批家仆的巨大住宅，刚一看见——当马车在城里经过时——在挂满金色衣饰的圣像前点着无数支蜡烛的伊韦尔小教堂①，看见那积满新雪的克里姆林广场、那些马车夫和西夫采夫·弗拉热克②的破旧小屋，看见已一无所求、悠闲自在、安度晚年的莫斯科的老年人，看见老太婆们、莫斯科的太太们、莫斯科的舞会、莫斯科英国俱乐部——他就觉得到了家，到了平静的栖身之地。他住在莫斯科，好像穿一件旧睡袍一样，感到舒适、温暖、习惯，可是又肮脏。

莫斯科社交界，从老太太到年轻人，像接待盼望已久的客人一样接待皮埃尔，随时留着位子欢迎他。对莫斯科上流社会来说，皮埃尔是一个最可爱、最和善、最聪明、最快活、最宽厚的怪人，是一个漫不经心和热诚的俄罗斯人，一个老式的贵族老爷。他的钱包总是空的，因为他对所有的人都很慷慨。

纪念演出、劣等绘画作品、雕像、慈善团体、茨冈人、学校、募捐聚餐、酒会、共济会员、教会、书籍等等——不管是什么人还是什么事，都没有遭到过他的拒绝，如果不是他的两个朋友借了他的很多钱并对他进行照管的话，那么他就会把一切都给别人的。在俱乐部里，每次宴会和每次晚会都少不了他。每当他喝了两瓶马尔戈酒③后往沙发上的老地方随便一倒时，就有人把他围住，于是闲谈、争论和说笑开始了。哪儿发生了争吵，只要他和善地微微一笑，及时说一句俏皮话，人们就和解了。共济会的聚

---

① 伊韦尔小教堂位于沃斯克列先斯基门（今涅格林斯基门）附近。
② 西夫采夫·弗拉热克是当时莫斯科的一条巷子，为贫民聚居的地方。
③ 马尔戈酒是法国纪龙德省某地出产的一种葡萄酒。

餐会如果没有他出席，就会变得枯燥乏味，死气沉沉。

当他和单身汉们一起吃完晚饭，答应这些快乐的伙伴们的请求，面带和善和甜蜜的微笑站起来，以便和他们一起去玩乐时，在年轻人中间常常响起一片快乐的欢呼声。在舞会上，如果缺一个舞伴，他也就跳起舞来。年轻的太太和小姐们喜欢他，因为他不向任何人献殷勤，对所有人都同样地客气，尤其是在晚餐后。"他很可爱，他没有性别。"人们这样说他。

皮埃尔是一个在莫斯科闲居的退职的宫廷高级侍从，这样的人有好几百。

如果七年前，在他刚从国外回来时，有人对他说，他不需要寻求和思考什么，他的道路早已打通并已永远确定，不管他如何折腾，他的结局仍然会像所有处在他那种地位的人一样，他听了一定会大吃一惊。现在他不能不相信这一点。难道他不曾全心全意地想在俄国实现共和，有时自己想当拿破仑，有时又想当哲学家，有时想当策略家和战胜拿破仑的人吗？难道他不曾见到根本改造有恶习的人类和使自己达到完美的可能性，并热烈希望这样做吗？难道不是他开办了学校和医院，解放了农奴吗？

而现在情况完全不是这样——他是一个不忠实的妻子的有钱的丈夫，一个退职的宫廷高级侍从，喜欢吃喝，有时解开衣服，稍稍骂几句政府，他是莫斯科英国俱乐部的成员，莫斯科上流社会的一个受到大家欢迎的人。在很长时间内，他想起自己就是七年前他非常蔑视的莫斯科宫廷高级侍从这一类人，心里就不能平静。

有时他安慰自己，心想他只不过暂时过这种生活；但是后来另一种想法使他不寒而栗，他想到已有多少像他这样的人进入这种生活时齿发俱全，而出来时却齿缺发秃了。

在他想起自己的情况而感到高人一等的时刻，他觉得自己完全是另一种人，尤其与那些他以前蔑视的退职宫廷高级侍从不同，觉得那是一些庸俗愚蠢和安于现状的人。"而我直到现在都不满意，我一直想为人类做点事情。"他在感到高人一等时刻对自己这样说，"也许我的所有同事们也完全像我一样努力过，在生活中寻找过自己的新道路，同时又像我一样，被环境、社会和本性的力量，被一个人无力抗拒的自然力引导到了我所到的地方。"他在不自以为是时又这样说，并在莫斯科住了一些时候后，已不蔑视与自己遭遇相同的同事，而是开始喜欢、尊重和同情他们了。

皮埃尔已不像从前一样有绝望、忧郁和厌恶生活的时刻了；但是以前剧烈发作过的这种病症深入到了他的内心，一刻也没有离开过他。"为什么？为了什么目的？世上发生的是什么事？"他一天好几次困惑不解地问自己，不知不觉地思考起各种生活现象的意义来；但是他根据经验知道，这些问题没有答案，于是他急忙不再去想，拿起书本来读，或者去俱乐部，或者去阿波隆·尼古拉耶维奇那里去闲聊城里的各种新闻。

"叶连娜·瓦西里耶夫娜除了自己的身体外，什么也不爱惜，她是世上最蠢的女人，"皮埃尔想，"而人们却认为她聪明和高雅到了极点，拜倒在她面前。当拿破仑·波拿巴是一个伟大时，他受到了所有人的蔑视，而自从他成为一个可怜的丑角后，弗兰茨皇帝却想方设法要把自己的女儿送给他做外宅①。西班牙人通过天主教僧侣感谢上帝，因为他们六月十四日打败了法国人，而法国人也通过同一些天主教僧侣为他们六月十四日战胜西班牙人而做感恩祈祷。我的共济会的师兄弟们滴血为誓，要为别人牺牲一切，然而不愿为穷人捐赠一个卢布，并暗中煽动阿斯特列亚派反对寻找吗哪派②，为弄到一块真正的苏格兰的毯子和文件的真本而奔忙③，其实这种文件的意义就连书写它的人也不明白，是谁也不需要的。我们大家都宣传基督教的宽恕和爱邻人的教义，为此我们在莫斯科建了许许多多教堂，可是昨天却用鞭子抽死了一个逃兵，而为这爱和宽恕的教义服务的神父在这士兵临刑前居然让他吻十字架。"皮埃尔这样想着，尽管他对这种普遍的、人所公认的虚伪已习以为常，但是见到时觉得像是新东西一样，每次都感到惊奇。"我理解这种虚伪和杂乱无章，"他想道，"但是我如何把我理解的一切告诉他们呢？我曾试过，经常发现他们在内心深处像我一样也理解，但是竭力做出没有看见它的样子。看起来就应该这样！但是我，我该怎么办呢？"皮埃尔想。他感觉到自己有一种许多人，尤其是俄罗斯人所具备的不幸的能力——能看见和相信善和真的可能性，过于清楚地看见生活中的恶和虚伪，而自己又无力

---

① 拿破仑于一七九六年与约瑟芬结婚，于一八〇九年与她离婚；不久法奥两国联姻，拿破仑娶了奥地利皇帝弗兰茨的女儿玛丽亚·路易莎为妻，婚礼于一八一〇年三月举行，"外宅"一说不确。

② 阿斯特列亚派和寻找吗哪派是当时彼得堡共济会的两个分会。"吗哪"一词源出《圣经·旧约》中的《出埃及记》，是以色列人经过旷野时神赐的食物的名称。

③ 每个共济会分会都有上面带各种象征图形的毯子，每个分会都力图从苏格兰最早的共济会得到这种毯子。

认真参与生活。在他眼里，任何一个方面的活动都是与恶和欺骗结合在一起的。不管他试着做一个什么样的人，不管他着手做什么事——恶和虚伪都推开他，堵住他从事活动的所有道路。而与此同时应当生活，应当做点事情。处于这些无法解决的生活问题的重压下是很可怕的，于是他遇见开心的事就投身进去，为的是忘掉这些问题。他出入各种各样的社交场所，纵酒为乐，购买绘画作品，大兴土木，而主要的是大量读书。

他读书时，碰到什么就读什么，回家后，仆人们还在帮他脱衣服，他就已拿起书来读了——常常读完书就睡，睡醒了就到客厅和俱乐部去闲聊，闲聊完了就去狂饮和找女人，然后又回过头来闲聊、读书和喝酒。喝酒对他来说，愈来愈成为肉体上的、同时又是精神上的需要。虽然大夫们警告他说，由于他身体肥胖，喝酒是很危险的，他仍然喝得很多。当他不知不觉地把几杯酒倒进自己的大嘴里，觉得体内暖乎乎的，对所有的人都感到亲切，脑子里对任何思想都准备做出浮面的、不深入到实质中去的反应时，他才开始觉得浑身舒畅。只有当他喝了一两瓶酒，他才模模糊糊地意识到，他以前感到恐惧的那个很难解开的可怕的生活死结，并不像他想象的那么可怕。在午餐和晚餐后，他头脑里嗡嗡作响，在闲谈、听别人说话和读书时，总是不断地看见这个死结就在他身旁。但是只是在酒劲发作时他才对自己说："这没有什么。我能把它解开——瞧，我已有了解释。但是现在没有工夫，——我以后再好好考虑这一切！"但是这个**以后**从未来到过。

早晨空着肚子的时候，以前的所有问题又觉得无法解决和可怕，于是皮埃尔急忙拿起书本，要是有人来找他，他就会感到非常高兴。

有时皮埃尔回想起他曾听别人说过,在战场上,士兵们在枪林弹雨下待在掩体里时,他们闲着没事便设法给自己找点活儿干,这样比较容易不大感觉到危险。皮埃尔觉得所有的人都像这些士兵一样用各种方法逃避着生活:有人追求功名,有人打牌,有人制订法律,有人玩弄女人,有人玩儿戏,有人养马,有人搞政治,有人打猎,有人酗酒,有人从事国务活动。"没有微不足道的小人物,也没有什么大人物,全都一样;只想千方百计地逃避生活!"皮埃尔想,"只要能不看见**它**,不看见这个可怕的**它**就行!"

二

在入冬时,尼古拉·安德烈依奇·鲍尔康斯基公爵带着女儿来到了莫斯科。由于他过去的经历,由于他的智慧和独特的见解,尤其是由于当时对在位的亚历山大一世的热情已经减退和莫斯科充满着反法的和爱国的情绪,因此尼古拉·安德烈依奇公爵立刻成为莫斯科人特别尊敬的对象和莫斯科反对政府的在野人士的中心。

这一年公爵老多了。他出现了衰老的明显特征:有时突然睡着了,容易忘记最近发生的事却记得很久以前的往事,像孩子似的爱虚荣,并带着这种心态担任了莫斯科在野人士的首领。尽管如此,当这位老人,尤其是在晚上,穿着皮袄和戴着扑了粉的假发出来喝茶时,只要有人提起,便开始断断续续地讲起往事来,或者更加断断续续地激烈批评现状,这时他的话常常使得所有客人肃然起敬。对前来拜访的人来说,这座古老的房子以及它里面的巨大的窗间镜、老式的家具、扑了粉的仆人、上世纪的严厉而聪明的老人本身,还有崇敬他的温顺的女儿和漂亮的法国女人,等等,构成了一种庄严而又赏心悦目的景象。但是来拜访的人没有想到,除了他们看见主人的这两三个小时外,一昼夜里还有二十二个小时,在这段时间,这座房子里还有不为人们所知的内部生活。

最近到了莫斯科后,这种内部生活对玛丽亚公爵小姐来说变得非常沉重。她在莫斯科失去了她的最大的乐趣——与修士们谈话和一人独处,在童山时这些乐趣曾使她精神振奋,而现在她没有得到首都生活的任何好处和欢乐。她不去社交场所;大家都知道,她父亲不让她一个人出门,而老人自己又因身体不好不能陪她去,因此人们已不邀请她去参加宴会和晚会了。玛丽亚公爵小姐对出嫁已完全不抱希望。她看见尼古拉·安德烈依奇公爵在接待和送走有时到他们家来的、可能成为她的未婚夫的年轻人时态度冷淡,甚至怒气冲冲。玛丽亚公爵小姐没有朋友;这次到莫斯科后,她对两个原来最亲近的人感到失望:一个是布里安娜小姐,就是在以前,她也不能做到对这位小姐无话不说,如今更觉得有些讨厌了,于是由于某些原因,开始疏远她;另一个是朱丽,她住在莫斯科,玛丽亚公爵小姐一连五年和她通信,这次和她重新见面时,觉得她的志趣与自己完全不同。这时的朱丽,由于兄弟全都死了,成为莫斯科最富有的待字闺中的姑娘之一,正兴致勃勃地忙于参加各种社交活动。她被一群年轻人包围,她以为这些人突然看到了她的优点。朱丽这个上流社会的小姐年纪已不小了,她感到这是出嫁的最后机会,她的终身大事现在不解决,就永远解决不了。玛丽亚公爵小姐每到星期四就面带忧伤的微笑想起,现在她已无人可以通信了,因为朱丽就在这里,每个星期都和她见面,可是和她在一起并不感到任何快乐。她的心情好像一个不愿意娶他多年来一到夜晚经常在一起消磨时间的太太为妻的年老流亡者一样,因为娶了她,就不知道到哪里去度过夜晚了;她为朱丽就在这里使她无人可以通信而感到遗憾。在莫斯科,玛丽亚公爵小姐没有可以交谈的人,也没有可以诉说自己的痛苦的人,而在这段时间里新的痛苦却增加了许多。安德烈公爵回国和他举行婚礼的日期愈来愈近了,而他托她打通父亲思想的任务没有完成,而且看来事情已完全弄糟了,老公爵只要一听见有人提起罗斯托娃伯爵小姐就发脾气,而且他大部分时间心情本来就不好。最近玛丽亚公爵小姐又增添了一种新的烦恼,这就是给六岁的侄儿上课。在对待尼科卢什卡的态度上,她惊恐地发现自己也像父亲那样容易发怒。她曾有多少次对自己说,在教侄儿时不要急躁,可是一等到她手拿教鞭坐下来教法文字母表时,几乎每一次都想赶快轻而易举地把自己的知识灌输给孩子,而孩子早就提心吊胆,害怕姑姑生气,而她只要看见孩子注意力稍一不集中,就浑身发抖,着急和发起火来,提高嗓门,有时扯他的胳膊,罚他站墙角。而叫他站到墙角去后,她自己又哭起来,恨自己凶狠和脾气不好,于是尼科卢什卡也跟着她放声大哭,没有得到允许就从墙角出来,走到她跟前,把她捂着脸、沾满泪水的手拉下来,安慰她。但是最使公爵小姐感到伤心的是父亲的坏脾气,他总是对女儿发火,最近达到了残酷无情的程度。假如他要她每天夜里磕头,假如他打她，罚她搬柴和挑水，她根本不会有自己处境困难的想法；但是这个爱着她的折磨者十分残忍，因为他又爱又折磨自己和她，不仅善于蓄意侮辱和贬损她，而且善于向她证明，在任何时候和任何事情上都是她不对。最近他有一种新的、最使玛丽亚公爵小姐感到难受的表现——这就是他与布里安娜小姐更加亲近了。他在得知儿子的打算后当即就产生过一个开玩笑的念头，即如果安德烈公爵要结婚，那么他自己就要娶布里安娜，看来这个念头他很喜欢，最近他（玛丽亚公爵小姐觉得）只是为使女儿感到难受，便一个劲儿地显示对布里安娜小姐特别亲热，并用这种方法来表现对女儿的不满。

有一次在莫斯科，老公爵当着玛丽亚公爵小姐的面（她觉得父亲是有意当着她的面这样做的）吻了布里安娜小姐的手，并把她拉到自己身边，亲热地拥抱了她。玛丽亚公爵小姐顿时满脸通红，跑出了房间。几分钟后，布里安娜小姐进了玛丽亚公爵小姐的房间，面带微笑，用她那悦耳的声音高兴地讲述着什么。玛丽亚公爵小姐急忙擦去眼泪，毫不犹豫地走到布里安娜面前，看来她自己也不知道怎么了，一下子发作了，扯开嗓门对这个法国女人喊叫起来：

"这卑鄙，下流，毫无人性地利用人的弱点……"她没有把话全说出来。"从我的房间里滚出去！"她喊了一声，放声大哭起来。

第二天，老公爵没有对女儿说一句话；但是玛丽亚公爵小姐发现，父亲在午餐时吩咐先给布里安娜小姐上菜。午餐快结束时，侍候进餐的仆人根据老规矩又先给公爵小姐上咖啡，这时老公爵突然大发雷霆，操起手杖朝仆人菲利普扔过去，立刻下令把他送去当兵……

"居然没有听见……我说了两次！……没有听见！她是这个家里最重要的人；她是我最好的朋友。"老公爵喊道。"如果你，"他在这一天第一次愤怒地对玛丽亚公爵小姐喊道，"胆敢再一次像昨天那样……在她面前忘乎所以，那么我就叫你知道谁是这个家里的主人。滚！不要让我再看见你；去向她道歉！"

于是玛丽亚公爵小姐向阿马利娅·叶夫根尼耶夫娜①和父亲赔了罪，为自己，也为托她求情的仆人菲利普请求宽恕。

在这样的时刻，在玛丽亚公爵小姐心里形成了一种类似为自我牺牲而自豪的感情。就在这样的时刻，她突然看见她心里指摘的父亲或者在寻找眼镜，在身旁摸来摸去，可就是看不见；或者忘记了刚才的事；或者用虚弱的双腿晃晃悠悠地迈了一步，回头看了一下，想知道有没有人发现他虚弱的样子；或者更坏，在午餐时，因没有使他感兴趣的客人，突然打起瞌睡来，餐巾掉了，颤抖着的脑袋低垂在盘子上。"他老了，身体这样虚弱，而我竟然还在心里指摘他！"在这样的时刻她怀着厌恶自己的心情想道。

三

一八一一年，莫斯科有一位很快走红的法国医生，此人身材非常高大，容貌俊秀，像一般法国人一样殷勤周到，同时如同莫

---

① 阿马利娅·叶夫根尼耶夫娜是布里安娜小姐的名字和父称。

斯科的人所说那样,是一个医术异常高明的大夫,他名叫梅蒂维埃。他出入上流社会的各个家庭,那里不把他当作医生,而当作身份相同的人来接待。

尼古拉·安德烈依奇公爵平常对医学抱嘲笑的态度,最近接受布里安娜小姐的劝告,允许这位大夫来给自己看病,并且和他处熟了。梅蒂维埃每星期都来看公爵一两次。

在公爵的命名日圣尼古拉节[①]那一天,全莫斯科的人都来他家祝贺,但是公爵吩咐下来,不接待任何人;只邀请少数几个人参加午宴,他把要邀请的客人的名单告诉了玛丽亚公爵小姐。

梅蒂维埃早晨就前来祝贺,他作为医生,如同他对玛丽亚公爵小姐所说的那样,认为违犯禁令是可以的,便进去见公爵。不料老公爵在过命名日的这天早晨心情特别不好。他整个早晨都吃力地在家里走来走去,对所有的人都进行挑剔,装出听不懂别人对他说的话的样子,也认为别人没有听懂他的话。玛丽亚公爵小姐太清楚父亲走来走去唠唠叨叨时的心情了,知道最后常常以大发雷霆而告终,因此整个早晨她都觉得自己仿佛在装好火药、扳起扳机的火枪前走动一样,等待着不可避免的射击。在大夫到达前,整个早晨都平安无事。玛丽亚公爵小姐放大夫进去后,手里拿着一本书在客厅的门旁坐了下来,在这里听得见书房里发生的一切。

起初她听见只有梅蒂维埃一个人在说话,接着听见父亲的声音;然后听见他们两人一起说了起来,门打开了,门口出现了神

---

① 圣尼古拉节为俄历十二月六日。

色惊恐、身材漂亮、蓬起一绺黑发的梅蒂维埃，同时出现了头戴睡帽、身穿睡衣、脸气得变了样、两眼下垂的公爵本人。

"难道你不明白吗？"公爵喊道，"我可明白！法国间谍！波拿巴的奴仆，间谍，从我家里滚出去，——滚，我说！"他砰的一声关上了门。

梅蒂维埃耸耸肩膀，走到听见喊声从隔壁房间里跑出来的布里安娜小姐跟前。

"公爵身体不大好——肝火太旺，脑充血。可是不必担心，我明天再来。"梅蒂维埃说，把一根手指放在唇边，示意不要作声，急忙走了。

从门里传出穿着便鞋的走步声和叫喊声："间谍，叛徒，到处都是叛徒！在自己家里都没有片刻的安宁！"

梅蒂维埃走后，老公爵把女儿叫到跟前，于是他的全部怒火都倾泻到她身上。怪她放一个间谍进来见他。说他明明讲过，并且是对她讲过，要她拟订一个名单，不要放名单上没有的人进来。干吗要放这个坏蛋进来！这一切都是她造成的。"和她在一起得不到片刻的安宁，也不能安安静静地死去。"他说。

"不，我的大小姐，分开，非分开不可，您要知道这一点！我现在再也受不了啦。"他说完就出了房间。可是他仿佛担心她会设法进行自我安慰似的，便又转回来，竭力装出平静的样子，补充说道："您别以为这是我说的气话，我很平静，这事我仔细想过了；就得这样做——分开，您去给自己找个地方！……"但是他没有能忍住，又带着只有爱得很深的人才有的愤恨，看来他自己也很痛苦，晃着拳头对她喊道：

"哪怕有一个傻瓜把她娶走也好!"他砰的一声关上门,吩咐把布里安娜小姐叫来,这才在书房里安静了下来。

下午两点,选定的六位客人来赴宴了。这些客人是:著名的拉斯托普钦伯爵,洛普欣公爵①和他的侄儿,公爵本人的老战友恰特罗夫将军,年轻人则有皮埃尔和鲍里斯·德鲁别茨科依。客人们在客厅里等着他。

前几天到莫斯科休假的鲍里斯希望谒见尼古拉·安德烈依奇公爵,他设法博得了公爵的好感,公爵家里本来是不接待单身年轻人的,这次破例邀请了他。

公爵的家并不是所谓的"上流社会"的交际场所,出入这里的只有一小批人,虽然在城里默默无闻,但是在这里受到接待被视为莫大的荣幸。这一点鲍里斯在一个星期前就知道了,当时总司令当着他的面请拉斯托普钦伯爵在圣尼古拉节那一天去吃饭,伯爵推辞了,说:

"在这一天,我总是要去向尼古拉·安德烈依奇公爵的那一把老骨头表示敬意的。"

"啊,对,对。"总司令回答说,"他怎么样?……"

一小批人午餐前聚集在摆着旧家具的很高的老式客厅里,好像法庭的组成人员准备开庭一样。大家都沉默着,即使说话,声音也很小。尼古拉·安德烈依奇公爵出来时神情严肃,寡言少语。玛丽亚公爵小姐比平时更加文静和胆怯。客人们不大乐意和她说

---

① 作者很可能指的是在叶卡捷琳娜二世时期当过雅罗斯拉夫和沃洛格达总督的洛普欣(一七五三至一八二七年),亚历山大一世在位时曾任司法大臣和国务会议主席。

话,因为他们看到她对他们的谈话不感兴趣。拉斯托普钦伯爵一个人支撑着谈话使之不至于中断,时而讲述城里的新鲜事,时而又讲述政治新闻。

洛普欣和老将军偶尔参加到谈话里来。尼古拉·安德烈依奇公爵像大法官听取汇报那样听着,只偶尔哼一两声,或简单地说一句这事他知道了。从谈话的语调可以听出,谁也不赞成政治领域发生的事。谈论着那些显然能证明情况愈来愈糟的事情;但是在讲述和议论任何事情时,有一点很使人惊讶:每一次只要议论可能涉及皇上时,说话的人就停住不说了,或者被人打断了。

在吃饭时,谈到了最新的政治新闻,谈到了拿破仑侵占奥尔登堡公爵领地和俄国给欧洲各国宫廷的反对拿破仑的照会[①]。

"波拿巴对待欧洲就像海盗对待夺来的海船一样。"拉斯托普钦伯爵重复着这句他已说了几次的话,"各国君主的长期忍耐或受迷惑真令人吃惊。现在轮到教皇了,波拿巴毫不客气地要推翻天主教的首领[②],大家都保持沉默。只有我们皇上对侵占奥尔登堡公爵的领地提出了抗议。就这样也是……"拉斯托普钦伯爵停住不说了,因为他感觉到他已到达了不能议论的边缘了。

"曾经提出用别的领地交换奥尔登堡公国。"尼古拉·安德烈依奇公爵说,"他就像我把童山的农奴迁到鲍古恰罗沃和梁赞的庄园一样,要把公爵们挪来挪去。"

---

① 奥尔登堡公爵彼得·腓特烈·路德维希是亚历山大一世的亲戚。一八一〇年十二月法国军队进入奥尔登堡公国后,俄国政府曾向法国政府递交了抗议照会。
② 一八〇九年拿破仑下令把教皇国和罗马并入法国。教皇派厄斯七世不同意,拿破仑将其押往巴黎软禁。

"奥尔登堡公爵以令人钦佩的毅力平静地忍受着自己的不幸。"鲍里斯恭恭敬敬地加入谈话说。他这样说,是因为路过彼得堡时,荣幸地见过这位公爵。尼古拉·安德烈依奇公爵朝这年轻人看了一眼,仿佛要就此对他说点什么,但是认为他还太年轻,便改变了主意。

"我读过我们关于奥尔登堡公国事件的照会,对它文字之糟感到惊讶。"拉斯托普钦伯爵用一个人在评论非常熟悉的事时常用的漫不经心的语气说。

皮埃尔带着天真的惊奇的表情看了拉斯托普钦一眼,不明白为什么照会拙劣的文字使他感到惊讶。

"伯爵,如果照会的内容很有力,"他说,"那么文字好坏不都是一样的吗?"

"亲爱的,如有五十万军队,写一篇文笔好的东西就会容易些。"拉斯托普钦伯爵说。皮埃尔明白了,为什么照会文字的好坏使拉斯托普钦伯爵感到不安。

"看起来摇笔杆的人相当多,"老公爵说,"在彼得堡大家都在写,写的不仅是照会——大家都在写新的法律。我的安德留沙在那里曾给俄国写了一大卷法律。现在人人都在写!"说着他不自然地笑了起来。

谈话停了一会儿;老将军清嗓子的声音引起了大家的注意。

"诸位有没有听说最近彼得堡检阅时发生的事?新任法国公使表现得真差劲!"

"什么?是的,我听到了一些,他在皇上面前说了不合适的话。"

"皇上要他注意看掷弹兵师和分列式,"老将军接着说,"那公使似乎毫不注意,居然放肆地说,我们在法国根本不注意这样的小事。皇上什么也没有说。听说在下一次检阅时,皇上一次也没有跟他说话。"

大家都不作声了;对这个涉及皇上本人的事实是不能进行任何议论的。

"太无礼了!"公爵说,"诸位认识梅蒂维埃吗?我今天把他赶走了。他曾来过这里,虽然我吩咐不要放任何人进来见我,但是他还是进来了。"公爵说,生气地看了女儿一眼。接着他讲了同法国医生的整个谈话的过程和他为什么相信梅蒂维埃是间谍的根据。尽管这些根据很不充分和很不清楚,但是谁也没有提出异议。

热菜后上了香槟酒。客人们从自己的座位上站起来,向老公爵表示祝贺。玛丽亚公爵小姐也走到了他跟前。

老公爵用冷淡的目光恶狠狠地看了她一眼,把刮得光光的布满皱纹的面颊朝她伸过去。他脸上的整个表情仿佛对她说,早晨的谈话他并没有忘记,他的决定仍然有效,只是因为有客人在座,他现在才没有对她说这些。

当大家到客厅里喝咖啡时,老人们坐到了一起。

尼古拉·安德烈依奇公爵更加活跃起来,他谈了自己对面临的战争的想法。

他说,只要我们继续寻求与德国人结盟,参与《蒂尔西特和约》把我们拉进去的欧洲事务,我们同波拿巴的战争就将不会有好结果。我们既不应该为了帮助奥地利,也不应该为了反对奥地利而战。我们的整个政策应当放在东方,而对付波拿巴只要陈兵边境和有坚定的政策就行了,这样他永远不敢像一八〇七年那样越过俄国边界。

"我们怎能和法国人打仗呢,公爵!"拉斯托普钦伯爵说,"难道我们能起来反对老师和上帝吗?请看一看我们的青年,请看一看我们的女士们。我们的上帝是法国人,我们的天堂是巴黎。"

他开始把话说得大声些,显然是为了让大家都能听见。

"衣服是法国的,思想是法国的,感情是法国的!您掐着脖子把梅蒂维埃撵出去,因为他是法国人和坏蛋,而我们的女士们却跟在他后面爬行。昨天我参加了一个晚会,五个女士中有三个是天主教徒,她们得到教皇的许可在星期天绣花。恕我说句不好听的话,她们几乎是光着身子坐着,就像澡堂的招牌一样。唉,看着我们的青年,公爵,就想要把彼得大帝的大棒从珍品陈列馆拿出来,用俄国方式砸断他们的肋骨,让他们抛弃满脑袋愚蠢的想法!"

大家都不说话了。老公爵面带微笑看着拉斯托普钦,赞许地晃晃脑袋。

"好吧,再见了,公爵大人,保重身体。"拉斯托普钦说,他动作敏捷,很快站起身来,把手伸给公爵。

"再见,亲爱的,您说话像弹古斯里琴[①],我常常听得出神!"老公爵说,握住他的手,并把面颊伸过去让他吻。别的客人也跟着拉斯托普钦站了起来。

---

① 古斯里琴是俄国古代的一种多弦的弦乐器,类似我国的古筝。

四

玛丽亚公爵小姐坐在客厅里,听着老人们的闲谈和议论,对听到的话一点也不明白;她只想着,所有客人是否发觉了父亲对她的敌视态度。她甚至没有注意到那个已是第三次来她家的德鲁别茨科依在吃饭时对她的特别关心和殷勤。

玛丽亚公爵小姐带着心不在焉的和疑问的神情朝客人当中最后一个告别的皮埃尔转过身来,在老公爵出去后客厅里只留下他们两人时,皮埃尔手里拿着帽子,脸上挂着微笑,走到了她跟前。

"可以再坐一会儿吗?"他问,他的胖胖的身子随即倒在玛丽亚公爵小姐身旁的圈椅里。

"当然可以。"她说。"您什么也没有发现?"她的目光似乎在这样问。

皮埃尔处于饭后精神非常愉快的状态中。他望着自己前面,微微地笑着。

"您早就认识这个年轻人了,公爵小姐?"他说。

"哪一个年轻人?"

"德鲁别茨科依。"

"不,不久前才认识……"

"怎么,您喜欢他吗?"

"是的,他是一个讨人喜欢的年轻人……您为什么问我这个?"玛丽亚公爵小姐说,继续想着自己早晨和父亲的谈话。

"因为我做了这样的观察:一个年轻人通常从彼得堡到莫斯科来休假,只是为了娶一个有钱的姑娘。"

"您做了这样的观察?"玛丽亚公爵小姐问。

"是的,"皮埃尔继续面带微笑说,"现在这个年轻人就这样做,哪里有富有的姑娘,就往哪里钻。我像看书一样看出了他的心思。他现在还拿不定主意向谁发起进攻:是向您还是向朱丽·卡拉金娜小姐。他正在对她大献殷勤。"

"他常到他们家去吗?"

"是的,去得很勤。您知道献殷勤的新方法吗?"皮埃尔带着快乐的微笑说,看来他现在有一种善意嘲笑的快乐心情,而他在日记里常常为此而责备自己。

"不知道。"玛丽亚公爵小姐回答道。

"现在,为了取得莫斯科姑娘们的欢心,应当装出忧郁的样子。他在卡拉金娜小姐面前装出非常忧郁的样子。"皮埃尔说。

"真的?"玛丽亚公爵小姐看着皮埃尔善良的面孔问道,心里仍在不断地想着自己的不幸。"如果我下决心把我所感觉到的一切告诉一个人,"她想,"那么我就会轻松些。我想可以倾诉一切的人正是皮埃尔。他是那样的善良和高尚。我一定会变得轻松些。他会给我出主意!"

"您愿意嫁给他吗?"皮埃尔问。

"啊,我的上帝,伯爵!有的时候我简直愿意嫁给任何人。"玛丽亚公爵小姐突然出乎自己意料地激动起来,含着眼泪说,"唉,爱一个亲人,可是感觉到除了给他痛苦外,你不能……为他(她声音颤抖地继续说)做任何事情,而且又不能改变这种情况,这是多么令人苦恼啊。这时只有一条路——离开,可是我上哪里去呢?"

"您怎么啦,您出了什么事了,公爵小姐?"

但是公爵小姐没有说完就哭了起来。

"我不知道我今天是怎么回事。别听我说了,把我对您说的话忘了吧。"

皮埃尔的快乐心情完全消失了。他关切地询问公爵小姐,请她把一切都说出来,把她的苦恼告诉他;但是她只重复说,请他忘掉她所说的话,说她不记得她说什么了,除了他知道的那件事,即安德烈公爵的婚事有引起父子争吵的危险外,她没有别的苦恼。

"您听说罗斯托夫家的情况了吗?"她问,为的是改变话题,"有人对我说过,他们很快就要来这里。我也每天都在等安德烈回来。我希望他们在这里见面。"

"现在他怎么看待这件事?"皮埃尔问,他说的**他**指的是老公爵。玛丽亚公爵小姐摇了摇头。

"但是有什么办法呢?一年的期限只剩几个月了。这事又不可能改变。我只想在最初时刻帮哥哥一把。我希望他们快点来。我很想和她成为朋友……您早就认识他们了,"玛丽亚公爵小姐说,"请您坦率地告诉我全部真实情况,这是一个什么样的姑娘,您认为她怎么样?您一定要告诉我全部真实情况;因为您知道,安德烈冒很大风险,违背父亲的意志这样做,我希望知道……"

模糊的本能告诉皮埃尔,这些解释和反复要他讲**全部真实情况**的请求表明玛丽亚公爵小姐对未来的嫂子没有好感,她希望皮埃尔不赞同安德烈公爵所做的选择;但是皮埃尔的回答与其说是他的想法，倒不如说是他的感觉。

"我不知道怎样回答您的问题。"他说，自己也不知道为什么脸红了，"我完全不知道这是一个什么样的姑娘；我怎么也分析不了她。她很有魅力。而因为什么，我不知道：关于她，我只能说这些。"玛丽亚公爵小姐叹了一口气，她脸上的表情似乎这样说："是的，这是我所预料到的和担心的。"

"她聪明吗？"玛丽亚公爵小姐问。皮埃尔沉思起来。

"我想，不聪明，"他说，"不过也可以说聪明。她不让人觉得她聪明……不，她很有魅力，仅此而已。"玛丽亚公爵小姐又一次不以为然地摇摇头……

"唉，我是多么愿意能喜欢她啊！如果您在我之前见到她，请您对她这样说。"

"我听说他们这几天就要到了。"皮埃尔说。

玛丽亚公爵小姐把自己的计划告诉了皮埃尔，说等罗斯托夫家的人一到，她就去接近未来的嫂子，并竭力设法使老公爵和她熟悉和习惯起来。

五

鲍里斯未能在彼得堡娶一个有钱的姑娘，于是他抱着这个目的来到了莫斯科。在莫斯科，鲍里斯在两个最有钱的姑娘——朱丽和玛丽亚公爵小姐——当中应该选谁的问题上犹豫不决。玛丽亚公爵小姐虽然长得不漂亮，但是他觉得要比朱丽更讨人喜欢，尽管如此，他不知为什么觉得不好意思去追求她。这次在老公爵过命名日时和她见面，他想方设法要和她攀谈以表白自己的感情，但是她回答得牛头不对马嘴，显然她没有听他说话。

朱丽则相反，她虽然用的是她一个人特有的方式，但乐意接受他献的殷勤。

朱丽现年二十七岁。在她的兄弟们都死了后，她变得非常富有。她现在变得一点也不漂亮了；但是她认为自己不仅还是那样好看，而且要比以前有吸引力得多。她之所以产生这样的错觉，是因为：第一，她成了一个很有钱的待嫁姑娘；第二，她变得愈老，变得对男人来说愈没有危险，男人对待她就愈随便，他们可以不承担任何义务而享用她的晚餐，参加她的晚会和在她家举行的热闹的聚会。一个男人在十年前不敢每天到这个十七岁的小姐的家里去，担心会损害她的名誉和束缚自己，现在可以大胆地每天都去，并且可以不像对待一个待字闺中的小姐那样，而像对待一个没有性别的熟人那样对待她。

卡拉金家在这个冬天是莫斯科最招人喜欢的和最好客的人家。除了正式招待客人的晚会和宴会外，每天他们家里都高朋满座，其中大多是男人，客人们在夜里十一点多钟吃晚饭，一直坐到两三点钟。朱丽从不放过任何一次舞会、游艺会和戏剧演出。她的装束打扮总是最时髦的。但是尽管如此，朱丽觉得对一切都很失望，见人就说，她既不相信友谊，也不相信爱情和生活的任何欢乐，只期待着在来世得到安宁。她学会了用新的腔调说话，听她口气好像是一个经历过巨大的失望、失去了心爱的人或受了他残酷的欺骗的姑娘。虽然她没有发生过任何类似的事，人们也把她看作这样的姑娘,而她自己甚至相信她在生活中有过很多痛苦。这种忧郁的心情并不妨碍她寻欢作乐,也不妨碍到她家里来的年轻人愉快地消磨时间。每一个到他们家来的客人先要说几句迎合一下女主人的忧郁心情,然后可以进行高雅的谈话,跳舞,做智力游戏,以及进行卡拉金家时兴的作限韵诗比赛①。只有某些年轻人,其中也包括鲍里斯,对朱丽的忧郁情绪有比较深入的理解,因此她常和这些年轻人进行单独的长谈,谈论尘世的一切的空虚,她把自己的纪念册打开来给他们看,里面全是伤感的图画、格言和诗句。

朱丽对鲍里斯特别亲切;对他很早对生活感到失望表示惋惜,说她自己在生活中也有过很多痛苦,提出她可以给他以友谊的安慰,并打开纪念册让他写点什么。鲍里斯在她的纪念册里画了两棵树,并且写道:"田野的树啊,你的灰暗的枝丫把黑暗和忧郁抖落在我身上。"

在另一个地方他画了一座坟墓,并且写道:

死乐意助人,死是安宁。
啊!它是躲避痛苦的唯一避难所。

朱丽说,这好极了。

"在忧郁的微笑中有某种令人陶醉的东西!"她向鲍里斯一字不差地说了这句从书里看来的话。

---

① 作限韵诗比赛是一种文学游戏,于十七世纪上半叶出现于法国,后传入俄国。具体做法是按照限定的韵脚作诗,所作的诗大多为诙谐诗。

"这是阴暗中的一线亮光,是介于悲伤和绝望之间的一种有细微差别的东西,它表明安慰是可能的。"

作为回答,鲍里斯写了这样一首诗:

> 你是敏感的心灵的有毒食物,
> 可是没有你我就没有幸福,
> 啊,温柔的忧郁快来安慰我,
> 快来把我黑暗孤独中的烦恼平息,
> 请在我滚滚而流的泪水中,
> 加入一点神秘的甜蜜。

朱丽用竖琴给鲍里斯弹最悲伤的夜曲。鲍里斯给她朗诵《可怜的丽莎》[①],并且不止一次地因心情激动得喘不过气来而中断朗诵。朱丽和鲍里斯在大的社交场所见面时,他们彼此看作是冷漠的人海里唯一能相互理解的人。

经常到卡拉金家去的安娜·米哈依洛夫娜在和朱丽的母亲一起玩牌时,顺便打听了将把什么东西给朱丽做陪嫁(得知准备给她的陪嫁有奔萨的两个庄园和下诺夫哥罗德的森林)。安娜·米哈依洛夫娜抱着听从上帝安排的心情,非常感动地看着那种把她的儿子与有钱的朱丽联系在一起的微妙的哀愁。

"我们亲爱的朱丽,总是那么的迷人和忧郁。"她对朱丽说。

---

① 《可怜的丽莎》是俄国作家卡拉姆津(一七六六至一八二六年)的中篇小说,是俄国感伤主义文学的代表作之一,曾在贵族青年中非常流行。

"听鲍里斯说,他在你们家里他的心才得到休息。他经受过那么多的失望,而他又是那么多愁善感。"她又对朱丽的母亲说。

"啊,我的孩子,近来我是多么依恋朱丽呀,"她对儿子说,"简直没法向你形容!再说谁又能不喜欢她呢?这是一个天仙一样的人!唉,鲍里斯,鲍里斯!"她停了一会儿。"我是多么可怜她的妈妈啊,"她接着说,"今天她给我看了奔萨来的报告和信件(他们在奔萨有一个巨大的庄园),而她真可怜,所有的事只有她一个人管,人们都欺骗她!"

鲍里斯听着母亲说话,脸上露出勉强看得出来的微笑。他温和地嘲笑着母亲天真的心计,但是留心地听她说,有时还仔细地向她打听奔萨和下诺夫哥罗德的庄园的情况。

朱丽早就在等待着她的忧郁的崇拜者求婚了,并准备接受;但是鲍里斯内心深处对她,对她想出嫁的迫切愿望,对她的装腔作势有一种厌恶感,同时又有一种害怕从此失去获得真正爱情的机会的恐惧感,因此没有这样做。他的假期快要结束了。他每天整天待在卡拉金家里,每天自己心里琢磨着,对自己说,他明天就去求婚。但是一到朱丽面前,看着她红红的脸和几乎总是扑着粉的下巴,看着她湿乎乎的眼睛和脸上的那种表情,那种表明她只要得到结婚的幸福就准备立刻从忧郁变为不自然的欢欣的神色,鲍里斯就说不出那句决定性的话来了;虽然他在想象里早已认为自己是奔萨和下诺夫哥罗德的庄园的主人,并已对这些庄园的收入派了用场。朱丽看见鲍里斯犹豫不决,有时也想到他讨厌她;但是女人的自我陶醉使她得到了安慰,于是她对自己说,他只是由于爱她,才那样腼腆,说不出口。然而她从忧郁开始变得烦躁易怒了，在鲍里斯动身前不久，她采取了一个坚决的步骤。在鲍里斯的假期快要结束时，阿纳托利·库拉金出现在莫斯科，自然也在卡拉金家的客厅里露面，朱丽出人意外地改变了那种忧郁的样子，变得非常快活，对阿纳托利很热情。

"亲爱的，"安娜·米哈依洛夫娜对儿子说，"我从可靠方面得知，瓦西里公爵叫儿子来，是为了要他娶朱丽。我很爱朱丽，为她感到惋惜。你是怎么想的，我的孩子？"安娜·米哈依洛夫娜说。

鲍里斯想到自己当了傻瓜，为了装出忧郁的样子劳心费力地侍候朱丽而白白花了整整一个月时间，看到在他想象中已归他所有并且对收入已派了用场的奔萨的庄园将落到别人手里，尤其是将落到愚蠢的阿纳托利手里，便觉得自己受到了侮辱。他便抱着求婚的决心，前去卡拉金家。朱丽带着快活和无忧无虑的神情迎接他，漫不经心地对他说，她在昨天的舞会上很快活，问他什么时候动身。虽然鲍里斯这次是来诉说自己的爱情的，因此有意想显得温柔些，然而他却气愤地说起女人的反复无常来，说女人很容易变悲伤为快乐，说她们的心情只取决于谁追求她们。朱丽生气了，她说，确实是这样，女人需要经常变换花样，总是同一个样子，谁也会厌烦的。

"为此我要奉劝您……"鲍里斯想要说一句刺她的话；他刚开口要说，但就在这时出现了一个令人气愤的想法，他觉得他可能会没有达到自己的目的，白费了许多力气就离开莫斯科（他在任何事情上还从来没有过这种情况）。于是他话说了一半就停住了，低下眼睛，以免看见她那难看的、气鼓鼓的和犹豫不决的脸，说道："我完全不是为和您吵架才到这里来的。恰恰相反……"他看了她一眼，想知道是否可以继续往下说。她的全部怒气突然消失了，她带着贪婪的期待，用不安的祈求目光注视着他。"婚后我随时都可以设法使自己很少见到她。"鲍里斯想，"事情已开了头，就索性干到底！"他突然涨红了脸，抬起眼睛看着她，对她说："您知道我对您的感情！"本来已不必要多说了，因为朱丽容光焕发，脸上出现洋洋得意和沾沾自喜的神情；但是她要鲍里斯把一般在这种场合下说的话全说出来，要他说他爱她，从来没有像爱她那样爱过一个女人。她知道，凭她有奔萨的庄园和下诺夫哥罗德的森林可以提出这个要求，最后她的要求得到了满足。

这对未婚夫妻再也不提那些把黑暗和忧郁抖落在他们身上的树木了，他们计划着如何布置彼得堡的豪华住宅，同时去拜访亲友，并且为举行豪华的婚礼做各种准备。

六

伊里亚·安德烈依奇伯爵于一月底带着娜塔莎和索尼娅来到莫斯科。伯爵夫人的病还没有好，不能出门，可是又不能等待着她康复，因为安德烈公爵随时都可能回莫斯科；除此之外，还需要置办嫁妆，需要出卖莫斯科郊区的庄园，并且需要利用老公爵在莫斯科的机会，让他见一见未来的儿媳。罗斯托夫在莫斯科的住宅没有生火；加上他们只是来住一个短时间，伯爵夫人又没有同他们在一起，因此伊里亚·安德烈依奇最后决定暂时住在早就邀请过他的玛丽亚·德米特里耶夫娜·阿赫罗西莫娃家里。

在晚上很晚的时候，罗斯托夫家的四辆马车式雪橇进了旧马厩街玛丽亚·德米特里耶夫娜家的院子。玛丽亚·德米特里耶夫娜单独一个人住。她已把女儿嫁出去了。她的几个儿子全都在服役。

她仍然还是那样直爽，仍然还是那样直截了当地、大声地和断然地对所有的人说出自己的意见，她的整个人好像都在责备别人软弱、迷恋情欲和爱好玩乐似的，而她是不承认这些东西有什么好处的。从大清早起，她身穿短棉袄料理家务，在这之后，每逢节日便去做日祷，做完日祷后到监狱和牢房去，她在那里做什么事，从来没有对任何人说过；而在平时，她穿戴好了后就在家里接待各个阶层的求助者，每天都有这样的人来找她，然后吃午饭；午饭丰盛而又可口，常常有三四位客人和她一起吃；午饭后打一局波士顿牌；晚上叫人给她读报纸和新书，而她自己则一面听一面做编织的活计。她很少破例出门，即使出门，也只去拜访城里最重要的人物。

罗斯托夫一家人到达时，她还没有睡，只听得前厅的门的滑轮吱扭吱扭响了起来，罗斯托夫一家人和仆人带着一股寒气进了门。玛丽亚·德米特里耶夫娜眼镜滑到鼻尖上，仰起头，站在大厅门口，带着严厉的和生气的神情望着进来的人。如果不是她关心地吩咐仆人如何安置客人和安放他们的东西的话，就会认为她对来客非常不满，马上就要把他们轰走。

"是伯爵的行李吗？搬到这边来。"她指着几只皮箱说，对谁也没有打招呼。"小姐的往这边搬，往左。喂，你们在那里巴结什么！"她朝女仆们吆喝了一声。"快去烧茶炊！你长胖了，更漂亮了。"她拽着冻得满脸通红的娜塔莎的风帽，把她拉到身边说。

"嘿,你身上好凉!快点脱衣服。"她对想要过来吻她的手的伯爵喊道。"大概冻坏了吧。喝茶时上罗姆酒!索纽什卡,你好。"她对索尼娅说,她用法语打招呼以突出她对索尼娅的有点鄙视又很亲切的态度。

当大家脱了衣服、长途跋涉后稍稍收拾一下就出来喝茶时,玛丽亚·德米特里耶夫娜挨个儿吻了所有的人。

"你们来了,在我们这里住,我从心坎里感到高兴。"她说。"早就该来了,"她又说,意味深长地看了娜塔莎一眼……"老头子在这里,天天都在盼望儿子回来。应当,应当见见他。好吧,这事咱们以后再谈。"她补充了一句,看了索尼娅一眼,她的目光表明,她不愿意在索尼娅面前讲这件事。"现在你听我说,"她对伯爵说,"明天你需要做什么?你要派人去请谁?要申升来?"她扳了一个指头,"还有那个爱哭的安娜·米哈依洛夫娜——这就是两个了。她和儿子在这里。儿子要结婚了!再说别祖霍夫,好不好?他和妻子也在这里。他从她那里逃走了,而她跟着追来了。星期三他曾在我这里吃午饭。至于她们,"她指着两个姑娘说,"明天我带她们去伊韦尔小教堂,然后去奥贝尔·舍尔玛①那里。你们恐怕都要做新衣服吧?不要学我的样子,如今的袖子肥大得很!前几天年轻的伊琳娜·瓦西里耶夫娜公爵小姐到我这里来,手臂好像套在两个木桶里一样,看起来都觉得可怕。要知道现在每天都有新花样。你有什么事情要办?"她严肃地问伯爵。

---

① 当时莫斯科有一家奥贝尔·夏尔玛太太开的很有名的时装店。这里作者把她改名为奥贝尔·舍尔玛,意译为"大骗子"。下文恢复了她的原名。

"什么事情都凑在一起了,"伯爵回答说,"需要买衣服,可是又要去见莫斯科郊区庄园和城里的房子的买主。如果您能费心帮个忙,那么我找个时间到马里因斯科耶去一两天,把这两个孩子扔给您照看。"

"好的,好的,在我这里准保不会出问题。在我这里像在监护委员会里一样。我会把她们带到应该去的地方,对她们该骂就骂,该疼就疼。"玛丽亚·德米特里耶夫娜一面说,一面用她的大手碰了一下她心爱的教女娜塔莎的面颊。

第二天早晨,玛丽亚·德米特里耶夫娜带两个姑娘去伊韦尔小教堂和奥贝尔·夏尔玛太太的时装店,那位太太非常怕玛丽亚·德米特里耶夫娜,常常赔本卖给她衣服,只求赶快把她打发走。玛丽亚·德米特里耶夫娜订购了全部嫁衣裳。回家后,她把所有人从房间里轰出去,只留下娜塔莎,把她叫到自己的圈椅旁。

"好吧,现在咱们谈一谈。祝贺你有了未婚夫。找到了一个好样的!我为你高兴;他这么大的时候(她用手比画着离地一俄尺的地方)我就认识他。"娜塔莎高兴地脸红了,"我喜欢他,喜欢他全家。现在你听着。你可是知道,尼古拉·安德烈依奇公爵不愿意让儿子结婚。老头子脾气很坏!当然,安德烈公爵不是小孩子,不理他也能行,但是违背他的意志进他的家门终究不大好。应当和和睦睦,相亲相爱。你是聪明的孩子,知道该怎么办。你要和气和懂事,把事情处理好。这样一切就会好的。"

娜塔莎没有作声,玛丽亚·德米特里耶夫娜以为是她不好意思说,而实际上她对人们干预她和安德烈公爵的爱情的事很不高兴,因为她觉得这事与任何人的事都有所不同,在她看来,没有人能理解它。她爱的和了解的只是安德烈公爵一个人,他爱她,应当这几天就来把她接走。她再也不需要别的什么了。

"你知道吗,我早就认识他,也喜欢你的小姑子玛申卡。大姑子小姑子,骂街的泼妇,而这一位性情温和,连苍蝇也不肯得罪。她请求我在她和你之间牵个线。你明天就和父亲一起上她那里去,对她要亲热些,因为你比她小。在你的那位回来时,你已和他的妹妹和父亲认识了,说不定他们也都喜欢上你了。是不是这样?这样是不是要好些?"

"要好些。"娜塔莎不乐意地回答道。

七

第二天,伊里亚·安德烈依奇伯爵根据玛丽亚·德米特里耶夫娜给他出的主意,带着娜塔莎去见尼古拉·安德烈依奇公爵。伯爵去进行这次拜访时心情很不好,因为他心里感到害怕。当年在征集民兵时他们见过一次面,他好心好意请公爵吃饭,而公爵因他没有按规定人数把人送到,狠狠训斥了他一顿,这事他还记忆犹新。娜塔莎穿上了最好的衣服,她与父亲相反,心情非常愉快。"他们不可能不喜欢我,"她想,"无论什么时候我都是受大家喜欢的。我随时愿意为他们做他们所希望的一切,愿意爱他,因为他是父亲;愿意爱她,因为她是妹妹,他们没有任何理由不喜欢我!"

他们到了弗兹德维任卡街的一座阴森的老房子门口下了车,进了门廊。

"上帝保佑。"伯爵半认真半开玩笑地说,娜塔莎发现父亲在走进前厅时忙乱起来,听见他胆怯地低声问道,公爵和公爵小姐在不在家。在通报了他们来访后,公爵的仆人们之间出现了惊慌。跑去通报的仆人被另一个仆人挡在大厅里,两人低声嘀咕着。一个女仆跑进大厅,也急急忙忙地说着什么,提到了公爵小姐。最后一个面有愠色的老仆人走出来告诉罗斯托夫父女说,公爵不能接待,但是公爵小姐请他们进去。第一个朝客人迎面走来的是布里安娜小姐。她特别有礼貌地迎接父女俩,把他们送到公爵小姐那里。公爵小姐神情激动和惊惶,脸上布满红斑,迈着沉重的步子朝客人跑来,竭力想装出自然和亲热的样子,但没有能够做到。玛丽亚公爵小姐第一眼就不喜欢娜塔莎。她觉得娜塔莎打扮得过于讲究,快活轻浮,爱虚荣。她并不知道她在见到未来的嫂子前,由于不由自主地羡慕娜塔莎的美貌、年轻和幸福以及嫉妒哥哥对她的爱情,就已对她没有好感。除了这种对娜塔莎的无法克服的反感外,这时玛丽亚公爵小姐之所以激动不安,还由于在通报了罗斯托夫父女来访后老公爵嚷嚷起来,说他不需要他们,说如果玛丽亚公爵小姐愿意,就让她接待好了,但是不要放他们进去见他。玛丽亚公爵小姐最后决定接待罗斯托夫父女,但时刻提心吊胆,生怕公爵做出什么乖戾的动作来,因为他得知罗斯托夫父女来访后非常激动。

"您看,亲爱的公爵小姐,我给您带来了我的爱唱歌的夜莺。"伯爵说,他一面并起双足行礼,一面回头张望,仿佛害怕老公爵突然进来似的。"你们今天相识,我很高兴。遗憾的是,老公爵身体仍然欠安。"他又说了几句应酬的话,便站起身来,"如果可以的话,我把我的娜塔莎留在您这里一刻钟,我想顺便到安娜·谢苗诺夫娜那里去一趟,就在狗市附近,离这里两步远,然后再来接她。"

伊里亚·安德烈依奇想出了这个巧妙的计策,以便给未来的小姑子和嫂子提供一个畅谈的机会(后来他就是这样对女儿说的),同时还为了避免同他害怕的公爵见面。他没有对女儿说这一点,但是娜塔莎理解父亲的这种恐惧和不安,觉得自己丢了面子。她为自己的父亲脸红,为自己脸红而更加生气,于是用大胆的和挑战的目光看了公爵小姐一眼,表明她谁也不怕。公爵小姐对伯爵说,她很高兴,并请他在安娜·谢苗诺夫娜那里多坐一会儿,于是伊里亚·安德烈依奇便走了。

玛丽亚公爵小姐很想单独地和娜塔莎谈谈,向布里安娜小姐投去不安的目光,示意她出去,但是她留在房间里不走,大谈莫斯科的各种娱乐和戏剧演出。娜塔莎因看见刚才前厅里发生的慌乱和父亲的那种惶惶不安的样子,发现公爵小姐似乎是由于发善心才接待他们,听见她说话的那种不自然的腔调,便觉得受到了屈辱。因此一切都使她感到不痛快。她不喜欢玛丽亚公爵小姐。她觉得她长得很难看,装腔作势,干干巴巴。娜塔莎突然精神上萎缩起来,不由得用漫不经心的口气说话,这使得玛丽亚公爵小姐与她更疏远起来。两人沉闷地和装模作样地谈了五分钟,听见穿便鞋的人急速的脚步声逐渐靠近。玛丽亚公爵小姐脸上露出恐惧的神色,房间的门打开了,公爵戴着白睡帽穿着睡衣进来了。

"啊,小姐,"公爵说,"小姐,伯爵小姐……罗斯托娃伯爵小姐,如果我没有认错的话……请原谅,请原谅,我不知道,小姐。上帝作证,我不知道您光临敝舍,才穿着这样的衣服到女儿这里来。请原谅……上帝作证,我不知道。"他又重复了一次,在"上帝"二字上加重语气,说得那么不自然和那么刺耳,使得玛丽亚公爵小姐低下眼睛站在那里,既不敢看父亲,也不敢看娜塔莎。娜塔莎站起来行了个屈膝礼,也不知道她该怎么办。只有布里安娜小姐愉快地微笑着。

"请原谅!请原谅!上帝作证,我不知道。"老人又嘟囔了一句,把娜塔莎从头到脚打量了一番,出去了。布里安娜小姐在这个场面后第一个恢复常态,开始谈起来公爵身体如何不好来。娜塔莎和玛丽亚公爵小姐默默地相互看着,没有说需要说的话,她们这样默默对视的时间愈长,她们相互之间就愈没有好感。

伯爵回来时,娜塔莎不顾礼貌地高兴起来,急着要走,因为这时她几乎恨这个显得又老又干巴巴的公爵小姐,恨她把她置于如此尴尬的地位,在一起度过的半个小时里居然一句话也没有说到安德烈公爵。"要知道当着这个法国女人的面不能由我来第一个提起他。"娜塔莎想道。与此同时,玛丽亚公爵小姐也为此感到难受。她知道她应该对娜塔莎说什么,但是她没有能做到这一点,这既是因为布里安娜小姐妨碍她,也是因为她自己也不知道为什么她在谈这桩婚事时难以开口。在伯爵正要走出房间时,玛丽亚公爵小姐快步走到娜塔莎跟前,握住她的双手,深深地叹了一口气,说道:"您等一下,我要……"娜塔莎用嘲笑的目光,自己也不知道嘲笑什么,看着玛丽亚公爵小姐。

"亲爱的娜塔利,"玛丽亚公爵小姐说,"您要知道,我为我哥哥得到了幸福而高兴……"她停住不说了,觉得自己说的不是真话。娜塔莎注意到这个停顿,并猜到了她停住不说的原因。

"我认为,公爵小姐,现在谈这事不大合适。"娜塔莎说,她表面上很庄重,语气冷淡,不过觉得喉咙已经被哽住了。

"我说了什么了,我做了什么了!"她一出房间就这样想道。

那一天大家等娜塔莎出来吃饭等了很久。她坐在自己房间里放声大哭,像孩子似的擤着鼻涕,抽搭着。索尼娅站在她身边,吻着她的头发。

"娜塔莎,你哭什么?"她问,"他们与你有什么相干呢?一切都会过去的,娜塔莎。"

"不,你不知道这多么气人……好像我……"

"别说了,娜塔莎,要知道你没有错,那你又何必这样呢?吻我一下。"索尼娅说。

娜塔莎抬起头,吻了自己的好友的嘴唇,把湿漉漉的脸紧贴在她身上。

"我说不上来,我不知道。谁都没有错。"娜塔莎说,"怪我自己。但是这一切太可怕了。唉,他怎么还不来!……"

她出去吃饭时眼睛还是红红的。玛丽亚·德米特里耶夫娜已知道公爵如何对待罗斯托夫父女,装出没有发现娜塔莎脸上伤心的表情的样子,与伯爵和其他客人不停地大声说笑着。

八

这天晚上,罗斯托夫家的人去看歌剧,票是玛丽亚·德米特里耶夫娜弄到的。

娜塔莎不想去，但这是玛丽亚·德米特里耶夫娜专门为她安排的，不好意思拒绝。她穿好衣服，到了大厅里等父亲，照了照大镜子，看见自己很漂亮，非常漂亮，这时她感到更加忧伤；不过这是一种甜蜜的和充满爱情的忧伤。

"我的上帝！假如他在这里，那么我就不会像以前一样愚蠢和胆怯，而会照时兴的方式上去搂住他，偎依在他身上，要他用经常用来看我的那种寻求的和好奇的目光看着我，然后叫他像从前那样笑，而他的眼睛——我现在就像看见这双眼睛一样！"娜塔莎想道，"他的父亲和妹妹与我有什么相干呢，因为我只爱他一个人，只爱他，爱他，爱他的这张脸和这双眼睛，爱他的那种男子汉的同时又是孩子气的微笑……不，最好不去想他，在这段时间里不去想，忘掉，完全忘掉。再要等下去我就要经受不住了，我立刻就会号啕大哭。"她离开镜子，使劲忍住，不让自己哭出来。"索尼娅怎么能这样平平稳稳和安安心心地爱尼科连卡呢，等他等了这么久而且很有耐心！"她看着也已穿好衣服、手里拿着一把扇子进来的索尼娅想道，"不，她完全是另一种人。我做不到！"

这时娜塔莎觉得自己心肠很软，充满柔情，觉得光是自己正在恋爱和知道有人爱她还不够，她现在需要，立刻需要拥抱心爱的人，把藏在心里的情话全说出来，同时听见他也这样说。她在马车上坐在父亲身旁，若有所思地望着结了冰的车窗外闪烁的街灯的灯光，她觉得自己更加情意绵绵，更加忧伤，忘记了她这是在和谁在一起到哪里去。罗斯托夫家的马车进入了一长列马车之中后缓缓而行，车轮在雪地上转动着，发出刺耳的尖叫声，最后终于到了剧院门口。

娜塔莎和索尼娅提着衣摆急忙跳下车来；伯爵由仆人搀着也下来了，于是三个人夹在入场的男女观众和卖海报的人中间朝楼下包厢的过道走去。从虚掩着的门里已传出音乐声。

"娜塔利，你的头发。"索尼娅低声说。引座员彬彬有礼地急忙侧着身从女士们面前过去，打开了包厢的门。音乐声听得更清楚了，眼前闪现出一排排灯火通明的包厢，里面坐着袒露着双肩和手臂的太太小姐们，池座里人声嘈杂，某些观众的制服闪闪发亮。一位正要走进隔壁包厢的太太用女人的嫉妒的目光看了娜塔莎一眼。幕还没有升起，乐队在演奏序曲。娜塔莎整了整衣服，和索尼娅一起走过去坐了下来，看着对面照亮了的包厢。她觉得几百双眼睛望着她那裸露的手臂和脖子，这种很久没有体验的感觉突然向她袭来，使她感到舒服又不舒服，勾起了一连串与这种感觉有关的回忆、愿望和不安。

娜塔莎和索尼娅这两个姿色出众的姑娘以及很久没有在莫斯科露面的伊里亚·安德烈依奇伯爵吸引了大家的注意力。除此之外，大家都模糊地知道娜塔莎和安德烈公爵订了婚，知道从那时起罗斯托夫一家住在乡下，因此好奇地看着俄国最佳待婚男子之一的未婚妻。

娜塔莎像大家对她说的那样，在乡下变得更漂亮了，而这天晚上，由于她心情激动，显得特别妩媚。她充满活力，美丽动人，同时却对周围的一切漠不关心，这使人们感到惊奇。她那双黑眼睛望着观众，并不寻找什么人，一只露到肘部以上的手放在包着丝绒的栏杆上，显然是下意识地随着序曲的节拍一张一合，揉着手中的海报。

"你看,那是阿列宁娜,"索尼娅说,"好像和母亲在一起。"

"我的天!米哈依尔·基里雷奇更胖了!"老伯爵说。

"你们看,安娜·米哈依洛夫娜戴着一顶高帽子!"

"卡拉金一家人,朱丽和鲍里斯与他们在一起。显然现在是未婚夫妻了。"

"德鲁别茨科依求了婚!当然啰,今天才知道。"正要走进罗斯托夫家包厢的申升说。

娜塔莎朝父亲看的方向看了一眼,看见了朱丽,见她胖胖的红脖子上挂着珍珠项链(娜塔莎知道,她脖子上扑着粉),带着幸福的神情坐在母亲身边。在她们的后面露出鲍里斯的头发梳得光光的漂亮的脑袋,他面带微笑,把一只耳朵凑到朱丽的嘴边。他皱着眉头看着罗斯托夫家的人,笑着对未婚妻说着什么。

"他们在说我们,说我和他!"娜塔莎想道,"他大概看见他的未婚妻嫉妒我,正在安慰她。真是自己瞎着急!他们可知道,他们当中的任何人和我都不相干。"

安娜·米哈依洛夫娜坐在后面,她头戴一顶绿色的高帽子,脸上带着听凭上帝安排、感到幸福和快乐的表情。在他们的包厢里充满着一种未婚夫妻相聚的气氛,这种气氛娜塔莎非常熟悉而且非常喜欢。她转过头去,突然早晨拜访老公爵时所受的屈辱全部浮上了心头。

"他有什么理由不认我的亲?唉,最好不想这些,在他回来前不想它!"她对自己说,开始观看池座里熟悉的和不熟悉的脸。在池座前面,在正中间,多洛霍夫背靠着栏杆站着,他头上蓬松浓密的鬈发高高耸起,身上穿着波斯服装。他站在剧院里最显眼的地方,知道他会吸引整个大厅里的人的注意,像站在自己房间里那样无拘无束。在他身旁聚集着莫斯科最出色的青年,看来他是他们之中的主要人物。

伊里亚·安德烈耶维奇伯爵微笑着推了推脸红的索尼娅,把以前崇拜过她的人指给她看。

"认出来了吗?"他问。"他是从哪里冒出来的,"伯爵对申升说,"他不是不知去向了吗?"

"好久没有露面了,"申升回答说,"去过高加索,后来跑了,听说曾在波斯的某个王爷那里当过大臣,在那里杀死了国王的兄弟;嘿,莫斯科的太太小姐们简直全都要发疯了!为了这个波斯人多洛霍夫,就这么回事。现在我们这里开口闭口就说多洛霍夫,用他的名字赌咒,提起他仿佛请人吃名贵的鲟鱼似的。"申升说,"多洛霍夫和阿纳托利·库拉金把我们所有的太太小姐搞得神魂颠倒。"

隔壁的包厢来了一位身材很高的漂亮太太,她梳着一条大辫子,皮肤很白的丰满的肩膀和脖子裸露着,脖子上挂着两串大珍珠,她把肥大的绸衣服弄得窸窣作响,好久才在位子上坐好。

娜塔莎不由得注视着那脖子、肩膀、珍珠项链和发式,欣赏着她的肩膀和珍珠项链的美。当娜塔莎第二次注视她时,那太太回过头来,目光与伊里亚·安德烈依奇伯爵相遇了,朝他点了点头,笑了笑。这是别祖霍娃伯爵夫人,皮埃尔的妻子。在上流社会交游很广的伊里亚·安德烈依奇朝她探过身去,说起话来。

"您来了很久了,伯爵夫人?"他说,"一定去,一定去拜访,去吻您的手。我是来办事的,把两个孩子带来了。听说,谢苗诺娃①的演技无与伦比。彼得·基里洛维奇伯爵从来没有忘记过我们。他在这里吗?"

"是的,他曾想去拜访您。"埃莱娜说,朝娜塔莎注意地看了一眼。

伊里亚·安德烈依奇又在自己位子上坐下了。

"确实很漂亮吧?"他低声地对娜塔莎说。

"美极了!"娜塔莎说,"谁都会爱上她的!"这时响起了序曲的最后的和音,乐队指挥敲了敲指挥棒。池座里迟到的男人入了座,幕升起来了。

幕一升起,包厢里和池座里一下子静了下来,所有年老的和年轻的、穿制服的和穿燕尾服的男人,所有裸露的和身上戴着宝石的女人带着贪婪的好奇心,把全部注意力都集中到了台上。娜塔莎也开始观看。

九

舞台中央铺着平滑的木板,两边立着用彩色硬纸板做的树木,后面木板上拉着一块亚麻布。在舞台中央坐着几个扎着红腰带和穿着白裙子的姑娘。一个穿着白绸连衣裙的胖姑娘单独在一张矮矮的长凳上坐着,长凳后面钉着一块绿色的硬纸板。她们都在唱

---

① 指的是尼姆福多拉·谢苗诺娃(一七八八或一七八七至一八七六年),俄国歌剧演员,著名演员叶卡捷琳娜·谢苗诺娃(一七八六至一八四九年)的妹妹。

着什么。她们唱完歌后,穿白衣服的姑娘走到提词厢座前,这时一个大腿粗壮、穿着紧身绸裤、戴着带羽饰的帽子和佩着短剑的男人走到她身旁,摊开双臂,唱了起来。

穿紧身裤的男人开头一个人唱,接着姑娘也唱了。然后两人都不唱了,奏起了音乐,于是男人用手指抚摸穿白衣服的姑娘的手,显然是在等待与她合唱的节拍。他们俩唱完了,全体观众鼓起掌来,大声叫好,而在台上扮演情侣的男人和女人开始微笑着,摊开双手鞠躬致谢。

娜塔莎在乡下住了好长时间,现在又心情沉重,她觉得这一切奇异和古怪。她无法注视剧情的发展,甚至那音乐也听不进去,她看到的只是涂着彩色的硬纸板,只是那些穿着奇装异服在明亮的灯光下奇怪地来回走动、又说又唱的男人和女人;她知道所有这一切应当表达什么,但是这一切是那样的古怪虚假和不自然,使她时而替演员们感到难为情,时而觉得他们可笑。她看着自己周围和观众的脸,想在他们那里找到与自己相同的那种嘲笑和困惑的感觉;但是所有人都很注意地看台上的表演,脸上露出娜塔莎觉得是假装的赞赏的表情。"想必应当这样!"娜塔莎想道。她一会儿看看池座里一排排油光光的脑袋,一会儿看看包厢里袒胸露臂的女人,尤其是看看隔壁包厢里几乎完全脱光了衣服、带着轻微平静的微笑目不转睛地注视着台上的表演的埃莱娜,感觉到了照亮整个大厅的明亮的灯光以及由于观众身上散发出热气而变得温暖的空气。娜塔莎逐渐进入了她很久没有体验到的陶醉状态。她忘记了她是怎么回事,她在哪里,她面前发生了什么事。她一面看,一面想,在她头脑里突然闪现出最奇怪的和毫无联系的想法。她时而想要跳到栏杆上,唱那女演员唱过的咏叹调,时而想用扇子去碰碰那个坐在离她不远的地方的小老头,时而想朝埃莱娜探过身去胳肢她。

当台上静了下来,等待咏叹调开始时,入口的门咯吱响了一声,一个迟到的男人沿着罗斯托夫家的包厢一边的池座的地毯走过来。"这就是库拉金!"申升低声说。别祖霍娃伯爵夫人微笑着朝进来的人转过头来。娜塔莎朝着别祖霍娃伯爵夫人看的方向看了一眼,看见一个异常漂亮的副官带着自信同时又很谦恭的神气正朝他们的包厢过来。这是阿纳托利·库拉金,她早就在彼得堡的舞会上见过和注意过他。阿纳托利现在穿着副官制服,佩戴着肩章和肩饰。他迈着克制而又威武的步伐,如果他不是那么英俊,如果他那漂亮的脸上不露出那种温和、得意和快乐的表情的话,那么这样走路就显得可笑了。虽然台上的戏正在演着,他还是平稳地高抬起他那洒了香水的漂亮的脑袋,不慌不忙地在有点倾斜的过道的地毯上走着,马刺和佩剑微微发出碰撞声。他朝娜塔莎看了一眼,走到了妹妹跟前,把一只戴着手套的手搭在她的包厢的边缘上,朝她晃了一下头,俯下身去,指着娜塔莎打听着什么。

"很可爱!"他说,显然说的是娜塔莎,这意思娜塔莎与其说是听到的,不如说是根据他嘴唇的动作猜出来的。然后他去第一排,在多洛霍夫身旁坐下,用胳膊肘友好地和随便地碰了碰别的人正在奉承巴结的多洛霍夫。他快活地向他使了个眼色,对他笑了笑,把一只脚支在乐池的边上。

"这兄妹长得多么相像啊!"伯爵说,"两人都很漂亮。"

申升开始低声地对伯爵讲述了阿纳托利在莫斯科的一件风流

韵事，而娜塔莎注意地听着，因为他刚才说她很可爱。

第一幕演完了，池座里的人全都站了起来。混在一起，开始走动起来。

鲍里斯来到罗斯托夫家的包厢，不动声色地接受了祝贺，扬起眉毛，带着漫不经心的微笑，向娜塔莎和索尼娅转达了他的未婚妻要她俩去参加婚礼的邀请，说完就出去了。娜塔莎在和鲍里斯说话时面带快乐和娇媚的微笑，祝贺她以前曾经爱过的鲍里斯成婚。她处于这样的陶醉状态，觉得一切都很简单和自然。

露着身体的埃莱娜坐在她旁边的包厢里，向所有的人露出同样的微笑；娜塔莎也像这样向鲍里斯笑了笑。

埃莱娜的包厢挤满了人，她被池座那边来的最显赫的和最聪明的人所包围，这些人似乎争先恐后地想要向大家显示他们认识埃莱娜。

阿纳托利在整个幕间休息期间和多洛霍夫一起站在乐池前面，望着罗斯托夫家的包厢。娜塔莎知道他在说她，这使她很高兴。她甚至转过身来，使他能看到她自以为姿势最美的侧面。在第二幕开始前，池座里出现了皮埃尔的身影，罗斯托夫家的人到莫斯科后还没有见过他。皮埃尔脸色忧郁，比娜塔莎最后一次见到他时更胖了。他没有理会谁，朝前排走去。阿纳托利走到他面前，看着和指着罗斯托夫家的包厢，开始对他说什么。皮埃尔看见娜塔莎，振奋起来，急忙经过一排排座位，朝他们的包厢走来。到了他们跟前后，他用胳膊肘支着包厢栏杆，微笑着，和娜塔莎谈了很久。娜塔莎在和皮埃尔说话时，听见别祖霍娃伯爵夫人包厢里男人说话的声音，不知为什么听出这是阿纳托利。她回头一看，目光与他相遇了。他几乎微笑着,用非常欣喜和亲切的目光直瞪瞪地看着她的眼睛,现在她离他这么近,这样看着他,深信他喜欢她,可是却又不认识他,这不免感到有些奇怪。

演出第二幕时,台上出现硬纸板做的纪念碑,在亚麻布上挖一个洞表示月亮,脚灯去了灯罩,小号和低音提琴奏起了低沉的乐曲,从左右两边出来了许多穿黑衣服的人。这些人开始挥动双手,他们手中握着像是短剑的东西;接着又跑来一些人,他们要拉走那个原来穿白衣服、现在换了蓝衣服的姑娘。他们没有马上把她拉走,和她一起唱了很长时间,然后才拉她走,这时后台什么铁家伙敲了三下,所有的人全都跪下来,唱起了祈祷词。这些动作几次为观众的喝彩声所打断。

在演出这一幕时,娜塔莎每次朝池座看都看见了阿纳托利·库拉金,看见他把一只手搭在椅背上,两眼望着她。她看见他如此迷恋她,心里很高兴,没有想到其中有不好的东西。

第二幕演完后,别祖霍娃伯爵夫人站了起来,朝罗斯托夫家的包厢转过身来(她的胸脯是完全袒露着的),用戴着手套的手指招呼老伯爵到她那里去,不理会进她包厢里来的人,亲切地微笑着,和伯爵攀谈起来。

"请您给我介绍一下您的可爱的女儿们吧,"她说,"要知道全城的人都在大声赞扬,而我却不认识她们。"

娜塔莎站起身来,给这位妖艳的伯爵夫人行了个屈膝礼。娜塔莎听了这位出色的美人的称赞,心里非常舒服,高兴得脸都红了。

"我现在也想做一个莫斯科人,"埃莱娜说,"您怎么好意思把这样的珍珠埋在乡下呢!"

别祖霍娃伯爵夫人确实是一个名副其实的有魅力的女人。她能说不是她想的话,尤其是能完全随意地和自然地说恭维话。

"不,亲爱的伯爵,请允许我陪陪您的女儿们吧。虽然我在这里待的时间不长。你们也一样。我将设法使您的女儿们高兴高兴。早在彼得堡时我就听人说过很多关于您的事。"她带着老是那样的迷人的微笑对娜塔莎说,"我也听我的少年侍从德鲁别茨科依——您听说过吗,他要结婚了——和我的丈夫的朋友鲍尔康斯基,安德烈·鲍尔康斯基公爵说起过您。"她说到安德烈公爵时特别加重语气,以此暗示她知道他与娜塔莎的关系。为了更好地相互认识,她请求允许让一位小姐坐到她的包厢里去看其余部分的演出,于是娜塔莎坐到她那里去了。

第三幕台上布置了一个宫殿,里面点了许多蜡烛和挂着画着留着胡子的骑士的图画。前面站的大概是皇帝和皇后。皇帝挥了一下右手,看来有些胆怯地胡乱唱了一句,在深红色的宝座上坐下了。开头穿白衣服、后来换了蓝衣服的姑娘,现在只穿一件衬衣,披头散发,在宝座附近站着。她对皇后悲伤地唱着什么;但是皇帝严厉地挥了挥手,于是从两边出来了光着腿的男人和光着腿的女人,一起跳起舞来。接着小提琴奏出了尖细的快乐的声音。一个光着粗腿和细臂的姑娘离开其余的人到了侧幕后面,整了整腰带,又来到舞台中央,开始蹦跳,用一只脚很快地拍打着另一只脚。池座里的人全都拍起手来,大声叫好。然后一个男人站到了台角。乐队里扬琴和小号更响地吹奏起来,这个光着腿的男人开始很高地跳跃,并且跺着脚。(这个男人是迪波尔,凭这技艺有六万银卢布的收入。)池座里、包厢里和楼座里的人都开始拼命鼓掌和喝彩,于是那男人停住了,微笑起来,向四面鞠躬致谢。接着跳舞的还有别的光着腿的男人和女人,然后皇帝伴着音乐喊了一声,大家都唱了起来。但是突然暴风雨来了,乐队奏出半音音阶和降低了的七度音和弦,大家都跑了,又把在场的一个人拉到侧幕后面,幕落了下来。在观众们中间再次发出了雷鸣般的可怕的叫喊声和噼啪声,大家脸上带着欣喜若狂的表情喊道:

"迪波尔!迪波尔!迪波尔!"

娜塔莎已不觉得奇怪了。她心里很高兴,愉快地微笑着,看着自己的周围。

"迪波尔跳得妙极了,是吗?"埃莱娜对她说。

"噢,是的。"娜塔莎回答道。

十

幕间休息时,一股冷气吹进了埃莱娜的包厢,门开了,阿纳托利走了进来,他弯着腰,以免碰着什么人。

"请允许我向您介绍我的哥哥。"埃莱娜说,不安地把目光从娜塔莎移到阿纳托利身上。娜塔莎转动她那漂亮的小脑袋越过袒露的肩膀看着这个美男子,笑了笑。阿纳托利近看起来也像远看一样漂亮,他在娜塔莎身边坐下,说他从纳雷什金家的舞会上荣幸地见到她以来,一直没有忘记,早就希望能认识她。他在和女人交往时要比同男人在一起时聪明和自然得多。他说话大胆而又随便,使娜塔莎感到又奇怪又高兴的是,在这个引起那么多议论的人身上不仅没有任何可怕的地方，而且正好相反，他脸上总是带着非常天真快乐和温和的微笑。

阿纳托利·库拉金问她对演出的印象如何，对她讲了上一次演出时谢苗诺娃摔倒了。

"您知道，伯爵小姐，"他突然像对一个早就认识的老朋友那样对她说，"我们要举行一次化装舞会；您应该来参加，一定会很有意思。大家将聚集在阿尔哈罗夫家。请您一定来，真的，好吗？"他说。

他在说这些话时，他那笑眯眯的眼睛一直注视着娜塔莎的脸、脖子和裸露的手臂。娜塔莎无疑知道他在欣赏她。这使她感到高兴，但是有他在场，她不知为什么觉得有些憋气、闷热和不舒服。当她不看他时，她觉得他在看着她的肩膀，于是她不由得截住他的目光，让他最好看她的眼睛。但是她看着他的眼睛时惊恐地感觉到，在他和她之间完全没有那种她和别的男人在一起时常有的羞怯构成的障碍。她自己也不知道是怎么了，五分钟后觉得已和这个人非常亲近了。当她转过身来时，她担心他从后面抓住裸露的手臂和吻她的脖子。他们谈论着最简单的事情，她觉得他们很亲近，她同男人一起还从来没有过这种感觉。娜塔莎回头看看埃莱娜和父亲，仿佛在问他们：这是怎么回事；但是埃莱娜正在和一位将军说话，没有对她的目光做出回应，而父亲的目光什么也没有告诉她，只告诉他平常说的意思："你很快活，我也就很高兴。"

在两人都没有说话的难堪时刻，阿纳托利鼓起他的眼睛平静地、目不转睛地看着她，娜塔莎为了打破沉默，问他可喜欢莫斯科。娜塔莎问完就涨红了脸。她总是觉得她和他说话是在做一件不体面的事。阿纳托利笑了笑,仿佛在鼓励她。

"开头我不大喜欢,因为……什么能使一个城市令人喜爱呢?这就是漂亮的女人,是不是?现在我非常喜欢。"他说,意味深长地看着她。"您来参加化装舞会吗,伯爵小姐?请您一定来,"他说,一只手朝她的花束伸过去,压低声音又说,"您将会是最漂亮的。去吧,亲爱的伯爵小姐,把这束花给我作为抵押吧。"

娜塔莎和他本人一样,不明白他说的话,但是她觉得他的这些不可理解的话里有不好的意图。她不知道说什么才好,转过身去,仿佛没有听见他说的话一样。但是她刚一转身心里就想,他就在背后,离她很近。

"他现在怎么样了?他不好意思了?生气了?应当补救一下吗?"她问自己。她忍不住回过头来。她直瞪瞪地看了看他的眼睛,他的亲近、他的信心、他的温和亲切的微笑征服了她。她也像他那样笑了笑,照直看着他的眼睛。于是她又一次惊恐地感觉到在他和她之间没有任何障碍。

幕又升起来了。阿纳托利平静而又快活地出了包厢。娜塔莎回到了父亲的包厢里,已完全适应了她所处的环境。她已觉得她眼前发生的一切是完全自然的了;而以前的那些关于未婚夫、关于玛丽亚公爵小姐、关于乡下的生活的想法一次也没有在她的脑海里出现,仿佛这一切已是很久很久以前的往事了。

第四幕出现一个鬼,他一面唱,一面挥动一只手,直到抽掉他脚下的木板和他掉进去为止。娜塔莎在第四幕里只看到这一点,因为她激动不安和非常苦恼,而她激动不安的原因是库拉金,她的目光不由自主地跟踪着他。他们出剧院时,阿纳托利走到他们面前,叫来了他们的马车，扶他们上车。在扶娜塔莎上车时，他握住了她手腕以上的地方。娜塔莎很激动，满脸通红，感到很幸福，回头看了他一眼。而他眼睛闪闪发亮，面带亲切的微笑看着她。

回到家里后，娜塔莎才能够清楚地思考她发生的事，她突然想起了安德烈公爵，吃了一惊，在看戏后大家坐下喝茶时当着大家的面大喊了一声，脸涨得通红，跑出了房间。"我的上帝！我完了！"她对自己说。"我怎么能这样呢？"她想道。她用手捂住涨红了的脸，力图弄清楚她发生的事，但是既弄不明白她到底发生了什么事，也弄不明白她感觉到了什么。她觉得一切都很含混、模糊和可怕。在那灯光辉煌的剧场里，在那个穿着饰有发光金属片的衣服、光着大腿的迪波尔在音乐伴奏下在潮湿的木板上跳跃的地方，在姑娘们和老人们，还有那个几乎光着身子、面带平静而又高傲的微笑的埃莱娜兴高采烈地叫好的地方——在埃莱娜的身旁，这都很清楚而简单；但是现在，在一个人独处时，这就变得不可理解了。"这是怎么回事？我现在感觉到的良心的责备又是怎么回事？"她想道。

娜塔莎只能在夜里躺在床上时对老伯爵夫人一个人诉说她的心事。她知道索尼娅要求严格而且求全责备，听了她的自白后要么什么也不理解，要么会大吃一惊。娜塔莎力图自己一个人解决使她苦恼的问题。

"我是否完全不配得到安德烈公爵的爱情了呢？"她问自己，并带着自慰的微笑回答说，"我真傻，我干吗问这个？我出了什么事了？什么也没有。我什么也没有做，也没有去惹这种事。谁也不会知道，我永远不会再去见他。"她对自己说，"这么说来，很清楚：什么事也没有发生，没有什么可忏悔的，安德烈公爵仍可以爱我**这样的人**。然而是什么样的**这样的人**呢？唉，上帝，我的上帝！为什么他不在这里！"娜塔莎安心了一会儿，后来某种本能又告诉她，虽然这一切都是事实，虽然什么事也没有发生，但是她以前对安德烈公爵的纯洁的爱情可全完了。于是她又一次想起了她和库拉金的整个谈话，眼前浮现出了这个漂亮而又大胆的男人在握住她的手时的面孔、姿势和亲切的微笑。

十一

阿纳托利·库拉金住在莫斯科，是他父亲把他从彼得堡打发到这里来的，因为他在那里每年要花掉两万多卢布和借同样数目的债，债主都向他父亲要钱。

父亲对儿子说，这是最后一次为他偿还一半债务；但是有个条件，他得去莫斯科当总司令的副官，这差使是他替他谋来的，此外，还应设法在那里结一门好亲。他向他指出玛丽亚公爵小姐和朱丽·卡拉金娜可以作为攀亲的对象。

阿纳托利同意了，去了莫斯科，住在皮埃尔家里。皮埃尔开头不乐意接待阿纳托利，但是后来和他处熟了，有时和他一起去参加他举行的闹宴，并且给他钱，说是借给他的。

申升在谈到他时说得很对，阿纳托利来到莫斯科后，把这里所有的太太小姐都弄得神魂颠倒，之所以这样，尤其是因为他不把她们放在眼里，显然更喜欢去找茨冈女人和法国女演员，据说他同她们当中最走红的乔治小姐关系非常密切。他从不放过多洛霍夫和莫斯科其他爱寻欢作乐的人举行的闹宴,通宵达旦地喝酒,喝得比谁都多,并且参加上流社会的所有晚会和舞会。据说他与莫斯科的几位太太有过风流韵事,在舞会上对某些太太献过殷勤。但是他不去接近姑娘们,尤其不去接近那些大多长得很难看的有钱的姑娘们,因为他两年前结过婚,这事除了他最亲近的朋友外谁也不知道。两年前,当他所在的团驻扎在波兰时,一个不大富有的波兰地主强迫阿纳托利娶了他的女儿。

阿纳托利很快就抛弃了妻子,他答应给岳父寄一笔钱,以换取以单身汉的身份出现的权利。

阿纳托利一直对自己的处境,对自己和别人很满意。他本能地、全身心地相信他只能过现在这样的生活,相信他从来没有在生活中做过任何坏事。他既没有能力思考他的行为会对别人产生什么影响,也想不到他的这个或那个行为会有什么后果。他深信,如同鸭子生来就应该生活在水中一样,上帝创造他是为了让他过一种花销三万卢布的生活,并且任何时候都应在社会上占有很高的地位。他坚定不移地相信这一点,使得别人看着他也深信不疑,既让他在上流社会占一个高位,也借钱给他,而他碰到谁就向谁借钱,而且显然是不打算归还的。

他不是赌徒,至少从来不想赢钱,甚至不为输钱而感到惋惜。他不爱好虚荣。人们对他有什么看法,他都无所谓。更不能责备他追求功名利禄。他几次毁了自己的前程,惹得父亲很生气,并且嘲笑所有荣誉头衔。他并不吝啬,对所有人都有求必应。他喜欢的只有一件事——寻欢作乐和玩女人;因为照他看来,这些爱好并无任何不高尚之处,而他又想不到满足他的这些爱好会对别人产生什么后果,所以他心里认为自己是一个无可责难的人,真心地瞧不起痞子和坏人,问心无愧地把自己的头抬得高高的。

这些酒徒们,这些男性的抹大拉的马利亚①们,如同女性的抹大拉的马利亚一样,内心深处都有一种无罪的感觉,这种感觉建立在获得赦免的希望上。"她许多的罪都赦免了,因为她的爱多;他的一切也都能赦免,因为他的欢乐多。"②

这一年,多洛霍夫在流亡他乡和漫游波斯后又在莫斯科露面,过着赌博和饮酒作乐的奢侈生活,与在彼得堡时的老友库拉金接近起来,利用他来达到自己的目的。

阿纳托利真心实意地喜欢多洛霍夫,喜欢他的聪明和大胆;而多洛霍夫需要利用阿纳托利·库拉金的名望、门第和关系,以便吸引有钱的年轻人来和他赌博,而不让他感觉出是在利用他和拿他开心,除了出于利用阿纳托利的考虑外,对多洛霍夫来说,支配别人的意志本身也是一种乐趣、习惯和需求。

娜塔莎给库拉金留下了深刻的印象。他去看戏后吃晚饭时,摆出一副行家的样子,在多洛霍夫面前品头论足,说她的手臂、肩膀、大腿和头发如何好看,宣布他决定追求她。至于他追求她会有什么结果——阿纳托利是考虑不到的,而且无法知道,正如

---

① 抹大拉的马利亚是《圣经》中的人物,原来过着荒淫的生活,耶稣从她身上赶出了七个鬼后,她开始改恶从善,成为耶稣的忠实信徒。《圣经·新约》中的《马太福音》《马可福音》《路加福音》《约翰福音》等都曾提到她。

② 前一句引自《圣经·新约》中的《路加福音》第七章,后一句话是模仿这句话说的。

他从来无法知道他的每一个行动会有什么结果一样。

"很漂亮,老弟,但不是为我们准备的。"多洛霍夫对他说。

"我对妹妹说,要她请她吃饭。"阿纳托利说,"行吗?"

"你最好等她出嫁以后……"

"你知道,"阿纳托利说,"我喜欢小姑娘:她一下子就会晕头转向的。"

"你已经为一个小姑娘遇到过一次麻烦了。"多洛霍夫说,他知道阿纳托利结婚的事,"小心点!"

"怎么,不能来两次,啊?"阿纳托利温和地笑着说。

十 二

在看戏后的第二天,罗斯托夫家的人什么地方也没有去,也没有什么人来看他们。玛丽亚·德米特里耶夫娜背着娜塔莎,和她父亲商谈着什么。娜塔莎猜测他们在谈论老公爵和想着什么主意,这使她感到不安和不痛快。她每时每刻都在等待安德烈公爵,这一天两次派看院子的人到弗兹德维任卡去打听他到了没有。可是他还没有到。现在她要比刚来的头几天更觉得难受。除了急躁和对他的思念外,又加上与玛丽亚公爵小姐和老公爵见面的不愉快回忆以及她觉得莫名其妙的恐惧和不安。她总有这样的感觉,要么他永远不会来了,要么在他来之前她会出点什么事。她已不能像以前那样,一个人独自平静地和长时间地想他了。她一开始想他,对他的回忆就与对老公爵和玛丽亚公爵小姐,对最近的观看演出和对库拉金的回忆连接在一起。在她面前又出现了她有没有过错,是不是不再忠实于安德烈公爵了的问题,她再次发现自己在回忆那个在她心中激发起她不理解的和可怕的感情的人的每一句话、每一个手势以及脸上表情的每一个细微的变化,连最小的细节都想起来了。在家里的人看来,娜塔莎比平常更活跃了,但是她远非像以前那样的平静和幸福。

星期天早晨,玛丽亚·德米特里耶夫娜请客人们到她所属的莫吉利齐圣母升天教区去做日祷。

"我不喜欢这些时髦的教堂。"她说,看来她为自己的自由思想而感到自豪,"无论什么地方上帝只有一个。我们的神父很好,祈祷做得合乎规矩,这就很体面,助祭也不错。如果唱诗班像举行音乐会一样,那还谈得上什么神圣?我不喜欢,简直如同儿戏!"

玛丽业·德米特里耶夫娜喜欢星期天,并且善于很好地过。她的整个房子在星期六擦洗打扫得干干净净;到星期天仆人和她都不干活,大家都穿上过节的衣服,人人都去做日祷。主人们的午餐要增添菜肴,要给仆人们酒喝,给他们吃烤鹅或烤乳猪。在整个家里,节日的气氛在玛丽亚·德米特里耶夫娜宽阔严厉的脸上要比在其他所有东西上表现得更加明显,在这一天她脸上总是露出庄重的表情。

做完日祷在家具去掉了布套的客厅里喝够了咖啡后,仆人向玛丽亚·德米特里耶夫娜报告说,马车已准备好了,于是她带着严厉的神情,披上做客时用的漂亮的披巾,站起身来说,现在她要去尼古拉·安德烈依奇·鲍尔康斯基公爵家,和他谈谈娜塔莎的事。

玛丽亚·德米特里耶夫娜走后，夏尔玛太太手下的一个女时装师到罗斯托夫家的人这里来，于是娜塔莎关上客厅隔壁的一个房间的门，开始试新衣，心里感到很满意。正当她穿上用粗针暂时缭上的没有袖子的上衣，照着镜子扭过头去看后背是否合身时，听见客厅里父亲和一个女人热热闹闹地说话的声音，她听出那个女人的声音脸就红了起来。这女人是埃莱娜。娜塔莎还没有来得及脱下试穿的上衣，门就开了，别祖霍娃伯爵夫人进了房间，她身穿深紫色的高领丝绒衣服，容光焕发，面带和蔼可爱的微笑。

"啊，我的迷人的姑娘！"她对红着脸的娜塔莎说。"多么可爱！不，这太不像话了，亲爱的伯爵，"她对跟着她进来的伊里亚·安德烈依奇说，"怎么能住在莫斯科，什么地方也不去呢？不，我不会放过你们！今天晚上乔治小姐要在我家朗诵，还有一些人要来；如果您不把您的两位比乔治小姐还要漂亮的美人带来参加，我就不再认您这个朋友了。我丈夫不在家，他到特维尔去了，不然我会让他来请您的。请你们一定来，一定来，时间是八点多钟。"认识她的女时装师恭恭敬敬地行了个屈膝礼，她朝她点了点头，用优美的姿势展开丝绒衣服的褶子，在镜子旁边的圈椅里坐下。她继续和蔼地和快活地闲谈着，不断地赞扬娜塔莎的美丽。她仔细看了娜塔莎的衣服，称赞了几句，同时也夸奖了自己的那件用金属纱布做的新衣服，这是她从巴黎买来的，并且劝娜塔莎也做一件。

"不过您穿什么都漂亮，我的可爱的姑娘。"她说。

娜塔莎脸上一直挂着愉快的微笑。她以前以为别祖霍娃伯爵夫人是一位高不可攀的和傲慢的太太，而现在对她却是那么的和气,受到这位可爱的夫人的夸奖,她觉得很幸福,简直心花怒放了。娜塔莎心里很快乐,她觉得自己几乎爱上了这个如此漂亮和如此和蔼的女人。埃莱娜也真心地赞赏娜塔莎,愿意使她快乐。阿纳托利求她在他和娜塔莎之间搭个桥,她就是为此到罗斯托夫家的人这里来的。她觉得给哥哥和娜塔莎之间搭桥的想法很有趣。

虽然埃莱娜过去曾因在彼得堡时娜塔莎从她那里夺走了鲍里斯而怨恨过,但是她现在已不计较这些了,而是照自己所想的那样一心希望娜塔莎好。她在离开罗斯托夫家的人时,把自己的被保护人叫到一边。

"昨天我哥哥在我这里吃饭,——我们简直笑得要死,——他什么也不吃,心里思念着您,我的可爱的姑娘。他像发疯似的,真的像发疯似的爱上了您,亲爱的。"

娜塔莎听了这些话,脸涨得通红。

"瞧她脸红了,脸红了,我的迷人的姑娘!"埃莱娜说,"一定要来。即使您爱一个人,我的迷人的姑娘,这也不是把自己关在屋里的理由。甚至哪怕您已订了婚,我也相信您的未婚夫更希望您出去交际,而不愿让您无聊得要死。"

"如此说来,她知道我已订婚,如此说来,她和她的丈夫,和皮埃尔,和那个为人公正的皮埃尔说过这事,取笑过这事了,"娜塔莎想,"如此说来,这没有什么。"于是又在埃莱娜的影响下,过去觉得是可怕的事,现在觉得是简单而自然的了。"她这样一位高贵的太太,这样可亲可爱,显然一心一意地爱我。"娜塔莎想道。"干吗不去开开心呢?"她又想道,睁大眼睛用惊奇的目光看着埃莱娜。

午饭前玛丽亚·德米特里耶夫娜回来了,她一言不发,脸色严肃,显然劝说老公爵失败了。刚才发生的冲突还使她很激动,无法平静地讲述事情的经过。伯爵问她,她只说一切都很好,明天再讲给他听。在得知别祖霍娃伯爵夫人来访和邀请参加晚会后,玛丽亚·德米特里耶夫娜说:

"我不喜欢跟别祖霍娃来往,也不劝你们这样做;不过既然答应了,那你就去吧,散散心。"她对娜塔莎又说了一句。

十 三

伊里亚·安德烈依奇伯爵带着两个姑娘去别祖霍娃伯爵夫人家。参加晚会的人相当多,但是这些人娜塔莎几乎都不认识。伊里亚·安德烈依奇伯爵发现所有这些人大多是以行为不规矩而出名,心里很不高兴。乔治小姐站在客厅角落里,被年轻人团团围住。来了几个法国人,其中有梅蒂维埃,自从埃莱娜来莫斯科后,他就成了经常出入她家的客人。伊里亚·安德烈依奇伯爵决定不坐下来玩牌,不离开他的孩子们,等乔治表演一结束就走。

阿纳托利站在门口,显然是在等待罗斯托夫家的人。他向伯爵问好后,立即走到娜塔莎身旁,在她后面跟着。娜塔莎一看见他,心里就充满了那种和看戏时一样的因他喜欢她而虚荣心得到满足的快感,同时又因觉得她与他之间没有道德上的障碍而有一种恐惧感。

埃莱娜高兴地接待了娜塔莎,大声地赞扬她的美貌和装束。

在他们到后不久,乔治小姐从房间里出去换装。客厅里开始摆椅子,人们都坐了下来。阿纳托利把椅子朝娜塔莎挪过来,想坐在她身旁,但是伯爵目不转睛地看着娜塔莎,在她身边坐下了。阿纳托利只好坐在后面。

乔治小姐一个肩膀上披着红色披肩,裸露着两只带肉窝的手臂,来到圈椅之间留给她的空地方,姿势很不自然地站住了。可以听见人群中兴奋的低语声。

乔治小姐用严肃阴沉的目光扫了一眼听众,开始用法语朗诵诗,诗中讲的是一个女人对自己的儿子的罪恶的爱情。她在有的地方抬高嗓门,有的地方庄严地抬起头低声细语起来,有的地方停住,瞪着眼发出沙哑的声音。

"好极了,妙极了,有趣极了。"四面八方发出这样的赞叹。娜塔莎看着胖胖的乔治小姐,什么也没听见,什么也没有看见,对她面前发生的事一点也不明白;她只感觉到自己又永不复返地到了一个与从前的世界大不相同的奇怪的、疯狂的世界,在这个世界里无法知道什么是好的,什么是坏的,什么是合理的,什么是荒唐的。阿纳托利就坐在她后面,她感觉他离自己很近,惊恐地等待着会发生什么事。

在诵读完第一段独白后,大家站了起来,围住乔治小姐,向她表示自己的欣喜。

"她多么漂亮啊!"娜塔莎对父亲说,这时伯爵也同别人一起站了起来,从人群中朝那女演员挤过去。

"我看着您,就不那么认为。"阿纳托利跟在娜塔莎后面说。他说这话时,只有她一个人能够听到。"您太美了……自从我见了您的那时起,我就不断地……"

"咱们一起去,咱们一起去,娜塔莎,"伯爵转回来叫女儿,"真漂亮!"

娜塔莎什么也没有说,她走到父亲跟前,用疑问而又奇怪的目光看着他。

乔治小姐在用几种不同方式进行朗诵后就走了,这时别祖霍娃伯爵夫人请大家到大厅里去。

伯爵想要告辞,但是埃莱娜恳求他不要破坏她临时安排的舞会。罗斯托夫家的人只好留下来。阿纳托利请娜塔莎跳华尔兹,在跳华尔兹时,他紧紧搂住她的腰,握住她的手,对她说,她令人陶醉,说他爱她。娜塔莎又同阿纳托利跳苏格兰舞,当他俩单独在一起时,阿纳托利什么也没有对她说,只是一个劲儿地看着她。娜塔莎怀疑自己在做梦,觉得他在跳华尔兹时对她说的话好像是在梦里听见的。在第一节快要结束时,他又握了握她的手。娜塔莎朝他抬起惊恐的眼睛,他那亲切的目光和微笑中流露出的自信而又温柔的表情,使她看着他说不出她要对他说的话来。于是她垂下了眼睛。

"不要对我说这些话,我已订了婚,爱另一个人。"她说得很快……她看了他一眼。阿纳托利没有理会,也没有因听了她说的话而感到伤心。

"不要对我说这些。这和我有什么相干呢?"他说,"我说,我发疯似的,发疯似的爱上了您。您这样迷人,难道能怪我吗?……咱们开始跳吧。"

娜塔莎又兴奋又不安,她睁大眼睛惊恐地看着自己周围,她的样子看起来要比平常更快活。她几乎一点也不记得那天晚上的事了。他们跳了苏格兰舞和爷爷舞①,父亲叫她回家,她请求留下来。不管她在什么地方,不管她跟谁说话,她都觉得他在注视她。后来她记得她请求父亲允许她去更衣室整整衣裳,埃莱娜跟她出来,笑着对她说阿纳托利爱她;记得在小小的休息室里又碰到了阿纳托利,埃莱娜不知上哪里去了,只剩下他们两人在一起,阿纳托利拉住她的手,充满温情地说:

"我不能到您那里去找您,难道我永远见不到您了?我发疯似的爱您。难道永远不再见面了?……"于是他拦住她,把自己的脸朝她的脸凑过来。

他那双男人的闪闪发光的大眼睛离她的眼睛很近,除了这双眼睛外,她什么也看不见。

"娜塔利?!"仿佛听到他在低声地问,她的手被使劲握住,握得都痛了,"娜塔利?!"

"我什么也不明白,我没有什么好说的。"她的目光似乎在这样说。

火热的嘴唇贴到她的嘴唇上,就在这时她又觉得自己自由了,房间里响起了埃莱娜的脚步声和衣服的窸窣声。娜塔莎回头看了埃莱娜一眼,然后红着脸,浑身颤抖着,用惊恐和疑问的目光看了看他,朝门口走去。

"听我说一句,只说一句,看在上帝分上。"阿纳托利说。

---

① 爷爷舞是一种伴随着歌唱的古老德国舞。开头一对对跳舞的人鱼贯而行,最后以跳华尔兹结束。

她站住了。她非常需要他说这句话,向她说明发生了什么事,同时她也好回答他。

"娜塔利,听我说一句,只说一句。"他老是重复这句话,看来不知道该说什么,这句话他一直重复到埃莱娜走到他们面前为止。

埃莱娜和娜塔莎一起又来到客厅。罗斯托夫家的人没有吃晚饭就走了。

娜塔莎回到家里后,一夜没有合眼;一个无法解决的问题折磨着她,这问题是:她究竟爱谁,是爱阿纳托利还是爱安德烈公爵?她爱安德烈公爵,她清楚记得她爱他爱得很深。但是她也爱阿纳托利,这是没有疑问的。"不然的话,难道会发生所有这一切吗?"她想。"如果在发生这样的事以后,在分手时我还能用微笑来回答他的微笑,如果我能允许这样的事发生,那么这就是说,我一见到他就爱上了他。这就是说,他善良、高尚和英俊,使人不能不爱他。我爱他,又爱另一个人,这叫我怎么办呢?"她自言自语地说,没有找到这些可怕的问题的答案。

十 四

忙忙碌碌的早晨到了。大家起了床,活动起来,说起话来,女时装师又上门了,玛丽亚·德米特里耶夫娜又出来了,又有人招呼大家去喝茶。娜塔莎把眼睛睁得大大的,仿佛想要抓住任何注视她的目光一样,不安地环视所有的人,竭力装出平常的样子。

玛丽亚·德米特里耶夫娜早饭后(这是她最好的时间)在圈

椅里坐下，把娜塔莎和老伯爵叫到自己面前。

"就这样吧，我的朋友，现在我把整个事情都仔细考虑过了，想给你们出个主意。"她说了起来，"你们知道，昨天我去过尼古拉公爵家；同他谈了话……他居然大声嚷嚷起来。但是他是嚷不过我的！我把一切都对他直说了！"

"那么他怎么说呢？"伯爵问。

"他说什么？蛮不讲理……连听都不听；还有什么可说的，我们本来就把这可怜的姑娘折磨够了。"玛丽亚·德米特里耶夫娜说，"我劝你们办完事就回家，回奥特拉德诺耶……在那里等待……"

"唉，不！"娜塔莎喊了一声。

"不行，你们得回去。"玛丽亚·德米特里耶夫娜说，"在那里等待。如果你的未婚夫现在到这里来，免不了要有一场争吵，还是让他单独和老头子谈妥后，再到你们那里去好。"

伊里亚·安德烈依奇立刻明白了这个建议的合理性，表示赞同。他想，如果老头子态度变缓和了，那么以后到莫斯科来或到童山去见他就会更好些；如果没有变化，那么违背他的意志结婚，婚礼只能在奥特拉德诺耶举行。

"完全正确。"他说。"我还为自己去找他又把女儿带去见他而后悔呢。"老伯爵又说了一句。

"不，有什么可后悔的？到了这里，不能不去表示敬意。他不愿意，那是他的事。"玛丽亚·德米特里耶夫娜说，在手提包里寻找着什么，"而且嫁妆都准备好了，你们还有什么可等待的，如有什么还没有准备的，我给你们送去。虽然我舍不得你们走，但最好还是回去，但愿上帝保佑。"她在手提包里找到了要找的东西，把它递给娜塔莎。这是玛丽亚公爵小姐的信。"写给你的。她是多么痛苦啊,这可怜的姑娘!她担心你会认为她不喜欢你。"

"可是她就是不喜欢我。"娜塔莎说。

"别说废话。"玛丽亚·德米特里耶夫娜喊道。

"谁的话我也不相信:我知道她不喜欢。"娜塔莎大胆地说,她接过信,她脸上露出冷淡和愤恨的果断的表情,这使得玛丽亚·德米特里耶夫娜更加仔细地看了她一眼,皱起了眉头。

"我的大小姐,别这样说话,"她说,"我说的全是实话。你写一封回信。"

娜塔莎没有回答,到自己的房间读玛丽亚公爵小姐的信去了。

玛丽亚公爵小姐写道,她因她们之间发生的误会心情非常沉重。她接着写道,不管父亲的态度如何,她请求娜塔莎相信,她不能不爱她哥哥选中的人,为了哥哥的幸福,她准备牺牲自己的一切。

"不过,"她还写道,"请您不要以为我父亲厌恶您。他是一个应当得到谅解的有病的老人;他善良而又宽宏大量,一定会喜欢使他儿子幸福的人。"往下玛丽亚公爵小姐提出请求,要娜塔莎约定一个时间,她希望再次和她见面。

娜塔莎读完信后,在书桌前坐下来写回信。"亲爱的公爵小姐!"她很快机械地写了这个称呼就停住了。在发生昨天的那些事后,往下她还能写什么呢?"是的,是的,这一切都有过,现在已完全是另一回事了,"她面对刚开了个头的信想道,"应当和他解除婚约?真的应当这样做吗?这太可怕了!……"为了不去想这些可怕的念头,她到索尼娅那里去,开始和她一起挑选花样。

午饭后，娜塔莎回自己的房间，又拿起了玛丽亚公爵小姐的信。"难道一切都结束了？"她想，"难道这一切发生得这么快，毁了以前的一切？"她还像以前那样充满深情地回想起自己对安德烈公爵的爱情，同时又觉得她爱库拉金。她生动地想象着她如何成为安德烈公爵的妻子，回忆起在她的想象里曾多次出现过的和他在一起的幸福的情景，与此同时又激动得浑身发热，想起了自己昨天与阿纳托利会见的每一个细节。

"为什么不能兼而爱之呢？"有时她脑子一时糊涂，便这样想道。"那样的话，只有我一个人完全幸福，而我现在应当进行选择，两人当中少了一个，我就不会幸福。有一点应当考虑，"她想，"把发生的事告诉安德烈公爵或者瞒着他，同样都是不可能的。而对**这个人**来说，什么损失也没有。但是，难道爱安德烈公爵、内心充满幸福的时间这么长，我能够永远抛弃这种幸福吗？"

"小姐，"一个女仆进了房间带着神秘的表情说，"有人叫我转交。"女仆递过一封信。"只不过看在上帝分上，小姐……"女仆又说，而娜塔莎不假思索地用机械的动作拆开信，开始读阿纳托利的情书，信中的话她一句也没有看明白，只知道一点，这是他的信，是她爱的那个人写的。"不错，她爱他，不然怎么能发生已经发生的事呢？她手里怎么会有他的情书呢？"

娜塔莎颤抖的手里拿着这封多洛霍夫替阿纳托利写的热情洋溢的情书，她在读的时候在其中找到了她觉得自己也感受到的一切的回声。

"从昨天晚上起，我的命运决定了：要么得到您的爱，要么去死。我没有别的出路。"信的开头是这样写的。然后他写道，他知道她的父母不会让她嫁给他，这有无法明说的原因，这些原因他只能对她一个人透露，但是如果她爱他，那么她只要说一个**是**字，任何人间的力量都不能妨碍他们得到幸福。爱一定能战胜一切。他将把她抢走，把她带到天涯海角。

"是的，是的，我爱他！"娜塔莎想道，她把信读了二十遍，在每句话里寻找着某种特殊的和深刻的意义。

这天晚上玛丽亚·德米特里耶夫娜要到阿尔哈罗夫家去，建议两个姑娘和她一起去。娜塔莎借口头痛留在家里。

十 五

索尼娅晚上回来得很晚，她进了娜塔莎的房间，看见她和衣睡在沙发上，感到很惊奇。在她身旁的桌子上放着拆开了的阿纳托利的信。索尼娅拿了起来，开始读它。

她一面读，一面看看睡着的娜塔莎，在她的脸上寻找读到的事的解释，但是没有找到。脸色是平静温和且幸福的。索尼娅抱住胸口，以免喘不过气来，她恐惧和激动得脸色发白，浑身颤抖，在圈椅里坐下，失声痛哭起来。

"我怎么一点也没有看出来呢？怎么会走得这么远呢？难道她不爱安德烈公爵了？她怎么能让库拉金这样做呢？他是骗子和坏蛋，这很清楚。亲爱的尼古拉，高尚的尼古拉要是知道了这事，他会怎么样呢？前天、昨天和今天她脸上露出激动不安、下了决心和很不自然的表情，原来与这事有关。"索尼娅想道，"但是她爱他是不可能的！大概是她不知道是谁给她写的信，拆开来看了。大概她感到受了侮辱。她不可能做出这样的事来！"

索尼娅擦去眼泪，走到娜塔莎跟前，又仔细观察她的脸。

"娜塔莎！"她喊了一声，声音低得几乎听不见。

娜塔莎醒了，看见了索尼娅。

"啊，回来了？"

于是她像睡醒时常有的那样，坚决而又温柔地搂住她的女友。但是，她发现索尼娅脸色惊慌不安后，自己脸上也露出了惊慌和怀疑的表情。

"索尼娅，你看过信了？"

"看过了。"索尼娅低声地说。

娜塔莎非常兴奋地笑了笑。

"不，索尼娅，我不能再这样下去了！"娜塔莎说，"我不能再瞒着你了。你知道，我们彼此相爱！……索尼娅，亲爱的，他写道……索尼娅……"

索尼娅似乎不相信自己的耳朵，睁大眼睛看着娜塔莎。

"那么鲍尔康斯基呢？"她问。

"啊，索尼娅，啊，如果你能知道我多么幸福就好了！"娜塔莎说，"你不知道爱情是什么……"

"但是，娜塔莎，难道**那事**全作罢了吗？"

娜塔莎用睁得很大的大眼睛看着索尼娅，好像不明白她的问题一样。

"怎么，你要跟安德烈公爵解除婚约？"索尼娅又问。

"唉，你什么也不明白，你别说蠢话，你听着。"娜塔莎霎时露出不高兴的神色，说道。

"不，我无法相信这件事，"索尼娅再次说道，"我不明白。你怎么能整整一年爱一个人，突然……要知道你只见过他三次。娜塔莎，我不相信你的话，你在开玩笑。三天内忘掉一切，就这样……"

"什么三天，"娜塔莎说，"我觉得我爱他一百年了。我觉得在他之前我从来没有爱过任何人。而且也没有像爱他那样爱过任何人。这一点你理解不了，索尼娅，等一下，坐到这里来。"娜塔莎搂住她，吻了吻她。"有人对我说过，常有这种情况，你大概听说过，但是我现在才体验到这种爱情。这不是以前的那种感情。我一见到他就感觉到，他是我的主宰者，而我是他的奴隶，我不能不爱他。是的，是奴隶！他叫我做什么，我就做什么。你不明白这些。我怎么办呢？我怎么办呢，索尼娅？"娜塔莎面带又幸福又恐惧的表情说。

"不过你得好好想想你在干什么，"索尼娅说，"我不能不管这件事。这些秘密的书信……你怎么能允许他这样做？"她惊恐且厌恶地说，竭力掩饰着这种感情。

"我对你说了，"娜塔莎回答道，"我缺乏意志，你怎么不明白这一点：我爱他！"

"我可不允许这样做，我要说出去。"索尼娅大声说道，眼泪夺眶而出。

"你怎么啦，看在上帝分上……如果你说出去，你就是我的敌人，"娜塔莎说，"你想要使我遭到不幸，你想要把我们分开……"

看见娜塔莎恐惧的样子，索尼娅哭了起来，为女友流下了羞耻和惋惜的泪水。

"你们之间发生了什么事?"她问,"他对你说过什么?他为什么不到家里来?"

娜塔莎没有回答她的问题。

"看在上帝分上,索尼娅,不要对任何人说,不要折磨我,"娜塔莎恳求道,"你记住,旁人是不能干预这样的事情的。我对你都说了……"

"但是干吗这样神神秘秘的?为什么他不到家里来?"索尼娅问,"为什么他不直接向你求婚?安德烈公爵给了你完全的自由,要想那样做也行;但是我不相信这件事。娜塔莎,你想过会有什么样的**无法明说的原因**?"

娜塔莎用惊奇的目光看着索尼娅。显然她第一次想到了这个问题,她不知道怎样回答。

"是什么样的原因,我不知道。但是终究是有原因的!"

索尼娅叹了一口气,不相信地摇摇头。

"假如有原因……"她开口要说。但是娜塔莎猜到了她的怀疑,惊恐地打断了她的话。

"索尼娅,不能怀疑他,不能,不能,你明白吗?"她大声说道。

"他是否爱你?"

"是否爱我?"娜塔莎微笑着重复她的话说,对女友理解力不强表示遗憾,"你不是读过信,见过他吗?"

"但是如果他是一个不正派的人呢?"

"**他**是一个不正派的人?要是你了解就好了!"娜塔莎说。

"如果他是一个正派的人,那么他要么应该说明自己的意图,要么不再和你见面;如果您不愿意向他说明这一点,那么这事由我来做，我给他写回信，并且告诉爸爸。"索尼娅坚决地说。

"可是没有他我就活不下去！"娜塔莎喊道。

"娜塔莎，我不明白你是怎么啦。你说的是什么！你想一想父亲，想一想尼古拉吧！"

"除了他，我什么人也不需要，什么人也不爱。你怎么敢说他不正派呢？你难道不知道我爱他吗？"娜塔莎喊道。"索尼娅，你走吧，我不愿和你吵架，你走吧，看在上帝分上，你走吧，你可看见我是多么的痛苦。"娜塔莎用忍着怒气的、绝望的声音愤恨地说。索尼娅放声大哭，跑出了房间。

娜塔莎走到桌子前面，连想都没有想一下，就写了整个早晨未能写成的给玛丽亚公爵小姐的回信。在这封信里她简短地对玛丽亚公爵小姐说，她们之间的所有误会不再存在了，她利用了安德烈公爵出国时宽宏大量地给予她的自由，现在她请求公爵小姐忘掉一切，如果她有什么对不起公爵小姐的地方，那就请她原谅，不过她不能做安德烈公爵的妻子了。这时她觉得这一切是那样的轻而易举和简单明了。

罗斯托夫家的人预定星期五回乡下去，而伯爵星期三和买主一起到莫斯科郊区的庄园去了。

在伯爵走的那一天，索尼娅和娜塔莎被邀请去参加库拉金家的盛大午宴，于是玛丽亚·德米特里耶夫娜带着她们前去。在这次宴会上娜塔莎又与阿纳托利见了面，索尼娅注意到娜塔莎和他说了些什么，并且不愿让别人听见，看到她在整个宴会过程中比以前还要激动。她们回家后，娜塔莎首先主动向索尼娅进行解释，而索尼娅也正在等待着她这样做。

"瞧你,索尼娅,讲了关于他的各种蠢话。"娜塔莎用温和的声调说,孩子们希望受到称赞时,常常用这种声调说话,"今天我和他说清楚了。"

"什么,什么?他说什么了?娜塔莎,你不生我的气,我很高兴。把一切告诉我,把全部真实情况说给我听。他究竟说什么了?"

娜塔莎沉思起来。

"唉,索尼娅,如果你像我那样了解他就好了!他说……他问我是怎么答应鲍尔康斯基的。他得知解除婚约的事取决于我后,非常高兴。"

索尼娅忧愁地叹了一口气。

"但是你不是没有决定与鲍尔康斯基解除婚约吗?"她说。

"也许我已经决定了呢!也许与鲍尔康斯基已经一刀两断了。你为什么把我想得这么坏?"

"我什么也没想,我只是不明白这件事……"

"等一等,索尼娅,一切你都会明白的。你会看到他是什么样的人。你不要把我和把他都往坏处想。"

"我不把任何人往坏处想:我爱所有的人,也怜悯他们。但是我该怎么办呢?"

索尼娅没有因娜塔莎对她说话声调亲切而退让。娜塔莎脸上的表情愈和善、愈巴结,索尼娅的脸色就愈认真、愈严肃。

"娜塔莎,"她说,"你曾叫我不跟你说话,我就没有说,现在是你自己说起来的。娜塔莎,我不相信他。干吗要这样神秘?"

"又来了,又来了!"娜塔莎打断她的话。

"娜塔莎,我替你担心。"

"有什么好担心的?"

"我担心你毁了自己。"索尼娅坚决地说,她自己也为她说的话大吃一惊。

娜塔莎的脸上又露出了愤恨的表情。

"我就是要把自己毁了,尽快地毁了。不关你的事。倒霉的不是你们,而是我。不要管我,不要管。我恨你。"

"娜塔莎!"索尼娅惊恐地大喊了一声。

"恨你,恨你!你永远是我的敌人!"

娜塔莎从房间里跑了出去。

娜塔莎再也不跟索尼娅说话,躲着她。她带着激动惊讶和像犯了罪似的表情在房间里走来走去,时而做做这事,时而做做那事,但马上又都扔下了。

不管这对索尼娅来说是多么的难受,她还是密切注视着自己的女友。

在伯爵预定回家的头一天,索尼娅发现娜塔莎整个早晨都坐在客厅的窗口,好像在等待什么,看见她朝一个骑马经过的军人打了个手势,索尼娅认出那军人是阿纳托利。

索尼娅开始更加注意地观察自己的女友,发觉娜塔莎吃饭时和晚上都处于一种奇怪且反常的状态之中(问她什么事,她回答得牛头不对马嘴,说话只说一半,对什么事都发笑)。

喝完茶后,索尼娅看见一个女仆畏畏葸葸地在门口等候着娜塔莎。她把女仆放了进去,站在门外偷听,得知又递交了一封信。

索尼娅突然明白了,娜塔莎有一个可怕的计划,要在今天晚上行动。她去敲娜塔莎的门,娜塔莎没有放她进去。

"她要和他私奔！"索尼娅想。"她什么事都做得出来。今天她脸上有一种特别可怜的和坚决的表情。她在和表叔告别时曾经哭了起来。"索尼娅回忆道。"不错，她肯定要和他私奔，——那我怎么办呢？"索尼娅想道，现在她想起了那些能清楚说明娜塔莎有一种可怕的意图的种种迹象，"伯爵不在家。我怎么办呢？写信给库拉金，要求他做出解释？但是谁会叫他回答我呢？还是像安德烈公爵嘱咐过的那样，遇到不幸时给皮埃尔写信？……但是她也许已经真的决定和鲍尔康斯基解除婚约（她昨天送了一封信给玛丽亚公爵小姐）。表叔又不在！"

把这事告诉非常相信娜塔莎的玛丽亚·德米特里耶夫娜，索尼娅又觉得害怕。

"但是无论如何，"索尼娅站在黑暗的走廊里想道，"现在已到了证明我一直记得他们一家的恩情和表明我爱尼古拉的时候了，不然就永远没有机会了。不，我哪怕三天三夜不睡觉，也不离开这走廊，拦住她，不放她走，不让耻辱落到他们家头上。"她想。

十 六

最近几天阿纳托利搬到了多洛霍夫那里去住。拐走娜塔莎的计划几天来已由多洛霍夫做了周密考虑和准备，并且预定在索尼娅决心保护娜塔莎并在她门外偷听的那一天付诸实施。娜塔莎答应在晚上十点钟到后门口与库拉金会合。库拉金将把她扶上事先准备好的三驾马车，拉到离莫斯科六十俄里的村子卡缅卡，那里已请好一个免去教职的神父,让他主持他们的婚礼。在卡缅卡已准备了换乘的马匹,把他们送上华沙大道,到那里后他们可以坐驿车去国外。

阿纳托利既有护照,又有驿马使用证,手里有妹妹给他的一万卢布和通过多洛霍夫借来的一万卢布。

两个证婚人坐在第一个房间里喝茶:一个叫赫沃斯季科夫,是帮多洛霍夫设赌局的退职小官吏;另一个叫马卡林,是一个退役的骠骑兵,为人和善且软弱,非常喜欢库拉金。

多洛霍夫的大书房从墙到天花板挂满了波斯壁毯、熊皮和武器,他穿着旅行穿的紧身外衣和皮靴,坐在旧式的写字台前,在拉出的桌面上放着账单和一捆捆钞票。阿纳托利敞着制服,从证婚人坐的房间穿过书房到后面的房间去,那里他的法国仆人和其余的人正在收拾最后的东西。多洛霍夫一面数着钱,一面记录下来。

"对了,"他说,"应当给赫沃斯季科夫两千。"

"那就给吧。"阿纳托利说。

"马卡尔卡(他们这样称呼马卡林)可为你赴汤蹈火,不求回报。瞧,账算完了,"多洛霍夫说,给他看账单,"对吗?"

"对,当然对。"阿纳托利说,看来他并没有听多洛霍夫说话,而是脸上一直挂着微笑,望着自己的前面。

多洛霍夫啪的一声推上写字台的桌面,带着讥讽的微笑朝阿纳托利转过身来。

"我说,别干这事了:回头还来得及!"他说。

"傻瓜!"阿纳托利说,"别说废话了。要是你知道就好了……鬼知道这是怎么回事!"

"真的，别干了，"多洛霍夫说，"我对你说正经的。你干的事难道是闹着玩的？"

"好了，又来逗我了？见你的鬼去！啊？……"阿纳托利皱起眉头说，"真的，没有工夫和你开愚蠢的玩笑。"说着他离开了房间。

阿纳托利出去后，多洛霍夫轻蔑且宽厚地微笑着。

"你等一下，"他在阿纳托利后面说，"我不是开玩笑，我说的是正经事，过来，到这里来。"

阿纳托利又进了房间，使劲集中注意力看着多洛霍夫，显然已不由自主地听从了他。

"你听着，这是我最后一次对你说。我和你开玩笑干什么？难道我阻止过你？谁给你安排好这一切的？谁给你找到神父的？谁给你弄到护照的？谁给你搞到钱的？全是我。"

"那就谢谢你了。你以为我不感激你？"阿纳托利叹了一口气，搂住多洛霍夫。

"我帮了你，但是我仍然应该对你说实话：这事很危险，如果再仔细想一想，也是愚蠢的。你把她带走，很好。但是人家会就此罢休吗？会知道你已经结过婚。就会把你告上刑事法庭……"

"唉！胡扯，全是胡扯！"阿纳托利又皱起眉头，说了起来。"我已经给你解释过了。是吧？"阿纳托利像通常愚钝的人一样，对自己花脑筋得出的结论有一种特殊的偏爱，于是他又再一次重复了已对多洛霍夫说过一百次的看法，"我已对你说过，我认定：如果那次婚姻无效，"他说，扳着一个手指，"这说明我没有责任；如果有效，那也无所谓，因为在国外谁也不会知道底细，是这样吧？你就别说了，别说了，别说了！"

"真的,你还是放弃吧!你只会束缚住自己……"

"见你的鬼去吧。"阿纳托利说,接着抓住头发,到了另一个房间,立刻又回来,盘起腿在多洛霍夫前面近处的圈椅上坐下。"这鬼知道是怎么回事!啊?你瞧,跳得多么厉害!"他抓起多洛霍夫的一只手,把它放在自己的心口上,"唉!多么好看的小脚,我的老兄,多么迷人的目光!简直是女神!"

多洛霍夫冷冷地微笑着,一双漂亮的、目光放肆的眼睛闪闪发亮,他看着他,看来想再逗他取乐。

"要是钱用完了,那时怎么办呢?"

"那时怎么办?啊?"阿纳托利重复了一句,想到未来,他真的感到不知所措,"那时怎么办?我不知道……干吗胡扯这些!"他看了看表,"时间到了!"

阿纳托利前去后面的房间。

"你们快准备好了吗?还在这里磨蹭!"他朝仆人们吆喝了一声。

多洛霍夫收起钱,叫人拿来上路前吃的和喝的,然后去证婚人坐的房间。

阿纳托利在书房里,用胳膊肘支撑着躺在沙发上,若有所思地微笑着,亲切地低声说着什么。

"来吃点东西。喝一杯!"多洛霍夫从另一个房间里朝他喊道。

"不想喝!"阿纳托利回答道,仍继续微笑着。

"来吧,巴拉加来了。"

阿纳托利从沙发上起来,到了餐厅里。巴拉加是有名的三驾马车夫,认识多洛霍夫和阿纳托利已经五六年了,一直用自己的三驾马车为他们服务。当阿纳托利所在的团驻扎在特维尔时,他不止一次地晚上拉着阿纳托利从特维尔出发，天亮时把他送到莫斯科，第二天夜里又把他接回去。他不止一次地拉着多洛霍夫逃脱追捕，不止一次地拉着他和茨冈女人以及骚娘儿们（巴拉加这样叫她们）在城里兜风。他不止一次地赶着他们坐的车在莫斯科撞伤了行人和车夫，但是老爷们（他这样称呼他们）每次都帮他忙，使他没有受到惩处。他拉着他们赶死了不止一匹马。他不止一次地挨他们揍，不止一次地被他们用香槟酒和他喜欢喝的马德拉酒①灌醉，知道他们每个人的不止一个越轨行动，要是这些事发生在普通人身上，早就应该流放到西伯利亚去了。他们在狂饮时常常把巴拉加叫来，强迫他喝酒，和茨冈人一起跳舞，他们远不止一千卢布的钱经过他的手花掉。他在为他们服务的过程中，一年有二十次要冒生命危险和不顾人身安全，在为他们干活时，累死了很多马匹，其价值要超过他们付给他的钱。但是他喜欢他们，喜欢这样赶着车一小时奔驰十八俄里，喜欢撞翻别的马车，撞倒行人，在莫斯科街上全速飞跑。他喜欢听见自己背后醉醺醺的狂叫："快！快！"虽然这时已无法跑得更快了；他喜欢朝农夫脖子抽一鞭，虽然那农夫已吓得半死不活，急忙让路。"这才是真正的老爷！"他想。

阿纳托利和多洛霍夫也喜欢巴拉加，因为他赶车的技术高，与他们有同样的爱好。巴拉加常同别的人讨价还价，两个小时要收二十五个卢布，而且很少亲自给别人赶车，主要派手下的伙计去。但是只要他所说的这两位老爷要车，他总是亲自出马，从来

---

① 马德拉酒是原产于马德拉岛的一种葡萄酒。

不要求任何报酬。而当他通过仆从打听到他们什么时候有钱后，便几个月一次去找他们，往往在早晨还没有喝醉酒的时候去，恭恭敬敬鞠躬，请求他们帮他一把。老爷们总是请他坐下来。

"您得救救我，费多尔·伊万内奇老爷，还有您公爵大人。"他说，"我一匹马也没有了，我要到集上去，能借给我多少就借给我多少吧。"

阿纳托利和多洛霍夫有钱的时候，有时给他一千，有时给他两千卢布。

巴拉加是一个二十七岁的男子，长得很敦实，淡褐色的头发，红脸，粗脖子显得特别红，翘鼻子，一双小眼睛闪闪发亮，留着小胡子。他身穿短皮袄，外面罩着一件绸里子的薄薄的蓝色长衫。

他朝上座上方的圣像画了个十字，走到多洛霍夫面前，伸出了黑色的不大的手。

"费多尔·伊万诺维奇！"他点头哈腰说。

"你好，老弟。他就在这里。"

"你好，公爵大人。"他对进门的阿纳托利说，也伸出了手。

"我对你说，巴拉加，"阿纳托利把双手放在他肩上说，"你喜欢不喜欢我？啊？现在替我干件事……你赶来的车套的是什么样的马？啊？"

"照你派来的人的吩咐，是您专用的像猛兽一样的烈性马。"巴拉加说。

"好，你听着，巴拉加！把三匹马都累死，也要在三个小时内送到。啊？"

"都累死了，那我们还怎么走？"巴拉加眨巴着眼睛说。

"当心我打烂你的狗脸,别开玩笑!"阿纳托利突然瞪大眼睛喊道。

"怎么是开玩笑,"车夫笑着说,"难道我为了自己的老爷还心疼什么吗?马能跑多快,就让它跑多快。"

"啊!"阿纳托利说,"你坐下吧。"

"怎么啦,坐下!"多洛霍夫说。

"我站一会儿,费多尔·伊万诺维奇。"

"坐下,别废话,喝酒吧。"阿纳托利说,给他倒了一大杯马德拉酒。车夫一看见酒,脸上就露出愉快的表情。他出于礼貌推让了一下,然后一口喝干,拿出放在帽子里的红色绸手绢擦了擦嘴。

"那么什么时候出发,公爵大人?"

"这样吧……(阿纳托利看了看表)现在就出发。当心点,巴拉加。怎么样?来得及吗?"

"出了门,那就要看运气了,只要运气好,怎么会来不及?"巴拉加说,"以前送您到特维尔,七个钟头就到了。公爵大人,你大概还记得吧。"

"你知道吗,有一次我从特维尔回来过圣诞节。"阿纳托利回忆起往事面带微笑对马卡林说,这时马卡林正睁大眼睛深受感动地望着他,"你相信吗,马卡尔卡,我们一路飞跑,简直连气都喘不过来了。闯进一个车队里,越过了两辆大车。是吧?"

"那几匹马可真不简单!"巴拉加接过去继续说,"当时我把两匹拉边套的小马和驾辕的浅褐色马套在一起,"他朝多洛霍夫转过头来,"你相信吗,费多尔·伊万内奇,这几匹马一下子飞跑了六十俄里;要勒它们也勒不住,手冻僵了,当时天气很冷。我扔掉缰绳,嘴里说,公爵大人,你自己握住吧,我就倒在雪橇里了。这样就根本用不着赶,在到达终点前一直勒不住。三个钟头就到了,这些鬼东西。只有左边那匹马累死了。"

十 七

阿纳托利出了房间,几分钟后回来了,只见他身穿皮袄,束着银腰带,头上威武地歪戴着一顶与他英俊的脸很相称的貂皮帽。他照了照镜子,摆出他照镜子的姿势在多洛霍夫面前站住,拿起了一杯酒。

"喂,费佳,再见了,谢谢你为我做的一切,再见!"阿纳托利说。"喂,伙伴们,朋友们……"他沉思起来……"我的……青春时代的伙伴们,再见了!"他对马卡林和别的人说。

虽然他们大家都要跟他一起走,但是看来阿纳托利想对伙伴们说些动人的和庄严的话。他说得很慢,声音很大,挺起胸膛,晃动着一条腿。

"大家都举起杯来;巴拉加,你也一样。伙伴们,我的青春时代的朋友们,过去我们大家一起饮酒作乐,过快活的生活,是吧?今日一别,不知何时才能重逢。我要到国外去了。我们一起过了一段时间快活的生活,再见了,伙伴们。为健康干杯!乌拉!……"他说,喝干了杯中的酒,把杯子往地上一摔。

"祝你健康!"巴拉加说,也干了杯,用手绢擦擦嘴。马卡林含着泪水拥抱阿纳托利。

"唉，公爵，和你分手心里真不好受。"他说。

"该走了，该走了！"阿纳托利喊叫起来。

巴拉加已想要从房间里出去。

"不，等一下，"阿纳托利说，"关上门，都坐下来。就这样。"门关上了，大家都坐了下来。

"好了，现在出发，伙伴们！"阿纳托利站起来说。

仆人约瑟夫递给阿纳托利挎包和马刀，大家都来到前厅。

"皮大衣在哪里？"多洛霍夫问。"喂，伊格纳什卡！你去玛特廖娜·马特维耶夫娜那里，向她要一件皮大衣，要那种斗篷式貂皮外套。我曾听人说过人们是怎样抢亲的，"多洛霍夫眨了眨眼说，"要知道她出来时吓得半死，就穿着家里穿的衣服；只要稍微耽搁一下，又是哭闹，又是喊爹叫娘，马上就会冻僵，要求回去，——你就立刻用皮大衣把她裹住，抱到雪橇上。"

仆人拿来了女式狐皮大衣。

"笨蛋，我告诉你要貂皮大衣。喂，玛特廖什卡①，要貂皮的！"他喊道，他的声音很大，远处几个房间都能听得见。

一个身材瘦削、脸色苍白的漂亮茨冈女人手里拿着一件貂皮大衣跑了出来，她披着红色披肩，一对乌黑的眼睛闪闪发亮，一头黑色的鬈发泛出灰蓝色。

"好吧，我没有舍不得，你拿去吧！"她说，看来在自己主人面前有些胆怯，同时又吝惜那貂皮大衣。

多洛霍夫没有答话，拿过皮大衣，把它披到玛特廖莎身上，

---

① 玛特廖什卡和下文的玛特廖莎均为玛特廖娜的爱称。

把她裹住。

"就这样。"多洛霍夫说。"再这样。"他又说,把领子在她脑袋周围竖起来,只在脸的前面稍稍敞开着,"然后这样,看见了吧?"说着他把阿纳托利的头推到领子留出的开口前,那里可以看到玛特廖莎娇艳的微笑。

"好了,再见,玛特廖莎。"阿纳托利吻着她说,"唉,我在这里饮酒作乐的日子结束了!向斯焦什卡问好。好了,再见了!再见,玛特廖莎;你祝我幸福吧。"

"但愿上帝给您的幸福大大的。"玛特廖莎带着茨冈口音对阿纳托利说。

门口台阶旁停着两辆三驾马车,巴拉加手下的两个伙计勒住马。巴拉加坐上了前面的一辆,高高抬起胳膊肘,不慌不忙地整理好缰绳。阿纳托利和多洛霍夫坐到他的这辆马车上。马卡林、赫沃斯季科夫和仆人坐上了另一辆。

"准备好了吗?"巴拉加问。

"走吧!"他吆喝了一声,把缰绳缠到手上,于是马就拉着车沿着尼基塔林荫道往下奔跑起来。

"驾!喂,让开!……驾!"只听得巴拉加和坐在驭座上的伙计的吆喝声。在阿尔巴特广场上马车挂住了一辆四轮轿式马车,什么东西发出了断裂声,听见有人喊叫了一声,而他们的马车照旧沿着阿尔巴特大街奔驰而去。

巴拉加在波德诺文斯科耶来回跑了一趟,开始放慢速度,回来后把马车停在旧马厩街的十字路口。

伙计跳下马车,勒住马。阿纳托利和多洛霍夫沿着人行道走去。快到大门口时，多洛霍夫吹了一声口哨。有人用口哨回答，接着跑出来一个女仆。

"到院子里来，要不容易被人看见，她就出来。"女仆说。

多洛霍夫留在大门口。阿纳托利跟着女仆进了院子，拐了一个弯，跑上了台阶。

玛丽亚·德米特里耶夫娜的跟班、身材高大的加夫里洛迎着阿纳托利过来。

"请您去见太太。"跟班挡住进门的路，用低沉的声音说。

"见哪一位太太？你是什么人？"阿纳托利喘着气低声问道。

"请吧，吩咐我带您进去。"

"库拉金！回来！"多洛霍夫喊道，"事情败露了！回来！"

这时多洛霍夫在他停住的小门旁正在与看院子的人你拉我扯，那人想要在阿纳托利进去后把小门锁上。多洛霍夫使出最后的力气把看院子的人推开，抓住跑出来的阿纳托利的手，把他拉出小门，和他一起跑回马车来。

十 八

玛丽亚·德米特里耶夫娜在走廊里碰见泪痕满面的索尼娅，逼着索尼娅把事情的经过全说出来。她又截获了娜塔莎的信，读完后，手里拿着这封信去找娜塔莎。

"骚货，不要脸的东西！"她骂娜塔莎，"你什么也不用对我说！"她推开用惊奇和冷淡的目光看着她的娜塔莎，把她锁在屋里,吩咐看院子的人让今天晚上来的人全都进来,但是不放他们出去,同时命令仆人带这些人来见她,安排好后在客厅里坐下,等待这些拐骗者。

加夫里洛前来禀报说,来的人逃走了,玛丽亚·德米特里耶夫娜皱起眉头,站了起来,把双手放在背后,在房间里来回走了很久,考虑她该怎么办。在夜里十一点多钟,她摸了摸口袋里的钥匙,前去娜塔莎的房间。索尼娅正坐在走廊里哭哭啼啼。

"玛丽亚·德米特里耶夫娜,看在上帝分上,放我进去看看她吧!"她说。玛丽亚·德米特里耶夫娜没有搭理她,打开门,进去了。"真可恶,真下流……在我的家里,这个坏丫头……我只是可怜她的父亲!"玛丽亚·德米特里耶夫娜想道,竭力想遏止自己的怒气,"尽管很难做到,我已吩咐大家不准提起这事,我要瞒着伯爵。"玛丽亚·德米特里耶夫娜大步走进房间。娜塔莎双手抱住头躺在沙发上,一动也不动。她躺的姿势还像玛丽亚·德米特里耶夫娜离开她时一样。

"好哇,太好了!"玛丽亚·德米特里耶夫娜说。"居然约情人到我的家里来幽会!用不着假装。你听着,我在对你说话呢。"玛丽亚·德米特里耶夫娜碰了碰她的手臂,"你听我说。你这个坏丫头丢尽了自己的脸。我本来想让你当众出丑,可是我可怜你的父亲。我要瞒着。"娜塔莎没有改变姿势,只不过她的整个身体由于无声地抽泣而上下颤动着,她几乎哭得喘不过气来。玛丽亚·德米特里耶夫娜回头朝索尼娅看了一眼,在沙发上挨着娜塔莎坐下了。

"他从我手里逃走了,这是他运气好;不过我会找到他的。"

她粗声粗气地说,"你听见我说什么了吗?"她把一只大手伸到娜塔莎的脸下面,把她扳转过来。玛丽亚·德米特里耶夫娜和索尼娅看见娜塔莎的脸后,都感到惊讶。只见她的眼睛闪闪发亮,没有泪水,嘴唇紧闭,双颊下陷。

"别管我……我……我……要死了……"她说,下狠劲挣脱了玛丽亚·德米特里耶夫娜的手,恢复了原来躺的姿势。

"娜塔莉娅!……"玛丽亚·德米特里耶夫娜喊道,"我希望你好。你躺着,你就那样躺着,我不再碰你一下,你听着……我不再说你有什么错了。你自己知道。你父亲明天就要回来,我怎么对他说?啊?"

娜塔莎又哭得全身颤动起来。

"他会知道的,还有你的哥哥,未婚夫!"

"我没有未婚夫,我已宣布解除婚约了。"娜塔莎喊道。

"反正都一样。"玛丽亚·德米特里耶夫娜接着说,"他们要是知道了,怎么,他们会不管吗?你的父亲,我了解他,会要求和他决斗的,这好吗?啊?"

"唉,不要管我,你们为什么所有的事都要干预!为什么?为什么?谁请求你们了?"娜塔莎喊道,她在沙发上欠起身来,恶狠狠地看着玛丽亚·德米特里耶夫娜。

"你想要怎么样?"玛丽亚·德米特里耶夫娜又发起火来,喊道,"怎么,过去把你锁起来了,还是怎么的?谁不让他到家里来?干吗要把你当作茨冈女人那样拐走?……即使他把你拐走了,你以为就找不到他?你的父亲,还有哥哥,还有未婚夫会不管?他是一个坏蛋,恶棍,就是这样!"

"他比你们所有的人都好。"娜塔莎又欠起身来喊道,"假如你们不阻止……唉,我的上帝,这是怎么回事,怎么回事呀!索尼娅,你为什么要那样?都走开!……"于是她放声大哭起来,她哭得非常伤心,只有感觉到一切都是由自己造成的人才会这样哭。玛丽亚·德米特里耶夫娜又想要说,但是娜塔莎喊叫起来:"你们走开,走开,你们全都恨我,瞧不起我!"她又倒在沙发上。

玛丽亚·德米特里耶夫娜接着又数落了娜塔莎一顿,并且开导她,要她不要把这件事对伯爵说,只要她答应把这一切忘掉,并且在任何人面前不露出发生了什么事的样子,那么谁也不会知道。娜塔莎没有回答,她也没有再哭,但是觉得发冷,浑身哆嗦起来。玛丽亚·德米特里耶夫娜给她放好枕头,盖上两条被,自己亲自给她拿来了菩提树花茶[①],娜塔莎没有做出反应。

"好吧,让她睡吧!"玛丽亚·德米特里耶夫娜在走出房间时说,以为她睡着了。但是娜塔莎没有睡,她脸色苍白,睁大眼睛凝视着正前方。这一夜娜塔莎都没有睡,既没有哭,也没有和几次起来走到她面前的索尼娅说话。

第二天早饭前,伊里亚·安德烈依奇伯爵按照他预定的时间从莫斯科郊区回来了。他心情很好,因为他同买主已经谈妥了,现在已没有什么事非让他留在莫斯科不可了,可以回到他十分想念的伯爵夫人身边去了。玛丽亚·德米特里耶夫娜出来迎接,对他说,娜塔莎昨天身体很不好,已请大夫来看过,现在她觉得好一些了。这天早晨娜塔莎没有从自己的房间里出来。她坐在窗口,

---

① 菩提树花茶常用以发汗。

紧闭着干裂的嘴唇，睁着冷漠和目光呆滞的眼睛，不安地注视着街上坐车经过的人，一听见有人走进房间里来，便急忙回头看看。显然她在等待他的消息，等他自己前来或给她写信。

当伯爵上楼来看她时，她听见父亲的脚步声，惊慌地转过头来，她的脸露出原来的冷淡的，甚至生气的表情。她甚至没有站起来迎接他。

"你怎么啦，我的天使，病了吗？"伯爵问。

娜塔莎一时没有说话。

"是的，病了。"她回答道。

伯爵不安地问她为什么垂头丧气，莫非未婚夫发生了什么事，她向父亲保证，说什么事也没有发生，请他放心。玛丽亚·德米特里耶夫娜向伯爵证明娜塔莎说的是实话，说确实没出什么事。伯爵根据女儿假装生病和心情不好，根据索尼娅和玛丽亚·德米特里耶夫娜脸上局促不安的表情清楚地看到，他不在家时一定出了什么事；但是他一想起他心爱的女儿发生了什么丢人的事就觉得可怕，他是那么希望保持自己快乐平静的心情，便不再详细询问，竭力使自己相信没有出什么特殊的事，不过为女儿身体不好使他们推迟回乡而感到有些遗憾。

十九

自从妻子到达莫斯科的那天起，皮埃尔就打算随便什么地方都去，目的只是为了不和她在一起。在罗斯托夫家的人来莫斯科后,娜塔莎给他留下的印象促使他急忙实现自己的意图。他到特维尔去找约瑟夫·阿列克谢耶维奇的遗孀,因为她早就答应把亡夫的一些文件交给他。

皮埃尔回到莫斯科后,他收到了玛丽亚·德米特里耶夫娜的一封信,信中请他去商谈一件与安德烈·鲍尔康斯基和他的未婚妻有关的非常重要的事情。皮埃尔一直躲着娜塔莎。他觉得自己对她的感情超过了一个已婚的人对自己朋友的未婚妻应有的感情。而命运却常常使他和她碰到一起。

"出了什么事?他们的事和我有什么相干?"皮埃尔在穿衣服准备去玛丽亚·德米特里耶夫娜家时想道。"真希望安德烈公爵快点回来,和她结婚!"他在去阿赫罗西莫娃家的路上又想道。

在特维尔林荫道上有人喊他。

"皮埃尔!早就回来了?"一个熟悉的声音朝他喊道。皮埃尔抬起头。眼前闪过了一辆阔气的雪橇,上面坐着阿纳托利以及常和他在一起的同伴马卡林,这雪橇由两匹灰马拉着,马蹄扬起的雪落到雪橇的前部。阿纳托利摆出那种讲究穿着的军人的标准姿势,直挺挺地坐着,脸的下部用海狸皮领子裹着,稍稍低下头。他面色红润,充满朝气,歪戴着带白色羽饰的帽子,露出抹了油的、落满了雪花的鬈发。

"确实,这才是真正的聪明人!"皮埃尔想,"他只顾寻欢作乐,此外什么也看不见,——因此永远是快活、满意和心安理得的。要是能像他那样,我什么都舍得给!"皮埃尔羡慕地想道。

在阿赫罗西莫娃家的前厅里,一个仆人在帮皮埃尔脱皮大衣时说,玛丽亚·德米特里耶夫娜请他到卧室去见她。

皮埃尔打开大厅的门,看见娜塔莎坐在窗口,脸色憔悴苍白,怒气冲冲。她回过头看了他一眼,皱起了眉头,带着冷淡自尊的表情出去了。

"出了什么事?"皮埃尔进玛丽亚·德米特里耶夫娜的房间时问。

"好事,"玛丽亚·德米特里耶夫娜回答,"我在世上活了五十八岁,没有见过这样丢人的事。"她要皮埃尔下保证不把他知道的情况说出去,然后告诉他说,娜塔莎不告诉父母就宣布解除了婚约,她这样做是由于阿纳托利·库拉金的缘故,是皮埃尔的妻子给他们牵的线,娜塔莎曾打算趁父亲不在家时和阿纳托利私奔,以便和他秘密结婚。

皮埃尔耸起肩膀,张着嘴听玛丽亚·德米特里耶夫娜说话,简直不相信自己的耳朵。安德烈公爵这么疼爱的未婚妻,原来这么可爱的娜塔莎·罗斯托娃居然抛弃了鲍尔康斯基,看上了已结了婚的笨蛋阿纳托利(皮埃尔知道他结婚的秘密),而且爱得那么着迷,竟同意和他私奔!——这样的事皮埃尔简直无法理解和无法想象。

在皮埃尔心里,他从小就认识的娜塔莎给他留下的好印象,怎么也不能与现在觉得她卑劣、愚蠢和残酷的新看法联系在一起。他想起了自己的妻子。"她们都是一路货色。"他对自己说,想到不只是他一个人有这种与坏女人结合在一起的悲惨遭遇。但是他仍然为安德烈公爵感到痛惜,为他的自尊心受到伤害而痛心。他愈是痛惜自己的朋友,就愈是蔑视,甚至厌恶刚才在大厅里带着冷淡自尊的表情在他面前走过的娜塔莎。然而他不知道娜塔莎心里充满着绝望、羞愧和屈辱感,现在她脸上不自觉地露出平静的自尊和严峻的表情,不能归咎于她。

"怎么能结婚呢?"皮埃尔听见玛丽亚·德米特里耶夫娜谈到这一点便这样说,"他不能结婚:他已有了妻子!"

"这就愈来愈糟了,"玛丽亚·德米特里耶夫娜说,"好小子!真是一个坏蛋!而她还在等着,已是第二天了。至少要让她不再等,应当对她说。"

玛丽亚·德米特里耶夫娜听了皮埃尔讲述阿纳托利结婚的详细情况,大骂了一顿以发泄自己的怒气,然后告诉皮埃尔为什么请他来。玛丽亚·德米特里耶夫娜担心,伯爵或那位随时都可能到达的鲍尔康斯基得知她想要瞒着他们的事情后,会向库拉金提出决斗,因此她请皮埃尔以她的名义命令他的内兄离开莫斯科,不准在她眼前出现。皮埃尔答应按照她的要求去做,他到这时才明白老伯爵、尼古拉和安德烈公爵面临的危险。玛丽亚·德米特里耶夫娜对他简短而准确地说明自己的要求后,便让他到客厅去。

"注意,老伯爵什么也不知道。你就装出什么也不知道的样子,"她对他说,"而我就去告诉她,叫她用不着再等了!你如果愿意,就留下来吃午饭。"玛丽亚·德米特里耶夫娜又对皮埃尔大声说。

皮埃尔遇见了老伯爵。老伯爵惶恐不安,心烦意乱。这天早晨娜塔莎告诉他说,她已宣布与鲍尔康斯基解除婚约了。

"糟糕,真糟糕,亲爱的,"他对皮埃尔说,"这些女孩子不在母亲身边就出了事;我真不该到这里来。我打算什么都告诉您。听说了吗,她谁都不问一声就宣布解除了婚约。虽说我对这门婚事并不十分满意。虽说他是一个好人,但是违背父亲的意愿是不会得到幸福的,而娜塔莎又不愁找不到对象。然而毕竟这事已有很长时间了，怎么能不告诉父母就这样做呢！现在她病了，天知道是怎么回事！真难办，伯爵，真拿这些离开母亲的女儿没办法……"皮埃尔看见老伯爵心情很不好，想要改变话题谈别的事，但是老伯爵又谈起自己的难处来。

索尼娅惊慌不安地进了客厅。

"娜塔莎身体不大好；她在自己房间里，等着要见您。玛丽亚·德米特里耶夫娜在她那里，也请您去。"

"对了，您同鲍尔康斯基是好朋友，大概她有什么事要您转告。"老伯爵说，"唉，我的上帝，我的上帝！本来一切都很好！"老伯爵抓着两鬓稀疏的白发，出了客厅。

玛丽亚·德米特里耶夫娜告诉娜塔莎说，阿纳托利已结了婚。娜塔莎不相信她的话，要求皮埃尔本人来证实这一点。索尼娅带着皮埃尔穿过走廊去娜塔莎房间的路上把这情况告诉了他。

娜塔莎脸色苍白、表情严厉，坐在玛丽亚·德米特里耶夫娜身旁，她的眼睛像发热病似的闪闪发亮，皮埃尔一进门，她就用询问的目光迎接他。她没有笑，也没有朝他点头，只是目不转睛地看着他，她的目光只问一件事：在对待阿纳托利的态度上，他是朋友，还是像所有别的人一样，是敌人？显然这时对她来说，皮埃尔这个人本身并不独立存在。

"他什么都知道，"玛丽亚·德米特里耶夫娜指着皮埃尔对娜塔莎说，"就让他告诉你我说的是不是实话。"

娜塔莎像一只受了伤并被追赶得筋疲力尽的野兽看着逐渐靠近的猎犬和猎人一样，时而看看玛丽亚·德米特里耶夫娜，时而看看皮埃尔。

"娜塔莉娅·伊里尼什娜,"皮埃尔垂下眼睛开口说道,他怜悯她,同时又对他现在不得不做的事感到厌恶,"这是不是实话,对您来说应该都是一样的,因为……"

"那么说,他结过婚不是真的?"

"不,这是真的。"

"他结过婚,并且早就结婚了?"她问,"您敢下保证吗?"

皮埃尔对她下了保证。

"他还在这里吗?"她很快地问。

"还在,我刚才见过他。"

她显然说不下去了,做了个手势,叫大家别再打扰她。

二十

皮埃尔没有留下吃午饭,他立刻出了房间,坐车走了。他前往城里各处去寻找阿纳托利·库拉金,现在想起这人,他全身的血都涌向心里,觉得呼吸都很困难。在滑雪场,在茨冈人那里,在科莫奈诺那里都没有找到。皮埃尔便去俱乐部。俱乐部里情况如常:来吃饭的人分成一拨一拨地坐在那里,与皮埃尔打招呼,谈论城里的新闻。一个仆人知道他有哪些熟人和了解他的习惯,向他问好后禀报说,在小餐厅里给他留了位子,说米哈依尔·扎哈雷奇公爵在图书室里,而帕维尔·季莫菲依奇还没有来。皮埃尔的一个熟人在谈论天气的中间问他听说库拉金拐骗罗斯托娃的事没有,说城里人们都在说这件事,这可是事实?皮埃尔笑了起来，说这全是瞎说，因为他刚从罗斯托夫家的人那里来。他向所有的人打听阿纳托利在哪里；一个人说他还没有来，另一个人说他今天将到这里吃饭。皮埃尔看着这一群不知道他心里想些什么的平静和冷漠的人，觉得很奇怪。他到各个厅里走了走，等待客人到齐，但是没有等到阿纳托利，便没有吃饭就回家了。

他寻找的阿纳托利这一天在多洛霍夫那里吃饭，和他商量如何补救没有办成的事。阿纳托利觉得需要和娜塔莎见一面。晚上他去妹妹家，想和她商量一下安排这次见面的办法。当皮埃尔跑遍了整个莫斯科一无所获回到家里时，仆人向他报告说，阿纳托利·瓦西里耶维奇公爵在伯爵夫人那里。伯爵夫人的客厅里坐满了客人。

皮埃尔回莫斯科后还没有和他的妻子见过面，这时他没有跟她打招呼（此刻他觉得她比任何时候都可恨）就进了客厅，看见了阿纳托利，便走到他面前。

"啊，皮埃尔，"伯爵夫人朝丈夫走过来，说，"你不知道我们的阿纳托利的处境……"她突然停住了，因为看见丈夫低下头，脸上和闪闪发亮的眼睛里以及他那坚决的步伐里有一种狂怒和威严的可怕表情，她熟悉这种情绪，并在上次与多洛霍夫决斗后亲身领教过。

"只要您到哪里，哪里就出现道德败坏和罪恶的行为。"皮埃尔对妻子说。"阿纳托利，咱们走，我需要和您谈谈。"他用法语说。

阿纳托利回头朝妹妹看了一眼，顺从地站了起来，准备跟皮埃尔走。

皮埃尔抓住他的手，把他往自己身边拉，走出了客厅。

"如果您胆敢在我的客厅里……"埃莱娜低声说,但是皮埃尔没有搭理就出去了。

阿纳托利迈着平常的那种轻松的步子在他后面走,但是他的脸上露出了不安的神色。

皮埃尔进了书房后就关上门,朝阿纳托利转过身来,眼睛不看着他。

"您曾经答应罗斯托娃伯爵小姐,说要和她结婚吗?您想把她带走吗?"

"我的亲爱的,"阿纳托利用法语回答(整个谈话都是用法语进行的),"我不认为自己有义务回答用这样的口气提出的问题。"

皮埃尔的脸本来就很苍白,这时因狂怒而完全变了样。他用自己的大手一把抓住阿纳托利的制服的领口,开始来回摇晃着,直到阿纳托利的脸露出十分惊恐的表情。

"既然我说**我需要**和您谈谈……"皮埃尔重复说。

"怎么啦,这是胡闹。啊?"阿纳托利说,摸着领子上的一颗连同呢子一起扯下来的纽扣。

"您是恶棍和坏蛋,我不知道我怎么能克制自己,不用这个东西砸烂您的脑袋。"皮埃尔说,他说得那样不自然,因为说的是法语。他拿起沉重的镇纸,举起来进行威胁,然后立刻急忙把它放回原处。

"您曾答应娶她吗?"

"我,我,我没有这样想;不过我从来没有做过许诺,因为……"

皮埃尔打断了他的话。

"您有她的信吗?您有她的信吗?"皮埃尔朝阿纳托利逼过去

重复着说。

阿纳托利朝他看了一眼,立即把手伸进口袋里,掏出了皮夹子。

皮埃尔接过递给他的信,推开挡路的桌子,倒在沙发上。

"我不会对您采取粗暴行动的,不要害怕。"皮埃尔看见阿纳托利惊恐的样子,说。"把信留下,这是一。"皮埃尔说,仿佛在复习功课似的。"第二,"他在沉默了一会儿后接着说,又站起来开始来回踱步,"您明天就应该离开莫斯科。"

"但是我如何能够……"

"第三,"皮埃尔不听他的,继续说道,"关于您和伯爵小姐之间的事,您永远也不能提一个字。我知道,我不能禁止您这样做,但是如果您还有一点良心的话……"皮埃尔默默地在房间里走了几次。阿纳托利坐在桌旁,皱起眉头,咬着嘴唇。

"您最后不能不明白,除了您的快乐之外,还有别人的幸福和安宁,您想要取乐,可是在毁坏别人的整个生活。您就和那些像我的妻子那样的女人寻开心吧——您有权利这样做,而且她们也知道您想从她们那里得到的是什么。她们用同样的伤风败俗的经验来对付您;但是答应和一个姑娘结婚……进行欺骗,想把她拐走……您怎么不懂得,这跟殴打老人或小孩一样的卑鄙!……"

皮埃尔停住不说了,朝阿纳托利看了一眼,但已不用愤怒的目光,而是用询问的目光了。

"这个我不知道。怎么样?"阿纳托利说,随着皮埃尔的怒气的逐步消失,他变得大胆起来。"这个我不知道,也不愿意知道,"他说,眼睛没有看皮埃尔,下巴颏微微地颤动着,"但是您对我说了这样的话——卑鄙无耻等等,我作为一个重视荣誉的人,不允许任何人这样说。"

皮埃尔惊奇地看了他一眼,弄不清楚他需要什么。

"虽然这是在您我单独谈话时说的,"阿纳托利接着说,"但是我不能……"

"怎么,您要进行决斗?"皮埃尔用嘲笑的语气说。

"至少您可以把话收回。是吧?如果您想要我照您的要求去做的话。是吧?"

"我收回,我收回,"皮埃尔说,"请您原谅。"皮埃尔不由自主地朝扯下来的纽扣看了一眼,"还可给一些钱,如果您需要路费的话。"阿纳托利笑了笑。

这种胆怯而又下流的微笑皮埃尔常从妻子脸上看到,因此很熟悉,这又使他发起火来。

"啊,全家都是卑鄙下流、没有心肝的东西!"他说了一句,随即出了房间。

第二天阿纳托利到彼得堡去了。

二十一

皮埃尔前去玛丽亚·德米特里耶夫娜家,主要是为了告诉她照她的要求把库拉金驱逐出莫斯科的事。那里全家都处于恐惧和惊慌不安之中。娜塔莎病得很厉害,玛丽亚·德米特里耶夫娜悄悄地告诉他,娜塔莎在得知阿纳托利已结了婚的那天夜里,服了偷偷弄来的砒霜。她吞下少许后,害怕极了,便叫醒索尼娅,说她服了毒。及时采取了解毒的措施,现在她已脱离了危险;但是身体还很虚弱,这样就根本不可能把她送回乡下去,已派人去接伯爵夫人了。皮埃尔见到了张皇失措的老伯爵和满面泪痕的索尼娅,但是没有能见到娜塔莎。

这一天皮埃尔在俱乐部里吃午饭,听到四面八方都在谈论拐骗娜塔莎·罗斯托娃的事,他一个劲儿地否认这些说法,竭力想使大家相信,只不过是他的内兄向罗斯托娃求婚遭到了拒绝,别的什么事也没有发生。皮埃尔觉得,他负有为这件事保守秘密和为罗斯托娃恢复名誉的义务。

他惊恐不安地等待安德烈公爵回来,每天都要到老公爵那里去打听他的消息。

尼古拉·安德烈耶维奇公爵通过布里安娜小姐知道了城里的流言蜚语,看了娜塔莎写给玛丽亚公爵小姐宣布与未婚夫解除婚约的信。他似乎比平常高兴了,急不可耐地等待着儿子回来。

在阿纳托利走后过了几天,皮埃尔接到安德烈公爵的信,信中说他已回来了,并请皮埃尔到他那里去一趟。

安德烈公爵回到莫斯科后,立刻就从父亲那里拿到了娜塔莎写给玛丽亚公爵小姐宣布解除婚约的信(这封信是布里安娜小姐从玛丽亚公爵小姐那里偷来交给老公爵的),并且听了父亲对拐骗娜塔莎一事的添油加醋的讲述。

安德烈公爵是在头天晚上到的。皮埃尔第二天早晨到了他那里。皮埃尔预料安德烈公爵会处于与娜塔莎相同的状态,因此当他进了客厅,听见安德烈公爵正在兴致勃勃地大声讲述彼得堡的一个阴谋活动时,感到很惊讶。他正听见老公爵和另一个人不时地打断他的话。玛丽亚公爵小姐迎着皮埃尔出来。她用目光朝一个房间的门瞥了一眼,示意安德烈公爵在那里面,叹了一口气,看来想要表示对他的不幸的同情;但是皮埃尔从玛丽亚公爵小姐的脸上看到,她既为发生的事而高兴,也为她哥哥得知未婚妻变心后采取的态度而高兴。

"他说,他料到会出这样的事,"她说,"我知道他的自尊心不允许把自己的感情表现出来,但是他经受住了这件事的打击,情况毕竟比我所预料的要好,要好得多。看来就应该这样……"

"难道一切就这样全都完了?"皮埃尔说。

玛丽亚公爵小姐惊奇地朝他看了一眼。她甚至不明白,怎么还能提出这样的问题。皮埃尔进了书房。看见安德烈公爵的样子发生了很大变化,显然变得强壮了,但是在两道眉毛之间新添了一道横的皱纹,他穿着便服,站在父亲和梅谢尔斯基公爵对面,做着有力的手势,正在进行激烈的争论。

他们谈论的是斯佩兰斯基,关于他突然被流放和被诬叛国的消息刚刚传到莫斯科。①

"现在指责和非难他(斯佩兰斯基)的人都是一个月前为他大声叫好的人,"安德烈公爵说,"还有那些不能理解他的目标的人。指责一个失宠的人和把别人的所有错误都推到他身上是很容易的;而我要说,如果说本朝也做了一些好事的话,那么所有这些好事都是他做的,是他一个人做的……"他一看见皮埃尔,就停住不说了。他的脸抽搐了一下,立刻露出愤恨的表情。"后代会给他做

---

① 一八一二年三月,斯佩兰斯基遭到诬陷而被解除职务,被流放到下诺夫哥罗德,同年九月又被流放到彼尔姆。

出公正评价的。"他把话说完后,立即转向皮埃尔。

"你怎么样?看你还继续在发胖。"他兴奋地说,但是前额上新出现的皱纹显得更深了。"是的,我身体很好。"他回答了皮埃尔的话,冷冷一笑。皮埃尔看出,他的冷笑仿佛在这样说:"我身体很好,但是我的健康任何人都不需要了。"安德烈公爵对皮埃尔三言两语地说了说在过了波兰边境后路如何不好走,提到在瑞士碰见了一些认识皮埃尔的人,讲了从国外给儿子请来了家庭教师德萨尔先生,然后又热烈地参加到两位老人仍在继续的关于斯佩兰斯基的谈话中去。

"假如有叛国行为并且有证据证明他与拿破仑秘密来往的话,那么应当公之于众。"安德烈公爵愤激地和匆忙地说,"我个人过去和现在都不喜欢斯佩兰斯基,但是我喜欢公正。"这时皮埃尔在朋友身上看出了一种非常熟悉的表现,即他变得激动起来和争论与他无关的事情,目的只是为了压制心中过于沉重的思绪。

梅谢尔斯基公爵走后,安德烈公爵挽起皮埃尔的手臂,请他到为他自己安排的房间去。房间里可以看到一张支起的床以及打开的皮箱和木箱。安德烈公爵走到一只箱子前,找出了一个小匣子。从小匣子里取出了一个纸包。他在做这一切时没有说话,而且动作很快。他站起身来,清了清嗓子。他的脸色是阴沉的,嘴唇紧闭着。

"请原谅,如果我麻烦你的话……"皮埃尔明白安德烈公爵想要谈谈娜塔莎的事,他宽阔的脸上露出了惋惜和同情的表情。安德烈公爵见了皮埃尔脸上的这种表情非常生气,他坚决、大声且不高兴地继续说道:"我接到了罗斯托娃伯爵小姐解除婚约的通知,并且听到了关于你的内兄向她求婚以及诸如此类的事。这是真的吗?"

"是真的,又不是真的。"皮埃尔刚要说,但是安德烈公爵打断了他的话。

"这是她的信,"他说,"还有画像。"他从桌子上拿起纸包,递给了皮埃尔。

"请交给伯爵小姐……如果你见到她的话。"

"她病得很厉害。"皮埃尔说。

"那么说来她还在这里?"安德烈公爵说。"库拉金公爵呢?"他很快地问。

"他早就走了。娜塔莎生命垂危……"

"我对她生病感到很同情。"安德烈公爵说。他像他父亲一样,冷冷地、愤恨地、很不愉快地笑了笑。

"这么说来库拉金先生没有赐予罗斯托娃伯爵小姐求婚的荣幸?"安德烈说,他的鼻子几次发出呼哧呼哧的声音。

"他不能结婚,因为他已有了妻子了。"皮埃尔说。

安德烈公爵又像他的父亲一样,很不愉快地笑了起来。

"那么现在您的内兄在哪里,可以告诉我吗?"他说。

"他去了彼得……不过,我不知道究竟去哪里了。"皮埃尔说。

"好吧,这无所谓。"安德烈公爵说,"请转告罗斯托娃伯爵小姐,她过去和现在都是完全自由的,我祝她万事如意。"

皮埃尔拿起了纸包。安德烈公爵仿佛在回想是否还需要说点什么,或是在等待皮埃尔再说点什么似的,两眼凝视着他。

"您听我说,您记得我们在彼得堡的争论吗,"皮埃尔说,"您记得……"

"我记得,"安德烈公爵急忙回答说,"我说过需要原谅堕落的女人,但是我没有说过我能够原谅。我不能够。"

"难道可以与这件事相提并论吗?……"皮埃尔说。安德烈公爵打断了他的话。他尖声地喊叫起来:

"是不是要再去向她求婚,表现得宽宏大量,如此等等?……不错,这很高尚,但是我不能步这位先生的后尘。如果你愿意做我的朋友的话,那么永远不要再对我提起这位小姐……和这一切。好吧,再见。那么你能转交吗?……"

皮埃尔从他那里出来,去见老公爵和玛丽亚公爵小姐。

老头子看来要比平常高兴。玛丽亚公爵小姐的样子像平时一样,但是皮埃尔看出她由于同情哥哥,对这桩婚事破裂感到高兴。皮埃尔看着他们,知道了他们都非常蔑视和愤恨罗斯托娃一家人,明白了当着他们的面甚至不能提一下那个居然舍弃安德烈公爵而去爱随便一个人的女人的名字。

吃午饭时他们谈起了显然已愈来愈临近的战争。安德烈公爵不停地说着,时而与父亲争论,时而又与瑞士教师德萨尔争论,看起来仿佛比平常要活跃,而他显得如此活跃的精神上的原因皮埃尔是很清楚的。

二十二

这天晚上皮埃尔到罗斯托夫家的人那里去办委托给他的事。娜塔莎躺在床上,老伯爵去了俱乐部,于是皮埃尔把信交给索尼娅后,便去见玛丽亚·德米特里耶夫娜,因为她对安德烈公爵听到这个消息后的反应如何很关心。十分钟后,索尼娅进了玛丽亚·德米特里耶夫娜的房间。

"娜塔莎一定要见彼得·基里洛维奇伯爵。"她说。

"怎么好带他到她那里去呢?你们那里还没有收拾一下。"玛丽亚·德米特里耶夫娜说。

"不,她已穿好了衣服,到客厅去了。"索尼娅说。

玛丽亚·德米特里耶夫娜只耸了耸肩膀。

"什么时候伯爵夫人才来啊,简直把我折磨死了。你小心点,不要对她什么都说。"她提醒皮埃尔,"要骂她吧,又不忍心,她太可怜了,太可怜了!"

娜塔莎在客厅中央站着,她变瘦了,脸色苍白,神情严肃(完全没有皮埃尔所预料的那种羞愧的样子)。当皮埃尔出现在门口时,她忙乱起来,显然不知道是走到他跟前去还是等他好。

皮埃尔急忙走到她面前。他以为她会像平常一样朝他伸出手来;但是她走到他的紧跟前站住了,吃力地喘着气,两手无力地下垂,姿势完全像走到大厅中央去唱歌时一样,不过表情截然不同。

"彼得·基里雷奇,"她开始很快地说,"鲍尔康斯基公爵曾经是您的朋友,他现在也是您的朋友。"她更正说(她觉得一切已成为过去,现在完全不一样了),"他当时曾对我说过,有事可以来找您……"

皮埃尔看着她,没有说话,呼哧呼哧地喘着气。他至今还在心里责备她,竭力想蔑视她;但是现在他非常可怜她,心里已不再责备了。

"现在他在这里,请您对他说……请他原谅我。"她停住了,呼吸更加急促起来,但是没有哭。

"好……我对他说,"皮埃尔说,"但是……"他不知道说什么才好。

娜塔莎看来对皮埃尔可能出现的想法感到害怕。

"不,我知道一切都完了,"她急忙说,"不,这永远无法挽回了。我感到痛心的是,我做了伤害他的事。只请您告诉他,我请求他原谅我,原谅我所做的一切……"她浑身颤抖起来,在椅子上坐下了。

一种从来还没有体验过的怜悯的感情充满了皮埃尔的心。

"我会告诉他的,我会再一次告诉他的,"皮埃尔说,"但是……我希望知道一件事……"

"知道什么?"娜塔莎的目光似乎这样问。

"我希望知道您是否爱过……"皮埃尔不知道该怎样称呼阿纳托利,一想到他,脸就红了起来,"您是否爱过这个坏人?"

"请不要叫他坏人,"娜塔莎说,"但是我什么,什么也不知道……"她哭了起来。

于是皮埃尔心里更是充满了怜悯、柔情和友爱。他感觉泪水在眼镜下面流,但希望不要被人看见。

"咱们不再多说了,我的朋友。"皮埃尔说。

娜塔莎突然觉得他的这种温和、亲切和极其诚恳的声音非常奇怪。

"咱们不说了,我的朋友,我会全都告诉他的;但是我对您有一个请求——把我当作您的朋友吧,如果您需要帮助,如果需要找个人出主意或者单纯地说说心里话——不是现在,而是等您心里平静下来后——那就想到我吧。"他拿起她的手吻了吻,"我将会感到幸福,如果我能……"皮埃尔发窘了。

"不要对我这样说:我不配!"娜塔莎喊叫起来,想要离开房间,但是皮埃尔拉住了她的手。他知道,他需要对她说点什么。但是他说出来后,对自己的话都感到惊奇。

"您别说了,您别说了,对您来说整个生活还在后头呢。"他对她说。

"对我来说?不!对我来说一切都完了。"她羞愧地、自卑地说。

"怎么一切都完了?"他问道,"如果我不像我现在这样,而是世界上最漂亮、最聪明和最好的人,而且是一个自由的人,那么我将立刻跪下来向您求婚和求爱。"

娜塔莎许多天来第一次流下了感激和感动的眼泪,她朝皮埃尔看了一眼,出去了。

皮埃尔跟在她后面也几乎跑了出去,他到了前厅,使劲忍住哽得他说不出话来的深受感动的和幸福的眼泪,穿皮大衣时手未能一下子伸进袖子里,穿好后上了雪橇。

"请问,现在上哪里去?"车夫问。

"上哪里去?"皮埃尔问自己,"现在可以上哪里去呢?难道到俱乐部去或者去做客?"所有的人与他所体验的温情和爱相比,与她最后一次含着泪水看他的和善且感激的目光相比,显得那么藐小,那么可怜。

"回家。"皮埃尔说,虽然气温低到零下十度,他仍敞开熊皮大衣,露出宽阔的、快乐地呼吸着的胸膛。

天气晴朗,气温很低。在肮脏的、半明半暗的街道上方,在黑黝黝的屋顶上方,是一片布满星星的夜空。皮埃尔只是在望着天空时才没有感觉到,人世的一切与他心灵所达到的高度相比,是那么有损人的尊严和卑鄙。在进阿尔巴特广场时,皮埃尔眼前展现出一大片昏暗的星空。几乎在这个天空的中央,在圣洁林荫道上空,出现了一八一二年的巨大而明亮的彗星①,它四周都布满了星星,但是比所有星星离地面都要近些,它放射出白光,长长的尾巴向上翘起,据说这颗彗星预示着各种灾难和世界的末日。但是这颗带着闪闪发光的尾巴的明亮彗星没有在皮埃尔心中引起任何恐惧的感觉。恰恰相反,皮埃尔高兴地用饱含泪水的眼睛望着这颗明亮的星,它仿佛以无法形容的速度沿着抛物线飞过无垠的空间,突然像一支射到地上的箭一样,在黑色的天空中选定一个地点粘住了,停在那里,使劲翘起尾巴,在无数其他的闪烁着的星星中间放射出并闪耀着白光。皮埃尔觉得,这颗星与他那兴高采烈地迎接新生活以及变得和善和振奋的心情是完全契合的。

---

① 关于出现彗星一事历史上确实有过,不过根据有的史书记载,它出现于一八一一年。